Dezessete Luas

OBRAS DAS AUTORAS PUBLICADAS PELA RECORD

Série Beautiful Creatures

Dezesseis luas
Dezessete luas
Dezoito luas
Dezenove luas

Sonho Perigoso

Série Dangerous Creatures

Sirena
Incubus

Série A legião (com Kami Garcia)

Inquebrável

Série Ícones (com Margaret Stohl)

Ícones
Ídolos

MARGARET STOHL
KAMI GARCIA

Dezessete Luas

13ª edição

Tradução
Regiane Winarski

Galera

RIO DE JANEIRO

2024

CIP-BRASIL. CATALOGAÇÃO-NA-FONTE
SINDICATO NACIONAL DOS EDITORES DE LIVROS, RJ

Garcia, Kami

G199d   Dezessete luas / Kami Garcia & Margaret Stohl; tradução:
13ª ed.   Regiane Winarski. – 13ª ed. – Rio de Janeiro: Galera Record,
2024.
(Beautiful creatures; 2)

Tradução de: Beautiful Darkness
ISBN 978-85-01-08692-1

1. Romance americano. I. Stohl, Margaret. II. Winarski,
Regiane III. Título. IV. Série.

10-4302.   CDD: 813
                                     CDU: 821.111(73)-3

TÍTULO ORIGINAL EM INGLÊS:
Beautiful Darkness

Copyright © 2010 by Kami Garcia, LLC and Margaret Stohl, Inc.

Todos os direitos reservados.
Proibida a reprodução, no todo ou
em parte, através de quaisquer meios.
Os direitos morais das autoras foram assegurados.

Composição de miolo: Abreu's System
Design de capa: Igor Campos

Texto revisado pelo Acordo Ortográfico da Língua Portuguesa de 1990.

Direitos exclusivos de publicação em língua portuguesa somente
para o Brasil adquiridos pela
EDITORA RECORD LTDA.
Rua Argentina, 171 – Rio de Janeiro, RJ – 20921-380 – Tel.: 2585-2000,
que se reserva a propriedade literária desta tradução

Impresso no Brasil

ISBN 978-85-01-08692-1

Seja um leitor preferencial Record.
Cadastre-se no site www.record.com.br e receba
informações sobre nossos lançamentos e nossas promoções.

EDITORA AFILIADA

Atendimento e venda direta ao leitor:
sac@record.com.br

Para
Sarah Burnes, Julie Scheina
e Jennifer Bailey Hunt,
porque, por alguma razão boba,
elas não nos deixariam colocar o nome delas na capa.

*Podemos facilmente perdoar uma criança
que tem medo do escuro;
a verdadeira tragédia da vida é quando
os homens têm medo da luz.*

PLATÃO

⊰ ANTES ⊱

Garota Conjuradora

Eu achava que nossa cidade, perdida na vastidão da Carolina do Sul, presa no fundo lamacento do vale do rio Santee, ficava no meio do nada. Que era um lugar onde nada acontecia e nada jamais mudaria. Assim como ontem, o sol nasceria e se poria na cidade de Gatlin sem se dar o trabalho de permitir nem uma brisa sequer. Amanhã, meus vizinhos estariam em suas cadeiras de balanço na varanda, o calor e a fofoca e a intimidade derretendo como pedras de gelo no chá gelado, como sempre fora por mais de cem anos. Por aqui, nossas tradições eram tão tradicionais que era difícil apontar exatamente quais eram. Estavam impregnadas em tudo o que fazíamos ou, com mais frequência, no que não fazíamos. Você podia nascer, casar e ser enterrado, e os metodistas continuariam cantando.

Os domingos eram dias de igreja, as segundas, dias de ir fazer compras no Pare & Compre, o único mercado da cidade. O restante da semana envolvia um monte de nada e um pouco mais de torta, se você tivesse a sorte de morar com alguém como a governanta da minha família, Amma, que todo ano vencia a competição de tortas da feira do condado. A velha Srta. Monroe, que só tinha quatro dedos, ainda dava aulas de cotilhão, uma espécie de quadrilha, com o dedo vazio da luva branca balançando enquanto deslizava pelo salão com as debutantes. Maybelline Sutter ainda cortava cabelos no Snip 'n' Curl, apesar de ter perdido a maior parte da visão por volta dos 70 anos. Agora, ela muitas vezes se esquecia de colocar o pente na máquina de cortar cabelo, deixando a parte de trás da cabeça dos clientes com uma faixa branca como a de um gambá, totalmente raspada. Carlton Eaton nunca deixava de abrir a correspondência das pessoas antes de entregá-la, fizesse chuva ou fizesse sol. Se a notícia fosse ruim, ele a dava pessoalmente. Era melhor ouvir de um dos seus.

Essa cidade era nossa proprietária, e o que era bom e ruim. Ela conhecia cada centímetro de nós, cada pecado, cada segredo, cada cicatriz. E era por isso que a maioria nunca se dava ao trabalho de ir embora, e também por isso que aquelas que iam nunca voltavam. Antes de conhecer Lena, teria sido eu a partir, cinco minutos depois de me formar na Jackson High. Já estaria longe.

Mas então eu me apaixonei por uma garota, uma Conjuradora.

Ela me mostrou que havia outro mundo dentro das rachaduras de nossas calçadas irregulares. Um que sempre estivera lá, escondido mas à vista de todos. A Gatlin de Lena era um lugar onde coisas aconteciam — coisas impossíveis, sobrenaturais, que mudavam o rumo da vida das pessoas.

Algumas vezes, que botavam fim à vida das pessoas.

Enquanto os moradores normais estavam ocupados aparando suas roseiras ou separando os pêssegos bichados numa barraquinha de beira de estrada, Conjuradores da Luz e das Trevas, com dons singulares e poderosos, estavam presos em uma luta eterna — uma guerra civil sobrenatural sem esperança alguma de bandeira branca. A Gatlin de Lena era lar de Demônios e de perigo e de uma maldição que tinha marcado a família dela por mais de cem anos. E quanto mais próximo eu ficava de Lena, mais a Gatlin dela se aproximava da minha.

Alguns meses atrás, eu acreditava que nada jamais mudaria nessa cidade. Agora sei que não é assim, e só consigo desejar que fosse verdade.

Porque, a partir do momento em que me apaixonei por uma Conjuradora, aqueles que eu amava não estavam mais em segurança. Lena achava que era a única amaldiçoada, mas estava errada.

A maldição agora era nossa.

⊰ 15 DE FEVEREIRO ⊱
Paz perpétua

A chuva pingando da aba do melhor chapéu preto de Amma. Os joelhos de Lena batendo contra a lama grossa em frente ao túmulo. A sensação de picadas na minha nuca, resultado de ficar perto demais de tantos da espécie de Macon: Incubus, Demônios que se alimentavam das lembranças e dos sonhos de Mortais, como eu, enquanto dormíamos. O som que eles fizeram foi diferente de qualquer outra coisa no universo, quando se infiltraram no resquício de céu escuro e desapareceram logo antes do amanhecer. Como se fossem um bando de corvos negros, levantando voo de um fio elétrico em perfeita sincronia.

Esse foi o enterro de Macon.

Eu conseguia me lembrar de detalhes como se tivesse acontecido ontem, embora fosse difícil de acreditar que algumas dessas coisas tinham mesmo acontecido. Enterros eram assim, complexos. E a vida também, eu acho. As partes importantes você bloqueia totalmente. Mas os momentos aleatórios e distorcidos assombram você, se repetindo sem parar em sua mente.

O que eu conseguia lembrar: Amma me acordando de madrugada para conseguirmos chegar ao Jardim da Paz Perpétua antes do amanhecer. Lena congelada e destruída, querendo congelar e destruir tudo ao seu redor.

Escuridão no céu e na metade das pessoas de pé ao redor do túmulo, e que não eram nem um pouco pessoas.

Mas, por trás disso tudo, havia uma coisa da qual eu não conseguia me lembrar. Estava lá, persistindo no fundo da minha mente. Eu estava tentando pensar naquilo desde o aniversário de Lena, sua Décima Sexta Lua, a noite em que Macon morreu.

Eu só sabia que era uma coisa que eu precisava lembrar.

Na madrugada do enterro, estava preto como piche do lado de fora, mas fachos de luar brilhavam por entre as nuvens e entravam pela minha janela aberta. Meu quarto estava frio, mas eu não ligava. Deixei a janela aberta nas duas noites depois que Macon morreu, como se ele pudesse simplesmente aparecer no meu quarto, se sentar na minha cadeira giratória e ficar um pouco.

Eu me lembrava da noite em que o vi de pé ao lado da minha janela. Foi quando descobri o que ele era. Não um vampiro ou uma criatura mitológica de livro, como eu desconfiava, mas um verdadeiro Demônio. Um que podia ter optado por se alimentar de sangue, mas preferiu se alimentar dos meus sonhos.

Macon Melchizedek Ravenwood. Para o pessoal daqui, ele era o Velho Ravenwood, o recluso da cidade. Era também tio de Lena e o único pai que ela teve.

Eu estava me vestindo no escuro quando senti um puxão quente dentro de mim, o que significava que Lena estava lá.

L?

Lena falava das profundezas da minha mente, tão perto quanto alguém podia estar e ao mesmo tempo tão longe quanto possível. Kelt, nossa forma não falada de comunicação. A língua sussurrada que Conjuradores como ela usavam muito antes de o meu quarto ter sido considerado ao sul da Linha Mason-Dixon*. Era a língua secreta da intimidade e da necessidade,

---

* Fronteira cultural que divide o norte e o sul dos Estados Unidos, resquício da Guerra Civil. (*N. da T.*)

nascida em uma época em que ser diferente podia fazer com que você fosse queimado na fogueira. Era uma língua que não deveríamos ser capazes de usar, porque eu era Mortal. Mas, por algum motivo inexplicável, nós conseguíamos, e era a língua que usávamos para falar o que não era dito e não deveria ser dito.

Não consigo fazer isso. Não vou.

Desisti da gravata e me sentei na cama, as velhas molas do colchão gemendo debaixo de mim.

Você precisa ir. Não vai se perdoar se não for.

Por um segundo, ela não respondeu.

Você não sabe como é.

Sei, sim.

Eu me lembrei de quando era eu sentado na cama com medo de me levantar, com medo de colocar o terno e me juntar ao círculo de orações e de cantar "Abide With Me" e de participar da triste procissão de luzes de farol de carro pela cidade até o cemitério, para enterrar minha mãe. Eu tinha medo de que isso fosse tornar tudo real novamente. Eu não conseguia suportar pensar nisso, mas abri minha mente e mostrei a Lena...

Você não consegue ir, mas não tem escolha, porque Amma o conduz pelo braço e o leva até o carro, até o banco da igreja, até o altar. Mesmo que doa quando você anda, como se seu corpo inteiro ardesse por causa de algum tipo de febre. Seus olhos encaram os rostos murmurantes à sua frente, mas você não consegue ouvir o que as pessoas estão dizendo. Não com aqueles gritos na sua cabeça. Então você deixa que o peguem pelo braço de novo, entra no carro, e tudo acontece. Porque você consegue passar por isso se alguém diz que você consegue.

Levei as mãos à cabeça.

Ethan...

Estou dizendo que você consegue, L.

Pressionei os punhos contra os olhos, e eles estavam molhados. Acendi a luz e olhei para a lâmpada, me recusando a piscar até conseguir secar as lágrimas.

Ethan, estou com medo.

Estou aqui. Não vou a lugar algum.

Não houve mais uma palavra enquanto eu voltava a lutar contra minha gravata, mas eu sentia Lena ali, como se estivesse sentada no canto do quarto. A casa parecia vazia sem o meu pai, e ouvi Amma no corredor. Um segundo depois, ela estava parada em silêncio na porta, segurando sua melhor bolsa. Os olhos escuros examinaram os meus, e sua pequena silhueta parecia alta, embora ela nem chegasse ao meu ombro. Ela era a avó que nunca tive, e a única mãe que eu tinha agora.

Fiquei olhando a cadeira vazia ao lado da janela, sobre a qual ela colocara meu melhor terno havia menos de um ano, depois olhei para a lâmpada do abajur na minha mesa de cabeceira.

Amma esticou a mão e entreguei a ela minha gravata. Às vezes parecia que Lena não era a única que conseguia ler minha mente.

Ofereci meu braço a Amma e começamos a subir a colina lamacenta do Jardim da Paz Perpétua. O céu estava escuro e a chuva começou antes de chegarmos ao topo. Amma usava seu melhor vestido de enterro, com um chapéu largo que protegia a maior parte do rosto da chuva, exceto pelo pedaço de renda branca da gola do vestido que escapava da beirada do chapéu. Estava preso ao pescoço com seu melhor camafeu, um sinal de respeito. Eu tinha visto isso abril passado, da mesma forma que sentira suas melhores luvas tocando meu braço, me apoiando para subir aquela colina. Dessa vez, eu não sabia quem estava apoiando quem.

Eu ainda não tinha certeza do motivo pelo qual Macon queria ser enterrado no cemitério de Gatlin, levando em consideração o que as pessoas da cidade achavam dele. Mas, de acordo com vovó, a avó de Lena, Macon deixara instruções rigorosas, requisitando ser enterrado especificamente ali. Ele mesmo comprara o lote anos atrás. A família de Lena não pareceu feliz com isso, mas vovó bateu o pé. Iam respeitar os desejos dele, como qualquer boa família sulista.

Lena? Estou aqui.
Eu sei.

Eu sentia que minha voz a acalmava, como se eu a tivesse envolvido em meus braços. Olhei para o alto da colina, onde estaria o toldo para a cerimônia. Pareceria com qualquer outro enterro de Gatlin, o que era uma ironia, pois era o enterro de Macon.

O dia ainda não tinha clareado, e eu mal conseguia distinguir umas poucas figuras ao longe. Elas estavam distorcidas, diferentes. As fileiras antigas e irregulares de pequenas lápides nos túmulos de crianças; as enormes criptas familiares; os obeliscos brancos e antigos em homenagem a soldados confederados mortos, marcados com pequenos crucifixos de metal. Até o general Jubal A. Early, cuja estátua vigiava o General's Green no centro da cidade, estava enterrado ali. Contornamos o lote da família Moultrie, menos conhecida, que estava lá havia tanto tempo que o tronco liso da magnólia na beirada do lote tinha invadido a lateral da maior lápide, tornando-a indistinguível.

E sagrada. Todas eram sagradas, o que queria dizer que tínhamos chegado à parte mais antiga do cemitério. Aprendi com minha mãe: a primeira palavra entalhada em qualquer lápide antiga de Gatlin era *sagrado*. Mas, à medida que nos aproximávamos e meus olhos se acostumavam à escuridão, eu soube aonde o caminho lamacento de cascalho estava nos levando. Eu me lembrava do ponto onde ele passava pelo banco memorial de pedra na ladeira de grama, cheia de magnólias. Eu me lembrava do meu pai sentado naquele banco, incapaz de falar e de se mexer.

Meus pés não queriam prosseguir, porque tinham percebido a mesma coisa que eu. O Jardim da Paz Perpétua de Macon ficava a uma magnólia de distância do da minha mãe.

As estradas serpenteantes passam bem no meio de nós.

Era uma frase boba de um poema ainda mais bobo que eu tinha escrito para Lena no Dia dos Namorados. Mas, aqui no cemitério, era verdade. Quem imaginaria que nossos pais, ou o mais próximo que Lena teve de um pai, seriam vizinhos de túmulo?

Amma pegou minha mão e guiou-me até o enorme lote de Macon.

— Fique firme agora.

Entramos na área circundada por uma cerca preta na altura da cintura que delimitava o lote, coisa que, em Gatlin, era reservada aos melhores lotes, como uma cerquinha branca para os mortos. Às vezes, era mesmo uma cerca branca. Essa era de ferro forjado, e o portão torto estava aberto sobre a grama crescida. O lote de Macon parecia ter uma atmosfera só sua, como o próprio Macon.

Dentro do cercado estava a família de Lena: vovó, tia Del, tio Barclay, Reece, Ryan e a mãe de Macon, Arelia, debaixo do toldo preto de um dos lados do caixão preto entalhado. Do outro lado, um grupo de homens e uma mulher de sobretudo preto mantinham distância tanto do caixão quanto do toldo, todos de pé, um ao lado do outro, debaixo da chuva. Estavam todos secos. Era como um casamento na igreja, separado por um corredor no meio, no qual os parentes da noiva ficam no lado oposto ao dos parentes do noivo, como clãs rivais. Havia um senhor na ponta do caixão, parado ao lado de Lena. Amma e eu ficamos na outra ponta, debaixo do toldo.

Amma apertou mais meu braço, pegou o amuleto de ouro que sempre usava sob a blusa e o esfregou entre os dedos. Amma era mais do que supersticiosa. Era Vidente, pertencia a gerações de mulheres que liam cartas de tarô e conversavam com espíritos. Tinha um amuleto ou uma boneca para tudo. Esse era para proteção. Olhei para os Incubus na nossa frente, a chuva escorrendo dos ombros deles sem deixar vestígios. Eu torci para que fossem do tipo que só se alimentava de sonhos.

Tentei desviar o olhar, mas não era fácil. Havia algo nos Incubus que atraía você, como uma teia de aranha, como qualquer bom predador. No escuro, não dava para ver os olhos pretos deles, quase pareciam um grupo de gente normal. Alguns estavam vestidos do mesmo jeito que Macon sempre se vestira, com terno escuro e sobretudo de aparência cara. Um ou outro parecia mais com um operário de obra indo tomar uma cerveja depois do trabalho, de jeans e botas pesadas, com as mãos nos bolsos das jaquetas. A mulher provavelmente era uma Succubus. Eu tinha lido sobre elas, principalmente nas revistas em quadrinhos, e pensei que fossem lenda, como os lobisomens. Mas vi que estava errado porque ela estava sob a chuva, tão seca quanto os outros.

Os Incubus faziam um contraste notável com a família de Lena, cada um deles encoberto por um tecido preto iridescente que captava o pouco de luz que havia e a refletia, como se eles mesmos fossem a fonte da luz. Eu nunca os tinha visto assim antes. Era uma luz estranha, principalmente considerando o rigoroso padrão de vestimentas para as mulheres em enterros sulistas.

No centro de tudo estava Lena. A aparência dela estava longe de ser mágica. Ela estava parada em frente ao caixão com os dedos apoiados sobre ele, como se Macon estivesse de alguma forma de mãos dadas com ela. Suas roupas eram do mesmo tecido que o restante da família, mas ele pendia do corpo dela como uma sombra. O cabelo preto estava preso em um coque apertado, sem os cachos característicos à mostra. Ela parecia arrasada e deslocada, como se estivesse do lado errado do corredor.

Como se o lugar dela fosse com a outra família de Macon, a que estava na chuva.

Lena?

Ela ergueu a cabeça e nossos olhos se encontraram. Desde o seu aniversário, quando um dos olhos dela tinha adquirido um tom de dourado e o outro permanecera verde, as cores se combinavam de forma a criar um tom diferente de tudo o que eu já vira. Quase castanho-claro às vezes, e dourado de um modo artificial em outras. Agora eles estavam mais para castanho-claro, sem vida e cheios de sofrimento. Eu não conseguia suportar isso. Queria pegá-la e levá-la para longe dali.

Posso pegar o Volvo e vamos pela costa até Savannah. Podemos nos esconder na casa da minha tia Caroline.

Dei mais um passo em sua direção. A família dela estava reunida ao redor do caixão, e eu não conseguiria chegar perto de Lena sem passar pela fileira de Incubus, mas não me importava com aquilo.

Ethan, pare! Não é seguro...

Um Incubus alto com uma cicatriz que atravessava todo o rosto, como a marca do ataque de um animal selvagem, virou a cabeça para olhar para mim. O ar pareceu ondular no espaço entre nós, como se eu tivesse jogado uma pedra dentro de um lago. Isso me atingiu, tirando o ar dos meus pulmões como se eu tivesse levado um soco, mas não conseguia reagir porque me sentia paralisado, meus membros dormentes e inúteis.

Ethan!

Amma apertou as pálpebras, mas antes que ela pudesse dar um passo, a Succubus colocou a mão no ombro do Cicatriz e apertou, de forma quase imperceptível. Fui imediatamente libertado do olhar dele e o sangue voltou a correr em mim. Amma fez um aceno de cabeça, agradecendo, mas a mulher de cabelo longo e sobretudo ainda mais longo a ignorou, voltando a sumir entre o restante deles.

O Incubus com a cicatriz brutal se virou e piscou para mim. Entendi o recado, mesmo sem palavras. *Nos veremos em seus sonhos.*

Eu ainda estava prendendo a respiração quando um senhor de cabelos brancos, com um terno antigo e gravata fina, andou até o caixão. Os olhos dele eram escuros e contrastavam com os cabelos, o que fazia com que parecesse algum personagem apavorante de um velho filme em preto e branco.

— O Conjurador de Túmulos — sussurrou Amma. Ele parecia mais um coveiro.

Ele tocou a madeira preta e lisa, e um símbolo entalhado na parte de cima do caixão começou a brilhar com uma luz dourada. Parecia uma espécie de brasão antigo, o tipo de coisa que se vê em museus ou castelos. Vi uma árvore com grandes galhos cheios de ramificações e um pássaro. Debaixo dele havia um sol e uma lua crescente.

— Macon Ravenwood da Casa de Ravenwood, de Corvos e Carvalhos, Ar e Terra, Trevas e Luz. — Ele tirou a mão do caixão e a luz foi atrás dele, deixando o caixão escuro novamente.

— Aquele é Macon? — sussurrei para Amma.

— A luz é simbólica. Não há nada naquele caixão. Não sobrou nada para se enterrar. É assim com a espécie de Macon: das cinzas às cinzas e do pó ao pó, como nós. Só que muito mais rápido.

A voz do Conjurador de Túmulos foi ouvida de novo.

— Quem consagra esta alma para o Outro Mundo?

A família de Lena se manifestou.

— Nós — disseram todos em uníssono, exceto Lena. Ela ficou olhando para o chão de terra.

— E nós também. — Os Incubus chegaram mais perto do caixão.

— Então que ele seja Conjurado ao mundo além. *Redi in pace, ad Ignem Atrum ex quo venisti.* — O Conjurador de Túmulos segurou a luz acima da cabeça, e ela brilhou com mais força. — Vá em paz, de volta ao Fogo Negro de onde você veio.

Ele jogou a luz no ar e fagulhas caíram sobre o caixão, chamuscando a madeira nos pontos onde tocaram. Ao mesmo tempo, a família de Lena e os Incubus ergueram as mãos e jogaram pequenos objetos de prata não muito maiores do que moedas, que caíram sobre o caixão de Macon em meio às fagulhas douradas. O céu estava começando a mudar de cor, do preto da noite para o azul antes da aurora. Tentei ver o que os objetos eram, mas estava escuro demais.

— *His dictis, solutus est.* Com essas palavras, ele está livre.

Uma luz branca que quase cegava emanou do caixão. Eu mal podia ver o Conjurador de Túmulos alguns metros à minha frente, como se a voz dele nos estivesse transportando e não estivéssemos mais em um cemitério em Gatlin.

Tio Macon! Não!

A luz piscou, como um relâmpago, e se apagou. Estávamos todos de volta ao círculo, olhando para uma montanha de terra e flores. O enterro tinha terminado. O caixão havia sumido. Tia Del abraçou Reece e Ryan de forma protetora.

Macon tinha partido.

Lena caiu de joelhos na grama lamacenta.

O portão da cerca que rodeava o lote de Macon se fechou com força atrás dela, sem nem um dedo tê-lo tocado. Não tinha terminado para ela. Ninguém ia a lugar algum.

Lena?

A chuva começou a aumentar imediatamente, pois o tempo ainda estava ligado aos poderes dela, uma Natural, a mais forte Conjuradora dos elementos do mundo Conjurador. Ela se pôs de pé.

Lena! Isso não vai mudar nada!

O ar se encheu de centenas de cravos brancos baratos e flores de plástico e folhas de palmeira e bandeiras de todos os túmulos visitados no último mês, todos voando soltos no ar, caindo pela colina. Cinquenta anos depois, as pessoas da cidade ainda falariam do dia em que o vento quase derrubou as magnólias no Jardim da Paz Perpétua. A ventania foi intensa e chegou tão rapidamente que foi como um tapa no rosto de todos, tão forte que era preciso se esforçar para ficar de pé. Só Lena permaneceu ereta e orgulhosa, se segurando à lápide ao seu lado. Seus cabelos tinham se soltado do estranho coque e voavam ao redor do rosto. Ela não estava mais cercada de escuridão e sombras. Ao contrário, ela era o único ponto brilhante na tempestade, como se o relâmpago dourado que partia o céu acima de nós estivesse emanando do corpo dela. Boo Radley, o cachorro de Macon, chorava e baixava as orelhas aos pés de Lena.

Ele não iria querer isso, L.

Lena levou as mãos ao rosto e uma rajada repentina arrancou o toldo do ponto onde estava fincado na terra molhada, fazendo com que despencasse colina abaixo.

Vovó deu um passo e ficou de frente para Lena, fechou os olhos e colocou um único dedo na bochecha da neta. Assim que ela tocou em Lena, tudo parou, e eu sabia que vovó tinha usado suas habilidades de Empática para absorver os poderes de Lena temporariamente. Ela, porém, não poderia absorver a raiva de Lena. Nenhum de nós era forte o bastante para fazer isso.

O vento parou e a chuva diminuiu até virar um chuvisco. Vovó afastou a mão de Lena e ela abriu os olhos.

A Succubus, parecendo estranhamente desarrumada, olhou para o céu.

— Está quase amanhecendo.

O sol estava começando a surgir por entre as nuvens e no horizonte, enviando raios irregulares de luz e vida pelas fileiras de lápides. Nada mais precisava ser dito. Os Incubus começaram a se desmaterializar, o barulho de sucção enchendo o ar. Eu pensava naquilo como algo se rasgando, pelo modo como eles abriam o céu e desapareciam.

Comecei a andar na direção de Lena, mas Amma me puxou pelo braço.

— O que foi? Eles foram embora.

— Nem todos. Olhe...

Ela estava certa. Na beirada do lote havia sobrado apenas um Incubus, apoiado contra uma lápide gasta e adornada com um anjo chorando. Ele parecia mais velho do que eu, talvez 19 anos, e tinha cabelos pretos e curtos e a mesma pele pálida que o restante da espécie. Mas, ao contrário dos outros Incubus, ele não desapareceu antes do amanhecer. Enquanto eu o observava, ele saiu do lugar onde estava, debaixo da sombra do carvalho, diretamente para a luz forte da manhã, com os olhos fechados e o rosto virado para cima, como se o sol só brilhasse para ele.

Amma estava errada. Não podia ser um deles. Ele estava se aquecendo na luz do sol, coisa impossível para um Incubus.

O que ele era? E o que estava fazendo ali?

Ele chegou mais perto e olhou em minha direção, como se pudesse sentir que eu o observava. Foi quando vi os olhos dele. Não eram pretos como os de um Incubus.

Eram verdes como os de um Conjurador.

Ele parou na frente de Lena, colocou as mãos nos bolsos e inclinou ligeiramente a cabeça. Não foi uma reverência, mas uma demonstração desajeitada de deferência, o que, de certa forma, a tornava mais honesta. Ele tinha cruzado o corredor invisível, e em um momento de verdadeira nobreza sulista, podia ter sido o filho do próprio Macon Ravenwood. Isso me fez odiá-lo.

— Sinto muito por sua perda.

Ele abriu a mão dela e colocou um pequeno objeto de prata, como os que todo mundo tinha jogado sobre o caixão de Macon. Seus dedos se fecharam ao redor do objeto. Antes que eu pudesse mover um músculo, o inconfundível som de algo se rasgando encheu o ar e ele sumiu.

Ethan?

Vi as pernas dela começarem a se dobrar sob o peso da manhã — a perda, a tempestade, até mesmo o rasgo final no céu. No momento em que consegui chegar até ela e segurá-la, ela havia desmaiado. Carreguei-a colina abaixo, para longe de Macon e do cemitério.

Ela dormiu encolhida na minha cama, acordando de vez em quando, por uma noite e um dia inteiros. Tinha alguns galhos presos no cabelo, o rosto ainda estava manchado de lama, mas não queria ir para casa em Ravenwood, e ninguém lhe pediu que fosse. Dei a ela meu moletom mais velho e macio e a enrolei em nossa mais antiga colcha de patchwork, mas

Lena não parava de tremer, nem mesmo dormindo. Boo ficou deitado aos pés dela, e Amma aparecia na porta de vez em quando. Sentei-me na cadeira ao lado da janela, aquela na qual eu nunca me sentava, e fiquei olhando para o céu. Não podia abrir a janela porque ainda caía uma tempestade lá fora.

Enquanto Lena dormia, seus dedos se abriram. Na mão, estava um pequeno pássaro de prata, um pardal. O presente do estranho no enterro de Macon. Tentei tirá-lo, mas os dedos dela imediatamente se fecharam.

Dois meses se passaram e eu ainda não conseguia olhar para o pássaro sem ouvir o som do céu se abrindo.

⚞ 17 DE ABRIL ⚟

Waffles queimados

Quatro ovos, quatro tiras de bacon, uma cesta de pães caseiros (o que, pelos padrões de Amma, significava que a massa jamais tinha sido tocada por uma colher), três tipos de geleia congelada e um pedaço de manteiga coberto de mel. E, pelo cheiro, do outro lado da bancada, a massa de leitelho estava se separando em quadrados e ficando crocante na velha fôrma de waffle. Nos últimos dois meses, Amma cozinhava noite e dia. A bancada estava cheia de travessas — canjica de queijo, ensopado de vagem, frango frito e, é claro, salada de cerejas Bing, que era, na verdade, um nome chique para gelatina com cerejas, abacaxi e Coca-Cola. Depois disso, eu pude ver um bolo de coco, pãezinhos de laranja e o que parecia pudim de pão com uísque, mas eu sabia que havia mais. Desde que Macon tinha morrido e meu pai ido embora, Amma não parava de cozinhar, assar e amontoar comida, como se desse para acabar com a tristeza trabalhando na cozinha. Nós dois sabíamos que não dava.

Amma não ficava tão amargurada assim desde que minha mãe morreu. Ela conhecia Macon Ravenwood havia muito mais tempo que eu, mais tempo até do que Lena. Independentemente do quanto o relacionamento deles fosse improvável ou imprevisível, tinha sido importante para os dois. Eram amigos, embora eu não tivesse certeza de que qualquer um dos dois fosse admitir isso. Mas eu sabia a verdade. Amma estava com ela estampada no rosto e a empilhava por toda a cozinha.

— Recebi uma ligação do Dr. Summers. — O psiquiatra do meu pai. Amma não tirou os olhos da fôrma de waffle, e não comentei que não era preciso ficar olhando para que ela assasse os waffles.

— O que ele disse?

Observei as costas dela de onde eu estava sentado, à velha mesa de carvalho, os cordões do avental amarrados atrás. Lembrei-me de quantas vezes tentei chegar sorrateiramente e desamarrar aqueles cordões. Amma era tão baixa que as pontas ficavam penduradas até quase a beirada do avental, e pensei nisso por tanto tempo quanto consegui. Qualquer coisa era melhor do que pensar no meu pai.

— Ele acha que seu pai está pronto para voltar para casa.

Levantei meu copo vazio e olhei através dele, onde as coisas pareciam tão distorcidas quanto eram na realidade. Meu pai estava no Blue Horizons, em Columbia, havia dois meses. Depois que Amma descobriu sobre o livro inexistente que ele fingiu escrever ao longo do ano todo e do "incidente", que era como Amma chamava o fato de meu pai quase ter pulado de uma sacada, ela ligou para minha tia Caroline, que o levou para o Blue Horizons naquele mesmo dia — ela o chamava de spa. Do tipo de spa para onde eram mandados os parentes malucos se eles precisassem daquilo que o pessoal de Gatlin chamava de "atenção individual", mas que todo mundo que não fosse do sul chamava de terapia.

— Que ótimo.

Que ótimo. Eu não conseguia imaginar meu pai voltando para Gatlin, andando pela cidade com seu pijama de patos. Já havia loucura demais aqui entre mim e Amma, enfiada nos ensopados de "creme de luto" que eu deixaria na Primeira Igreja Metodista na hora do jantar, como fazia quase todas as noites. Eu não era especialista em sentimentos, mas os de Amma estavam misturados com massa de bolo, e ela não iria compartilhá-los. Preferia dar o bolo a alguém.

Tentei conversar com ela sobre isso uma vez, no dia seguinte ao enterro; ela, no entanto, encerrou a conversa antes mesmo que eu começasse.

— O que está feito está feito. O que acabou, acabou. Onde Macon Ravenwood está agora é improvável que o vejamos de novo, nem nesse mundo, nem no Outro.

Parecia que ela havia superado tudo, mas ali estava eu, dois meses depois, ainda entregando bolos e ensopados. Ela havia perdido os dois homens de sua vida naquela mesma noite: meu pai e Macon. Meu pai não estava morto, mas nossa cozinha não fazia esse tipo de distinção. Como Amma disse, o que acabou, acabou.

— Estou fazendo waffles. Espero que esteja com fome.

Aquilo era provavelmente tudo o que eu ouviria dela naquela manhã. Peguei a caixa de leite achocolatado que estava ao lado do meu copo e o enchi, por puro hábito. Amma reclamava quando eu bebia achocolatado no café da manhã. Agora ela seria capaz de me dar um pedaço enorme de bolo com calda de chocolate sem dizer uma palavra, o que só fazia eu me sentir pior. Mais alarmante ainda era o fato de que o *New York Times* de domingo não estava aberto nas palavras cruzadas, e os lápis pretos nº 2 apontados estavam guardados na gaveta. Amma olhava pela janela da cozinha, para as nuvens que sufocavam o céu.

L-A-C-Ô-N-I-C-A. Oito, horizontal, o que quer dizer que não preciso dizer nada, Ethan Wate. É assim que Amma teria agido em qualquer outro dia.

Tomei um gole do achocolatado e quase engasguei. O açúcar estava doce demais e Amma, silenciosa demais. Foi assim que eu soube que as coisas tinham mudado.

Com tudo isso e com os waffles queimando na fôrma.

Eu devia estar a caminho da escola, mas em vez disso virei na autoestrada 9 e segui para Ravenwood. Lena não havia voltado a frequentar a escola desde o seu aniversário. Depois da morte de Macon, o diretor Harper *generosamente* concedeu a ela permissão para estudar em casa com um professor particular até que ela se sentisse bem o bastante para voltar à Jackson. Levando em consideração que ele tinha ajudado a Sra. Lincoln em sua campanha para que Lena fosse expulsa depois do baile de inverno, tenho certeza de que ele torcia para que ela nunca mais voltasse.

Admito, eu estava com um pouco de inveja. Lena não tinha de ouvir o Sr. Lee tagarelando sobre a Guerra da Agressão Norte e o sofrimento da Confederação e nem tinha de se sentar no Lado do Olho Bom na aula de inglês. Abby Porter e eu éramos os únicos que nos sentávamos lá agora, então tínhamos de responder todas as perguntas sobre *O médico e o monstro*. O que faz com que o Dr. Jekyll vire o Sr. Hyde? Eles eram realmente tão diferentes? Ninguém fazia a menor ideia, e era por isso que todos do lado do olho de vidro da Sra. English viviam dormindo.

Mas a Jackson não era a mesma sem Lena, pelo menos não para mim. Foi por isso que, depois de dois meses, eu estava implorando para que ela voltasse. No dia anterior, quando Lena disse que pensaria no assunto, falei que ela podia pensar a caminho da escola.

Eu estava de novo na bifurcação da estrada. Era nossa antiga rua, minha e de Lena. A que tinha me tirado da autoestrada 9 e me levado a Ravenwood na noite em que nos conhecemos. Na primeira vez que percebi que ela era a mesma garota com quem eu sonhava, bem antes de ela se mudar para Gatlin.

Assim que vi a rua, ouvi a música. Ela chegou ao Volvo tão naturalmente quanto se eu tivesse ligado o rádio. A mesma música. A mesma letra. Do mesmo jeito que vinha tocando havia 2 meses — quando ligava meu iPod, olhava para o teto ou relia a mesma página do *Surfista Prateado* várias vezes, sem absorver uma palavra.

Dezessete luas. Sempre estava lá. Tentei mudar a estação do rádio, mas não fazia diferença. Agora ela estava tocando na minha cabeça em vez de sair dos alto-falantes, como se alguém estivesse transmitindo a música para mim por meio de Kelt.

> *Dezessete luas, dezessete anos,*
> *Olhos onde Trevas ou Luz aparecem,*
> *Dourado para sim e verde para não,*
> *Dezessete, o último a saber.*

A música acabou. Eu sabia que não devia ignorá-la, mas também sabia como Lena agia toda vez que eu tentava tocar no assunto.

— É uma música — dizia ela, sem interesse. — Não significa nada.

— Assim como "Dezesseis luas" não significava nada? É sobre nós. — Não importava se ela sabia e nem mesmo se concordava. Era sempre naquele momento que Lena passava da defesa para o ataque e a conversa perdia o rumo.

— Você quer dizer que é sobre mim. Trevas ou Luz? Se vou ou não dar uma de Sarafine com você? Se você já decidiu que vou virar das Trevas, por que não admite?

Naquele ponto, eu dizia qualquer coisa idiota para mudar de assunto. Até que aprendi a não dizer absolutamente nada. Então não falávamos da música que estava tocando na minha cabeça, do mesmo jeito que tocava na dela.

Dezessete luas. Nós não podíamos evitar.

A música tinha de ser sobre a Invocação de Lena, sobre o momento em que ela se tornaria da Luz ou das Trevas para sempre. O que só podia significar uma coisa: ela não tinha sido Invocada. Ainda não. Dourado para sim e verde para não? Eu sabia o que a música queria dizer — os olhos dourados de um Conjurador das Trevas ou os olhos verdes de um da Luz. Desde a noite do aniversário de Lena, a Décima Sexta Lua dela, eu tentava dizer a mim mesmo que tudo havia terminado, que Lena não precisava ser Invocada, que ela era algum tipo de exceção. Por que não podia ser diferente com Lena, visto que tudo mais que dizia respeito a ela parecia ser tão incomum?

Mas não era diferente. "Dezessete luas" era a prova. Eu tinha começado a ouvir "Dezesseis luas" meses antes do aniversário de Lena, como um anúncio das coisas por vir. Agora a letra tinha mudado de novo, e eu tinha de encarar outra profecia sinistra. Havia uma escolha a ser feita, e Lena não a tinha feito. As músicas nunca mentiam. Pelo menos, ainda não tinham mentido.

Eu não queria pensar no assunto. Enquanto seguia pela longa ladeira que levava aos portões de Ravenwood, até o som triturante dos pneus contra o cascalho parecia repetir a única verdade inevitável. Se havia uma Décima Sétima Lua, tudo tinha sido à toa. A morte de Macon tinha sido desnecessária.

Lena ainda teria de se Invocar para a Luz ou para as Trevas, o que decidiria o destino dela para sempre. Não havia mudança de ideia para Conjuradores, não era possível mudar de lado. E quando ela finalmente decidisse, metade da família dela morreria por causa disso. Os Conjuradores da Luz ou os Conjuradores das Trevas — a maldição garantia que só um dos lados podia sobreviver. Mas em uma família na qual gerações de Conjuradores não tinham livre-arbítrio e eram Invocados pela Luz ou pelas Trevas em seus décimos sextos aniversários, sem poder opinar sobre o assunto, como Lena poderia fazer esse tipo de escolha?

Tudo o que ela sempre quis na vida era escolher o próprio destino. Agora ela podia, mas era com uma piada cósmica cruel.

Parei nos portões, desliguei o motor e fechei os olhos, lembrando — o pânico crescente, as visões, os sonhos, a música. Dessa vez, Macon não estaria presente para roubar os finais tristes. Não havia sobrado ninguém para nos tirar da enrascada, e ela estava chegando rápido.

⊰ 17 DE ABRIL ⊱

Limão e cinzas

Quando parei o carro em frente a Ravenwood, Lena estava sentada na varanda em ruínas, esperando. Usava uma velha camisa de botão, jeans e seu All Star surrado. Por um segundo, pareceu que podíamos estar três meses atrás e hoje era apenas outro dia. Ela, porém, também estava usando um dos coletes listrados de Macon, e tudo estava diferente. Agora que Macon tinha morrido, alguma coisa em Ravenwood dava a sensação de estar errada. Como ir à Biblioteca do Condado de Gatlin se Marian, sua única bibliotecária, não estivesse lá, ou ao FRA sem a filha mais importante das Filhas da Revolução Americana em pessoa, a Sra. Lincoln. Ou ao escritório dos meus pais sem minha mãe.

Ravenwood parecia pior cada vez que eu ia. Ao olhar para o arco de salgueiros chorões, era difícil imaginar que o jardim tinha se deteriorado tão rápido. Canteiros com os mesmos tipos de flores que Amma tinha me ensinado cuidadosamente a livrar de ervas daninhas, quando eu era criança, brigavam por espaço na terra seca. Debaixo das magnólias, aglomerados de jacintos se enroscavam em hibiscos, e os heliotrópios infestavam as não-me-esqueças, como se o próprio jardim estivesse de luto. E isso era inteiramente possível. Ravenwood sempre pareceu ter vontade própria. Por que os jardins deveriam ser diferentes? O peso do sofrimento de Lena provavelmente não estava ajudando. A casa era um espelho dos humores dela, do mesmo modo como sempre tinha sido com Macon.

Quando ele morreu, deixou Ravenwood para Lena, e às vezes eu me perguntava se teria sido melhor que ele não tivesse feito isso. A casa parecia pior a cada dia. Cada vez que eu subia a colina, prendia a respiração, esperando pelo menor sinal de vida, por alguma coisa nova, algo florescendo. Cada vez que eu chegava ao topo, só via mais galhos vazios.

Lena entrou no Volvo já com uma reclamação nos lábios.

— Não quero ir.

— Ninguém *quer* ir para a escola.

— Você sabe o que eu quero dizer. Aquele lugar é horrível. Preferia ficar aqui e estudar latim o dia inteiro.

Isso não ia ser fácil. Como eu podia convencê-la a ir para onde ela não queria? A escola era um saco. Isso era uma verdade universal, e qualquer pessoa que dissesse que aqueles deveriam ser os melhores anos da sua vida, ou estava bêbado, ou louco. Decidi que a psicologia reversa era minha única chance.

— O Ensino Médio representa os piores anos das nossas vidas.

— É mesmo?

— Com certeza. Você precisa voltar.

— E isso vai me fazer sentir melhor exatamente como?

— Não sei. Que tal: é tão ruim que vai fazer o restante da sua vida parecer maravilhoso em comparação?

— Pela sua lógica, eu devia passar o dia com o diretor Harper.

— Ou fazer teste pra líder de torcida.

Ela enrolou o cordão no dedo e os característicos pingentes bateram uns contra os outros.

— É tentador.

Ela sorriu, quase rindo, e eu soube que ela iria comigo.

Lena apoiou o ombro contra o meu durante todo o caminho até a escola. Mas quando chegamos ao estacionamento, ela não conseguiu sair do carro. Não ousei desligar o motor.

Savannah Snow, a rainha da Jackson High, passou por nós amarrando a camiseta apertada acima do jeans. Emily Asher, sua mais importante súdita, estava logo atrás, digitando no celular enquanto passava entre os carros. Emily nos viu e segurou Savannah pelo braço. Elas pararam, fazendo o que qualquer garota de Gatlin que recebera uma boa educação faria ao ver o parente de uma pessoa que tivesse morrido recentemente. Savannah apertou os livros contra o peito, sacudindo a cabeça para nós com tristeza. Era como assistir a um antigo filme mudo.

Seu tio está em um lugar melhor agora, Lena. Está nos portões do Céu, e um coro de anjos o está levando para o amado Criador.

Traduzi para Lena, mas ela já sabia o que elas estavam pensando.

Pare com isso!

Lena colocou o caderno de espiral surrado na frente do rosto, tentando desaparecer. Emily ergueu a mão em uma tentativa de aceno tímido. Estava nos dando espaço, mostrando que não era só bem-educada como também *sensível*. Eu não precisava ler mentes para saber em que ela estava pensando também.

Não vou até aí porque estou deixando você sofrer em paz, doce Lena Du-channes. Mas sempre estarei aqui para te ajudar, sempre mesmo, como a Bíblia e minha mãe me ensinaram.

Emily assentiu para Savannah, e as duas foram andando lenta e tristemente, como se não tivessem fundado alguns meses antes os Anjos da Guarda, a versão Jackson da vigília de vizinhos, cujo único propósito era fazer Lena ser expulsa da escola. De certo modo, aquilo era pior. Emory correu para alcançá-las, mas nos viu e diminuiu o passo até uma caminhada sóbria, tamborilando no capô do meu carro quando passou. Ele não tinha dirigido uma palavra a mim durante meses, mas agora estava mostrando seu apoio. Eram todos uns imbecis.

— Não fale nada. — Lena tinha se encolhido inteiramente no banco do passageiro.

— Não acredito que ele não tirou o boné. A mãe dele vai dar uma surra nele quando chegar em casa. — Desliguei o motor. — Faça tudo certo e você talvez chegue mesmo à equipe de líderes de torcida, doce Lena Du-channes.

— Elas são... Elas são tão...

Ela estava tão zangada que por um minuto me arrependi de ter dito aquilo. Mas ia acontecer o dia todo, e eu queria que ela estivesse preparada antes de pôr os pés nos corredores da Jackson. Eu tinha passado tempo demais sendo o *Pobre Ethan Wate Cuja Mamãe Morreu no Ano Passado* para não saber disso.

— Hipócritas? — Isso era até pouco.

— Fracas. — Isso também. — Não quero entrar para a equipe delas e não quero me sentar à mesa delas. Não quero nem que olhem para mim. Sei que Ridley as estava manipulando com os poderes dela, mas se não tivessem dado aquela festa no meu aniversário... Se eu tivesse ficado dentro de Ravenwood como tio Macon queria... — Eu não precisava que ela terminasse. Ele ainda poderia estar vivo.

— Você não tem como saber isso, L. Sarafine teria encontrado outra maneira de chegar até você.

— Elas me odeiam, e é assim que tem que ser. — O cabelo dela começou a se movimentar, e por um segundo achei que haveria uma tempestade. Ela apoiou a cabeça nas mãos, ignorando as lágrimas que estavam se perdendo nos cabelos agitados. — Alguma coisa precisa permanecer igual. Não sou nada parecida com elas.

— Odeio dar a notícia, mas você nunca foi e nunca será.

— Eu sei, mas alguma coisa mudou. Tudo mudou.

Olhei pela minha janela.

— Nem tudo.

Boo Radley olhou para mim. Ele estava sentado na linha branca quase apagada da vaga ao lado da nossa, como se estivesse esperando por esse momento. Boo ainda seguia Lena para todos os lugares, como um bom cachorro Conjurador. Pensei em quantas vezes cogitei dar uma carona àquele cachorro. Para poupar o tempo dele. Abri a porta, mas Boo não se moveu.

— Tudo bem. Fique aí.

Comecei a fechar a porta, sabendo que Boo jamais entraria. Então ele pulou no meu colo, passou por cima da marcha e foi para os braços de Lena. Ela afundou o rosto no pelo dele, inalando profundamente, como se o cachorro sarnento criasse algum tipo de ar diferente do externo.

Eles eram um amontoado pulsante de cabelo e pelo preto. Por um minuto, o universo inteiro pareceu frágil, como se pudesse desmoronar se eu soprasse na direção errada ou puxasse o fio incorreto.

Eu sabia o que precisava fazer. Não conseguia explicar o sentimento, mas ele me dominou com tanta força quanto os sonhos, quando vi Lena pela primeira vez. Os sonhos que sempre compartilhamos, tão reais que deixavam lama nos meus lençóis ou água de rio pingando no chão do meu quarto. Esse sentimento não era diferente.

Eu precisava saber que fio puxar. Precisava ser aquele que sabia o caminho certo. Ela não conseguia ver o caminho além do ponto onde estava agora, então tinha de ser eu.

Perdida. Era assim que ela estava, e era a única coisa que eu não podia deixá-la ficar.

Liguei o carro e engatei a ré. Só tínhamos chegado até o estacionamento, e eu sabia, sem precisar de qualquer palavra, que era hora de levar Lena para casa. Boo manteve os olhos fechados durante todo o caminho.

Levamos um cobertor velho para Greenbrier e nos enroscamos perto do túmulo de Genevieve, em uma faixa estreita de grama ao lado da lareira e da parede de pedra destruída. As árvores enegrecidas e a campina nos cercavam por todos os lados, com tufos verdes começando a surgir entre a terra batida. Mesmo agora, ainda era o nosso lugar, o lugar onde tivéramos nossa primeira conversa depois que Lena quebrou a janela na aula de inglês com um olhar — e com seus poderes Conjuradores. Tia Del não suportava mais ver o cemitério queimado e os jardins destruídos, mas Lena não se importava. Era o último lugar onde ela tinha visto Macon, e isso o tornava seguro. De alguma forma, olhar para a destruição do fogo era algo familiar, até reconfortante. Ele tinha chegado e destruído tudo em sua frente, depois sumira. Não era preciso se perguntar o que mais estava a caminho e nem quando ia chegar lá.

A grama estava molhada e verde, e enrolei o cobertor ao nosso redor.

— Venha mais pra perto, você está congelando.

Ela sorriu sem olhar para mim.

— Desde quando preciso de uma razão pra chegar mais perto?

Ela se encostou novamente no meu ombro e ficamos sentados em silêncio, nossos corpos aquecendo um ao outro e nossos dedos entrelaçados, uma corrente elétrica subindo pelo meu braço. Era sempre assim quando nos tocávamos — um leve choque que se intensificava com cada toque. Um aviso de que Conjuradores e Mortais não podiam ficar juntos. Não sem o Mortal acabar morto.

Olhei para os galhos pretos e retorcidos e para o céu desolador. Pensei no primeiro dia em que segui Lena até aquele jardim, no modo como a tinha encontrado chorando na grama alta. Tínhamos observado as nuvens cinzentas desaparecerem de um céu azul, nuvens que ela movimentava só com o pensamento. O céu azul — era isso que eu significava para ela. Ela era o Furacão Lena, e eu era o velho e comum Ethan Wate. Eu não podia imaginar minha vida sem ela.

— Olhe. — Lena passou por cima de mim e estendeu o braço na direção dos galhos pretos.

Havia um limão perfeitamente amarelo, o único do jardim, cercado de cinzas. Lena o soltou e flocos pretos voaram pelo ar. A casca amarela brilhava em sua mão, e ela se deixou cair de novo nos meus braços.

— Olhe só isso. Nem tudo pegou fogo.

— Tudo vai crescer de novo, L.

— Eu sei. — Ela não parecia convencida, virando e revirando o limão nas mãos.

— Daqui a um ano, nada disso vai estar preto. — Ela olhou para os galhos e para o céu acima de nós, e eu a beijei na testa, no nariz, na marca de nascença em forma de lua crescente em seu rosto, enquanto ela virava para mim. — Tudo estará verde. Até essas árvores voltarão a crescer. — Enquanto empurrávamos nossos pés uns contra os outros, tirando os sapatos, pude sentir a pontada familiar de eletricidade cada vez que nossas peles se tocavam. Estávamos tão próximos que os cachos dos cabelos dela caíam no meu rosto. Soprei, e eles se espalharam.

Eu estava preso na energia dela, envolvido pela corrente que nos unia e nos afastava. Inclinei-me para beijar sua boca, e ela colocou o limão na frente do meu nariz, provocando.

— Cheire.

— Tem o seu cheiro. — Como o de limão e alecrim, que tinha me atraído para Lena quando nos conhecemos.

Ela o cheirou, fazendo uma careta.

— Azedo, como eu.

— Para mim, você não tem gosto azedo.

Puxei-a mais para perto, até que nossos cabelos estavam cheios de cinzas e grama, e o limão amargo, perdido em algum lugar entre nossos pés e o fim do cobertor. O calor estava na minha pele, como fogo. Embora ultimamente eu só conseguisse sentir um frio cortante sempre que segurava a mão dela, quando nos beijávamos de verdade não havia nada além de calor. Eu a amava, cada átomo dela, uma célula ardente de cada vez. Beijamos até que meu coração começou a dar pequenas paradas e as extremidades de tudo o que eu via, sentia e ouvia começaram a se dissipar e virar escuridão...

Lena me afastou, para meu próprio bem, e ficamos deitados na grama enquanto eu tentava recuperar o fôlego.

Você está bem?

Estou... estou bem.

Não estava, mas não falei nada. Achei que sentia cheiro de alguma coisa pegando fogo e me dei conta de que era o cobertor. Estava fumegando embaixo de nós, onde encostava no chão.

Lena se levantou e puxou o cobertor. A grama debaixo de nós estava chamuscada e amassada.

— Ethan. Olhe para a grama.

— O que tem?

Eu ainda estava tentando recuperar o fôlego, mas tentava não demonstrar. Desde o aniversário de Lena, as coisas só tinham piorado, fisicamente falando. Eu não conseguia parar de tocá-la, embora às vezes não conseguisse suportar a dor do toque.

— Também está queimada agora.

— Que estranho.

Ela olhou para mim com calma, os olhos estranhamente escuros e brilhantes ao mesmo tempo. Ela deixou cair um punhado de grama.

— Fui eu.

— Você é uma garota quente.

— Não pode estar brincando logo agora. Está piorando. — Nós nos sentamos um ao lado do outro, olhando para o que tinha sobrado de Greenbrier. Mas não estávamos olhando para Greenbrier, na verdade. Estávamos olhando para o poder do outro fogo. — Igual à minha mãe. — Ela parecia amargurada.

O fogo era a marca registrada de um Cataclista, e o fogo de Sarafine tinha queimado cada centímetro desses campos na noite do aniversário de Lena. Agora Lena estava acendendo chamas involuntariamente. Meu estômago deu um nó.

— A grama vai crescer também.

— E se eu não quiser que cresça? — disse ela baixinho, enquanto deixava outro punhado de grama queimada cair por entre os dedos.

— O quê?

— Por que eu deveria?

— Porque a vida continua, L. Os pássaros fazem a parte deles, as abelhas também. As sementes são espalhadas e tudo cresce de novo.

— Depois tudo é queimado novamente. Se você tiver sorte o bastante para estar perto de mim.

Não fazia sentido discutir com Lena quando ela estava com esse tipo de humor. Uma vida inteira vendo Amma entristecendo tinha me ensinado isso.

— Às vezes acontece.

Ela dobrou as pernas e apoiou o queixo nos joelhos. Seu corpo lançava uma sombra muito maior do que o tamanho real dela.

— Mas ainda tenho sorte.

Mexi minha perna até que ficasse sob a luz, lançando uma longa linha da minha sombra sobre a dela.

Ficamos sentados assim, lado a lado, com apenas nossas sombras se encostando, até o sol se pôr e elas se esticarem, até as árvores negras desaparecerem na noite. Ouvimos, em silêncio, as cigarras e tentamos não pensar até que a chuva começou a cair novamente.

⊰ 1º DE MAIO ⊱

Caindo

Nas semanas seguintes, convenci Lena a sair de casa comigo três vezes. Uma, para ir ao cinema com Link — meu melhor amigo desde o segundo ano —, quando nem a combinação favorita dela de pipoca e caramelos de chocolate a animou. Outra vez para ir à minha casa comer os biscoitos de melado de Amma e assistir a uma maratona de filmes de zumbis, minha versão do encontro perfeito. Não foi perfeito. E uma vez para uma caminhada ao longo do rio Santee, mas acabamos voltando depois de 10 minutos com sessenta picadas de insetos cada um. Onde quer que ela estivesse, era nesse lugar que não queria estar.

Hoje foi diferente. Ela finalmente encontrara um lugar onde ficou à vontade, mesmo sendo o último que eu esperaria.

Entrei no quarto dela e a encontrei esparramada no teto, os braços estirados sobre o gesso, o cabelo espalhado como um ventilador preto ao redor da cabeça.

— Desde quando você consegue fazer isso?

Eu já estava acostumado aos poderes de Lena, mas desde seu décimo sexto aniversário eles pareciam estar ficando mais fortes e descontrolados, como se ela estivesse crescendo desajeitadamente e virando a Conjuradora que seria no futuro. A cada dia, a Lena Conjuradora estava mais imprevisível, desenvolvendo seus poderes para ver o que conseguia fazer. Como acabamos vendo, o que ela conseguia fazer nesses dias era causar todo tipo de confusão.

Como na vez em que Link e eu estávamos indo para a escola no Lata-Velha e uma das músicas dele tocou no rádio como se a estação a estivesse tocando. Link ficou tão chocado que desviou o carro por reflexo e entrou uns 60 centímetros na cerca viva da Sra. Asher.

— Foi um acidente — disse Lena com um sorriso torto. — Uma das músicas de Link estava na minha cabeça.

Ninguém jamais tinha ficado com uma música de Link na cabeça. Mas ele acreditou, o que deixou seu ego ainda mais insuportável.

— O que posso dizer? Causo esse tipo de coisa nas mulheres. Minha voz é macia como manteiga.

Uma semana depois disso, Link e eu estávamos andando pelo corredor e Lena apareceu e me deu um abraço, bem na hora em que o sinal tocou. Achei que ela finalmente tinha decidido voltar para a escola. Mas Lena não estava lá, na verdade. Era algum tipo de projeção, ou sei lá que palavra os Conjuradores usam para fazer o namorado parecer um idiota. Link pensou que eu estivesse tentando abraçá-lo, então me chamou de "namorado" durante dias.

"Senti saudades. É crime?" Lena dissera, achando engraçado, mas eu estava começando a desejar que a vovó interviesse e a colocasse de castigo, ou fizesse o que se faz com uma Natural que andava aprontando.

Não seja reclamão. Pedi desculpas, não pedi?

Você é uma ameaça tão grande quanto Link no quinto ano, quando sugou todo o suco dos tomates da minha mãe com um canudo.

Não vai acontecer de novo. Juro.

Foi o que Link disse naquela época.

Mas ele parou, não foi?

Sim. Quando paramos de plantar tomates.

— Desça.

— Gosto mais daqui de cima.

Peguei a mão dela. Uma corrente elétrica percorreu meu braço, mas não soltei. Puxei-a para baixo, em direção à cama e ao meu lado.

— Ai!

Ela estava rindo. Eu podia ver o ombro dela mexer embora estivesse de costas para mim. Ou talvez ela não estivesse rindo, e sim chorando, o que era raro atualmente. O choro tinha quase parado e sido substituído por uma coisa pior. Nada.

O nada era enganoso. Era mais difícil descrever, consertar ou impedir o nada.

Quer conversar, L?

Sobre o quê?

Puxei-a mais para perto e apoiei minha cabeça na dela. O tremor diminuiu, e a apertei com tanta força quanto podia. Como se ela ainda estivesse no teto e eu é que estivesse pendurado.

Nada.

Eu não devia ter reclamado do teto. Havia lugares mais loucos onde se podia ficar. Como onde estávamos agora.

— Tenho uma sensação ruim em relação à isso.

Eu suava, mas não conseguia limpar o rosto. Precisava que minhas mãos ficassem onde estavam.

— Que estranho. — Lena sorriu para mim. — Porque tenho uma sensação boa em relação a isso. — Os cabelos dela se mexiam com a brisa, embora eu não tivesse certeza de que tipo de brisa. — Além do mais, estamos quase lá.

— Você sabe que isso é loucura, certo? Se algum policial passar por aqui, vamos ser presos ou enviados para o Blue Horizons para visitar meu pai.

— Não é loucura. É romântico. Casais vêm aqui o tempo todo.

— Quando as pessoas vão para a torre de água, L, elas não estão se referindo ao *topo* da torre de água. — Que era onde estaríamos em um minuto. Só nós dois, uma escada instável de ferro de uns 30 metros e o céu azul da Carolina.

Tentei não olhar para baixo.

Lena tinha me convencido a subir até o topo. Havia algo na empolgação da voz dela que me fez concordar, como se uma coisa tão idiota pudesse fazê-la se sentir como da última vez em que estivemos ali. Sorrindo, feliz, de suéter vermelho. Eu me lembrava porque havia um pedaço de linha vermelha pendurada no cordão dela.

Ela também devia se lembrar. Então ali estávamos nós, em uma escada, olhando para cima para não olharmos para baixo.

Quando chegamos ao topo e observei a vista, entendi. Lena estava certa. Era melhor ali em cima. Tudo ficava tão longe que nada importava.

Fiquei com as pernas penduradas na beirada.

— Minha mãe colecionava fotos de antigas torres de água.

— Ah, é?

— Assim como as Irmãs colecionam colheres. Só que, pra minha mãe, eram torres de água e cartões postais de Exposições Mundiais.

— Eu achava que todas as torres de água eram como essa. Como uma grande aranha branca.

— Em algum lugar no Illinois, tem uma com o formato de uma garrafa de ketchup.

Ela riu.

— E tem uma que parece uma casinha, a essa altura do chão.

— Devíamos morar lá. Eu subiria e jamais voltaria a descer. — Ela se recostou na parede branca e quente. — Acho que a de Gatlin devia ter formato de pêssego, um grande pêssego de Gatlin.

Recostei-me ao lado dela.

— Já tem uma assim, mas não é em Gatlin. Fica em Gaffney. Pelo visto, eles tiveram a ideia primeiro.

— Que tal uma torta? Podíamos pintar esse tanque para parecer uma das tortas de Amma. Ela ia gostar.

— Nunca vi uma assim. Mas minha mãe tinha a foto de uma com formato de espiga de milho.

— Ainda prefiro a casinha. — Lena olhou para o céu, onde não havia uma nuvem.

— Eu iria querer a espiga de milho e o ketchup, se você estivesse lá.

Ela pegou minha mão e ficamos assim, na beirada da torre branca de água de Summerville, olhando para o condado de Gatlin como se fosse uma terra de brinquedo cheia de pequenas pessoas de brinquedo. Tão pequena quanto a cidade de papelão que minha mãe montava debaixo da árvore de Natal.

Como pessoas tão pequenas podem ter problemas?

— Ei, trouxe uma coisa pra você. — Observei enquanto ela se sentava ereta, olhando para mim como uma criança.

— O que é?

Olhei pela beirada da torre de água.

— Talvez devêssemos esperar até que não pudéssemos morrer por causa da queda.

— Não vamos morrer. Não seja tão covarde.

Coloquei a mão no meu bolso de trás. Não era nada de mais, mas já estava comigo havia algum tempo, e eu tinha esperança de que pudesse ajudá-la a se reencontrar.

Peguei uma minicaneta permanente presa a uma argola.

— Está vendo? Ela pode ficar no seu cordão, assim.

Tentando não cair, estendi a mão até o cordão de Lena, o que ela nunca tirava. Tinha um monte de pingentes, e cada um significava uma coisa para ela. A moeda achatada da máquina do Cineplex, onde foi nosso primeiro encontro. Uma lua de prata que Macon deu a ela na noite do baile de inverno. O botão do colete que ela estava usando na noite da chuva. Eram as lembranças de Lena, e ela as carregava consigo como se fosse perdê-las e ficar sem prova alguma de que aqueles poucos momentos perfeitos de felicidade aconteceram.

Prendi a caneta na corrente.

— Agora você pode escrever onde quer que esteja.

— Até mesmo em tetos? — Ela olhou para mim e sorriu, de um jeito um pouco torto, um pouco triste.

— Até mesmo em torres de água.

— Adorei.

Ela falou baixinho e tirou a tampa da caneta.

Antes que eu percebesse, ela estava desenhando um coração. Preto na tinta branca, um coração escondido no topo da torre de água de Summerville.

Fiquei feliz por um segundo. Então tive a sensação de que estava caindo até o chão. Ela não estava pensando em nós. Estava pensando no próximo aniversário dela, na Décima Sétima Lua. Já estava fazendo a contagem regressiva.

No meio do coração, ela não escreveu nossos nomes.

Escreveu um número.

⊰ 16 DE MAIO ⊱

A ligação

Não perguntei a ela sobre o que tinha escrito na torre de água, mas também não esqueci o assunto. Como eu poderia, quando tudo o que tínhamos feito no ano anterior foi uma contagem regressiva para o inevitável? Quando finalmente perguntei por que Lena tinha escrito aquilo ou para que era aquela contagem regressiva, ela não quis dizer. E tive a sensação de que ela não sabia.

Isso era pior do que saber.

Duas semanas tinham se passado e, pelo que eu podia perceber, Lena ainda não tinha escrito nada no caderno. Usava a minicaneta presa ao cordão, mas parecia tão nova quanto no dia em que a comprei no Pare & Roube. Era estranho não ver a caligrafia dela, suas mãos ou o All Star surrado, que ela não usava muito ultimamente. Tinha começado a usar botas pretas no lugar dos tênis. O cabelo também estava diferente. Quase sempre preso para trás, como se achasse que podia arrancar a mágica que havia nele.

Estávamos sentados no degrau mais alto da minha varanda, no mesmo lugar onde estávamos quando Lena me contou que era uma Conjuradora, um segredo que nunca tinha contado a um Mortal. Eu estava fingindo ler *O médico e o monstro*. Lena olhava as páginas em branco do caderno em espiral, como se as linhas azuis e finas guardassem a resposta para todos os seus problemas.

Quando eu não a estava observando, contemplava minha rua. Meu pai ia voltar para casa hoje. Amma e eu tínhamos ido visitá-lo no Dia da Família todas as semanas desde que minha tia o levara para o Blue Horizons. Embora ele não tivesse voltado a ser quem sempre tinha sido, eu tinha de admitir que ele estava agindo quase como uma pessoa normal de novo. Mas eu ainda estava nervoso.

— Chegaram.

A porta de tela bateu atrás de mim. Amma estava de pé na varanda usando um avental com bolsos, do tipo que ela preferia no lugar do tradicional, principalmente em dias como aquele. Segurava o amuleto de ouro pendurado no seu pescoço, esfregando-o entre os dedos.

Olhei para o começo da rua, mas a única coisa que vi foi Billy Watson andando de bicicleta. Lena tinha se inclinado para a frente para ver melhor.

Não vejo carro algum.

Eu também não via, mas sabia que veria em uns cinco segundos. Amma era orgulhosa, principalmente quando se tratava das suas habilidades como Vidente. Ela não diria que tinham chegado a não ser que soubesse que estavam chegando.

Logo aparecerá.

E, de fato, o Cadillac branco da minha tia virou à direita na Cotton Bend. Tia Caroline estava com a janela aberta, o que ela gostava de chamar de ar-condicionado 360, e eu podia vê-la acenando desde a quadra anterior. Fiquei de pé e Amma passou por mim.

— Venha. Seu pai merece uma recepção apropriada.

Isso era um código que significava *Vá para a calçada, Ethan Wate.*

Respirei fundo.

Você está bem?

Os olhos castanho-claros de Lena brilharam ao sol.

Estou.

Menti. Ela deve ter percebido, mas não disse nada. Peguei a mão dela. Estava fria, como sempre andava ultimamente, e a corrente de eletricidade pareceu mais uma pontada de congelamento.

— Mitchell Wate. Não me diga que comeu torta de alguma outra pessoa além da minha. Porque parece que você caiu em um pote de biscoitos e não conseguiu sair.

Meu pai lançou-lhe um olhar sagaz. Amma o tinha criado, e ele sabia que a provocação dela era carregada de tanto amor quanto um abraço.

Fiquei ali parado enquanto Amma o tratava como se ele tivesse 10 anos. Ela e minha tia estavam conversando como se os três tivessem acabado de chegar do mercado. Meu pai sorriu para mim sem entusiasmo. Era o mesmo sorriso que me dava quando visitávamos o Blue Horizons. Dizia: *Não estou mais louco, só envergonhado.* Vestia a velha camiseta da Duke e uma calça jeans, e de alguma forma parecia mais novo do que eu me lembrava. Exceto pelas linhas ao redor dos olhos, que se destacaram quando ele me puxou para um abraço desajeitado.

— Como você está?

Minha voz ficou presa na garganta por um segundo, e eu tossi.

— Bem.

Ele olhou para Lena.

— É bom ver você de novo, Lena. Lamento sobre seu tio.

Aquilo era o sinal da rigorosa educação sulista. Ele precisava se manifestar sobre a morte de Macon, mesmo em um momento constrangedor como aquele.

Lena tentou sorrir, mas só conseguiu parecer tão pouco à vontade quanto eu.

— Obrigada, senhor.

— Ethan, venha até aqui e dê um abraço em sua tia favorita.

Tia Caroline estendeu as mãos. Eu queria jogar os braços ao redor dela e deixar que espremesse o nó que havia no meu peito até ele sumir.

— Vamos entrar. — Amma acenou para meu pai do alto da varanda. — Fiz frango frito e um bolo de Coca-Cola. Se não entrarmos logo, o frango vai dar um jeito de ir embora para casa.

Tia Caroline passou o braço pelo de meu pai e o guiou escada acima. Ela tinha o mesmo cabelo castanho e corpo magro da minha mãe, e por um segundo pareceu que meus pais estavam em casa de novo, passando pela antiga porta de tela da propriedade Wate.

— Preciso voltar para casa.

Lena estava segurando o caderno contra o peito como um escudo.

— Você não precisa ir. Entre.

Por favor.

Eu não falava aquilo por educação. Não queria entrar lá sozinho. Alguns meses antes, Lena teria percebido. Mas acho que naquele momento a mente dela estava em outro lugar, porque ela não percebeu.

— Você precisa passar um tempo com sua família.

Ela ficou na ponta dos pés e me beijou, os lábios mal tocando a minha bochecha. Estava quase no carro antes mesmo que eu pudesse contestar.

Observei o Fastback de Larkin desaparecer pela minha rua. Lena não dirigia mais o rabecão. Pelo que eu sabia, ela não tinha nem olhado para ele desde que Macon morrera. Tio Barclay o tinha estacionado atrás do velho celeiro e depois jogado uma lona sobre ele. Agora ela dirigia o carro de Larkin, todo preto e cromado. Link tinha quase babado na primeira vez em que o viu: "Sabe quantas garotas eu conseguiria com esse carro?"

Depois que o primo traíra a família toda, eu não entendia por que Lena iria querer dirigir o carro dele. Quando perguntei, ela deu de ombros e disse: "Ele não vai mais precisar dele." Talvez Lena achasse que estivesse punindo Larkin ao dirigir o carro dele. Ele tinha contribuído para a morte de Macon, algo que ela jamais perdoaria. Observei o carro dobrar a esquina, desejando poder desaparecer junto com ele.

Quando cheguei à cozinha, havia café de chicória no fogo. Havia também problemas. Amma estava ao telefone, andando de um lado para o outro em frente à pia, e a cada minuto ou dois cobria o fone com a mão e relatava a conversa para tia Caroline.

— Não a veem desde ontem. — Amma colocou o telefone de volta no ouvido. — Faça um chá com conhaque para tia Mercy e a coloque na cama até que a encontremos.

— Encontrar quem?

Olhei para meu pai, que deu de ombros.

47

Tia Caroline me levou até a pia e sussurrou do jeito que as damas sulistas fazem quando alguma coisa é horrível demais para ser dita em voz alta.

— Lucille Ball. Sumiu.

Lucille Ball era a gata siamesa de tia Mercy, e passava a maior parte do tempo correndo pelo jardim das minhas tias-avós presa com uma coleira a um varal, uma atividade à qual as Irmãs se referiam como exercício.

— Como assim?

Amma cobriu o fone com a mão de novo, apertando os olhos e firmando o queixo. O Olhar.

— Parece que *alguém* colocou na cabeça da sua tia a ideia de que gatos não precisam ficar presos, porque sempre voltam pra casa. Você não sabe nada sobre isso, sabe? — Não era uma pergunta. Ambos sabíamos que era eu quem dizia isso havia anos.

— Mas gatos não devem ficar na coleira — tentei me defender, mas era tarde demais.

Amma me olhou com raiva e se virou para tia Caroline.

— Parece que tia Mercy está esperando, sentada na varanda, olhando para a coleira pendurada no varal. — Ela tirou a mão do fone. — Você precisa levá-la para dentro de casa e colocar os pés dela para cima. Se ela ficar tonta, ferva alguns dentes-de-leão.

Saí de fininho da cozinha antes que Amma estreitasse ainda mais os olhos. Ótimo. O gato da minha tia de 100 anos tinha sumido e era minha culpa. Eu teria que ligar para Link para ver se ele podia dirigir pela cidade comigo para procurar Lucille. Talvez as fitas demo de Link a espantassem de onde estivesse escondida.

— Ethan? — Meu pai estava de pé no corredor, bem em frente à porta da cozinha. — Posso falar com você um segundo?

Eu andava com medo disso, de quando ele pediria desculpas por tudo e tentaria explicar por que tinha me ignorado por quase um ano.

— Tá, tudo bem. — Mas eu não sabia se queria ouvir. Não estava mais com raiva. Quando quase perdi Lena, houve uma parte de mim que entendeu por que meu pai tinha ficado completamente atormentado. Eu não conseguia imaginar minha vida sem Lena, e meu pai tinha amado minha mãe por mais de 18 anos.

Eu sentia pena dele agora, mas ainda doía.

Meu pai passou a mão pelo cabelo e chegou mais perto de mim.

— Eu queria dizer o quanto lamento — ele fez uma pausa, olhando para os próprios pés. — Não sei o que aconteceu. Um dia eu estava lá escrevendo e, no seguinte, só conseguia pensar na sua mãe: me sentar na cadeira dela, cheirar os livros dela, imaginá-la lendo por trás dos meus ombros. — Ele olhou para as mãos, como se estivesse falando com elas em vez de comigo. Talvez fosse um truque que ensinavam no Blue Horizons. — Era o único lugar onde eu me sentia próximo a ela. Eu não conseguia esquecê-la.

Ele olhou para o velho teto de gesso e uma lágrima escapou do canto dos seus olhos, descendo lentamente pela lateral do rosto. Meu pai tinha perdido o amor da vida dele, e tinha se desfeito como um suéter velho. Eu tinha testemunhado aquilo, mas não fiz nada para ajudar. Talvez ele não fosse o único culpado. Eu sabia que devia sorrir agora, mas não tinha vontade.

— Entendo, pai. Queria que você tivesse dito alguma coisa. Eu também sentia falta dela. Sabia?

A voz dele estava baixa quando finalmente respondeu:

— Eu não sabia o que dizer.

— Tudo bem. — Eu não sabia se realmente sentia isso, mas pude ver o alívio se espalhar pelo seu rosto. Ele estendeu os braços e me abraçou, apertando minhas costas com os punhos por um segundo.

— Estou aqui agora. Quer conversar?

— Sobre o quê?

— Coisas que você precisa saber quando tem uma namorada.

Não havia nada sobre o que eu menos quisesse conversar.

— Pai, nós não precisamos...

— Tenho muita experiência, sabe. Sua mãe me ensinou algumas coisas sobre as mulheres ao longo dos anos.

Comecei a planejar minha rota de fuga.

— Se algum dia quiser conversar sobre, você sabe...

Eu podia me jogar pela janela do escritório e me espremer entre a cerca e a casa.

— Sentimentos.

Quase ri na cara dele.

49

— O quê?

— Amma diz que Lena está tendo dificuldades com a morte do tio. Não está agindo normalmente.

Deitada no teto. Recusando-se a ir à escola. Não se abrindo comigo. Escalando torres de água.

— Não, ela está bem.

— Bem, as mulheres são uma espécie diferente.

Assenti e tentei não olhá-lo nos olhos. Ele não tinha ideia do quanto estava certo.

— Por mais que eu amasse sua mãe, na metade do tempo eu não fazia ideia do que se passava na cabeça dela. Os relacionamentos são complicados. Você sabe que pode me perguntar qualquer coisa.

O que eu podia perguntar? O que se faz quando o coração quase para de bater cada vez que vocês se beijam? Se há vezes em que você deve ou não ler as mentes um do outro? Quais são os primeiros sinais de que sua namorada está sendo Invocada para sempre pelo bem ou pelo mal?

Ele apertou meu ombro uma última vez. Eu ainda estava tentando formular uma frase quando me soltou. Ele olhava pelo corredor, na direção do escritório.

O quadro emoldurado de Ethan Carter Wate estava pendurado no corredor. Eu ainda não estava acostumado à ideia de vê-lo, embora tivesse sido eu a pendurá-lo no dia seguinte ao enterro de Macon. Ele tinha ficado escondido debaixo de um lençol durante minha vida inteira, e isso parecia errado. Ethan Carter Wate tinha abandonado uma guerra na qual ele não acreditava e morrera tentando proteger a Conjuradora que amava.

Então arrumei um prego e pendurei o quadro. Pareceu a coisa certa a fazer. Depois disso, entrei no escritório do meu pai e juntei as folhas de papel espalhadas pelo aposento. Olhei para os rabiscos e círculos uma última vez, a prova do quão fundo o amor pode ir e de quanto tempo uma perda pode durar. Depois limpei o escritório e joguei as folhas no lixo. Isso também pareceu a coisa certa a se fazer.

Meu pai andou até o quadro, fiquei observando-o como se o estivesse vendo pela primeira vez.

— Não vejo esse cara há muito tempo.

Senti-me tão aliviado por termos mudado para um assunto novo que as palavras saíram meio atropeladas.

— Eu o pendurei. Espero que não tenha problema. Mas pareceu que devia ficar aqui, em vez de embaixo de um lençol velho.

Por um minuto, meu pai olhou para o quadro do rapaz de uniforme Confederado, que não parecia muito mais velho do que eu.

— Esse quadro sempre ficou debaixo de um lençol quando eu era criança. Meus avós nunca falavam muito sobre ele, mas não iam pendurar o quadro de um desertor na parede. Depois que herdei esta casa, encontrei-o coberto no porão e o trouxe para o escritório.

— Por que não o pendurou? — Nunca imaginei que meu pai tivesse olhado para o mesmo quadro escondido quando era criança.

— Não sei. Sua mãe queria que eu o pendurasse. Ela amava essa história: o modo como ele fugiu da guerra, embora isso tenha acabado custando sua vida. Eu queria pendurá-lo. Mas estava muito acostumado a vê-lo coberto. Antes que o fizesse, sua mãe morreu. — Ele passou a mão pela parte de baixo da moldura entalhada. — Sabe, seu nome é em homenagem a ele.

— Eu sei.

Meu pai me olhou como se estivesse me vendo pela primeira vez também.

— Ela era louca por esse quadro. Fico feliz por você tê-lo pendurado. Aqui é o lugar dele.

Não escapei do frango frito e nem da expiação de culpa de Amma. Então, depois do jantar, dirigi pelas redondezas da casa das Irmãs com Link, procurando por Lucille. Link chamava o nome dela entre mordidas em uma coxa de frango enrolada num papel toalha cheio de gordura. Cada vez que ele passava a mão pelo cabelo louro espetado, o brilho ficava mais intenso por causa da gordura.

— Você devia ter trazido mais frango frito. Gatos adoram frango. Eles comem pássaros na natureza. — Link estava dirigindo mais devagar do que o habitual para que eu pudesse procurar por Lucille enquanto ele batucava no volante do carro ao som de "Love Biscuit", a nova e péssima música da banda dele.

— E aí? Você ia ficar dirigindo enquanto eu me pendurava pela janela com uma coxa de frango na mão? — Link era tão transparente. — Você só quer mais frango.

— Verdade. E bolo de Coca-Cola. — Ele esticou o osso da coxa para fora da janela. — Aqui, gatinha, gatinha...

Observei a calçada, procurando um gato siamês, mas outra coisa me chamou a atenção: uma lua crescente. Estava na placa de um carro, entre um adesivo da Stars and Bars, a bandeira Confederada, e um do Bubba's Truck and Trailer. Igual às outras placas da Carolina do Sul com o símbolo estadual que eu tinha visto milhares de vezes, mas nunca havia pensado no assunto. Uma palmeira azul e uma lua crescente, talvez uma lua Conjuradora. Os Conjuradores realmente estavam ali havia muito tempo.

— O gato é mais burro do que pensei, se não conhece o frango frito da Amma.

— Gata. Lucille Ball é fêmea.

— É um gato.

Link fez uma curva e dobramos a esquina para a Main. Boo Radley estava sentado no meio-fio, observando o Lata-Velha passar. Seu rabo balançou, uma batida solitária de reconhecimento, enquanto desaparecíamos na rua. O cachorro mais solitário da cidade.

Ao ver Boo, Link limpou a garganta.

— Falando de garotas, como estão as coisas com Lena?

Ele não a via muito, apesar de mais do que a maioria das pessoas. Lena passava a maior parte do tempo em Ravenwood, sob os olhares atentos de vovó e tia Del, ou se escondia dos olhares atentos delas, dependendo do dia.

— Estão melhorando. — Não era exatamente uma mentira.

— Estão? Ela parece meio diferente. Mesmo se tratando de Lena. — Link era uma das poucas pessoas da cidade que sabia do segredo dela.

— Seu tio morreu. Esse tipo de coisa mexe com a gente.

52

Link devia saber melhor do que ninguém. Ele tinha me visto tentando entender a morte da minha mãe e, depois, o mundo sem ela nele. Sabia que era impossível.

— É, mas ela quase não fala e vive usando as roupas dele. Você não acha isso meio estranho?

— Ela está bem.

— Se você diz, cara.

— Continue dirigindo. Precisamos encontrar Lucille. — Olhei pela janela para a rua vazia. — Gata burra.

Link deu de ombros e aumentou o volume. A banda dele, os Holy Rollers, vibrou pelos alto-falantes. "A garota foi embora". Levar um fora era o tema de todas as músicas que Link escrevia. Era o jeito dele de encarar as coisas. Eu ainda não tinha descoberto o meu.

Nunca encontramos Lucille, e jamais tirei da cabeça a conversa com Link e a que tive com meu pai. Minha casa estava em silêncio, o que é algo que não queremos quando estamos tentando fugir dos próprios pensamentos. A janela do meu quarto estava aberta, mas o ar estava tão quente e parado quanto tudo naquele dia.

Link estava certo. Lena estava agindo de modo estanho. Mas só tinham se passado alguns meses. Ela sairia dessa e as coisas voltariam a ser como antes.

Mexi nas pilhas de livros e papéis sobre minha escrivaninha, procurando *O guia do mochileiro das galáxias*, meu eterno livro para tirar alguma coisa da cabeça. Debaixo de uma pilha de quadrinhos de *Sandman*, encontrei outra coisa. Era um pacote, enrolado no papel pardo típico de Marian e amarrado com um barbante. Mas não havia BIBLIOTECA DO CONDADO DE GATLIN carimbado nele.

Marian era a amiga mais antiga de minha mãe e a bibliotecária-chefe do Condado de Gatlin. Era também a Guardiã no mundo Conjurador — uma Mortal que protegia os segredos e a história dos Conjuradores e, no caso de Marian, a *Lunae Libri*, uma Biblioteca Conjuradora cheia de segredos próprios. Ela tinha me dado esse pacote depois que Macon morreu, mas eu o esqueci completamente. Era o diário dele, e ela achou que Lena fosse querer ficar com ele. Marian estava enganada. Lena não queria vê-lo ou tocá-lo. Nem deixou que fosse levado para Ravenwood. "Fique você com ele", tinha dito ela. "Acho que não conseguiria suportar ver a letra de Macon".

Estava juntando poeira na minha escrivaninha desde então.

Virei-o nas minhas mãos. Era pesado, quase pesado demais para ser um livro. Fiquei curioso sobre como ele era. Provavelmente velho, com uma capa de couro rachado. Desamarrei o barbante e o desembrulhei. Eu não ia lê-lo, só olhar para ele. Porém, quando afastei o papel pardo, percebi que não era um livro. Era uma caixa preta de madeira com entalhes complexos formando estranhos símbolos Conjuradores.

Passei a mão pela tampa, me perguntando sobre o que ele escrevia. Não conseguia imaginá-lo escrevendo poesia, como Lena. Provavelmente estava cheio de notas sobre horticultura. Abri a tampa com cuidado. Queria ver algo em que Macon tivesse tocado todos os dias, algo que era importante para ele. O forro era de cetim preto e as páginas em seu interior estavam soltas e amareladas, escritas com a caligrafia apagada e rebuscada de Macon. Toquei numa página, com um único dedo. O céu começou a girar e me senti caindo para a frente. Vi o chão chegando mais perto, mas quando cheguei ao chão, caí através dele e me vi em uma nuvem de fumaça...

Havia incêndios ao longo do rio, os únicos traços das plantações que existiam lá apenas horas antes. Greenbrier já estava tomada pelas chamas. Ravenwood seria a próxima. Os soldados da União deviam estar fazendo uma pausa, embriagados com a vitória e a bebida que tinham roubado das casas mais abastadas de Gatlin.

Abraham não tinha muito tempo. Os soldados estavam chegando, e ele teria de matá-los. Era o único meio de salvar Ravenwood. Os Mortais não tinham chance alguma contra ele, mesmo sendo soldados. Não eram páreo para um Incubus. E se o irmão dele, Jonah, voltasse dos túneis, os soldados teriam dois deles para enfrentar. As armas eram a única preocupação de Abraham. Embora as armas Mortais não pudes-

sem matar a espécie dele, as balas o enfraqueceriam, o que poderia dar aos soldados o tempo de que precisavam para incendiar Ravenwood.

Abraham precisava se alimentar, e apesar da fumaça, conseguia sentir o desespero e o medo de um Mortal ali perto. O medo o deixaria forte. Fornecia mais poder e sustento do que lembranças ou sonhos.

Abraham Viajou em direção ao cheiro. Mas, quando se materializou no bosque atrás de Greenbrier, soube que era tarde demais. O cheiro estava fraco. Ao longe, ele podia ver Genevieve Duchannes curvada sobre um corpo na lama. Ivy, a cozinheira de Greenbrier, estava parada atrás de Genevieve, segurando alguma coisa contra o peito.

A velha viu Abraham e foi correndo na direção dele.

— Sr. Ravenwood, graças a Deus. — Ela baixou a voz. — O senhor precisa pegar isto. Coloque-o em algum lugar seguro até que eu possa ir buscá-lo. — Tirando um pesado livro preto das dobras do avental, ela o colocou nas mãos de Abraham. Assim que ele tocou no objeto, Abraham pôde sentir seu poder.

O livro estava vivo, pulsando contra suas mãos como se tivesse batimentos cardíacos. Ele quase podia ouvi-lo sussurrando, pedindo que o pegasse — que o abrisse e libertasse o que estava escondido lá dentro. Não havia palavras na capa, só uma única lua crescente. Abraham passou os dedos pelas beiradas.

Ivy continuou falando, considerando o silêncio de Abraham uma hesitação.

— Por favor, Sr. Ravenwood. Não tenho mais ninguém a quem entregá-lo. E não posso deixá-lo com a Srta. Genevieve. Não agora.

Genevieve ergueu a cabeça como se pudesse ouvi-los em meio à chuva e ao rugir das chamas.

No momento em que Genevieve se virou na direção deles, Abraham entendeu. Ele podia ver os olhos amarelos dela brilhando na escuridão. Os olhos de uma Conjuradora das Trevas. Naquele momento, ele também entendeu o que estava segurando.

O Livro das Luas.

Ele já tinha visto o Livro antes, nos sonhos da mãe de Genevieve, Marguerite. Era um livro de infinito poder, um livro que Marguerite igualmente temia e reverenciava. Que ela escondia do marido e das filhas, e que jamais teria permitido cair nas mãos de uma Conjuradora das Trevas ou de um Incubus. Um livro que podia salvar Ravenwood.

Ivy tirou alguma coisa das dobras da saia e esfregou na capa do Livro. Cristais brancos rolaram pelas beiradas. Sal. A arma de mulheres supersticiosas, que traziam seu próprio tipo de poder das Ilhas do Açúcar*, onde seus ancestrais tinham nascido. Elas acreditavam que o sal afastava os Demônios, uma crença que Abraham sempre achara divertida.

— Vou buscá-lo assim que puder. Juro.

— Vou guardá-lo em segurança. Você tem minha palavra.

Abraham tirou um pouco do sal da capa do Livro para que conseguisse sentir seu calor contra a pele. Ele se virou em direção ao bosque. Andaria alguns metros, por causa de Ivy. As mulheres Gullah sempre se assustavam ao vê-lo Viajar, por serem lembradas do que ele era.

— Guarde-o, Sr. Ravenwood. Faça o que fizer, mas não o abra. Esse livro não traz nada além de infelicidade para quem o manuseia. Não escute quando ele o chamar. Vou buscá-lo.

Mas o aviso de Ivy foi dado tarde demais.

Abraham já estava escutando.

Quando voltei a mim, estava deitado de costas no chão do meu quarto, olhando para o teto. Ele era pintado de azul, assim como o da casa, para enganar as abelhas carpinteiras que faziam ninhos ali.

Sentei, ainda tonto. A caixa estava ao meu lado, a tampa fechada. Abri-a, e as páginas estavam lá dentro. Desta vez, não toquei nelas.

Nada daquilo fazia sentido. Por que eu estava tendo visões de novo? Por que via Abraham Ravenwood, um homem do qual o povo da cidade desconfiava havia gerações pelo fato de Ravenwood ter sido a única fazenda

---

* As Antilhas receberam por muito tempo o apelido de Ilhas do Açúcar, por causa do cultivo da cana-de-açúcar. (*N. da T.*)

a sobreviver ao Grande Incêndio? Não que eu acreditasse muito no que o povo da cidade dizia.

Mas, quando o medalhão de Genevieve provocou as visões, houve um motivo. Uma coisa que Lena e eu precisávamos descobrir. O que Abraham Ravenwood tinha a ver conosco? O ponto em comum era *O Livro das Luas*. Estava nas visões do medalhão e nessa. Mas o Livro estava desaparecido. A última vez que alguém o vira fora na noite do aniversário de Lena, quando estava em cima da mesa da cripta, cercado pelo fogo. Como tantas coisas, não era nada além de cinzas agora.

⊰ 17 DE MAIO ⊱

Tudo o que resta

Quando fui à escola no dia seguinte, me sentei sozinho com Link e seus quatro sanduíches de carne moída à mesa do almoço. Enquanto comia minha pizza, só conseguia pensar no que ele havia dito sobre Lena. Estava certo. Ela havia mudado, um pouco de cada vez, até que eu quase não conseguisse lembrar como as coisas eram. Se eu tivesse alguém com quem conversar, sabia que essa pessoa me diria para dar tempo a ela. Também sabia que isso era só uma coisa que as pessoas diziam quando não tinha nada a ser dito ou algo que se pudesse fazer.

Lena não estava seguindo em frente. Não estava voltando a ser ela mesma, nem voltando para mim. Na verdade, estava se afastando de mim mais do que de qualquer outra pessoa. Cada vez mais, eu não conseguia chegar até ela, ou ao seu interior, nem com o Kelt nem com beijos ou nenhum outro jeito complicado ou descomplicado que usávamos para nos tocar. Agora, quando eu pegava a sua mão, só sentia a frieza.

E quando Emily Asher olhou para mim do outro lado do refeitório, não havia nada além de pena nos olhos dela. Mais uma vez, eu era alguém digno de pena. Eu não era o *Ethan Wate Cuja Mamãe Morreu no Ano Passado.* Agora eu era *Ethan Wate Cuja Namorada Ficou Pirada Quando o Tio Morreu.*

As pessoas sabiam que houve *complicações*, e sabiam que não tinham visto Lena na escola comigo.

Mesmo não gostando de Lena, os infelizes amam observar a infelicidade dos outros. Eu era líder de mercado no assunto infelicidade. Eu era mais do que infeliz, pior do que um sanduíche de carne moída amassado e esquecido numa bandeja de refeitório. Eu estava sozinho.

Certa manhã, quase uma semana depois, ouvi um barulho estranho, como um rangido, um disco arranhado ou uma página se rasgando, no fundo da minha mente. Eu estava na aula de história e falávamos sobre a Reconstrução, o que era uma época ainda mais entediante que a da Guerra Civil, quando os Estados Unidos tiveram de se reconstruir. Em uma sala de aula em Gatlin, esse capítulo era ainda mais constrangedor do que deprimente — uma lembrança de que a Carolina do Sul tinha sido um estado escravagista e de que estávamos contra o que era certo. Todos sabíamos disso, mas nossos ancestrais nos deixaram com um eterno zero no boletim moral da nação. Cortes profundos deixam cicatrizes, independentemente do que se tenta fazer para curá-los. O Sr. Lee ainda falava sobre isso, pontuando cada frase com um suspiro dramático.

Eu tentava não escutar quando senti o cheiro de algo queimando, talvez um motor superaquecido ou um isqueiro. Olhei ao redor da sala. Não vinha do Sr. Lee, a fonte mais frequente de qualquer cheiro horrível na minha aula de história. Ninguém mais pareceu ter reparado.

O barulho ficou mais alto, até virar um som indefinido e confuso de coisas destruídas — rasgos, falas, gritos. *Lena.*

L?

Nenhuma resposta. Acima do barulho, ouvi Lena murmurando versos de poesia, e não do tipo que se manda para alguém no Dia dos Namorados.

Não ondulando mas se afogando...

Reconheci o poema, e não era bom. Lena lendo Stevie Smith era apenas um passo atrás das poesias mais sombrias de Sylvia Plath e de um dia estilo *A redoma de vidro*. Era a bandeira vermelha de Lena, como quando Link ouvia os Dead Kennedys ou Amma picava legumes para rolinhos primavera com um cutelo.

Aguente firme, L. Estou indo.

Alguma coisa tinha mudado e, antes que pudesse voltar a ser o que era, peguei meus livros e saí correndo. Saí da sala antes do suspiro seguinte do Sr. Lee.

Reece não me olhou quando entrei pela porta. Ela apontou para a escadaria. Ryan, a prima mais nova de Lena, estava sentada no degrau de baixo com Boo, parecendo triste. Quando mexi no cabelo dela, ela levou um dedo aos lábios.

— Lena está tendo uma crise de nervos. Temos de ficar quietos até vovó e mamãe chegarem em casa.

Aquilo era um eufemismo.

A porta só tinha uma fresta aberta e, quando a empurrei, as dobradiças rangeram, como se eu estivesse entrando no local de um crime. Parecia que o quarto tinha sido sacudido. A mobília estava de cabeça para baixo ou destruída ou desaparecida. O quarto inteiro estava coberto de páginas de livros, páginas arrancadas e rasgadas e grudadas nas paredes, no teto e no chão. Não havia um livro sequer nas prateleiras. Parecia que uma biblioteca tinha explodido. Algumas das páginas chamuscadas empilhadas no chão ainda estavam fumegando. A única coisa que não vi foi Lena.

L? Onde está você?

Examinei o quarto. A parede atrás da cama dela não estava coberta com os fragmentos dos livros que Lena amava. Estava coberta de outra coisa.

Ninguém o homem morto & Ninguém o vivo
Ninguém vai ceder & Ninguém vai dar
Ninguém me ouve mas Ninguém se importa
Ninguém tem medo de mim mas Ninguém só fica olhando
Ninguém pertence a mim & Ninguém ficou
Não Ninguém sabe de Nada
Tudo que restou são restos

Ninguém e *Ninguém*. Um deles era Macon, certo? *O homem morto.*

Quem era o outro? Eu?

Era isso que eu era agora, *Ninguém*?

Será que todos os garotos precisavam se esforçar tanto para entender suas namoradas? Decifrar os poemas distorcidos escritos nas paredes delas com caneta permanente ou gesso rachado?

Tudo o que restou são restos.

Toquei a parede, borrando a palavra *restos*.

Porque tudo o que restava não eram restos. Tinha que haver mais do que isso — mais em mim e Lena, mais em tudo. Não era só Macon. Minha mãe tinha morrido, mas, como os últimos meses tinham mostrado, parte dela estava comigo. Eu vinha pensando cada vez mais nela.

Invoque a si mesma. Esse tinha sido o recado de minha mãe para Lena, escrito nos números de páginas de livros, espalhados no chão do aposento favorito dela na propriedade Wate. O recado dela para mim não precisava ser escrito em lugar algum, nem em números, nem em letras, nem mesmo em sonhos.

O chão do quarto de Lena parecia um pouco com o escritório naquele dia, com livros abertos espalhados por toda parte. Só que esses livros estavam sem as folhas, o que passava uma mensagem completamente diferente.

Dor e culpa. Era o segundo capítulo de todos os livros que minha tia Caroline tinha me dado sobre os cinco estágios do luto, ou fosse lá quantos estágios as pessoas dissessem que havia no luto. Lena tinha passado pelo choque e pela negação, os dois primeiros, então eu devia ter previsto isso. Para ela, acho que significava abrir mão de uma das coisas que ela mais amava. Os livros.

Pelo menos era o que eu esperava que aquilo significasse. Passei com cuidado por cima das capas de livros vazias e queimadas. Ouvi os soluços abafados antes mesmo de vê-la.

Abri a porta do armário. Ela estava encolhida na escuridão, com os joelhos abraçados contra o peito.

Está tudo bem, L.

Ela olhou para mim, mas não tenho certeza do que estava vendo.

Todos os meus livros pareciam com ele falando. Não consegui fazer com que parassem.

Não importa. Está tudo bem agora.

Eu sabia que as coisas não ficariam daquele jeito por muito tempo. Nada estava bem. Em algum lugar no caminho entre a raiva, o medo e a infelicidade, ela havia dobrado uma esquina. Eu sabia por experiência própria que não havia volta.

Vovó finalmente interveio. Lena voltaria para a escola na semana seguinte, quer ela quisesse, quer não. A escolha dela era a escola ou a coisa que ninguém dizia em voz alta. Blue Horizons, ou seja lá qual fosse o equivalente para os Conjuradores. Até então, eu só tinha permissão de vê-la quando fosse levar seu dever de casa. Andei com dificuldade até a casa dela com uma sacola do Pare & Roube cheia de folhas de exercícios e perguntas de redação sem sentido.

Por que eu? O que foi que eu fiz?

Acho que não posso ficar perto de ninguém que mexa com as minhas emoções. Foi o que Reece disse.

Sou eu que mexo com suas emoções?

Eu podia sentir alguma coisa como um sorriso surgindo no fundo da minha mente.

É claro que sim. Só não do jeito que eles pensam.

Quando a porta do quarto dela finalmente se abriu, deixei a sacola no chão e a tomei nos braços. Apenas alguns dias tinham se passado desde que eu a vira pela última vez, mas sentia saudade do cheiro do cabelo dela, de limão e alecrim. Das coisas familiares. Mas hoje eu não conseguia sentir o cheiro. Afundei meu rosto contra o pescoço dela.

Também senti saudades.

Lena olhou para mim. Ela estava vestindo uma camiseta e uma legging pretas, cheia de cortes loucos pelas pernas. Seu cabelo estava se soltando do coque acima da nuca. O cordão, pendurado e retorcido. Os olhos estavam cercados de uma mancha preta que não era maquiagem.

Fiquei preocupado. Mas quando olhei atrás dela, para o quarto, fiquei ainda mais preocupado.

Vovó tinha conseguido o que queria. Não havia um livro queimado e nem nada fora do lugar. Esse era o problema. Não havia uma mancha de caneta permanente, nenhum poema, nenhuma página em qualquer parte do quarto. Em vez disso, as paredes estavam cobertas de imagens, presas cuidadosamente em fila ao longo do espaço, como se fossem uma espécie de cerca prendendo-a.

Sagrado. Dormindo. Amada. Filha.

Eram todas fotos de lápides, tiradas tão de perto que só dava para perceber o pedaço áspero de pedra por trás das palavras entalhadas e as próprias palavras.

Pai. Alegria. Desespero. Descanso eterno.

— Não sabia que você curtia fotografia. — Fiquei me perguntando o que mais eu não sabia.

— Não curto mesmo. — Ela pareceu sem graça.

— Estão ótimas.

— Acham que isso é bom pra mim. Tenho que provar pra todo mundo que sei que ele se foi.

— Sei como é. Meu pai precisa manter um diário de sentimentos agora.

Assim que terminei de falar desejei poder retirar o que disse. Comparar Lena ao meu pai não tinha como ser confundido com um elogio, mas ela não pareceu perceber. Perguntei a mim mesmo há quanto tempo ela ia ao Jardim da Paz Perpétua com a câmera e como eu não tinha percebido.

Soldado. Dormindo. Por espelho em enigma.

Cheguei à última foto, a única que não parecia fazer parte do grupo. Era uma moto, uma Harley encostada a uma lápide. O cromado brilhante da moto parecia deslocado ao lado das pedras velhas e gastas. Meu coração começou a disparar quando olhei para ela.

— Que foto é essa?

Lena fez um gesto indicando que não era importante.

— Um cara visitando um túmulo, eu acho. Ele estava meio que... lá. Eu sempre penso em tirá-la daí, a luz está horrível.

Ela ergueu a mão por trás de mim, puxando as tachas da parede. Quando chegou à última, a foto desapareceu, não deixando nada além de quatro buraquinhos na parede preta.

Fora as imagens, o quarto estava quase vazio, como se ela tivesse feito as malas para ir para a faculdade em outra cidade. A cama tinha sumido. A estante e os livros também. O velho lustre que fizemos balançar tantas vezes que pensei que cairia do teto tinha sumido. Havia um futon no chão, no meio do quarto. Ao lado dele estava o pequeno pardal de prata. Olhar para ele encheu minha mente de lembranças do enterro — magnólias saindo da grama, o mesmo pardal de prata na mão lamacenta dela.

— Tudo está tão diferente.

Tentei não pensar no pardal e nem na razão pela qual ele estaria ao lado da cama dela. A razão que não tinha nada a ver com Macon.

— É, você sabe. Faxina de primavera. Eu meio que tinha destruído o quarto.

Alguns livros esfarrapados estavam sobre o futon. Sem pensar, abri um deles — e me dei conta de que tinha cometido um dos piores crimes. Embora o lado de fora estivesse coberto com uma capa antiga e remendada com durex de *O médico e o monstro*, a parte de dentro não era um livro. Era um dos cadernos em espiral de Lena, e eu o tinha aberto bem na frente dela. Como se não fosse nada, como se fosse meu e eu pudesse ler.

Percebi outra coisa. A maior parte das páginas estava em branco.

O choque foi quase tão terrível quanto descobrir as páginas de rabiscos do meu pai quando achei que ele estivesse escrevendo um livro. Lena levava o caderno consigo aonde quer que fosse. Se tinha parado de escrever o tanto que costumava, as coisas estavam piores do que eu imaginava.

Ela estava pior do que eu imaginava.

— Ethan! O que está fazendo?

Afastei a mão, e Lena pegou o livro.

— Me desculpe, L.

Ela estava furiosa.

— Pensei que fosse só um livro. O que quero dizer é que parece um livro. Não achei que você deixaria seu caderno por aí, onde qualquer um pudesse lê-lo.

Ela não olhava para mim, e estava com o livro agarrado contra o peito.

— Por que não está escrevendo mais? Achei que amasse escrever.

Ela revirou os olhos e abriu o caderno para me mostrar.

— Eu amo.

Lena sacudiu as páginas em branco, e agora elas estavam cobertas com linhas e linhas de pequenas palavras rabiscadas, riscadas várias vezes, revisadas e reescritas e relidas mil vezes.

— Você o Enfeitiçou?

— Transformei as palavras para fora da realidade Mortal. A não ser que eu queira mostrar para alguém, só um Conjurador consegue ler.

— Brilhante. Considerando que Reece, a pessoa com mais chances de ler tudo, por acaso é uma Conjuradora. — Reece era tão curiosa quanto mandona.

— Ela não precisa. Pode ler tudo no meu rosto.

Era verdade. Sendo uma Sibila, Reece conseguia ver os pensamentos e os segredos, até as coisas que se planejava fazer, só de olhar nos olhos. E era por isso que eu costumava evitá-la.

— Então pra que tanto segredo?

Sentei no futon de Lena. Ela se sentou ao meu lado, com as pernas cruzadas. As coisas estavam menos confortáveis do que eu fingia que estavam.

— Não sei. Ainda sinto vontade de escrever o tempo todo. Talvez eu apenas sinta menos vontade de ser compreendida, ou sinta menos que possa ser compreendida.

Meu maxilar se contraiu.

— Por mim.

— Não foi o que eu quis dizer.

— Que outros Mortais leriam seu caderno?

— Você não entende.

— Acho que entendo.

— Em parte, talvez.

— Eu entenderia tudo se você me deixasse entender.

— Não tem o que deixar, Ethan. Não consigo explicar.

— Deixe-me ver. — Estendi o braço na direção do caderno.

Ela ergueu uma sobrancelha, passando-o para mim.

— Você não vai conseguir ler.

Abri o caderno e olhei. Não sei se foi Lena ou o livro em si, mas as palavras foram aparecendo na página à minha frente lentamente, uma de cada vez. Não era um dos poemas de Lena, e não era uma letra de música. Não havia muitas palavras, só desenhos estranhos, formas e curvas subindo e descendo pela página como uma coleção de desenhos tribais.

No fim da página, havia uma lista.

o que eu lembro
mãe
ethan
macon
hunting
o fogo
o vento
a chuva
a cripta
o eu que não sou eu
o eu que mataria
dois corpos
a chuva
o livro
o anel
o amuleto de Amma
a lua

Lena tirou o livro da minha mão. Havia mais algumas linhas na página, mas não consegui lê-las.

— Pare!

Olhei para ela.

— O que é aquilo?

— Nada, é particular. Você não devia ter conseguido ver aquilo.

— Então por que consegui?

— Eu devo ter feito o Conjuro *Verbum Celatum* errado. A Palavra Escondida. — Ela olhou para mim com ansiedade, o olhar mais suave. — Não importa. Eu estava tentando me lembrar daquela noite. Da noite em que Macon... desapareceu.

— Morreu, L. Da noite em que Macon morreu.

— Sei que ele morreu. É claro que morreu. Só não quero falar sobre isso.

— Sei que deve estar deprimida. É normal.

— O quê?

— É o estágio seguinte.

Os olhos de Lena faiscaram.

— Sei que sua mãe morreu e que meu tio morreu. Mas tenho meus próprios estágios de luto. Esse não é o meu diário de sentimentos. Não sou seu pai e não sou você, Ethan. Não somos tão parecidos quanto pensa.

Olhamos um para o outro de um modo que não fazíamos havia muito tempo, talvez nunca. Houve um momento indescritível. Percebi que estávamos falando em voz alta desde que cheguei, sem usar Kelt para nem uma palavra. Pela primeira vez, eu não sabia em que ela estava pensando, e estava bem claro que ela não sabia como eu me sentia também.

Mas então ela soube. Esticou os braços e me envolveu com eles porque, pela primeira vez, era eu quem estava chorando.

Quando cheguei em casa, todas as luzes estavam apagadas, mas não entrei logo. Fiquei sentado na varanda observando os vagalumes piscando no escuro. Não queria ver ninguém. Queria pensar, e tinha a sensação de que Lena não estaria ouvindo. Tem alguma coisa em ficar sozinho no escuro que faz a gente se lembrar do quanto o mundo é grande e o quanto estamos distantes uns dos outros. As estrelas parecem estar tão perto que daria para esticar o braço e tocá-las. Mas não dá. Às vezes as coisas parecem bem mais próximas do que realmente estão.

Fiquei olhando para a escuridão por tanto tempo que pensei ver alguma coisa se mexer ao lado do velho carvalho em nosso jardim. Por um segundo, meu coração acelerou. A maior parte das pessoas de Gatlin nem trancava as portas, mas eu sabia que havia muitas coisas que podiam ultrapassar uma tranca. Vi o ar se mover de novo, quase imperceptivelmente, como uma onda de calor. Percebi que não era alguma coisa tentando entrar na minha casa. Era algo que tinha fugido de outra.

Lucille, a gata das Irmãs. Eu conseguia ver os olhos azuis brilhando na escuridão enquanto ela andava até a varanda.

— Falei pra todo mundo que você encontraria o caminho de casa mais cedo ou mais tarde. Só que encontrou a casa errada. — Lucille virou a cabeça para o lado. — Você sabe que as Irmãs nunca vão soltar você daquele varal depois disso.

Lucille ficou me olhando como se entendesse perfeitamente. Como se soubesse as consequências quando fugiu, mas, por alguma razão, decidiu fugir mesmo assim. Um vagalume piscou na minha frente, e Lucille pulou do degrau.

Ele voou mais alto, mas a gata burra continuou tentando pegá-lo. Ela não parecia saber a que distância ele realmente estava. Como as estrelas. Como muitas coisas.

⊰ 12 DE JUNHO ⊱
A garota dos meus sonhos

Escuridão.

Eu não conseguia ver nada, mas podia sentir o ar fugindo dos meus pulmões. Não conseguia respirar. O ar estava cheio de fumaça e eu estava tossindo, sufocando.

Ethan!

Eu tinha ouvido a voz dela, mas estava distante e baixa.

O ar ao meu redor era quente. Tinha cheiro de cinzas e morte.

Ethan, não!

Vi o brilho de uma faca acima da minha cabeça e ouvi uma risada sinistra. Sarafine. Só que eu não conseguia ver o rosto dela.

Quando a faca entrou na minha barriga, eu soube onde estava.

Estava em Greenbrier, em cima da cripta, e estava prestes a morrer.

Tentei gritar, mas não consegui emitir som algum. Sarafine jogou a cabeça para trás e riu, as mãos na faca enfiada na minha barriga. Eu estava morrendo e ela ria. O sangue escorria pelo meu corpo inteiro, entrando nos meus ouvidos, nas minhas narinas, na minha boca. Tinha um gosto distinto, de cobre ou de sal.

Meus pulmões pareciam dois sacos pesados de cimento. Quando o sangue nos meus ouvidos abafou a voz dela, fui tomado por um sentimento

69

familiar de perda. Verde e dourado. Limão e alecrim. Podia sentir o cheiro mesmo com o sangue, a fumaça e as cinzas. Lena.

Sempre pensei que não pudesse viver sem ela. Agora eu não teria de passar por isso.

— Ethan Wate! Por que ainda não estou ouvindo o chuveiro ligado?

Sentei-me de repente na cama, molhado de suor. Passei a mão por debaixo da camiseta, pela pele. Não havia sangue, mas eu podia sentir a marca em relevo onde a faca tinha me cortado no sonho. Ergui a camiseta e olhei para a linha cor-de-rosa irregular. Uma cicatriz cortava a parte de baixo do meu abdômen, como uma ferida de facada. Apareceu do nada, o ferimento de um sonho.

Só que era real e doía. Eu não havia tido um sonho desses desde o aniversário de Lena e não sabia por que estavam voltando agora, dessa maneira. Eu estava acostumado a acordar com lama na minha cama ou fumaça nos meus pulmões, mas era a primeira vez que eu acordava sentindo dor. Tentei afastar a sensação, dizendo para mim mesmo que não tinha acontecido de verdade. Mas minha barriga latejava. Olhei para minha janela aberta, desejando que Macon estivesse por perto para roubar o fim desse sonho. Eu desejava que ele estivesse por perto por vários motivos.

Fechei os olhos e tentei me concentrar, para ver se Lena estava por perto. Mas eu já sabia que não estaria. Eu podia sentir quando ela estava longe, o que acontecia na maior parte do tempo ultimamente.

Amma gritou da escada de novo:

— Se você está se atrasando de propósito para sua última prova, vai ficar de castigo no seu quarto o verão inteiro. Pode apostar.

Lucille Ball estava me olhando do pé da cama, como fazia quase todas as manhãs agora. Depois que Lucille apareceu na varanda, levei-a de volta para tia Mercy, mas no dia seguinte ela estava sentada na nossa varanda de novo. Depois disso, tia Prue convenceu as irmãs de que Lucille era uma desertora, e a gata foi morar conosco. Fiquei surpreso quando Amma abriu a porta e deixou Lucille entrar, mas ela tinha suas razões.

— Não há nada de errado em ter um gato em casa. Eles conseguem ver o que a maioria das pessoas não vê, como espíritos do Outro Mundo que fazem a passagem de volta para cá, os bons e os maus. E eles nos livram de ratos.

Acho que podíamos dizer que Lucille era a versão de Amma no reino animal.

Quando entrei no chuveiro, a água quente caiu sobre meu corpo, levando tudo embora. Tudo exceto a cicatriz. Esquentei ainda mais a água, mas não conseguia me concentrar no banho. Estava envolvido com os sonhos, a faca, a risada...

Minha prova final de inglês.

Merda.

Eu tinha adormecido antes de terminar de estudar. Se não passasse na prova, não passaria na matéria, independentemente de me sentar no Lado do Olho Bom. Minhas notas não estavam maravilhosas nesse semestre, e com isso quero dizer que eu estava no nível de Link. Eu não estava em meu estado normal de não estudar e me dar bem. Já estava prestes a repetir em história, pois Lena e eu tínhamos faltado à Encenação da Batalha de Honey Hill no aniversário dela. Se repetisse em inglês, passaria o verão todo numa escola tão velha que nem tinha ar-condicionado, ou teria de repetir o ano todo. Uma pessoa com pulso devia estar preparada para ponderar esse tipo de problema. Assonância, certo? Ou seria consonância? Eu estava ferrado.

Esse foi o quinto dia do café da manhã gigantesco. Estávamos tendo provas finais a semana toda, e Amma acreditava haver uma correlação direta entre o quanto eu comia e o quanto me sairia bem. Eu tinha comido o equivalente ao meu peso em bacon e ovos desde a segunda-feira. Não era surpresa que meu estômago estivesse me matando e que eu tivesse pesadelos. Ou pelo menos foi o que tentei dizer a mim mesmo.

Cutuquei os ovos fritos com o garfo.

— Mais ovos?

Amma me olhou com desconfiança.

— Não sei o que você está tramando, mas não estou com humor pra isso. — Ela colocou outro ovo no meu prato. — Não teste minha paciência hoje, Ethan Wate.

Eu não ia discutir com ela. Já tinha problemas demais.

Meu pai entrou na cozinha e abriu o armário, procurando cereal de trigo integral.

— Não provoque Amma. Você sabe que ela não gosta. — Ele olhou para ela, sacudindo a colher. — Esse meu garoto é completamente E-S-C-A-B-R-O-S-O. O que quer dizer...

Amma olhou com raiva para ele, batendo a porta do armário com força.

— Mitchell Wate, você vai ganhar um par de cicatrizes se não parar de bagunçar minha despensa.

Ele riu e um segundo depois eu podia jurar que ela estava sorrindo, e observei meu pai doido começando a fazer Amma voltar a ser Amma novamente. O momento se acabou, estourando como bolha de sabão, mas eu sabia o que tinha visto. As coisas estavam mudando.

Eu ainda não estava acostumado a ver meu pai andando pela casa durante o dia, se servindo de cereal e batendo papo. Parecia inacreditável que quatro meses atrás minha tia o tivesse internado no Blue Horizons. Embora ele não fosse exatamente um homem novo, como tia Caroline declarou, eu tinha de admitir que mal o reconhecia. Ele não fazia sanduíches de salada de frango para mim, mas ultimamente ficava cada vez mais fora do escritório, e às vezes até saía de casa. Marian conseguiu um trabalho para ele no departamento de inglês da Universidade de Charleston, como palestrante convidado. Embora o percurso do ônibus transformasse a viagem de 40 minutos em 2 horas, não podíamos deixar meu pai operar maquinário pesado ainda. Ele parecia quase feliz. Relativamente falando, pelo menos, para um cara que ficou enfiado no escritório durante meses rabiscando como um louco. A expectativa era bem baixa.

Se as coisas podiam mudar tanto para meu pai, se Amma estava sorrindo, talvez elas pudessem mudar para Lena também.

Não podiam?

Mas o momento passou. Amma estava de volta ao seu mau humor. Eu via no rosto dela. Meu pai se sentou ao meu lado e colocou leite no cereal. Amma limpou as mãos no avental.

— Mitchell, é melhor você comer um pouco desses ovos. Cereal não é café da manhã.

— Bom-dia pra você também, Amma. — Ele sorriu para ela, do jeito que aposto que fazia quando criança.

Ela se virou para ele com os olhos estreitos e colocou com força um copo de leite achocolatado ao lado do meu prato, embora eu quase não bebesse mais isso.

— Não está muito bom, na minha opinião. — Ela fungou e começou a pôr uma quantidade enorme de bacon no meu prato. Para Amma, eu sempre teria 6 anos. — Você parece um morto-vivo. Precisa de alimento para o cérebro, para conseguir passar nessas suas provas.

— Sim, senhora.

Bebi toda a água do copo que Amma tinha servido para meu pai. Ela ergueu a famosa colher de pau com um buraco no meio, a Ameaça de Um Olho — era assim que eu a chamava. Quando eu era criança, ela costumava correr atrás de mim pela casa com a colher se eu a provocasse, embora nunca tenha me batido com ela. Eu me abaixei, dando continuidade à brincadeira.

— E é melhor você passar em todas. Não quero você naquela escola o verão inteiro como os garotos Petty. Você vai arrumar um emprego, como disse que faria — a fungou, sacudindo a colher. — Tempo livre equivale a problemas, e você já tem muito disso.

Meu pai sorriu e abafou uma gargalhada. Aposto que Amma dizia exatamente a mesma coisa para ele quando tinha a minha idade.

— Sim, senhora.

Ouvi uma buzina de carro e um som grave muito parecido com o do Lata-Velha e peguei minha mochila. Só vi a sombra da colher atrás de mim.

Entrei no Lata-Velha e abaixei a janela. Vovó tinha conseguido o que queria, e Lena tinha voltado a frequentar a escola uma semana antes, no fim do ano letivo. Dirigi até Ravenwood para levá-la à escola no primeiro dia em que ela voltou, e até parei no Pare & Roube para comprar um dos famosos pães doces, mas quando cheguei lá, Lena já tinha ido. Desde esse dia, ela vai sozinha de carro para a escola, então Link e eu voltamos a ir no Lata-Velha.

Link abaixou o volume da música, que estava pulsando pelo carro, pelas janelas e pelo quarteirão todo.

— Não me envergonhe naquela sua escola, Ethan Wate. E abaixe essa música, Wesley Jefferson Lincoln! Você vai destruir a minha plantação de repolho com essa barulheira. — Link buzinou para ela. Amma bateu a colher na caixa de correio, colocou as mãos nos quadris e então relaxou. — Saia-se bem nas suas provas e talvez eu lhe faça uma torta.

— Não seria uma de pêssego de Gatlin, seria, senhora?

Amma fungou e assentiu.

— Pode ser.

Ela jamais admitiria, mas tinha finalmente começado a gostar de Link depois de tantos anos. Link achava que fosse porque Amma sentia pena da mãe dele depois da experiência de invasão-de-corpos de Sarafine, mas não era. Ela se sentia mal por Link. "Não acredito que aquele garoto precisa morar na mesma casa que aquela mulher. Ele ficaria melhor sendo criado por lobos." Dissera ela na semana anterior, antes de mandar uma torta de noz-pecã para ele.

Link olhou para mim e riu.

— Foi a melhor coisa que me aconteceu, a mãe de Lena ter entrado no corpo da minha mãe. Nunca comi tanta torta da Amma na vida.

Isso era o máximo que ele dizia sobre o pesadelo de aniversário de Lena. Ele meteu o pé no acelerador e o Lata-Velha saiu derrapando pela rua. Quase não era preciso mencionar que estávamos atrasados, como sempre.

— Você estudou para a prova de inglês?

Não era exatamente uma pergunta. Eu sabia que Link não abria um livro desde o sétimo ano.

— Não. Vou colar de alguém.

— De quem?

— Por que você se importa? De alguém mais inteligente que você.

— É? Da última vez que você colou de Jenny Masterson, os dois tiraram 5.

— Não tive tempo de estudar. Estava compondo uma música. Talvez a gente toque na feira do condado. Olha só. — Link começou a cantar junto com a música, o que era estranho, porque cantava junto com uma gravação da própria voz: — Garota do Pirulito, partiu sem dizer nada, fiquei gritando seu nome, mas você nunca ouviu.

Ótimo. Outra música sobre Ridley. Isso não devia me surpreender, pois ele não escrevia uma música sobre outra coisa além de Ridley havia quatro meses. Eu estava começando a achar que ele sempre seria vidrado na prima de Lena, que não era nada parecida com ela. Ridley era uma Sirena, e usava seu Poder de Persuasão para conseguir o que queria com uma lambida em um pirulito. E, por um tempo, o que ela quis foi Link. Embora ela o tivesse usado e desaparecido, ele não a esquecera. Mas eu não podia culpá-lo. Devia ser difícil se apaixonar por uma Conjuradora das Trevas. Já era bastante difícil estar apaixonado por uma da Luz.

Eu ainda pensava em Lena apesar do barulho ensurdecedor nos meus ouvidos, até que a voz de Link foi completamente abafada e eu ouvi "Dezessete Luas". Só que a letra tinha mudado.

> *Dezessete luas, dezessete voltas*
> *Olhos tão escuros e brilhantes que queimam,*
> *O tempo tem pressa mas alguém tem mais,*
> *Traz a lua para o fogo...*

O tempo tem pressa? O que isso significava? Faltavam 8 meses para a Décima Sétima Lua de Lena. Por que o tempo tinha pressa agora? E quem era o alguém, e o que era o fogo?

Senti Link dar um tapa na lateral da minha cabeça, e a música desapareceu. Ele estava gritando mais alto que a música.

— Se eu conseguir diminuir a levada, vai ficar uma música bem gostosa. — Olhei para ele, que me bateu na cabeça de novo. — Deixa pra lá, cara. É só uma prova. Você parece tão louco quanto a Srta. Luney, a moça dos pratos quentes no almoço.

O problema era que ele não estava tão errado.

Quando o Lata-Velha entrou no estacionamento da Jackson High, ainda não parecia o último dia de escola. Para os formandos, não era. Eles teriam a formatura no dia seguinte, além de uma festa que duraria a noite toda e normalmente deixa um monte de gente em coma alcoólico. Mas para quem estava no primeiro e no segundo ano, ainda havia mais uma prova até a liberdade.

Savannah e Emily passaram por mim e Link e nos ignoraram. As saias curtas estavam ainda mais curtas do que o normal, e podíamos ver lacinhos de biquíni saindo por debaixo das blusas. Tie-dye e cor-de-rosa.

— Olha só. Temporada de biquínis. — Link sorriu.

Eu quase tinha esquecido. Faltava apenas uma prova para podermos passar a tarde no lago. Todo mundo que era alguém estava com roupa de banho por baixo, pois o verão não começava oficialmente até que você tivesse dado o primeiro mergulho no lago Moultrie. Os alunos da Jackson tinham um lugar cativo, depois do Canto de Monck, onde o lago se abria numa área profunda e larga que parecia um oceano quando se nadava nele. Exceto pelos bagres e pelas algas do pântano, podia mesmo ser o mar. Nessa época do ano, eu ia até o lago na traseira da picape do irmão de Emory com Emily, Savannah, Link e metade do time de basquete. Mas isso tinha sido até ano passado.

— Você vai?

— Não.

— Tenho uma sunga extra no Lata-Velha, mas não é tão legal quanto esta.

Link puxou o short para que eu pudesse ver a sunga, que era quadriculada de laranja e amarelo. Tão discreta quanto o próprio Link.

— Não, obrigado.

Ele sabia por que eu não ia, mas não falou nada. Eu tinha que agir como se tudo estivesse bem.

Como se Lena e eu estivéssemos bem.

Link não queria desistir hoje.

— Tenho certeza de que Emily vai dividir a toalha com você.

Era uma piada, porque nós dois sabíamos que ela jamais faria isso. Até mesmo a fase do olhar de piedade tinha acabado, junto com a campanha de ódio. Acho que éramos um alvo tão fácil ultimamente que tinha perdido a graça.

— Dá um tempo.

Link parou de andar e ergueu a mão para me deter. Afastei-a antes que pudesse começar a falar. Eu sabia o que ia dizer e, por mim, a conversa estava acabada antes mesmo de começar.

— Pare com isso. Sei que o tio dela morreu. Pare de agir como se ainda estivessem no enterro. Sei que você a ama, mas... — Não queria dizer, embora estivéssemos pensando a mesma coisa. Ele nunca mais havia falado no assunto porque era Link, e ainda se sentava no almoço comigo quando ninguém mais se sentava.

— Está tudo bem. — Ia dar certo. Tinha que dar. Eu não sabia viver sem ela.

— É difícil de ver, cara. Ela está tratando você como...

— Como o quê? — Era um desafio. Eu sentia meus dedos se fechando. Estava esperando por um motivo, qualquer um. Parecia que eu ia explodir. Eu queria muito bater em alguma coisa.

— Como as garotas costumam me tratar.

Acho que ele estava esperando que eu batesse nele. Talvez quisesse isso, se fosse me ajudar. Deu de ombros.

Abri minha mão. Link era Link, independentemente de eu ter vontade de dar uns chutes nele às vezes.

— Desculpe, cara.

Link riu um pouco, descendo pelo corredor um pouco mais rápido do que o habitual.

— Tudo bem, Psicopata.

Quando subi os degraus para o destino inevitável, senti uma pontada familiar de solidão. Talvez Link estivesse certo. Eu não sabia por quanto tempo mais as coisas iriam continuar assim com Lena. Nada era igual. Se Link conseguia perceber, talvez fosse a hora de encarar os fatos.

Minha barriga começou a doer e botei a mão na lateral, como se pudesse arrancar a dor com as mãos.

Onde está você, L?

Eu me sentei na cadeira quando o sinal tocou. Lena estava sentada ao meu lado, no Lado do Olho Bom, como sempre. Mas não parecia ela mesma.

Estava usando uma camiseta com gola V que era grande demais e uma saia preta alguns centímetros mais curta do que jamais usaria três meses atrás. Mal dava para ver a saia debaixo da camiseta, que era de Macon. Eu quase não reparava mais. Ela também usava o anel dele; Macon costumava girá-lo no dedo quando estava pensando, pendurado em uma corrente em torno do pescoço. A corrente que Lena usava era nova, e o anel estava ao lado do da minha mãe. A antiga tinha quebrado na noite do aniversário dela e se perdido nas cinzas. Eu tinha dado o anel da minha mãe a Lena por amor, embora não tivesse certeza de que ela achasse isso agora. Fosse qual fosse o motivo, Lena carregava lealmente os nossos fantasmas consigo, o dela e o meu, se recusando a se desfazer de qualquer um dos dois. Minha mãe perdida e o tio perdido dela, presos em círculos de ouro e platina e outros metais preciosos, pendurados sobre um cordão cheio de pingentes e escondidos em camadas de algodão que não pertenciam a ela.

A Sra. English já estava entregando as provas, e não pareceu feliz por metade da sala estar de roupa de banho ou carregando uma toalha de praia. Emily estava com ambas as coisas.

— Cinco respostas curtas, valendo dez pontos cada; a múltipla escolha vale vinte e cinco pontos; a redação também. Desculpem, mas nada de Boo Radley dessa vez. Estamos estudando *O médico e o monstro*. Ainda não chegou o verão, pessoal.

Lemos *O sol é para todos* no outono. Eu me lembrava da primeira vez em que Lena aparecera na aula, carregando o próprio livro surrado.

— Boo Radley morreu, Sra. English. Levou uma estaca no coração.

Não sei quem falou, uma das garotas sentadas atrás com Emily, mas todos sabíamos que falava de Macon. O comentário tinha o objetivo de atingir Lena, como antigamente. Fiquei tenso quando as risadas sumiram. Estava esperando que a janela se estilhaçasse ou algo do tipo, mas não houve sequer uma rachadura. Lena não reagiu. Talvez não estivesse ouvindo, ou não ligasse mais para o que eles diziam.

— Aposto que o Velho Ravenwood nem está no cemitério da cidade. Aquele caixão deve estar vazio. Se é que há um. — A voz foi alta o bastante para que a Sra. English dirigisse o olhar para o fundo da sala.

— Cale a boca, Emily — sibilei.

Dessa vez, Lena se virou e olhou diretamente para Emily. Isso foi o bastante: um olhar. Emily abriu a prova, como se fizesse alguma ideia do que *O médico e o monstro* se tratava. Ninguém queria enfrentar Lena. Só queriam falar dela. Lena era o novo Boo Radley. Eu me perguntei o que Macon diria sobre isso.

Ainda estava pensando nisso quando ouvi o grito do fundo da sala.

— Fogo! Alguém me ajude!

Emily estava segurando sua prova, e o papel estava em chamas. Soltou a prova no chão de linóleo e continuou a gritar. A Sra. English pegou seu suéter das costas da cadeira, andou até o fundo da sala e se virou para poder usar o olho bom. Com três boas batidas o fogo se apagou, deixando uma prova queimada e fumegante em um ponto queimado e fumegante do chão.

— Eu juro que foi algum tipo de combustão espontânea. Começou a pegar fogo enquanto eu escrevia.

A Sra. English pegou um isqueiro preto brilhante no meio da carteira de Emily.

— É mesmo? Junte suas coisas. Pode explicar tudo para o diretor Harper.

Emily saiu da sala como um furacão enquanto a Sra. English andava até a frente da sala de aula. Quando passou por mim, reparei que o isqueiro tinha o símbolo de uma lua crescente de prata.

Lena voltou-se para a prova e começou a escrever. Olhei para a camiseta branca larga, com o cordão tilintando por baixo. O cabelo dela estava preso, amarrado em um nó esquisito, outra nova preferência que ela nunca se deu ao trabalho de explicar. Cutuquei-a com o lápis. Ela parou de escrever e olhou para mim, curvando os lábios em um meio-sorriso torto, que era o melhor que conseguia fazer ultimamente.

Sorri para ela também, mas ela olhou de volta para a prova, como se preferisse pensar em assonância e consonância a me ver. Como se doesse olhar para mim — ou pior, como se ela simplesmente não quisesse.

* * *

Quando o sinal tocou, a Jackson High virou um carnaval. As garotas tiraram as blusas e saíram correndo pelo estacionamento com a parte de cima do biquíni. Armários foram esvaziados, cadernos jogados no lixo. As pessoas deixaram de falar e passaram a gritar, depois a berrar, enquanto o pessoal do primeiro ano passava a ser do segundo e o do segundo ano virava formando. Todo mundo finalmente tinha tudo pelo qual vinha esperando o ano todo: liberdade e um recomeço.

Todo mundo menos eu.

Lena e eu andamos até o estacionamento. A bolsa dela balançava enquanto ela andava e esbarramos um no outro. Senti a eletricidade de meses atrás, mas ainda estava fria. Ela deu um passo para o lado, me evitando.

— Como você foi? — Eu tentava puxar papo, como se fôssemos totalmente estranhos.

— Em quê?

— Na prova final de inglês.

— Provavelmente fiquei reprovada. Não li nada do que precisava.

Era difícil imaginar Lena não lendo o livro para a aula, considerando que respondera todas as perguntas durante meses quando lemos *O sol é para todos*.

— É? Eu gabaritei. Roubei uma cópia da prova da mesa da Sra. English na semana passada. — Era mentira. Eu preferia repetir a colar enquanto morasse na Casa de Amma. Mas Lena não estava ouvindo. Balancei a mão na frente dos olhos dela. — L? Você está me ouvindo? — Eu queria conversar com ela sobre o sonho, mas primeiro precisava fazer com que ela reparasse que eu estava ali.

— Desculpe. Tem muita coisa na minha cabeça.

Ela olhou para o outro lado. Não foi muito, mas foram mais palavras do que consegui arrancar dela em semanas.

— Tipo o quê?

Ela hesitou.

— Nada.

Nada de bom? Ou nada que possamos falar aqui?

Ela parou de andar e se virou para mim, se recusando a me deixar entrar na mente dela.

— Vamos embora de Gatlin. Todos nós.

— O quê?

Eu não estava esperando por isso. E devia ser isso que ela queria. Ela estava me afastando para que eu não conseguisse ver o seu interior, onde as coisas estavam acontecendo, onde ela escondia os sentimentos que não queria compartilhar. Eu pensei que ela só precisasse de tempo. Não me dei conta de que era um tempo longe de mim.

— Eu não queria te contar. É só por alguns meses.

— Tem alguma coisa a ver com... — O pânico familiar tomou conta do meu estômago.

— Não tem nada a ver com ela. — Lena olhou para baixo. — Vovó e tia Del acham que, se eu me afastar de Ravenwood, talvez pense menos. Sobre ele.

Se eu me afastar de você. Foi isso que ouvi.

— Não funciona assim, Lena.

— O quê?

— Você não vai esquecer Macon se fugir.

Ela ficou tensa ao ouvir o nome dele.

— É? É isso que os seus livros dizem? Onde eu estou? No estágio cinco? Seis, no máximo?

— É isso o que você acha?

— Eis aqui um estágio: deixe tudo pra trás e se afaste enquanto ainda pode. Quando chego nesse?

Parei de andar e olhei para ela.

— É isso que você quer?

Ela retorceu o cordão cheio de pingentes, tocando nos pedacinhos de nós, nas coisas que fizemos e vimos juntos. Ela o retorceu tanto que achei que fosse arrebentar.

— Não sei. Parte de mim quer ir embora e nunca mais voltar, e outra não consegue suportar ir porque ele amava Ravenwood e a deixou pra mim.

Essa é a única razão?

Esperei que ela terminasse — que dissesse que não queria me deixar. Ela, porém, não falou nada.

Mudei de assunto.

— Talvez seja por isso que estamos sonhando sobre aquela noite.

— Do que você está falando?

Consegui a atenção dela.

— O sonho que tivemos na noite passada, sobre o seu aniversário. Quero dizer, parecia com o seu aniversário, exceto pela parte em que Sarafine me matou. Parecia tão real. Até acordei com isso.

Levantei minha camisa.

Lena ficou olhando para a cicatriz rosada em alto-relevo que fazia uma linha irregular no meu abdômen. Ela pareceu que ia desmaiar. Seu rosto ficou pálido e ganhou uma expressão de pânico. Foi a primeira vez que vi algum tipo de emoção nos olhos dela em semanas.

— Não sei do que está falando. Não tive sonho algum ontem à noite. — Havia algo no jeito que ela falou e na expressão em seu rosto. Ela estava falando sério.

— Isso é estranho. Normalmente sonhamos juntos.

Tentei parecer calmo, mas sentia meu coração disparando. Tínhamos os mesmos sonhos desde antes de nos conhecermos. Eram eles o motivo das visitas de Macon ao meu quarto, à meia-noite — ele tirava os pedaços do meu sonho que não queria que Lena visse. Macon tinha dito que nossa ligação era tão forte que Lena sonhava meus sonhos. O que isso dizia sobre nossa ligação se ela não tinha mais os mesmos sonhos que eu?

— Era a noite do seu aniversário e ouvi você me chamando. Mas quando cheguei à parte de cima da cripta, Sarafine estava lá, segurando uma faca.

Lena parecia que ia vomitar. Eu provavelmente devia ter parado ali, mas não consegui. Precisava continuar insistindo, e nem sabia o porquê.

— O que aconteceu naquela noite, L? Você nunca me contou. Talvez seja por isso que estou sonhando agora.

Ethan, não posso. Não me obrigue a fazer isso.

Eu não podia acreditar. Lá estava ela, no fundo da minha mente, usando Kelt de novo. Tentei abrir a porta alguns centímetros mais e entrar de novo na dela.

Podemos conversar sobre isso. Você precisa me contar.

Fosse lá o que Lena estivesse sentindo, ela superou. Senti a porta entre nossas mentes se fechar.

— Você sabe o que aconteceu. Você caiu quando tentava subir na cripta, e aí desmaiou.

— Mas o que aconteceu com Sarafine?

Ela puxou a alça da bolsa para cima.

— Não sei. Houve um incêndio, lembra?

— E ela simplesmente desapareceu?

— Não sei. Eu não conseguia ver nada e, quando o fogo começou a se apagar, ela tinha sumido. — Lena parecia na defensiva, como se eu a estivesse acusando de alguma coisa. — Por que está fazendo tanto estardalhaço por causa disso? Você teve um sonho e eu não. E daí? Não é como os outros. Não significa nada.

Ela começou se afastar de mim. Parei na frente dela e ergui a camisa de novo.

— Então como você explica isso?

A linha irregular ainda estava rosada e recém-cicatrizada. Os olhos de Lena estavam arregalados, absorvendo a luz do primeiro dia de verão. Ao sol, seus olhos castanhos pareciam brilhar com reflexos dourados. Ela não disse nada.

— E a música, ela está mudando. Sei que você a ouve também. O tempo tem pressa? Vamos conversar sobre isso? — Ela se afastou mais de mim, e acho que essa foi a resposta. Mas não liguei e não importava, porque eu não conseguia parar. — Alguma coisa está acontecendo, não está?

Ela balançou a cabeça.

— O que é? Lena...

Antes que eu dissesse alguma coisa, Link nos alcançou, batendo em mim com uma toalha.

— Parece que ninguém vai ao lago hoje, exceto talvez vocês dois.

— Como assim?

— Olhe para os pneus, ô Derrotado. Estão todos rasgados, de todos os carros do estacionamento, até mesmo os do Lata-Velha.

— De todos os carros? — Fatty, o inspetor da Jackson, ficaria doido com isso. Calculei o número de carros no estacionamento. O bastante para levar a coisa toda até Summerville, talvez até para o escritório do xerife. Era coisa demais para Fatty resolver.

— Todos os carros menos o de Lena.

Link apontou para o Fastback no estacionamento. Eu ainda tinha dificuldade de pensar nele como o carro de Lena. O estacionamento estava um caos. Savannah falava ao celular. Emily gritava com Eden Westerly. O time de basquete não ia a lugar algum.

Link bateu com o ombro no de Lena.

— Não culpo você por todos os outros, mas tinha que fazer com o Lata-Velha também? Estou meio sem grana pra comprar pneus novos.

Olhei para ela. Ela estava transtornada.

Lena, você fez isso?

— Não fui eu.

Alguma coisa estava errada. A antiga Lena teria arrancado nossas cabeças só por perguntarmos.

— Você acha que foi Ridley ou...

Olhei para Link. Eu não queria dizer o nome de Sarafine.

Lena balançou a cabeça com veemência.

— Não foi Ridley. — Ela não soou como ela mesma, e nem segura de si. — Ela não é a única que odeia Mortais, acredite se quiser.

Olhei para ela, mas foi Link que falou a única coisa que nós dois pensamos:

— Como você sabe?

— Eu apenas sei.

Acima do caos do estacionamento, ouvimos o motor de uma moto dando a partida. Um cara de camiseta preta passou pelos carros estacionados, jogando fumaça nos rostos das líderes de torcida furiosas, e desapareceu na estrada. Ele estava de capacete, então não deu para ver o rosto. Só a Harley.

No entanto, meu estômago se embrulhou, porque a moto parecia familiar. Onde eu a tinha visto? Ninguém na Jackson tinha moto. O mais próximo disso era o quadriciclo de Hank Porter, que não funcionava desde que ele capotara depois da última festa de Savannah. Ou pelo menos foi o que ouvi falar, pois já não fazia mais parte da lista de convidados.

Lena ficou olhando para a moto como se tivesse visto um fantasma.

— Vamos sair daqui.

Ela se encaminhou para o carro, praticamente correndo ao descer a escada.

— Para onde?

Tentei alcançá-la, com Link correndo atrás de mim.

— Para qualquer lugar longe daqui.

⊰ 12 DE JUNHO ⊱
O lago

— Se não foi Ridley, por que os pneus do seu carro não foram cortados? — continuei insistindo. O que tinha acontecido no estacionamento não fazia sentido, e eu não conseguia parar de pensar nisso. Nem na moto. Por que eu a tinha reconhecido?

Lena me ignorou, olhando para a água.

— Provavelmente é coincidência.

Nenhum de nós acreditava em coincidência.

— É?

Peguei um punhado de areia marrom e áspera. Exceto pela presença de Link, o lago era nosso. Todos deviam estar fazendo fila no BP para comprar pneus novos antes que Ed não tivesse mais nenhum.

Em outra cidade, você poderia ter calçado de volta os sapatos, chamado aquela areia de terra, e essa parte do nosso lago de pântano, mas a água turva do lago Moultrie era o mais próximo que Gatlin tinha de uma piscina. Todo mundo ficava na margem norte porque era na extremidade do bosque e ficava longe dos carros, então nunca esbarrávamos com alguém que não estivesse no ensino médio — principalmente nossos pais.

Eu não sabia por que estávamos ali. Era estranho o lago ser só nosso, pois a escola inteira tinha planejado estar ali hoje. Eu não acreditei em Lena quando ela disse que queria ir. Mas fomos, e agora Link estava nadando enquanto compartilhávamos uma toalha suja que ele havia pegado no porta-malas do Lata-Velha antes de sairmos.

Lena se virou para o meu lado. Por um minuto, pareceu que tudo tinha voltado ao normal e que ela queria estar ali comigo sobre a toalha. Mas aquilo só durou até que o silêncio se instalasse. Eu via a pele clara dela brilhando sob a camiseta branca, que estava grudada no seu corpo, por causa do calor sufocante e da umidade de um dia de junho na Carolina do Sul. O som das cigarras quase abafou o silêncio desconfortável. Quase. A saia preta de Lena estava baixa sobre os quadris. Desejei pela centésima vez que estivéssemos com nossas roupas de banho. Eu nunca tinha visto Lena de biquíni. Tentei não pensar nisso.

Esqueceu que posso ouvir você?

Ergui uma sobrancelha. Lá estava ela de novo. De volta à minha mente, duas vezes em um dia, como se nunca tivesse saído de lá. Em um minuto ela mal falava comigo, e no seguinte agia como se nada tivesse mudado entre nós. Eu sabia que devíamos conversar, mas não queria mais brigar.

Você de biquíni não seria fácil de esquecer, L.

Ela se inclinou mais para perto, puxando minha camiseta surrada por cima da minha cabeça. Senti alguns cachos que haviam escapado do penteado dela encostarem no meu ombro. Ela passou o braço ao redor do meu pescoço e me puxou para mais perto. Cara a cara, pude ver o sol brilhando dourado, nos olhos dela. Eu não me lembrava de eles serem tão dourados.

Ela jogou a camiseta no meu rosto e saiu correndo em direção à água, rindo como uma criancinha enquanto pulava no lago, ainda de roupas. Eu não a via rir ou brincar havia meses. Era como se eu a tivesse de volta por uma tarde, mesmo sem saber por quê. Afastei o pensamento e fui atrás dela, correndo até a água e pela beirada rasa do lago.

— Pare!

Lena espirrou água em mim e eu nela. Suas roupas estavam encharcadas e meu short também, mas era gostoso estar ao sol. Ao longe, Link nadava até o píer. Estávamos sozinhos de verdade.

— L, espere.

Ela sorriu e mergulhou.

— Você não vai escapar tão facilmente.

Peguei a perna dela antes que desaparecesse e a puxei na minha direção. Ela riu e chutou, se contorcendo até que eu caísse na água ao seu lado.

— Acho que senti um peixe — gritou ela.

Puxei a cintura dela contra a minha. Estávamos cara a cara, sem nada além do sol, da água e de nós dois. Não havia como nos evitarmos agora.

— Não quero que vá embora. Quero que as coisas voltem a ser como antes. Será que não podemos voltar, você sabe, a ser como éramos...

Lena estendeu a mão e tocou meus lábios.

— Shh.

Um calor se espalhou pelos meus ombros e meu corpo. Eu quase tinha me esquecido dessa sensação, do calor e da eletricidade. Ela desceu as mãos por meus braços e as juntou atrás das minhas costas, encostando a cabeça contra o meu peito. Parecia que havia vapor subindo da minha pele, pinicando onde ela me tocava. Eu não ficava tão próximo dela havia semanas. Inspirei profundamente. Limão e alecrim... e mais alguma coisa. Alguma coisa diferente.

Amo você, L.

Eu sei.

Lena ergueu o rosto em direção ao meu e eu a beijei. Em segundos, ela desapareceu nos meus braços, como não acontecia havia meses. O beijo começou a nos fazer mover involuntariamente, como se estivéssemos sob algum tipo de Conjuro próprio. Peguei-a e ergui-a para fora da água, suas pernas balançando sobre meu braço, a água pingando dos nossos corpos. Carreguei-a até a toalha e começamos a rolar na areia suja. Nosso calor se transformou em fogo. Eu sabia que estávamos fora de controle e precisávamos parar.

L.

Lena ofegou debaixo do peso do meu corpo e rolamos novamente. Tentei recuperar o fôlego. Ela jogou a cabeça para trás e riu; um arrepio percorreu minha espinha. Eu me lembrava daquela risada, saída diretamente do meu sonho. Era a risada de Sarafine. A risada de Lena soou exatamente como a dela.

Lena.

Será que eu estava imaginando? Antes que eu conseguisse entender, ela estava em cima de mim e não pude pensar em mais nada. Eu me perdi em segundos, completamente envolvido nela. Meu peito se apertou e me senti ofegante. Eu sabia que, se não parássemos logo, eu terminaria no pronto-socorro ou em lugar pior.

Lena!

Senti uma dor lancinante no meu lábio. Empurrei-a para longe e rolei para o lado, atônito. Lena se afastou e ficou de joelhos. Seus olhos brilhavam, dourados e enormes. Quase não havia traço de verde. Ela estava respirando com dificuldade. Inclinei meu corpo para a frente, tentando recuperar o fôlego. Cada nervo do meu corpo tinha sido incendiado, um de cada vez. Lena ergueu a cabeça e mal consegui ver seu rosto na confusão de cabelos e terra. Só o estranho brilho dourado.

— Se afaste de mim — pediu lentamente, como se cada palavra viesse de um lugar profundo e intocável dentro dela.

Link saiu da água e começou a passar uma toalha pelo cabelo espetado. Ele estava ridículo com os mesmos óculos de natação de plástico que a mãe dele o obrigava a usar quando éramos crianças.

— Perdi alguma coisa?

Toquei no meu lábio, fazendo uma careta, e olhei para meus dedos. Sangue.

Lena ficou de pé e começou a se afastar de nós.

Eu podia ter te matado.

Ela se virou e correu em direção às árvores.

— Lena!

Saí correndo atrás dela.

Correr pelos bosques da Carolina do Sul descalço não é algo que eu recomende. Estávamos passando por um período de seca, e a área ao redor do lago tinha ficado coberta de espinhos de cipreste, que cortavam os pés como milhares de pequenas facas. Mas continuei correndo. Eu podia ouvir Lena mais até do que vê-la enquanto corria esbarrando nas árvores à minha frente.

— *Afaste-se de mim!*

Um galho pesado de pinheiro se partiu e caiu sem aviso, despencando na trilha alguns metros à minha frente. E já ouvia outro galho estalando mais a frente.

L, você enlouqueceu?

Galhos caíam ao meu redor, passando a centímetros de mim. Longe o bastante para não me atingirem, mas perto o suficiente para deixar clara a intenção.

Pare com isso!

Não me siga, Ethan! Deixe-me em paz!

Conforme a distância entre nós aumentou, corri mais rápido. Troncos de árvores e arbustos caíram passando por mim. Lena desviava por entre as árvores, sem seguir um caminho claro. Estava indo em direção à estrada.

Outra árvore caiu na minha frente, presa horizontalmente nos troncos de cada um dos meus lados. Fiquei preso por um momento. Havia um ninho de águia-marinha de cabeça para baixo na árvore partida. Coisa que Lena, em um momento de sanidade, jamais sonharia em fazer. Toquei nos galhos, verificando se havia ovos quebrados.

Ouvi o som de uma moto e senti um vazio no estômago. Empurrei os galhos e passei. Meu rosto estava arranhado e sangrando, mas cheguei à estrada a tempo de ver Lena subindo na garupa de uma Harley.

O que você está fazendo, L?

Ela olhou para mim por um segundo. Depois desapareceu na estrada, os cabelos pretos ao vento.

Afastando-me daqui.

Seus braços pálidos se agarraram ao motoqueiro do estacionamento da Jackson High, o furador de pneus.

A moto. Finalmente consegui lembrar. Estava em uma das fotos de cemitério de Lena, a que sumiu da parede assim que perguntei sobre ela.

Ela não pularia na garupa da moto de um cara qualquer.

A não ser que o conhecesse.

Naquele momento, eu não sabia o que era pior.

⇥ 12 DE JUNHO ⇤
Garoto Conjurador

Link e eu não conversamos muito no caminho de volta do lago. Tínhamos que levar o carro de Lena, mas eu não estava em condições de dirigir. Meus pés estavam cortados e eu tinha dado um mau jeito no tornozelo ao me esforçar para pular aquela última árvore.

Link não se importou. Estava curtindo ficar atrás do volante do Fastback.

— Cara, essa coisa é forte. Tem a força de um pônei, baby.

A admiração de Link pelo Fastback estava irritante hoje. Minha cabeça girava e eu não queria ouvir sobre o carro de Lena pela centésima vez.

— Então acelere, cara. Temos de encontrá-la. Ela pegou carona na moto de um cara.

Eu não podia dizer que ela provavelmente conhecia o cara. Quando Lena tinha tirado aquela foto da Harley no cemitério? Dei um soco na porta, frustrado.

Link não apontou o óbvio. Lena fugira de mim. Estava bem claro que não queria ser encontrada. Ele apenas continuou dirigindo, e eu fiquei olhando pela janela enquanto o vento quente fazia arder as centenas de pequenos cortes no meu rosto.

Alguma coisa estava errada havia algum tempo. Eu só não queria encarar. Não tinha certeza se era algo que fizeram com a gente, se eu tinha feito com ela, ou se ela havia feito comigo. Talvez fosse alguma coisa que ela estivesse fazendo com ela mesma. Foi no aniversário dela que tudo começou, no aniversário dela e na morte de Macon. Eu me perguntei se seria Sarafine.

Todo esse tempo, eu achava que se tratava daqueles estágios idiotas do luto. Pensei no dourado dos olhos dela e na gargalhada do sonho. E se isso se tratasse de tipos diferentes de estágios, estágios de outra coisa? Algo sobrenatural? Alguma coisa das Trevas?

E se fosse aquilo de que tínhamos medo desde o começo?

Bati na porta de novo.

— Tenho certeza de que Lena está bem. Ela precisa ficar sozinha. As garotas sempre falam que precisam de espaço. — Link ligou o rádio e então o desligou. — Sistema de som maneiro.

— Que seja.

— Ei, devíamos passar no Dar-ee Keen para ver se Charlotte está trabalhando. Talvez nos arranje um sorvete. Principalmente se aparecermos com esse carrão.

Link estava tentando me distrair, mas não ia dar certo.

— Como se houvesse uma pessoa na cidade que não soubesse de quem é esse carro. Devíamos deixá-lo em casa. Tia Del deve estar preocupada. — Isso também me daria uma desculpa para ver se a Harley estava na casa de Lena.

Link insistiu:

— Você vai aparecer com o carro de Lena sem Lena? E isso não vai preocupar tia Del? Vamos parar pra tomar um gelado e pensar no assunto. Nunca se sabe, talvez Lena esteja no Dar-ee Keen. Fica bem no fim da estrada.

Ele estava certo, mas isso não fez eu me sentir melhor. Só pior.

— Se você gosta tanto do Dar-ee Keen, devia ter arrumado um emprego lá. Ah, calma, você não pode, porque vai estar na escola durante o verão dissecando sapos com os outros Condenados que repetiram em biologia.

Condenados eram os superformandos, os que sempre pareciam estar na escola, mas de alguma maneira nunca se formavam. Os caras que usavam as jaquetas dos times da escola anos depois, enquanto trabalhavam no Pare & Roube.

— Olha quem fala. Você podia ter um trabalho de verão pior? Na biblioteca?

— Eu posso arrumar um livro pra você, mas aí você precisaria aprender a ler.

Link estava frustrado com meus planos de trabalhar na biblioteca durante o verão com Marian, mas eu não ligava. Ainda estava cheio de perguntas sobre Lena, a família dela e os Conjuradores da Luz e das Trevas. Por que Lena não teve que se Invocar no décimo sexto aniversário? Não parecia o tipo de coisa da qual se conseguia escapar. Será que ela podia mesmo escolher entre ser da Luz ou das Trevas? Era tão fácil assim? Como *O Livro das Luas* tinha sido destruído no incêndio, a *Lunae Libri* era o único lugar que podia ter as respostas.

E havia outras perguntas. Tentei não pensar na minha mãe. Tentei não pensar em estranhos de moto e pesadelos e lábios sangrando e olhos dourados. Em vez disso, fiquei olhando pela janela e observei as árvores passarem como uma mancha na paisagem.

***

O Dar-ee Keen estava lotado. Isso não era surpresa, pois era um dos únicos lugares aonde dava para ir a pé da Jackson High. No verão, você podia seguir a trilha de moscas e acabava sempre chegando ali. Antigamente chamado de Dairy King, o lugar tinha ganhado um nome novo depois que os Gentry o compraram mas não quiseram gastar dinheiro para fazer um novo letreiro. Hoje, todo mundo parecia mais suado e irritado do que o normal. Andar um quilômetro e meio no calor da Carolina do Sul e perder o primeiro dia de farra e cerveja quente no lago não estava nos planos de ninguém. Era como cancelar um feriado nacional.

Emily, Savannah e Eden estavam na mesa boa do canto com o time de basquete. Estavam descalças, de biquíni e saia jeans supercurta — do tipo com um botão aberto, mostrando uma visão poderosa da parte de baixo do biquíni mas sem deixar cair completamente. Ninguém estava de muito bom humor. Não havia um pneu sequer em Gatlin, então metade dos carros tinha ficado no estacionamento da escola. Mesmo assim, havia risadas e jogadinhas de cabelo. Emily estava ajeitando o sutiã cortininha do biquíni, e Emory, sua vítima mais recente, estava adorando.

Link balançou a cabeça.

— Cara, aquelas duas querem ser o centro das atenções, a noiva no casamento e o cadáver no velório.

— Desde que não me convidem pra nenhum dos dois.

— Cara, você precisa de açúcar. Vou entrar na fila. Quer alguma coisa?

— Não, obrigado. Precisa de dinheiro?

Link nunca tinha dinheiro.

— Não, vou convencer Charlotte a me dar de graça.

Link conseguia convencer as pessoas de praticamente tudo. Passei pelo meio da multidão, indo para o lugar mais longe possível de Emily e Savannah. Fui até a mesa do canto ruim, embaixo das prateleiras com latas de refrigerante e garrafas de todo o país. Alguns refrigerantes estavam lá desde que meu pai era pequeno, e dava para ver níveis diferentes de xarope marrom, laranja e vermelho desaparecendo no fundo das garrafas depois de anos de evaporação. Era bem nojento, junto com o papel de parede de garrafa de refrigerante dos anos 1950 e das moscas. Depois de um tempo, você nem reparava mais nisso tudo.

Sentei-me e olhei para o xarope escuro que desaparecia, meu humor engarrafado. O que tinha acontecido com Lena no lago? Em um minuto estávamos nos beijando, no outro, ela fugia de mim. Todo aquele dourado nos olhos. Eu não era burro. Sabia o que significava. Conjuradores da Luz tinham olhos verdes. Conjuradores das Trevas, dourados. Os de Lena não eram completamente dourados, mas o que eu tinha visto no lago era o bastante para me deixar confuso.

Uma mosca pousou na mesa vermelha brilhante, e fiquei olhando para ela. Reconheci a sensação familiar no meu estômago. Medo e pânico, tudo virando uma raiva indefinida. Eu estava tão furioso com Lena que queria chutar a janela de vidro na lateral da mesa. Mas, ao mesmo tempo, queria saber o que estava acontecendo e quem era o cara da Harley. Então dava uma surra nele.

Link se sentou à minha frente com o maior sorvete que já vi. As bolas iam até uns 10 centímetros acima da borda do copinho.

— Charlotte tem muito potencial. — Link lambeu o canudo.

Até o cheiro doce do sorvete estava me enjoando. Senti como se o suor, a gordura, as moscas, os Emorys e as Emilys estivessem me sufocando.

— Lena não está aqui. Vamos embora.

Eu não podia ficar ali sentado como se tudo estivesse normal. Link, por outro lado, podia. Chovesse ou fizesse sol.

— Relaxe. Vou tomar isso tudo em 5 minutos.

Eden passou por nós enquanto ia encher o refil da Coca Diet. Ela sorriu, tão falsa como sempre.

— Que casal fofo. Está vendo, Ethan, você não precisa perder tempo com aquela cortadora de pneus e quebradora de janelas. Você e Link são dois pombinhos feitos um para o outro.

— Ela não cortou os pneus, Eden.

Eu sabia como a coisa toda ia se virar contra Lena. E tinha de acabar com aquilo antes que as mães delas se envolvessem.

— É. Fui eu — disse Link com a boca cheia de sorvete. — Lena ficou chateada por não ter pensado nisso antes.

Ele nunca conseguia resistir a uma oportunidade de perturbar a equipe de animadoras de torcida. Para elas, Lena era como uma piada antiga que não tinha mais graça, mas que ninguém conseguia esquecer. Esse era o problema das cidades pequenas. Ninguém nunca mudava de opinião sobre você, mesmo que você mudasse. No que dizia respeito a elas, mesmo quando Lena fosse bisavó, ainda seria a garota doida que quebrou a janela na aula de inglês. Isso porque a maior parte dos alunos da aula de inglês ainda estaria morando em Gatlin.

Eu não. Não se as coisas continuassem assim. Era a primeira vez em que eu pensava em ir embora desde que Lena viera morar em Gatlin. A caixa de livretos de faculdades debaixo da minha cama tinha permanecido lá até agora. Enquanto eu tinha Lena, não contava os dias para sair de Gatlin.

— Opa. Quem é aquele? — A voz de Eden saiu um pouco alta demais.

Ouvi o sino da porta do Dar-ee Keen tocar quando ela se fechou. Era como em algum tipo de filme do Clint Eastwood, no qual o herói entra no saloon depois que acabou de atirar na cidade inteira. O pescoço de todas as garotas sentadas perto de nós se virou para a porta, rabos de cavalo louros e oleosos voando.

— Não sei, mas certamente gostaria de descobrir — ronronou Emily, aparecendo atrás de Eden.

— Nunca o vi antes. Você já o viu?

Eu podia ver Savannah folheando o anuário da escola que tinha na mente.

— Não mesmo. Eu me lembraria *dele*.

Coitado. Emily o tinha na mira, com a arma carregada e engatilhada. Ele não tinha chance, fosse quem fosse. Eu me virei para olhar o cara em quem Earl e Emory dariam uma surra quando percebessem que suas namoradas babavam por ele.

Ele estava parado na porta usando uma camiseta preta surrada, jeans e coturnos pretos gastos. Eu não conseguia ver os coturnos de onde estava, mas sabia que estavam lá. Porque ele vestia exatamente a mesma coisa na última vez em que o vi, quando desapareceu no ar durante o enterro de Macon.

Era o estranho, o Incubus que não era Incubus. O Incubus da luz do sol. Eu me lembrei do pardal de prata na mão de Lena enquanto ela dormia na minha cama.

O que ele fazia ali?

Uma tatuagem preta com aparência meio tribal envolvia seu braço, parecendo algo que eu já tinha visto antes. Senti uma faca na minha barriga e toquei a minha cicatriz. Ela estava latejando.

Savannah e Emily foram até o balcão tentando fingir que iam pedir alguma coisa, como se tocassem em qualquer coisa além de Coca Diet.

— Quem é aquele? — Link não gostava de concorrência; não que ele estivesse em alta ultimamente.

— Não sei, mas ele apareceu no enterro de Macon.

Link estava olhando para ele.

— É um dos parentes esquisitos de Lena?

— Não sei o que ele é, mas não é parente de Lena.

Por outro lado, ele tinha ido ao enterro para se despedir de Macon. Ainda assim, havia algo de errado nele. Senti isso desde a primeira vez em que o vi.

96

Ouvi o sino tocar de novo quando a porta se fechou.

— Ei, Carinha de Anjo, me espere.

Congelei. Eu reconheceria aquela voz em qualquer lugar. Link também estava olhando para a porta. Ele parecia que tinha visto um fantasma, ou pior...

Ridley.

A prima Conjuradora das Trevas de Lena estava tão perigosa e gostosa e com pouca roupa como sempre, só que agora era verão, então ela usava ainda menos roupas do que o habitual. Estava com uma camiseta preta de renda justa e uma saia preta tão curta que parecia de criança. As pernas de Ridley pareciam mais longas do que nunca, equilibradas sobre um tipo de sandália de salto alto agulha que podia servir de estaca para matar vampiros. Agora as garotas não eram as únicas com as bocas abertas. A maior parte da escola tinha ido ao baile de inverno, quando Ridley botou tudo abaixo e ainda conseguiu continuar mais gostosa do que qualquer garota naquele dia, exceto uma.

Ridley se inclinou para trás e esticou os braços acima da cabeça, como se tivesse acordado de uma longa soneca. Ela entrelaçou os dedos e se alongou ainda mais, mostrando mais pele e a tatuagem preta que envolvia seu umbigo. A tatuagem parecia com a do braço do garoto. Ridley sussurrou alguma coisa no ouvido dele.

— Puta merda, ela está aqui.

Link estava absorvendo lentamente. Ele não vira Ridley desde a noite do aniversário de Lena, quando a convenceu de não matar meu pai. Mas ele não precisava vê-la para pensar nela. Estava bem claro que ele vinha pensando muito nela, com base em todas as músicas que escreveu desde que ela foi embora.

— Ela está com aquele cara? Você acha que ele é, sabe, igual a ela? — Um Conjurador das Trevas. Ele não conseguia dizer.

— Duvido. Os olhos dele não são amarelos. — Mas ele era alguma coisa. Eu só não sabia o quê.

— Estão vindo pra cá.

Link olhou para seu sorvete e Ridley chegou até nós.

— Ora, se não são duas das minhas pessoas favoritas. Legal encontrar vocês aqui. John e eu estávamos doidos por uma bebida.

Ridley jogou as mechas louras e cor-de-rosa por cima do ombro. Ela se sentou à nossa frente e fez sinal para o cara fazer o mesmo. Mas ele não se sentou.

— John Breed — disse ele como se fosse um nome só, olhando diretamente para mim. Os olhos dele eram tão verdes quanto os de Lena costumavam ser. O que um Conjurador da Luz estaria fazendo com Ridley?

Ridley sorriu para ele.

— Esse é o, você sabe, da Lena, sobre quem eu estava te falando. — Ela fez um gesto casual na minha direção com os dedos de unhas pintadas de roxo.

— Sou o namorado de Lena, Ethan.

John pareceu confuso, mas só por um segundo. Ele era o tipo de cara que parecia tranquilo, como se soubesse que tudo terminaria a seu favor em algum momento.

— Lena nunca me contou que tinha namorado.

Todos os músculos do meu corpo se contraíram. Ele conhecia Lena, mas eu não o conhecia. Ele a tinha visto depois do enterro, pelo menos falado com ela. O que tinha acontecido, e por que ela não me contou?

— Como exatamente você conheceu minha namorada? — Minha voz saiu alta demais, e pude sentir os olhos em nós.

— Relaxe, Palitinho. Estávamos aqui perto. — Ridley olhou para Link. — Como você tá, gostosão?

Link limpou a garganta, sem graça.

— Bem. — A voz dele saiu meio desafinada. — Estou muito bem. Pensei que tivesse ido embora.

Ridley não respondeu.

Eu ainda olhava para John, e ele devolvia o olhar, me avaliando. Provavelmente imaginando mil maneiras de se livrar de mim. Porque ele estava atrás de uma coisa (ou alguém) e eu estava atrapalhando. Ridley não ia simplesmente aparecer com esse cara agora, não depois de 4 meses.

Mantive meu olhar nele.

— Ridley, você não devia estar aqui.

— Não precisa se revirar dentro da cueca, Namorado. Só estamos de passagem, indo embora de Ravenwood.

Seu tom de voz era casual, como se não fosse nada demais.

Eu ri.

— Ravenwood? Não iam deixar você passar pela porta. Lena botaria fogo na casa primeiro.

Ridley e Lena tinham crescido juntas, como irmãs, até que Ridley foi para as Trevas. Ela tinha ajudado Sarafine a encontrar Lena no aniversário dela, o que fez com que todos nós quase morrêssemos, inclusive meu pai. Não havia possibilidade de Lena querer estar com ela.

Ela sorriu.

— Os tempos mudaram, Palitinho. Não estou na melhor das situações com o restante da família, mas Lena e eu nos entendemos. Por que não pergunta a ela?

— Você está mentindo.

Ridley abriu um pirulito de cereja, que parecia bastante inocente, mas era uma arma superpoderosa nas mãos dela.

— Você obviamente tem dificuldade para confiar nas pessoas. Eu adoraria ajudar você com isso, mas temos que ir. Precisamos abastecer a moto de John antes que aquele posto caipira daqui fique sem gasolina.

Eu estava segurando a lateral da mesa, e os nós dos meus dedos ficaram brancos.

A moto dele.

Estava lá fora naquele momento, e aposto que era uma Harley. A mesma moto que eu tinha visto na foto presa à parede do quarto de Lena. John Breed tinha buscado Lena no lago Moultrie. E antes que ele dissesse qualquer outra coisa, eu sabia que John Breed não ia desaparecer. Ele estaria esperando na esquina na próxima vez em que Lena precisasse de carona.

Fiquei de pé. Não tinha certeza do que eu ia fazer, mas Link tinha. Ele se levantou e me empurrou em direção à porta.

— Vamos sair daqui, cara.

Ridley gritou atrás de nós:

— Senti muita saudade de você, Shrinky Dink.

Ela tentou fazer com que isso soasse sarcástico, como uma de suas piadas. Mas o sarcasmo ficou preso na garganta e a frase saiu parecendo verdadeira. Bati com a palma da mão na porta e a abri com força.

Mas antes que ela se fechasse, ouvi a voz de John:

— Foi um prazer conhecer você, Ethan. Diga oi a Lena por mim.

Minhas mãos estavam tremendo, e ouvi Ridley rir. Ela nem precisava mentir para me magoar hoje. Ela tinha a verdade.

Não conversamos no caminho até Ravenwood. Nenhum de nós sabia o que dizer. As garotas têm esse efeito nos garotos, principalmente as Conjuradoras. Quando chegamos ao fim do longo caminho que levava à casa, os portões estavam fechados, algo que eu nunca tinha visto antes. A hera tinha crescido por cima do metal retorcido, como se sempre tivesse estado ali. Saí do carro e sacudi o portão para ver se abriria, mas já sabendo que isso não ia acontecer. Olhei para a casa atrás dele. As janelas estavam escuras e o céu acima ainda mais.

O que tinha acontecido? Eu poderia ter lidado com o ataque de Lena no lago e com a sensação de que ela precisava se afastar. Mas por que ele? Por que o garoto Conjurador da Harley? Quanto tempo fazia que ela andava com ele sem me contar? E o que Ridley tinha a ver com aquilo tudo?

Eu nunca tinha ficado tão furioso com ela antes. Uma coisa era ser atacado por alguém que se odiava, mas isso era diferente. Era o tipo de sofrimento que só podia ser causado por alguém que você amava e que também amava você. Era como ser esfaqueado de dentro para fora.

— Você está bem, cara? — Link bateu a porta do carro.

— Não. — Olhei para o caminho à nossa frente.

— Nem eu. — Link jogou a chave dentro do Fastback pela janela aberta e descemos a colina.

Pegamos uma carona até a cidade; Link se virava a cada poucos minutos para ver se a Harley aparecia na estrada atrás de nós. Mas eu achava que não íamos vê-la. Aquela Harley não iria para a cidade. Pelo que eu sabia, ela já podia estar dentro daqueles portões.

Não desci para jantar, e esse foi meu primeiro erro. O segundo foi abrir a caixa preta do All Star. Espalhei o conteúdo sobre minha cama. Um bilhete que Lena havia escrito para mim no verso de uma embalagem amassada de Snickers, um ingresso do filme que vimos em nosso primeiro encontro, um recibo apagado do Dar-ee Keen e uma página sublinhada com marca-texto arrancada de um livro que tinha me feito pensar nela. Era a caixa na qual eu guardava todas as nossas lembranças — a minha versão do cordão de Lena. Não parecia o tipo de coisa que um garoto deveria fazer, então não contei para ninguém que eu guardava aquelas coisas, nem para ela.

Peguei a foto amassada do baile de inverno, tirada segundos antes de sermos encharcados de neve derretida pelos meus supostos amigos. A foto estava tremida, mas fomos capturados em um beijo, tão feliz que era difícil de olhar agora. Lembrar-me daquela noite, embora eu soubesse que o momento seguinte seria terrível, fez com que parte de mim ainda estivesse lá, dando aquele beijo nela.

— Ethan Wate, você está aí?

Tentei enfiar tudo de volta na caixa quando ouvi minha porta se abrindo, mas a caixa caiu, espalhando tudo pelo chão.

— Você está se sentindo bem?

Amma entrou no meu quarto e se sentou ao pé da cama. Ela não fazia isso desde que tive infecção estomacal, no sexto ano. Não que ela não me amasse. Era só que as coisas entre nós funcionavam de um jeito que não incluía ela se sentar na minha cama.

— Estou cansado, só isso.

Ela olhou para a bagunça no chão.

— Você parece mais pra baixo do que uma lampreia no fundo do rio. E tem um pedaço de carne de porco lá na minha cozinha com uma cara tão triste quanto a sua. É infelicidade demais. — Ela se inclinou e tirou meu cabelo de cima do olho. Ela sempre pegava no meu pé para que cortasse o cabelo.

— Eu sei, eu sei. Os olhos são a janela da alma, e preciso cortar o cabelo.

— Você precisa de muito mais do que cortar o cabelo. — Ela fez uma cara triste e pegou meu queixo como se pudesse me erguer por ele. Nas circunstâncias certas, aposto que poderia. — Você não está bem.

— Não?

— Não, e você é meu garoto, e é tudo minha culpa.

— Como assim? — Eu não entendi e ela não explicou; e era geralmente assim que nossas conversas aconteciam.

— Ela também não está bem, sabe — falou Amma baixinho, olhando pela janela. — Não estar bem nem sempre é culpa de alguém. Às vezes é apenas um fato, como as cartas que pegamos.

Com Amma, tudo se resumia ao destino, as cartas de tarô dela, os ossos no cemitério, o universo que ela sabia ler.

— Sim, senhora.

Ela olhou dentro dos meus olhos, e pude ver os dela brilhando.

— Às vezes as coisas não são o que parecem, e até uma Vidente não consegue ver o que está por vir. — Ela pegou minha mão e colocou uma coisa nela. Um barbante vermelho com pequenas miçangas amarradas, um dos seus amuletos. — Amarre no seu pulso.

— Amma, garotos não usam pulseira.

— Desde quando faço bijuterias? Isso é pra mulheres com tempo demais e bom-senso de menos. — Ela puxou o avental, esticando-o. — Um barbante vermelho é uma ligação com o Outro Mundo, e oferece o tipo de proteção que não posso oferecer. Vamos, coloque-o.

Eu sabia que não devia discutir quando Amma estava com aquela expressão no rosto. Era uma mistura de medo e tristeza, e ela a usava como um fardo pesado demais para carregar. Estiquei o braço e deixei que ela amarrasse o barbante ao redor do meu pulso. Antes que eu pudesse dizer qualquer coisa, ela estava na minha janela, tirando um punhado de sal do bolso do avental e o colocando ao longo do peitoril.

— Tudo vai ficar bem, Amma. Não se preocupe.

Amma parou na porta e olhou para mim, esfregando os olhos brilhantes.

— Cortei cebolas a tarde toda.

Alguma coisa não ia bem, como Amma disse. Mas eu tinha a sensação de que não era eu.

— Você sabe alguma coisa sobre um cara chamado John Breed?

Ela ficou tensa.

— Ethan Wate, não me faça dar aquela carne de porco para Lucille.

— Não, senhora.

Amma sabia alguma coisa, e não era boa, e ela não ia falar. Eu sabia disso tão bem quanto conhecia a receita de carne de porco dela, que não tinha uma única cebola nos seus ingredientes.

⊰ 14 DE JUNHO ⊱
Traça de livro

— Se era bom o bastante para Melvil Dewey, é bom o bastante para mim.

Marian piscou para mim enquanto tirava uma pilha de livros novos de uma caixa de papelão, fungando bastante. Havia livros por todo lado, dispostos em um círculo ao redor dela que ia quase até a cabeça.

Lucille andava por entre as torres de livros, procurando uma cigarra perdida. Marian fez uma exceção à regra de não serem permitidos animais na biblioteca, pois o lugar estava cheio de livros mas sem uma pessoa dentro. Só um idiota iria para a biblioteca no primeiro dia de verão, ou alguém que precisasse de distração. Alguém que não estivesse falando com a namorada, ou com quem a namorada não falava, ou que não sabia nem se ainda tinha namorada — tudo isso no período entre os dois dias mais longos da sua vida.

Eu ainda não tinha conversado com Lena. Disse a mim mesmo que o único motivo era estar muito furioso, mas isso era uma daquelas mentiras que dizemos quando tentamos nos convencer de que estamos fazendo a coisa certa. A verdade era que eu não sabia o que dizer. Eu não queria fazer as perguntas certas e tinha medo de ouvir as respostas. Além do mais, não havia sido eu a fugir com um cara de moto.

— É o caos. A Classificação Decimal de Dewey está debochando de você. Nem consigo encontrar um almanaque sobre a história do padrão orbital da Lua. — A voz vinda das pilhas de livros me assustou.

— Olivia... — Marian sorriu enquanto examinava as lombadas dos livros que tinha nas mãos. Era difícil acreditar que ela tinha idade para ser minha mãe. Sem nem um fio branco no cabelo macio e nem uma ruga na pele marrom-dourada, ela parecia não ter mais do que 30 anos.

— Professora Ashcroft, não estamos em 1876. Os tempos mudam. — Era uma voz de garota. Ela tinha sotaque; britânico, eu acho. Eu só tinha ouvido as pessoas falarem daquele jeito em filmes de James Bond.

— Assim como a Classificação Decimal de Dewey. Vinte e duas vezes, para ser exata. — Marian guardou um livro na prateleira.

— E a Biblioteca do Congresso? — A voz parecia exasperada.

— Só em mais uns cem anos.

— A Classificação Decimal Universal? — Agora estava irritada.

— Estamos na Carolina do Sul, não na Bélgica.

— Talvez a classificação de Harvard-Yenching?

— Ninguém neste país fala chinês, Olivia.

Uma garota loura e magra ergueu a cabeça por trás das pilhas de livros.

— Não é verdade, professora Ashcroft. Pelo menos não durante as férias de verão.

— Você fala chinês?

Não consegui me segurar. Quando Marian mencionou sua assistente de pesquisas durante o verão, não me disse que a garota seria uma versão adolescente dela mesma. Exceto pelo cabelo com mechas cor de mel, a pele clara e o sotaque, elas podiam ser mãe e filha. Até à primeira vista, a garota tinha um pequeno grau de semelhança com Marian que era difícil de descrever e que não havia em mais ninguém na cidade.

A garota olhou para mim.

— Você não? — Ela me cutucou nas costelas. — Estou brincando. Na minha opinião, as pessoas deste país mal sabem falar inglês. — Ela sorriu e estendeu a mão. Era alta, mas eu era mais, e ela me olhou como se já tivesse certeza de sermos grandes amigos. — Olivia Durand. Liv para os amigos. Você deve ser Ethan Wate, o que acho difícil de acreditar. Pelo modo como a Professora Ashcroft fala de você, eu esperava um aventureiro carregando uma baioneta.

Marian riu e eu fiquei vermelho.

— O que ela disse pra você?

— Que você é brilhante, corajoso e virtuoso, do tipo que vive salvando o dia. Exatamente o tipo de filho que se esperaria da amada Lila Evers Wate. E que vai ser meu humilde assistente este verão, em quem posso mandar o quanto quiser. — Ela sorriu para mim e fiquei sem fala.

Ela não se parecia em nada com Lena, mas também não se parecia em nada com as garotas de Gatlin. Isso já era mais do que confuso. Tudo o que ela estava vestindo tinha um aspecto gasto, do jeans surrado às tiras de cordões e miçangas ao redor dos pulsos, dos tênis de cano alto prateados e furados, remendados com fita crepe, à camiseta gasta do Pink Floyd. Ela usava um grande relógio preto de plástico com ponteiros doidos, perdido entre fios de cordão. Eu estava sem graça demais para dizer alguma coisa.

Marian veio ao meu resgate.

— Não ligue para Liv. Ela está te provocando. "Até os deuses amam brincadeiras", Ethan.

— Platão. E pare de se exibir — riu Liv.

— Vou parar — sorriu Marian, impressionada.

— Ele não está rindo — apontou Liv para mim, séria de repente. — "Risadas vazias em corredores de mármore."

— Shakespeare? — Olhei para ela.

Liv piscou e esticou a camiseta.

— Pink Floyd. Vejo que você tem muito a aprender. — Uma Marian adolescente, e nada parecida com o que eu esperava quando me candidatei ao emprego de verão na biblioteca.

— Agora, crianças — disse Marian estendendo a mão para que a puxasse do chão. Até mesmo em um dia quente como aquele ela ainda conseguia ficar bem. Nem um fio de cabelo estava fora do lugar. A blusa estampada fez um barulho quando ela passou na minha frente. — Deixarei as pilhas de livros para você, Olivia. Tenho um projeto especial para Ethan no arquivo.

— É claro. A estudante de história muito bem preparada separa pilhas de livros enquanto o preguiçoso sem formação universitária é promovido ao arquivo. Muito americano. — Ela revirou os olhos e pegou uma caixa de livros.

O arquivo não tinha mudado desde o mês anterior, quando fui perguntar a Marian sobre um emprego de verão mas tinha acabado ficando lá para conversar sobre Lena, meu pai e Macon. Ela foi solidária, como sempre. Havia pilhas de velhos registros da Guerra Civil na prateleira acima da escrivaninha da minha mãe, e a coleção dela de pesos de papel de vidro antigos. Uma esfera brilhante e preta estava ao lado da maçã de argila deformada que fiz para ela no primeiro ano. Os livros e notas de minha mãe e de Marian ainda estavam empilhados na escrivaninha, em cima de mapas amarelados de Ravenwood e Greenbrier, abertos sobre as mesas. Cada pedaço de papel rabiscado me fazia sentir como se ela ainda estivesse ali. Embora tudo na minha vida parecesse estar dando errado, eu sempre me sentia melhor ali. Era como se eu estivesse com minha mãe. Ela era a única pessoa que sempre sabia consertar as coisas, ou pelo menos me fazia acreditar que havia um jeito de consertá-las.

Mas havia uma outra coisa na minha cabeça.

— *Aquela* é sua estagiária de verão?

— É claro.

— Você não me disse que ela seria assim.

— Assim como, Ethan?

— Como você.

— É isso que o está incomodando? A inteligência, ou talvez o cabelo longo e louro? Existe uma aparência certa para bibliotecárias? Com óculos grandes e cabelo grisalho preso num coque? Eu pensei que, depois de sua mãe e de mim, você já teria deixado essa noção pra trás. — Ela estava certa. Minha mãe e Marian sempre tinham sido as duas mulheres mais bonitas de Gatlin. — Liv não vai ficar por aqui muito tempo e não é muito mais velha do que você. Pensei que o mínimo que você podia fazer é mostrar a cidade a ela e apresentá-la a algumas pessoas da sua idade.

— Como quem? Link? Para melhorar o vocabulário dele e matar alguns milhares de neurônios dela?

Não mencionei que Link ia passar a maior parte do tempo tentando ficar com ela, o que eu achava que não ia rolar.

— Eu estava pensando em Lena. — O silêncio no aposento foi constrangedor, até para mim. É claro que ela estava pensando em Lena. A pergunta era: por que eu não tinha pensado nela? Marian olhou para mim abertamente. — Por que você não me conta o que realmente está se passando na sua cabeça hoje?

— O que você precisa que eu faça aqui, tia Marian? — Eu não estava com vontade de conversar.

Ela suspirou e se virou para o arquivo.

— Achei que talvez você pudesse me ajudar a separar parte dessas coisas. Obviamente, grande parte desse material diz respeito ao medalhão e a Ethan e Genevieve. Agora que sabemos o fim da história, acho que podemos abrir espaço para a próxima.

— Qual é a próxima? — Peguei a velha foto de Genevieve usando o medalhão. Eu me lembrava da primeira vez em que a vi com Lena. Parecia que anos tinham se passado, em vez de meses.

— Parece-me que é a sua e de Lena. Os eventos no aniversário dela despertaram muitas perguntas, cuja maior parte não sei responder. Nunca ouvi falar de um incidente em que um Conjurador não precisou escolher entre a Luz e as Trevas na noite da Invocação, exceto no caso da família de Lena, em que a escolha é feita independentemente deles. Agora que não temos Macon para nos ajudar, acho que vamos ter de procurar as respostas sozinhos. — Lucille pulou na cadeira de minha mãe, erguendo as orelhas.

— Eu não saberia por onde começar.

— "Aquele que escolhe o começo da estrada escolhe o lugar aonde ela leva."

— Thoreau?

— Harry Emerson Fosdick. Um pouco mais antigo e mais obscuro, mas ainda bastante relevante, na minha opinião. — Ela sorriu e colocou a mão na beirada da porta.

— Você não vai me ajudar?

— Não posso deixar Olivia sozinha por muito tempo, senão ela vai rearrumar o acervo inteiro, e então teremos todos que aprender chinês — fez uma pausa por um momento, me observando, parecendo muito com a minha mãe. — Acho que você pode lidar com isso sozinho. Pelo menos no começo.

— Não tenho escolha, tenho? Você não pode me ajudar porque é a Guardiã.

Eu ainda estava ressentido com a revelação de Marian de que ela sabia que minha mãe estava envolvida com o mundo Conjurador, mas não queria explicar por que nem como. Havia muitas coisas sobre minha mãe e sua morte que Marian nunca tinha me contado. Sempre recaía nas infinitas regras do Juramento que Marian havia feito ao aceitar o emprego de Guardiã.

— Só posso ajudá-lo a se ajudar. Não posso determinar o curso dos eventos, a dissociação entre Luz e Trevas, a Ordem das Coisas.

— Um monte de merda.

— O quê?

— É como a primeira diretriz do *Jornada nas Estrelas*. Você precisa deixar que o planeta evolua em seu ritmo próprio. Não pode apresentar o hiperespaço ou a velocidade da dobra espacial até que as tenham descoberto por si próprios. Mas o capitão Kirk e a tripulação da *Enterprise* sempre acabam violando as regras.

— Ao contrário do capitão Kirk, não há escolha no meu caso. Uma Guardiã está presa por seu Juramento a não agir pelas Trevas e nem pela Luz. Eu não poderia mudar meu destino mesmo se quisesse. Tenho meu próprio lugar na ordem natural do mundo Conjurador, na Ordem das Coisas.

— Deixa pra lá.

— Não é uma escolha. Não tenho autoridade para mudar o modo como as coisas funcionam. Se eu sequer tentasse, poderia destruir não só a mim como a própria pessoa que eu estivesse tentando ajudar.

— Mas minha mãe acabou morrendo.

Não sei por que falei isso, mas não conseguia entender a lógica. Marian precisava permanecer distante para proteger as pessoas que amava, mas a pessoa que ela mais amava morreu assim mesmo.

— Você está me perguntando se eu poderia ter impedido a morte da sua mãe?

Ela sabia que era isso. Olhei para meus tênis. Não tinha certeza de estar pronto para ouvir a resposta.

Marian colocou a mão debaixo do meu queixo e ergueu meu rosto para que eu olhasse para ela.

— Eu não sabia que sua mãe corria perigo, Ethan. Mas ela conhecia os riscos. — A voz dela estava trêmula, e eu sabia que tinha ido longe demais, mas não pude evitar. Eu vinha tentando reunir coragem para ter essa conversa havia meses. — Eu tomaria o lugar dela naquele carro sem hesitar. Você não acha que já me perguntei mil vezes se havia alguma coisa que eu soubesse ou que pudesse ter feito para salvar Lila... — A voz dela falhou.

Eu me "sinto do mesmo jeito. Você só está se segurando em uma beirada diferente do mesmo buraco irregular. Estamos perdidos, os dois. Era isso o que eu queria dizer. Em vez disso, deixei que ela passasse o braço ao redor do meu ombro e me puxasse para um abraço desajeitado. Mal senti quando o braço se afastou e a porta se fechou atrás dela.

Olhei para as pilhas de papel. Lucille pulou da cadeira para a mesa.

— Tome cuidado. Tudo isso é bem mais velho do que você. — Então inclinou a cabeça e olhou para mim com os olhos azuis. Depois ficou paralisada.

Estava olhando para a cadeira da minha mãe, com os olhos arregalados, fixos. Não tinha nada ali, mas me lembrei do que Amma havia me dito: "Gatos podem ver os mortos. É por isso que olham para as coisas por muito tempo, como se estivessem olhando para o nada. Mas não estão. Estão olhando através do nada."

Dei um passo em direção à cadeira.

— Mamãe?

Ela não respondeu, ou talvez tenha respondido, porque havia um livro em cima de uma cadeira que não estava ali um minuto antes. *Trevas e Luz: as origens da magia.* Era um dos livros de Macon. Eu o tinha visto na biblioteca de Ravenwood. Eu o ergui, e uma embalagem de chiclete caiu — um dos marcadores da minha mãe, sem dúvida. Inclinei-me para pegar a embalagem e a sala começou a girar, as luzes e cores rodopiando ao meu redor. Tentei me concentrar em alguma coisa, em qualquer coisa, para evitar cair, mas eu estava tonto demais. O chão de madeira pareceu ficar mais próximo e, quando atingi o chão, a fumaça queimou meus olhos...

Quando Abraham voltou para Ravenwood, as cinzas já tinham entrado na casa. Os restos queimados das grandes casas de Gatlin que estavam suspensos no ar entravam pelas janelas abertas do segundo andar como flocos de neve pretos. Enquanto subia a escadaria, os passos de Abraham deixavam marcas na fina camada preta que já cobria o chão. Ele fechou as janelas do segundo andar sem soltar *O Livro das Luas* por nem um segundo. Não podia tê-lo deixado em qualquer lugar mesmo que quisesse. Ivy, a velha cozinheira de Greenbrier, estava certa; o Livro o estava chamando, com um sussurro que só ele podia ouvir.

Quando chegou ao escritório, Abraham apoiou o Livro na escrivaninha de mogno polido. Sabia exatamente em que página abrir, como se o Livro estivesse virando as páginas sozinho. Como se soubesse o que ele queria. Embora jamais tivesse visto o livro antes, Abraham sabia que a resposta estava naquelas páginas, uma resposta que iria garantir a sobrevivência de Ravenwood.

O Livro estava oferecendo a ele a única coisa que ele queria acima de tudo. Mas iria exigir algo em troca.

Abraham ficou olhando para a escrita em latim. Ele a reconheceu imediatamente. Era um Conjuro sobre o qual havia lido em outros livros. Um que ele sempre tinha considerado mito. Mas se equivocou, pois estava olhando para ele naquele momento.

Abraham ouviu a voz de Jonah antes de vê-lo.

— Abraham, precisamos deixar a casa. Os Federais estão chegando. Eles incendiaram tudo, e não planejam parar até chegarem a Savannah. Temos que entrar nos túneis.

A voz de Abraham era resoluta, e soou meio diferente, até para ele.

— Não vou a lugar algum, Jonah.

— Como assim? Precisamos salvar o que pudermos e sair daqui. — Jonah pegou o braço do irmão, reparando na página aberta entre eles. Ele olhou para o texto, sem saber se podia confiar no que via.

— *O Daemonis Pactum?* A Troca do Demônio? — Jonah deu um passo para trás. — Isso é o que eu acho que é? *O Livro das Luas?*

— Estou surpreso de você reconhecê-lo. Você nunca prestou muita atenção aos nossos estudos.

Jonah estava acostumado aos insultos de Abraham, mas havia algo de diferente no tom dele naquela noite.

— Abraham, você não pode.

— Não me diga o que não posso fazer. Você assistiria a essa casa ser consumida completamente pelas chamas antes de sequer pensar em agir. Você nunca foi capaz de fazer o que era necessário. Você é fraco, como mamãe.

Jonah se encolheu, como se alguém tivesse batido nele.

— Onde conseguiu o livro?

— Você não precisa se preocupar com isso.

— Abraham, seja sensato. A Troca do Demônio é poderosa demais. Não pode ser controlada. Você está fazendo uma troca sem saber o que vai ter que sacrificar. Temos outras casas.

Abraham empurrou o irmão para o lado. Embora Abraham mal tenha tocado nele, Jonah voou até o outro lado da sala.

— Outras casas? Ravenwood é o berço do poder de nossa família no mundo Mortal, e você acha que vou permitir que alguns soldados a queimem? Posso usar isso para salvar Ravenwood.

A voz de Abraham ficou mais alta.

— Exscinde, neca, odium incende; mors portam patefacit. Destrua, mate, odeie; a morte abre o portão.

— Abraham, pare!

Mas era tarde demais. As palavras deslizaram pela língua de Abraham como se ele as soubesse de cor. Jonah olhou ao redor, em pânico, esperando que o Conjuro funcionasse. Mas ele não tinha ideia do que o irmão havia pedido. Só sabia que, fosse o que fosse, seria realizado. Esse era o poder do Conjuro, mas também havia um preço. Nunca era o mesmo. Jonah correu em direção ao irmão, e uma esfera perfeitamente redonda, do tamanho de um ovo, caiu do bolso dele e rolou pelo piso.

Abraham pegou a esfera que brilhava aos seus pés, e a rolou entre os dedos.

— O que você está fazendo com um Arco Voltaico, Jonah? Tem algum Incubus em particular que você pretende aprisionar neste aparato antigo?

Jonah andou para trás conforme Abraham avançava, acompanhando cada passo dele, mas Abraham era rápido demais. Em um piscar de olhos, ele prendeu Jonah contra a parede, as mãos de ferro ao redor da garganta do irmão.

— Não. É claro que não. Eu...

Abraham apertou ainda mais.

— O que um Incubus estaria fazendo com o único veículo capaz de aprisionar sua espécie? Você acha que sou tão burro?

— Só estou tentando protegê-lo de si mesmo.

Com um movimento suave, Abraham deu um salto para a frente e enfiou os dentes no ombro do irmão. Depois, fez o impensável.

Bebeu.

A troca estava feita. Ele não mais se alimentaria de lembranças e sonhos de mortais. Daquele dia em diante, ele desejaria sangue.

Quando tomou o suficiente, Abraham soltou o corpo inerte do irmão e lambeu as cinzas da mão, o gosto de carne ainda presente no resíduo negro.

— Você devia ter se preocupado mais em se proteger.

Abraham se afastou do corpo do irmão.

— Ethan.

— Ethan!

Abri meus olhos. Eu estava deitado no chão da sala de arquivo. Marian estava inclinada sobre mim em um estado de pânico atípico.

— O que aconteceu?

— Não sei. — Eu me sentei, passando a mão na cabeça e fazendo uma careta. Havia um galo crescendo debaixo do meu cabelo. — Devo ter batido na mesa quando caí.

O livro de Macon estava caído no chão, aberto ao meu lado. Marian olhou para mim com aquela misteriosa percepção extrassensorial — ou não tão misteriosa, se você pensasse que ela tinha me seguindo para dentro das visões meses antes. Em segundos ela estava com uma bolsa de gelo na mão e a segurava contra minha cabeça latejante.

— Você está tendo visões de novo, não está?

Assenti. Minha mente tinha sido tomada por imagens, mas eu não conseguia me concentrar em nenhuma delas.

— É a segunda vez. Tive uma na outra noite, quando estava segurando o diário de Macon.

— O que você viu?

— Era a noite dos incêndios, como nas visões do medalhão. Ethan Carter Wate já estava morto. Ivy estava com *O Livro das Luas*, e ela o deu a Abraham Ravenwood. Ele estava nas duas visões. — O nome dele soou grosseiro e confuso na minha língua. Abraham Ravenwood era o bicho-papão original do condado de Gatlin.

Segurei na beirada da mesa para me equilibrar. Quem estava querendo que eu tivesse essas visões? E o mais importante, por quê?

Marian fez uma pausa, ainda segurando o livro.

— Ah? — Ela olhou para mim com cuidado.

— E tinha outra pessoa. O nome dele começava com J. Judas? Joseph? Jonah. Era isso. Acho que eram irmãos. Os dois eram Incubus.

— Não apenas Incubus. — Marian fechou o livro. — Abraham Ravenwood era um poderoso Incubus de Sangue, o pai da linha de Incubus de Sangue de Ravenwood.

— O que você quer dizer? — Então a história que as pessoas contavam havia anos era verdade? Eu tinha tirado mais uma camada de névoa do mapa sobrenatural de Gatlin.

— Embora os Incubus sejam das Trevas por natureza, nem todos escolhem se alimentar de sangue. Mas uma vez que se faça essa escolha, o instinto parece ser passado adiante por hereditariedade.

Apoiei-me mesa enquanto a visão clareava na minha mente.

— Abraham é a razão pela qual a casa de Ravenwood nunca pegou fogo, certo? Ele não fez um acordo com o Demônio. Ele fez um acordo com *O Livro das Luas*.

— Abraham era perigoso, talvez mais perigoso do que qualquer outro Conjurador. Não consigo imaginar por que você o está vendo agora. Felizmente, ele morreu jovem, antes de Macon nascer.

Tentei fazer as contas.

— Isso é jovem? Quantos anos os Incubus costumam viver?

— De 150 a 200 anos. — Ela recolocou o livro em sua mesa de trabalho. — Não sei o que isso tem a ver com você ou com o diário de Macon, mas eu nunca devia tê-lo dado a você. Eu interferi. Devíamos deixar esse livro trancado aqui.

— Tia Marian...

— Ethan! Não insista nisso, e não conte a mais ninguém, nem a Amma. Não consigo imaginar como ela reagiria se você dissesse o nome de Abraham Ravenwood na presença dela. — Ela passou o braço ao redor dos meus ombros e deu um apertão. — Agora vamos terminar com as pilhas de livros antes que Olivia chame a polícia. — Ela se virou para a porta e enfiou a chave na fechadura.

Havia mais uma coisa. Eu precisava contar.

— Ele podia me ver, tia Marian. Abraham olhou bem para mim e disse meu nome. Isso nunca aconteceu nas visões anteriores.

Marian parou, olhando para a porta como se pudesse ver através dela. Demorou alguns segundos até que girasse a chave na fechadura e abrisse a porta.

— Olivia? Você acha que Melvil Dewey pode deixá-la parar pra uma xícara de chá?

Nossa conversa tinha terminado. Marian era Guardiã e bibliotecária-chefe da Biblioteca de Conjuradores, a *Lunae Libri*. Ela não podia me contar muito sem violar suas obrigações. Não podia escolher lados e nem mudar o curso dos eventos depois que começavam a se desenrolar. Ela não podia ser como Macon para mim, e não era minha mãe. Eu estava sozinho.

115

⊰ 14 DE JUNHO ⊱
Debaixo do papel

—Todos esses?

Havia três pilhas de pacotes embrulhados com papel pardo na mesa próxima à saída. Marian marcou o último com o familiar selo da BIBLIOTE-CA DO CONDADO DE GATLIN, sempre duas vezes, e sempre amarrado com o mesmo barbante branco.

— Não, leve aquela pilha também. — Ela apontou para uma segunda pilha, no carrinho que estava mais perto de nós.

— Eu pensei que ninguém nessa cidade lesse.

— Ah, as pessoas leem. Só não admitem o que leem, e é por isso que fazemos não só entregas entre bibliotecas como também em casa. Só para livros que podem sair da biblioteca. E com prazo de dois a três dias para o processamento dos pedidos, é claro.

Ótimo. Eu tinha medo de perguntar o que tinha nos pacotes embrulhados com papel pardo, e tinha certeza de que não queria saber. Peguei uma pilha de livros e perguntei:

— O que são esses, enciclopédias?

Liv pegou o recibo de cima da pilha.

— Sim. A *Enciclopédia das munições*, na verdade.

Marian fez sinal para sairmos.

116

— Vá com Ethan, Liv. Você ainda não teve oportunidade de ver nossa bela cidade.

— Posso fazer isso sozinho.

Liv suspirou e empurrou o carrinho em direção à porta.

— Vamos, Hércules. Vou ajudar você a colocar tudo no carro. Não podemos deixar as senhoras de Gatlin esperando pelo... — ela consultou outro recibo — *Livro de receitas da mestra de bolos da Carolin-er*, podemos?

— Carolina — falei automaticamente.

— Foi o que eu disse. Carolin-er.

Duas horas depois, tínhamos entregado a maior parte dos livros e passado tanto pela Jackson High quanto pelo Pare & Roube. Enquanto contornávamos o General's Green, me dei conta de por que Marian tinha ficado tão ansiosa para me contratar para trabalhar em uma biblioteca que vivia vazia e não precisava de empregados de verão. Ela havia planejado que eu fosse o guia turístico adolescente de Liv desde o começo. Era meu trabalho mostrar a ela o lago e o Dar-ee Keen e fazê-la entender a diferença entre o que o pessoal da cidade dizia e o que queria dizer. Meu trabalho era ser amigo dela.

Pensei sobre como Lena se sentiria quanto a isso. Caso ela reparasse.

— Ainda não entendo por que no meio da cidade tem uma estátua de um general de uma guerra que o sul não venceu e que costuma ser constrangedora para seu país.

É claro que ela não entendia.

— O pessoal aqui honra os mortos em batalha. Há um museu inteiro dedicado a eles. — Não mencionei que o Fallen Soldiers também tinha sido o cenário da tentativa de suicídio de meu pai, induzida por Ridley, alguns meses antes.

Olhei para Liv de onde estava, atrás do volante do Volvo. Não conseguia me lembrar da última vez em que tinha sentado uma garota ali no banco do carona, exceto Lena.

— Você é um péssimo guia turístico.

— Essa é Gatlin. Não há tanto assim para se ver. — Olhei pelo retrovisor. — Ou não tanto que você queira ver.

— O que você quer dizer com isso?

— Um bom guia turístico sabe o que mostrar e o que esconder.

— Vou me corrigir. Você é um péssimo guia turístico.

Ela tirou um elástico do bolso.

— Então estou mais para um desvio turístico? — Era uma piada idiota, característica minha.

— Discordo tanto da sua piadinha quanto da sua filosofia sobre guia turístico.

Ela estava fazendo duas tranças no cabelo louro e tinha as bochechas rosadas pelo calor. Não estava acostumada à umidade da Carolina do Sul.

— O que você quer ver? Quer que a leve pra atirar em latas atrás da velha algodoaria na autoestrada 9? Para esmagar moedas nos trilhos do trem? Para seguir as moscas até Dar-ee Keen, onde se come por sua conta e risco?

— Sim. Todas as anteriores, principalmente a última. Estou morrendo de fome.

Liv colocou o último recibo da biblioteca em uma das duas pilhas.

— ... sete, oito, nove. O que significa que ganhei e você perdeu, então tire as mãos dessas chips. Elas são minhas agora. — Ela puxou minhas batatas com chili para perto de si na mesa vermelha de plástico.

— Você quer dizer batatas.

— Estou falando de negócios.

O lado dela da mesa já estava coberto de anéis de cebola empanada, um cheesebúrguer, ketchup, maionese e meu chá gelado. Eu sabia de quem era aquele lado porque ela tinha feito uma linha com batatas fritas de uma ponta a outra da mesa, como a Grande Muralha da China.

— "Boas cercas fazem bons vizinhos."

Eu me lembrei do poema da aula de inglês.

— Walt Whitman.

Ela balançou a cabeça.

— Robert Frost. Agora tire as mãos dos meus anéis de cebola.

Eu devia saber o autor daquela frase. Quantas vezes Lena havia citado os poemas de Frost ou os tinha distorcido para fazerem se adaptar ao que ela queria dizer?

Tínhamos ido almoçar no Dar-ee Keen, que ficava no fim da rua onde tínhamos feito as duas últimas entregas — para a Sra. Ipswich (*O guia para a limpeza do cólon*) e para o Sr. Harlow (*Pin-ups clássicas da Segunda Guerra Mundial*), esse último tendo sido entregue para a sua mulher porque ele não estava em casa. Pela primeira vez, entendi o motivo do papel pardo.

— Não acredito. — Amassei meu guardanapo. — Quem imaginaria que Gatlin era tão romântica? — Eu tinha apostado em livros de religião. Liv tinha apostado em romances. Eu perdi por 9 a 8.

— Não só romântica, mas romântica *e* íntegra. É uma combinação maravilhosa, tão...

— Hipócrita?

— Nem um pouco. Eu ia dizer norte-americana. Você reparou que entregamos *É Preciso uma Bíblia* e *Delilah Divinamente Deliciosa* para a mesma casa?

— Pensei que fosse um livro de culinária.

— Não, a não ser que Delilah esteja cozinhando alguma coisa bem mais apimentada do que essas chips com chili. — Ela balançou uma batata no ar.

— Batatas.

— Exatamente.

Fiquei vermelho, pensando no quanto a Sra. Lincoln ficara envergonhada quando deixamos aqueles livros na casa dela. Eu não falei para Liv que a devota de Delilah era mãe do meu melhor amigo e a mulher mais brutalmente íntegra da cidade.

— E aí, gostou do Dar-ee Keen? — falei, mudando de assunto.

— Estou louca por ele.

Liv deu uma mordida no cheesebúrguer, grande o bastante para deixar Link envergonhado. Eu já a tinha visto engolir mais do que um jogador de basquete comia em média no almoço. De qualquer maneira, ela não parecia se importar com o que eu pensava sobre ela, o que era um alívio. Principalmente porque tudo o que eu fazia perto de Lena ultimamente parecia errado.

— O que descobriríamos no seu pacote embrulhado em papel pardo? Livros de igreja, romances, ou os dois?

— Não sei. — Eu tinha segredos demais, mas não ia compartilhar nenhum deles.

— Vamos lá. Todo mundo tem segredos.

— Nem todo mundo — menti.

— Não tem nada debaixo do seu papel?

— Não. Só mais papel, eu acho. — De um certo modo, desejei que fosse verdade.

— Então você é tipo uma cebola?

— Mais como uma batata comum.

Ela pegou uma batata frita e a examinou.

— Ethan Wate não é uma batata comum. Você, meu senhor, é uma batata frita. — Ela a colocou na boca, sorrindo.

Eu ri e concordei.

— Tudo bem. Sou uma batata frita. Mas sem papel pardo, sem nada para contar.

Liv mexeu o chá com o canudo.

— Isso só confirma que você está na lista de espera pelo *Delilah Divinamente Deliciosa*.

— Agora você me pegou.

— Não posso prometer nada, mas posso dizer que conheço a bibliotecária. Muito bem, na verdade.

— Então vai quebrar meu galho?

— Vou dar um jeitinho, cara.

Liv começou a rir, e eu também. Ela era uma companhia agradável, como se nos conhecêssemos desde sempre. Eu estava me divertindo e, quando paramos de rir, essa sensação se transformou em culpa. Alguém por favor me explique isso.

Ela voltou a atacar as batatas fritas.

— Acho todo segredo meio romântico, não acha?

Eu não soube como responder àquilo, considerando o quão profundos eram os segredos na cidade.

— Na minha cidade, o bar fica na mesma rua da igreja e a congregação sai diretamente de um para o outro. Algumas vezes até comemos o jantar de domingo lá.

Eu sorri.

— É divinamente delicioso?

— Quase. Talvez não tão apimentado. Mas as bebidas não são tão frias. — Ela apontou com uma batata para o chá gelado. — O gelo, meu amigo, é uma coisa que vemos mais no chão do que no copo.

— Você tem algum problema com o famoso chá gelado de Gatlin?

— Chá é pra ser servido quente, senhor. Direto da chaleira.

Roubei uma batata e apontei para o chá gelado dela.

— Bem, senhora, para um batista sulista rigoroso, isso é a bebida do Demônio.

— Porque é gelado?

— Porque é chá. Cafeína não é permitida.

Liv pareceu chocada.

— Nada de chá? Nunca vou entender este país.

Roubei outra batata.

— Quer falar sobre blasfêmia? Você não estava aqui quando o Millie's Breakfast 'n' Biscuits na rua Main começou a servir pãezinhos pré-assados e congelados. Minhas tias-avós, as Irmãs, deram um ataque que quase derrubou o lugar. Cadeiras voaram.

— Elas são freiras?

Liv enfiou um anel de cebola dentro do cheesebúrguer.

— Quem?

— As Irmãs.

Outro anel de cebola.

— Não. Elas são irmãs de verdade.

— Entendi.

Ela recolocou o pão no lugar.

121

— Não entendeu, não.

Ela pegou o cheesebúrguer e deu uma mordida.

— Nem um pouco.

Começamos a rir de novo. Não ouvi o Sr. Gentry chegar por trás de nós.

— A comida foi suficiente? — perguntou ele, limpando as mãos em um pano.

Assenti.

— Sim, senhor.

— Como vai aquela sua namorada? — Ele perguntou como se tivesse esperança de que eu tivesse tido um lampejo de sanidade e largado Lena.

— Hum, está bem, senhor.

Ele assentiu, desapontado, e andou de volta até o balcão.

— Diga oi para Srta. Amma por mim.

— Pelo que vi, ele não gosta da sua namorada. — Ela falou como se fosse uma pergunta, mas eu não soube o que dizer. Uma garota ainda era tecnicamente sua namorada se ela saía de moto com outro cara? — Acho que a professora Ashcroft falou sobre ela.

— Lena. Minha... O nome dela é Lena. — Eu esperava não aparentar estar tão pouco à vontade como estava. Liv não pareceu notar.

Tomou outro gole do chá.

— Provavelmente vou conhecê-la na biblioteca.

— Não sei se ela irá à biblioteca. As coisas andam estranhas ultimamente. — Não sei por que falei isso. Eu mal conhecia Liv. Mas foi bom falar em voz alta, e minhas entranhas se contorceram um pouco.

— Tenho certeza de que você vai resolver. Lá em casa, eu brigava com meu namorado o tempo todo. — A voz dela estava alegre. Ela tentava fazer com que eu me sentisse melhor.

— Há quanto tempo estão juntos?

Liv balançou a mão no ar e o relógio esquisito deslizou por seu pulso.

— Ah, nós terminamos. Ele era meio lento. Acho que não gostava de ter uma namorada que era mais inteligente do que ele.

Eu queria sair do assunto sobre namoradas e ex-namoradas.

— E o que é essa coisa, afinal? — Apontei com a cabeça em direção ao relógio, ou fosse lá o que fosse.

122

— Isso? — Ela ergueu o pulso sobre a mesa para que eu pudesse ver o relógio preto esquisito. Tinha três mostradores e uma pequena agulha prateada pousada sobre um retângulo cheio de ziguezagues, meio como aquelas máquinas que registram a intensidade de terremotos. — É um selenômetro.

Olhei para ela sem entender.

— Selene, a deusa grega da Lua. *Metron*, medida em grego. — Ela sorriu. — Está meio enferrujado em etimologia grega?

— Um pouco.

— Mede a força gravitacional da Lua. — Ela mexeu em um dos mostradores, com cuidado. Números apareceram debaixo da agulha.

— Por que você quer saber a força gravitacional da Lua?

— Sou astrônoma amadora. E me interesso principalmente pela Lua. Ela tem um tremendo impacto sobre a Terra. Você sabe, as marés e tudo mais. Por isso fiz isso.

Quase cuspi minha Coca.

— Você que fez? É sério?

— Não se impressione tanto. Não foi tão difícil. — Liv ficou com as bochechas enrubescidas de novo. Eu a estava deixando sem graça. Pegou outra batata. — Essas chips são mesmo demais.

Tentei imaginar Liv sentada numa versão inglesa do Dar-ee Keen, medindo a gravidade da Lua em frente a uma montanha de batatas. Era melhor do que imaginar Lena na garupa da Harley de John Breed.

— Então, deixe-me ouvir sobre sua Gatlin. A cidade onde chamam as batatas pelo nome errado.

Eu nunca tinha ido mais longe do que Savannah. Não conseguia imaginar como era a vida em outro país.

— A minha Gatlin? — Os pontos rosados nas bochechas dela sumiram.

— A sua cidade.

— Sou de uma cidade ao norte de Londres, chamada Kings Langley.

— O quê?

— Em Hertfordshire.

— Nunca ouvi falar.

Ela deu outra mordida no cheesebúrguer.

— Talvez isso ajude. Foi onde inventaram o Ovomaltine. Você sabe, a bebida? — Ela suspirou. — A gente mistura com leite e o transforma em chocolate maltado.

Meus olhos se arregalaram.

— Está falando de leite achocolatado? Tipo Nesquik?

— Exatamente. É realmente incrível. Você deveria experimentar.

Ri com o rosto dentro do copo de Coca, que derramou na minha camiseta velha com estampa de Atari. A garota Ovomaltine conhece o garoto Quik. Eu queria contar para Link, mas ele ia entender errado.

Embora só algumas horas tivessem se passado, eu sentia que ela era minha amiga.

— O que você faz quando não está bebendo Ovomaltine e fazendo aparelhos científicos, Olivia Durand de Kings Langley?

Ela amassou o papel do cheesebúrguer.

— Vamos ver. Eu leio livros e vou à escola. Estudo em um lugar chamado Harrow. Não a escola para garotos.

— E é mesmo?

— O quê? — Ela mexeu no nariz.

— Harrow-rosa? — H-O-R-R-O-R-O-S-A. Nove horizontal, como em anos se passam e não dá mais para aguentar tanta coisa horrorosa, Ethan Wate.

— Você não consegue resistir a um terrível trocadilho, consegue? — Liv sorriu.

— E você não respondeu a pergunta.

— Não. Não é horrorosa. Não pra mim.

— Por que não?

— Bom, pra começar, porque sou um gênio. — Ela foi direta, como se tivesse dito que era loura ou que era inglesa.

— Então por que veio para Gatlin? Não somos exatamente um ímã de gênios.

— Bem, faço parte do IAT, Intercâmbio para os Academicamente Talentosos, que acontece entre a Universidade de Duke e a minha escola. Pode me passar a *maio-neise*?

124

— Maionese. — Tentei falar devagar.

— Foi o que eu disse

— Por que Duke ia querer mandar você para Gatlin? Para você poder ter aulas na Faculdade Comunitária de Summerville?

— Não, seu bobo. Para que eu pudesse estudar com minha orientadora de tese, a renomada Dra. Marian Ashcroft, exemplar único da espécie.

— Sobre o que é a sua tese?

— Folclore e mitologia; e como se relacionam com a construção da comunidade depois da Guerra Civil Americana.

— Aqui a maioria das pessoas ainda a chama de Guerra entre os Estados — falei.

Ela riu, deliciada. Fiquei feliz por alguém achar engraçado. Para mim, era constrangedor.

— É verdade que as pessoas do sul às vezes se vestem com roupas velhas da Guerra Civil e encenam as batalhas de novo, só por diversão?

Fiquei de pé. Uma coisa era eu dizer, mas não queria ouvir isso de Liv também.

— Acho que está na hora de ir. Temos mais livros para entregar.

Liv assentiu, pegando as batatas.

— Não podemos deixar isso aqui. Devíamos levá-las para Lucille.

Não comentei que Lucille estava acostumada a ser alimentada por Amma com frango frito e pratos de sobra de ensopado em seu próprio prato de porcelana, como as Irmãs haviam instruído. Não conseguia imaginar Lucille comendo batatas gordurosas. Lucille era seletiva, como as Irmãs diriam. Mas ela gostava de Lena.

Enquanto íamos em direção à porta, um carro chamou a minha atenção ao passar pelas janelas cobertas de gordura. O Fastback estava fazendo a volta na extremidade do estacionamento. Lena fez questão de não passar por nós.

Ótimo.

Fiquei de pé e observei o carro arrancar para a rua Dove.

Naquela noite, fiquei deitado na cama olhando para o teto azul com as mãos atrás da cabeça. Alguns meses antes, seria nessa hora que Lena e eu iríamos juntos para a cama, cada um em seu quarto — e leríamos, riríamos e conversaríamos sobre nossos dias. Eu quase tinha esquecido como era adormecer sem ela.

Rolei para o lado e olhei para meu celular velho e rachado. Não funcionava direito desde o aniversário de Lena, mas ele ainda tocaria quando alguém me ligasse. Se alguém ligasse.

Não que ela usasse o telefone.

Naquele momento, eu tinha voltado a ser o mesmo garoto de 7 anos que tinha jogado todos os quebra-cabeças do meu quarto em uma pilha enorme e bagunçada. Quando eu era criança, minha mãe se sentou no chão e me ajudou a transformar a bagunça em uma imagem. Mas eu não era mais criança, e minha mãe tinha morrido. Revirei as peças na minha mente, mas parecia não conseguir arrumá-las. A garota por quem eu estava loucamente apaixonado ainda era a garota por quem eu estava loucamente apaixonado. Isso não tinha mudado. Só que agora a garota por quem eu estava loucamente apaixonado escondia coisas de mim e mal falava comigo.

Havia também as visões.

Abraham Ravenwood, um Incubus de Sangue que tinha matado o próprio irmão, sabia meu nome e conseguia me ver. Eu precisava entender como essas peças se encaixavam até que eu conseguisse ver alguma coisa — algum tipo de padrão. Eu não podia guardar o quebra-cabeça de volta na caixa. Era tarde demais para isso. Queria que alguém pudesse me dizer onde colocar ao menos uma peça. Sem pensar, fiquei de pé e abri a janela do quarto.

Inclinei-me para fora e inspirei a escuridão, e então ouvi o miado de Lucille. Amma devia ter se esquecido de deixá-la entrar. Eu ia gritar para dizer que estava indo quando reparei neles. Debaixo da minha janela, na beirada da varanda, Lucille Ball e Boo Radley estavam sentados lado a lado sob o luar.

Boo abanou o rabo e Lucille miou em resposta. Eles ficaram sentados desse jeito no degrau mais alto da varanda, mexendo o rabo e miando, como se estivessem tendo uma conversa civilizada igual a qualquer outras duas pessoas da cidade em uma noite de verão. Não sei sobre o quê fofocavam, mas devia ser uma grande notícia. Enquanto ouvia, da cama, a conversa baixinha do cachorro de Macon e da gata das Irmãs, adormeci antes deles.

⊰ 15 DE JUNHO ⊱

Southern Crusty

— Não coloque um dedo sequer em nenhuma das minhas tortas até que eu diga, Ethan Wate.

Eu me afastei de Amma, com as mãos para o alto.

— Só estou tentando ajudar.

Ela me lançou um olhar intenso enquanto enrolava uma torta de batata doce, duas vezes vencedora, em um pano de prato limpo. A torta de creme azedo e passas estava na mesa da cozinha ao lado da torta de creme, prontas para irem para a caixa térmica. As tortas de frutas ainda estavam esfriando nas grades, e uma fina camada de farinha branca cobria todas as superfícies da cozinha.

— O verão só começou há dois dias e você já está me deixando louca? Vai desejar estar na escola fazendo curso de verão se deixar cair uma das minhas tortas premiadas. Quer ajudar? Pare de zanzar e vá buscar o carro.

Os ânimos estavam tão exaltados quanto a temperatura, então não falamos muito no caminho até a estrada, dentro do Volvo. Eu estava quieto, mas não posso dizer se alguém reparou. Hoje era o dia mais importante do ano para Amma. Ela tinha ganhado o primeiro lugar no concurso de

Tortas de Frutas Assadas e Fritas e o segundo lugar nas Tortas Cremosas todos os anos na Feira do Condado de Gatlin desde que eu conseguia me lembrar. O único ano em que ela não ganhou um prêmio foi no ano passado, em que não fomos porque fazia apenas dois meses do acidente da minha mãe. Gatlin não podia se gabar de ter a maior ou mais antiga feira do estado. O Festival da Melancia do condado de Hampton ganhava de nós por uns 32 quilômetros e vinte anos, e o prestígio de ganhar o título de Príncipe e Princesa do Pêssego de Gatlin mal podia ser comparado à honra de ter uma boa colocação no concurso de Srta. e Sr. Melão de Hampton.

Mas quando entramos no estacionamento poeirento, o rosto de Amma não enganou nem a meu pai nem a mim. Hoje, o dia era de concursos e tortas, e se você não estivesse segurando uma torta embrulhada de maneira tão cuidadosa quanto seguraria o recém-nascido de alguém, estava acompanhando uma criança de cabelo cacheado, segurando um bastão em direção ao pavilhão. A mãe de Savannah era a organizadora do Concurso de Beleza do Pêssego de Gatlin, e Savannah estava concorrendo a Princesa do Pêssego. A Sra. Snow tomaria conta de concursos de beleza o dia todo. Ninguém era novo demais para uma coroa em nosso condado. O evento de Melhores Bebês da feira, onde bochechas rosadas e a posição das fraldas competiam entre si, atraía mais espectadores do que as competições de destruição de carros. No ano anterior, o bebê dos Skipett fora desqualificado por trapaça quando as bochechas rosadas dela mancharam as mãos dos juízes. A feira do condado tinha regras rígidas — não era permitido usar roupas formais até os 2 anos, não era permitida maquiagem até os 6 anos, e só "maquiagem apropriada para a idade" até os 12 anos.

Quando minha mãe era viva, estava sempre pronta para confrontar a Sra. Snow, e os Concursos de Beleza do Pêssego eram um dos seus alvos favoritos. Eu ainda podia ouvi-la dizendo: "Maquiagem apropriada para a idade? Quem são vocês? Que maquiagem é apropriada para alguém de 7 anos?" Mas nem mesmo minha família faltava à feira do condado, exceto no ano anterior. Agora estávamos lá de novo, carregando tortas no meio da multidão para dentro da feira, como sempre.

— Não me empurre, Mitchell. Ethan Wate, mais rápido. Não vou deixar Martha Lincoln e nenhuma daquelas mulheres tirar aquele prêmio de mim por causa de vocês dois.

No jargão de Amma, *aquelas mulheres* eram sempre as mesmas: a Sra. Lincoln, a Sra. Asher, a Sra. Snow e o restante do FRA.

Quando minha mão foi carimbada, parecia que três ou quatro condados já tinham chegado. Ninguém perdia o dia de abertura da feira, o que significava uma ida ao campo no caminho entre Gatlin e Peaksville. E uma ida ao campo para a feira significava: uma quantidade desastrosa de *funnel cake*, uma espécie de massa frita salpicada de açúcar; um dia tão quente e grudento que dava para desmaiar só de ficar parado; e, se você tivesse sorte, beijos e amassos atrás dos celeiros de aves dos Futuros Fazendeiros dos Estados Unidos. Minha chance de qualquer coisa além do calor e de *funnel cake* não pareciam muito boas este ano.

Meu pai e eu seguimos Amma obedientemente até as mesas julgadoras, debaixo de uma enorme faixa da Southern Crusty. As tortas tinham um patrocinador diferente a cada ano, e quando não podia ser Pillsbury ou Sara Lee, a gente acabava ficando com Southern Crusty. Os concursos de beleza agradavam ao público, mas o de tortas era o mestre de todos. As mesmas famílias faziam tortas por várias gerações, e cada prêmio que ganhavam era o orgulho de uma grande casa sulista e a vergonha de outra. Diziam que algumas mulheres da cidade tinham em mente impedir Amma de ganhar o primeiro lugar este ano. A julgar pelos murmúrios que ouvi na cozinha durante a semana toda, isso aconteceria no dia em que nevasse no inferno e *aquelas mulheres* fossem patinar lá.

Assim que acabamos de descarregar a preciosa carga, Amma começou a perturbar os juízes quanto à arrumação da mesa.

— Não se pode botar uma de vinagre depois de uma de cereja, e não se pode servir uma de ruibarbo entre as minhas de creme. Vai tirar o gosto delas, a não ser que seja isso que vocês estejam tentando fazer.

— Começou — disse meu pai num cochicho. Quando as palavras saíram da boca dele, Amma lançou o Olhar aos juízes, e eles se contorceram em suas cadeiras dobráveis.

130

Meu pai olhou para a saída e nos dirigimos para fora antes que Amma tivesse a chance de nos colocar para aterrorizar voluntários inocentes e intimidar juízes. Assim que alcançamos a multidão, viramos instintivamente em direções opostas.

— Você vai andar pela feira com essa gata? — Meu pai olhou para Lucille, sentada na terra ao meu lado.

— Acho que vou.

Ele riu. Eu ainda não tinha me acostumado a voltar a ouvir risadas.

— Bem, não se meta em confusão.

— Nunca.

Meu pai assentiu para mim, como se ele fosse o pai e eu, o filho. Assenti em resposta, tentando não pensar no ano anterior, quando eu era o adulto e ele estava fora de si. Ele seguiu o caminho dele e eu segui o meu, e nós desaparecemos no meio da multidão quente e suarenta.

A feira estava lotada, e levei um tempo para encontrar Link. Mas, fiel a sua índole, ele estava perto dos jogos, tentando flertar com qualquer garota que olhasse para ele, pois hoje era uma grande oportunidade de conhecer alguém que não fosse de Gatlin. Ele estava parado em frente a uma daquelas balanças em que se usa uma enorme marreta de borracha para mostrar o quanto é forte, com a marreta apoiada no ombro. Estava todo vestido de baterista, com a camiseta gasta do Social Distortion, baquetas nos bolsos de trás do jeans e a corrente presa à carteira pendurada abaixo delas.

— Deixem que eu mostre como se faz, moças. Se afastem. Vocês não vão querer se machucar.

As garotas riram e Link fez o melhor que pôde. O pequeno marcador subiu, medindo ao mesmo tempo a força de Link e suas chances de arrumar alguém. Ele passou por MARIQUINHAS e FRACOTE e foi em direção ao sino no topo, UM VERDADEIRO GARANHÃO. Mas não conseguiu chegar lá e parou na metade do caminho, em FRANGUINHO. As garotas reviraram os olhos e foram em direção ao Jogo de Argolas.

— Essa coisa está alterada. Todo mundo sabe disso — gritou Link para elas, soltando a marreta na terra.

Ele provavelmente estava certo, mas não importava. Tudo em Gatlin era alterado. Por que os jogos da feira seriam diferentes?

— Ei, você tem dinheiro? — Link fingiu remexer nos bolsos, como se pudesse ter mais do que dez centavos.

Entreguei uma nota de cinco dólares a ele, balançando a cabeça.

— Você precisa de um emprego, cara.

— Tenho um emprego. Sou baterista.

— Isso não é emprego. Não pode ser chamado de emprego se você não recebe salário.

Link avaliou a multidão, procurando garotas ou *funnel cake*. Era difícil saber qual, pois ele tinha a mesma reação a ambos.

— Estamos tentando arrumar um show.

— Os Holy Rollers vão tocar na feira?

— Nesse lugar sem graça? Não. — Ele chutou o chão.

— Não quiseram contratar você?

— Dizem que somos ruins. Mas as pessoas achavam o Led Zeppelin ruim também.

Enquanto andávamos pela feira, era difícil não reparar que os brinquedos pareciam ficar um pouco menores e os jogos um pouco mais desgastados a cada ano. Um palhaço com aparência patética passou arrastando um monte de balões ao nosso lado.

Link parou e me deu um soco no braço.

— Olha só. Ali na frente. Queimaduras de Terceiro Grau. — No universo de Link, uma garota não podia ser mais gostosa do que isso.

Ele estava apontando para uma loura que vinha na nossa direção, sorrindo. Era Liv.

— Link... — Tentei avisá-lo, mas ele estava em uma missão.

— Como minha mãe diria, o Senhor tem bom gosto, aleluia, amém.

— Ethan! — Ela acenou para nós.

Link olhou para mim.

— Está de brincadeira? Você já tem Lena. Isso não é justo.

— Não tenho Liv, e ultimamente nem sei se tenho Lena. Comporte-se. — Sorri para Liv, até que notei que ela estava usando uma camiseta velha do Led Zeppelin.

132

Link viu ao mesmo tempo que eu.

— A garota perfeita.

— Oi, Liv. Este é Link. — Dei uma cotovelada nele, torcendo para que ele fechasse a boca. — Liv é a assistente de pesquisas de Marian durante o verão. Ela trabalha comigo na biblioteca.

Liv esticou a mão.

Link estava com os olhos arregalados.

— Uau. — O lance com Link era que ele nunca envergonhava a si mesmo, só a mim.

— Ela é estudante de intercâmbio da Inglaterra.

— Duplo uau.

Olhei para Liv e dei de ombros.

— Eu te avisei.

Link abriu seu maior sorriso para Liv.

— Ethan não me contou que estava trabalhando com uma gata linda de proporções cósmicas.

Liv olhou para mim, fingindo estar surpresa.

— Não contou? Acho isso um tanto trágico. — Ela riu e passou os braços pelos nossos. — Vamos, garotos. Expliquem pra mim exatamente como se faz doce com esse algodão estranho.

— Não posso entregar segredos de estado, senhora.

— Eu posso. — Link apertou o braço dela.

— Conte-me tudo.

— Túnel do amor ou cabine do beijo? — Link sorriu ainda mais.

Liv inclinou a cabeça.

— Humm. Essa escolha é difícil. Vou escolher... a roda gigante.

Foi quando vi uma cabeleira preta familiar e senti o cheiro de limão e alecrim na brisa.

Nada mais era familiar. Lena estava a alguns metros, parada atrás da bilheteria usando roupas que só podiam ser de Ridley. A blusa preta ia até a barriga e a saia preta era uns 12 centímetros mais curta do que o normal. Havia uma mecha azul no cabelo dela, saindo de onde ele se dividia, ao redor do rosto, e descendo pelas costas. Mas não foi isso que me chocou mais. Lena, a garota que nunca passava nada no rosto além de protetor solar, estava coberta de maquiagem. Alguns caras gostam de garotas cheias de porcaria no rosto, mas eu não era um deles. Os olhos com contorno preto estavam particularmente perturbadores.

Cercada de jeans cortado e poeira e palha e suor e toalhas de mesa de plástico quadriculadas de vermelho e branco, ela parecia ainda mais deslocada. As botas velhas foram as únicas coisas que reconheci. E o cordão cheio de pingentes, pendurado como uma ligação vital com a verdadeira Lena. Ela não era o tipo de garota que se vestia assim. Pelo menos não costumava ser.

Três vagabundos estavam olhando para ela com apreciação. Tive de resistir ao impulso de dar um soco na cara de cada um.

Soltei o braço de Liv.

— Encontro vocês lá.

Link não acreditou na sua sorte.

— Tudo bem, cara.

— Podemos esperar — falou Liv.

— Não se preocupe. Depois alcanço vocês.

Eu não esperava encontrar Lena ali, e não sabia o que dizer sem parecer mais aborrecido do que Link achava. Como se houvesse alguma coisa que você pudesse dizer para parecer tranquilo depois que sua namorada sai com outro cara.

— Ethan, eu estava procurando por você.

Lena andou na minha direção, e ela falou como ela mesma, a Lena antiga, a Lena de quem eu me lembrava de alguns meses atrás. Aquela por quem eu estava desesperadamente apaixonado, a que me amava também. Mesmo se parecendo com Ridley. Ela ficou na ponta dos pés para tirar meu cabelo do rosto, passando os dedos lentamente pela linha do meu maxilar.

— Isso é estranho, porque da última vez em que te vi, você me dispensou. — Tentei soar casual, mas a frase saiu com raiva.

— Eu não dispensei você — respondeu ela na defensiva.

— Não, você jogou árvores em mim e pulou na garupa da moto de outro cara.

— Não joguei árvores.

Ergui uma sobrancelha.

— Ah, é?

Ela deu de ombros.

— Eram apenas galhos.

Mas eu percebi que a tinha atingido. Ela revirou tanto o pequeno clipe de papel em forma de estrela que eu dera a ela que pensei até que o cordão fosse arrebentar.

— Desculpa, Ethan. Não sei o que está acontecendo comigo. — A voz dela estava baixa e parecia sincera. — Às vezes sinto como se tudo estivesse me sufocando e não consigo suportar. Não dispensei você no lago. Eu queria me dispensar.

— Tem certeza disso?

Ela olhou para mim e uma lágrima escorreu pelo seu rosto. Ela a limpou com os dedos encolhidos de frustração. Abriu a mão e a levou ao meu peito, sobre meu coração.

Não é isso. Eu te amo.

— Eu te amo.

Ela falou em voz alta dessa vez, e as palavras pairaram no ar entre nós, muito mais públicas do que quando usávamos Kelt. Meu peito se apertou quando ela falou e meu fôlego ficou preso na garganta. Tentei pensar em alguma coisa sarcástica para dizer, mas não consegui pensar em nada além do quanto ela era linda e do quanto eu a amava também.

Mas eu não ia deixar que se safasse com tanta facilidade desta vez. Quebrei a trégua.

— O que está acontecendo, L? Se você me ama tanto, o que está rolando com John Breed?

Ela olhou para o lado sem dizer nada.

Responde.

— Não é nada disso, Ethan. John é só um amigo de Ridley. Não tem nada acontecendo entre nós.

— Há quanto tempo não tem nada acontecendo? Desde que você tirou aquela foto dele no cemitério?

— Não foi uma foto dele. Foi da moto. Fui me encontrar com Ridley e ele por acaso estava lá.

Reparei que ela ignorou a pergunta.

135

— Desde quando você anda com Ridley? Esqueceu a parte em que ela nos separou para que sua mãe pudesse falar com você sozinha e tentar te convencer a escolher as Trevas? Ou de quando Ridley quase matou meu pai?

Lena tirou o braço, e pude senti-la se afastando de novo, se escondendo naquele lugar em que eu não conseguia chegar.

— Ridley me avisou que você não entenderia. Você é Mortal. Não sabe nada sobre mim, sobre o que sou de verdade. Foi por isso que não contei a você.

Senti uma brisa repentina quando nuvens de tempestade chegaram como um aviso.

— Como sabe se eu entenderia ou não? Você não me contou nada. Talvez se me desse uma chance em vez de fazer as coisas pelas minhas costas...

— O que você quer que eu diga? Que não tenho ideia do que está acontecendo comigo? Que alguma coisa está mudando, uma coisa que não entendo? Que me sinto uma aberração e que Ridley é a única que pode me ajudar a entender?

Eu escutava tudo o que ela dizia, mas ela estava certa. Não entendia.

— Você está ouvindo o que está dizendo? Acha que Ridley está tentando te ajudar, que pode confiar nela? Ela é uma Conjuradora das Trevas, L. Olhe para si mesma! Acha que essa é você? As coisas que você está sentindo, provavelmente é ela quem está provocando.

Esperei pelo temporal, mas, em vez disso, as nuvens se abriram. Lena chegou mais perto e colocou as mãos sobre meu peito de novo, olhando para mim, implorando.

— Ethan, ela mudou. Ela não quer ser das Trevas. O dia da Transformação arruinou a vida dela. Ela perdeu todo mundo, inclusive a si mesma. Ridley disse que ir para as Trevas muda o modo como nos sentimos em relação às pessoas. Você pode perceber os sentimentos que teve, as coisas que amou, mas Rid diz que os sentimentos são distantes. Quase como se pertencessem a outra pessoa.

— Mas você disse que era uma coisa que ela não podia controlar.

— Eu errei. Veja o tio Macon. Ele sabia como controlar, e Ridley está aprendendo também.

— Ridley não é Macon.

Um relâmpago riscou o céu.

— Você não sabe de nada.

— É isso mesmo. Sou um Mortal idiota. Não sei nada sobre seu mundo Conjurador supersecreto e sobre sua desagradável prima Conjuradora, e nem sobre o Garoto Conjurador e sua Harley.

Lena perdeu o controle.

— Ridley e eu éramos como irmãs, e não posso dar as costas a ela. Já falei, preciso dela agora. E ela precisa de mim.

Não disse nada. Lena estava tão frustrada que me surpreendi pela roda gigante não ter se soltado e saído rolando. Eu via com o canto do olho as luzes do bicho da seda girando, brilhantes e vertiginosas. Era como eu me sentia quando me deixava perder nos olhos de Lena. Às vezes o amor é assim, e você se vê em meio a uma trégua quando não é isso que quer.

Às vezes a trégua encontra você.

Ela esticou os braços e entrelaçou os dedos atrás do meu pescoço, me puxando contra si. Encontrei os lábios dela e nos beijamos como se tivéssemos medo de jamais termos chance de nos tocar novamente. Dessa vez, quando puxou meu lábio inferior, mordendo de leve, não sangrou. Só houve intensidade. Eu me virei e a encostei contra a parede de madeira atrás da bilheteria. A respiração dela estava entrecortada, ecoando ainda mais alto nos meus ouvidos do que a minha própria. Passei as mãos pelos cachos, guiando os lábios dela até os meus. A pressão no meu peito começou a aumentar, a falta de ar, o som que o ar fazia quando eu tentava encher os pulmões. O fogo.

Lena também sentiu. Ela se afastou, e me inclinei, tentando recuperar o fôlego.

— Você está bem?

Respirei fundo e ajeitei minha postura.

— Estou bem, sim. Para um Mortal.

Ela deu um sorriso verdadeiro e estendeu a mão para pegar a minha. Reparei que ela havia desenhado formas estranhas na palma da mão usan-

137

do caneta permanente. Os caracóis e espirais pretos pareciam a henna que a cartomante usava em uma tenda que tinha cheiro de incenso ruim e ficava na extremidade da feira.

— O que é isso?

Segurei seu pulso, mas ela o puxou. Ao me lembrar de Ridley e da tatuagem dela, torci para que fosse caneta permanente.

É, sim.

— Talvez devêssemos pegar alguma coisa pra você beber.

Ela me puxou para a lateral da bilheteria e eu deixei. Não conseguia ficar com raiva, não se houvesse uma possibilidade de o muro que havia entre nós estar finalmente desmoronando. Quando nos beijamos um minuto antes, foi assim que me senti. Foi o oposto do beijo no lago, um beijo que tinha tirado meu fôlego por motivos diferentes. Eu talvez nunca soubesse o que tinha sido aquele beijo. Mas conhecia esse beijo e sabia que ele era tudo o que eu tinha: uma chance.

Que durou dois segundos.

Porque naquele momento eu vi Liv, carregando dois algodões doces em uma mão e acenando para mim com a outra, e soube que o muro ia subir de novo, talvez para sempre.

— Ethan, venha. Estou com seu algodão doce. Nós vamos perder a roda gigante!

Lena soltou minha mão. Eu soube como as coisas deviam ter aparentado: uma loura alta, com pernas longas e dois algodões doces e um sorriso cheio de expectativa. Meu destino estava selado antes mesmo de Liv chegar à palavra *nós.*

Essa é Liv, a assistente de pesquisas de Marian. Ela trabalha comigo na biblioteca.

Vocês trabalham no Dar-ee Keen juntos também? E na feira?

O brilho de outro relâmpago partiu o céu.

Não é nada disso, L.

Liv me entregou o algodão doce e sorriu para Lena, estendendo a mão.

Uma loura? Lena olhou para mim. *Sério?*

— Lena, certo? Sou Liv.

Ah, o sotaque. Isso explica tudo.

138

— Oi, *Liv* — e pronunciou o nome como se fosse uma piada interna entre nós. Não tocou na mão de Liv.

Se Liv notou a indiferença, ela ignorou, baixando a mão.

— Finalmente! Faz tempo que quero que Ethan nos apresente, pois, ao que tudo indica, ele e eu estamos acorrentados juntos pelo verão todo.

Obviamente.

Lena não olhava para mim e Liv não parava de olhar para ela.

— Liv, esse não é um bom... — tentei interromper, mas não pude. Elas eram dois trens colidindo em uma dolorosa câmera lenta.

— Não seja bobo — interrompeu Lena, olhando para Liv com cuidado, como se ela fosse a Sibila da família e pudesse ler o rosto de Liv. — É um prazer conhecer você.

Ele é todo seu. Aproveite e fique com a cidade toda.

Liv demorou uns dois segundos para se dar conta de que tinha interrompido alguma coisa, mas tentou preencher o silêncio mesmo assim.

— Ethan e eu falamos de você o tempo todo. Ele disse que você toca viola.

Lena ficou tensa.

Ethan e eu. Não houve nada de maldoso no jeito em que Liv falou, mas as palavras por si só eram o bastante. Eu sabia o que elas significavam para Lena. Ethan e a garota mortal, a garota que era tudo o que Lena não podia ser.

— Preciso ir. — Lena se virou antes que eu pudesse pegar o braço dela.

Lena...

Ridley estava certa. Era só uma questão de tempo até que outra garota nova chegasse à cidade.

Pensei no que mais Ridley havia dito a ela.

De que você está falando? Somos só amigos, L.

Nós também já fomos só amigos.

Lena foi embora, empurrando a multidão suada, causando uma reação em cadeia de caos enquanto passava. O efeito da passagem dela parecia infinito. Eu não conseguia ver direito, mas em algum lugar entre nós um palhaço se assustou quando o balão na mão dele estourou, uma criança chorou quando um sorvete caiu e uma mulher gritou quando uma máquina de pipoca começou a soltar fumaça e a pegar fogo. Mesmo na confusão de calor, braços e barulho, Lena afetava tudo por onde passava, uma força tão poderosa quanto a lua para as marés ou os planetas para o sol. Eu estava preso à orbita dela, mesmo ela se afastando da minha.

Dei um passo e Liv colocou a mão no meu braço. Os olhos dela se estreitaram como se estivessem analisando a situação ou registrando-a pela primeira vez.

— Desculpa, Ethan. Não quis interromper. Se é que eu estava interrompendo, sabe. Alguma coisa.

Eu sabia que ela queria que eu contasse o que tinha acontecido sem precisar perguntar. Não falei nada, o que acho que foi minha resposta.

Mas não dei outro passo. Deixei Lena ir embora.

Link veio em nossa direção, se esforçando para passar no meio da multidão, carregando três Cocas e um algodão doce.

— Cara, a fila na barraca de bebidas está absurda. — Link entregou uma Coca a Liv. — O que perdi? Aquela era Lena?

— Ela foi embora — disse Liv rapidamente, como se as coisas fossem simples assim.

Desejei que fossem.

— Tudo bem. Esqueçam a roda gigante. É melhor irmos para a tenda principal. Vão anunciar os vencedores do concurso de tortas a qualquer minuto e Amma vai te dar uma surra se não estiver lá para assistir ao momento de glória dela.

— Torta de maçã? — O rosto de Liv se iluminou.

— Isso mesmo. E a gente come usando calça jeans, com um guardanapo para dentro da camisa bem aqui. Bebendo Coca e dirigindo um Chevy, enquanto canta "American Pie".

Ouvi Link tagarelando e a risada relaxada de Liv enquanto andavam na minha frente. Eles não tinham pesadelos. Não eram assombrados. Nem estavam preocupados.

Link estava certo. Não podíamos perder o momento glorioso de Amma. Eu não ia ganhar nenhum prêmio aquele dia. A verdade era que eu não precisava bater com a marreta na balança velha e alterada da feira para saber o que ela diria. Link podia ser FRANGUINHO, mas eu me sentia pior do que MARIQUINHAS. Eu podia bater o quanto quisesse, mas a resposta sempre seria a mesma. Não importava o que eu fizesse ultimamente, eu estava preso em alguma coisa entre PERDEDOR e ZERO, e estava começando a parecer que Lena segurava o martelo. Por fim entendi por que Link escrevia todas aquelas músicas sobre levar um fora.

⚔ 15 DE JUNHO ⚔

Túnel do amor

— Se ficar mais quente, as pessoas vão começar a cair mortas como moscas. As moscas vão começar a cair mortas como moscas. — Link limpou a testa suada com a mão suada, o que fez espirrar Link líquido em todos nós que tínhamos sorte o bastante para estarmos ao lado dele.

— Obrigada por isso. — Liv limpou o rosto com uma das mãos e puxou a camiseta molhada com a outra. Ela parecia chateada. A tenda da Southern Crusty estava lotada e as finalistas já estavam de pé no palco de madeira improvisado. Tentei olhar por cima da fila de mulheres enormes à nossa frente, mas era como estar na fila do refeitório da Jackson no dia em que serviam cookies.

— Mal consigo ver o palco. — Liv ficou na ponta dos pés. — Era para ter alguma coisa acontecendo? Chegamos atrasados?

— Espere. — Link tentou se enfiar entre as menores das mulheres enormes à nossa frente. — É, não dá pra chegar mais perto. Desisto.

— Lá está Amma — apontei. — Ela ganha o primeiro lugar quase todos os anos.

— Amma Treadeau — disse Liv.

— Isso mesmo. Como você sabe?

— A professora Ashcroft deve ter falado nela.

142

A voz de Carlton Eaton soou no alto-falante enquanto ele mexia no microfone portátil. Ele sempre anunciava os vencedores porque a única coisa que ele amava mais do que abrir a correspondência dos outros eram os holofotes.

— Por favor, tenham paciência, pessoal. Estamos com problemas técnicos... Esperem... Alguém pode chamar Red? Como posso saber como consertar a porcaria de um microfone? Está mais quente do que no reino de Hades aqui. — Ele limpou o rosto com um lenço. Carlton Eaton nunca conseguia lembrar quando o microfone estava ligado.

Amma estava parada orgulhosamente à direita dele, usando seu melhor vestido, com pequenas violetas estampadas, e segurando a torta premiada de batata doce. A Sra. Snow e a Sra. Asher estavam ao lado dela, segurando as próprias criações. Já estavam vestidas para o Concurso de Beleza Mãe e Filha do Pêssego que começava depois do das Tortas. Estavam igualmente apavorantes em seus respectivos vestidos azul-piscina e cor-de-rosa de mãe do concurso, que a faziam parecer moças envelhecidas prontas para um baile dos anos 1980. Felizmente, a Sra. Lincoln não ia participar do concurso de beleza, então estava ao lado da Sra. Asher com um típico vestido de igreja, segurando a famosa torta de creme. Ainda era difícil olhar para a mãe de Link sem lembrar da insanidade do aniversário de Lena. Não se vê a mãe da namorada saindo do corpo da mãe do melhor amigo em muitas noites do ano. Toda vez que eu via a Sra. Lincoln, era nisso que eu pensava — o momento em que Sarafine emergira como uma cobra trocando de pele. Tremi.

Link me deu uma cotovelada.

— Cara, olhe pra Savannah. Ela está de coroa e tudo. Sabe bem como se promover.

Savannah, Emily e Eden estavam sentadas na primeira fila com o restante das concorrentes ao Concurso de Beleza do Pêssego, suando em bicas nas roupas de concurso mais brega possível. Savannah vestia metros e metros de tecido cor de Pêssego de Gatlin com purpurina, a coroa com pedras falsas de Princesa do Pêssego equilibrada perfeitamente na cabeça, embora a cauda do vestido toda hora ficasse presa no pé da cadeira de ferro dobrável e vagabunda. Little Miss, a loja de vestidos da cidade, provavelmente devia ter encomendado o vestido especialmente para ela, em Orlando.

Liv veio chegando para mais perto de mim, examinando o fenômeno cultural que era Savannah Snow.

— Então ela é a rainha do Southern Crusty? — Os olhos de Liv brilharam e tentei imaginar o quanto isso devia parecer estranho aos olhos de uma estrangeira.

Quase sorri.

— Tipo isso.

— Nunca imaginei que fazer doces era tão importante para os americanos. Antropologicamente falando.

— Não sei quanto aos outros lugares, mas no sul as mulheres levam a atividade a sério. E este é o maior concurso de tortas do condado de Gatlin.

— Ethan, aqui! — Tia Mercy estava balançando um lenço em uma das mãos e segurando a famosa torta de coco na outra. Thelma andava atrás dela, abrindo espaço entre as pessoas com a cadeira de rodas. Todo ano tia Mercy entrava no concurso e todo ano recebia uma menção honrosa pela torta de coco, embora tivesse esquecido a receita havia uns vinte anos e nenhum dos juízes fosse corajoso o bastante para provar a torta.

Tia Grace e tia Prue estavam de braços dados, arrastando o yorkshire de tia Prue, Harlon James.

— Que surpresa ver você aqui, Ethan. Veio ver Mercy ganhar o prêmio?

— É claro que sim, Grace. O que mais ele estaria fazendo em uma tenda cheia de damas idosas?

Eu queria apresentar Liv, mas as Irmãs não me deram chance. Não paravam de falar entre si. Eu devia saber que tia Prue cuidaria disso para mim.

— Quem é essa, Ethan? Sua nova namorada?

Tia Mercy arrumou os óculos.

— O que aconteceu com a outra? A garota Duchannes, de cabelos escuros?

Tia Prue olhou para ela com desconfiança.

— Bem, Mercy, isso não é da nossa conta. Você não devia ficar perguntando essas coisas. Ela pode tê-lo largado.

144

— Por que faria isso? Ethan, você não pediu que ela ficasse pelada, pediu?

Tia Prue se engasgou.

— Mercy Lynne! Se o Bom Deus não nos fulminar com um raio por você falar assim...

Liv parecia tonta. Ela obviamente não estava acostumada a acompanhar a tagarelice de três mulheres centenárias com sotaques sulistas carregados e gramática imperfeita.

— Ninguém tentou... Ninguém largou ninguém. Tudo está bem entre mim e Lena — menti. Mesmo que elas fossem descobrir a verdade na próxima vez em que fossem à igreja, se os aparelhos auditivos estivessem com o volume alto o bastante para captar as fofocas. — Esta é Liv, assistente de pesquisas de Marian durante o verão. Trabalhamos juntos na biblioteca. Liv, estas são tia Grace, tia Mercy e tia Prudence, minhas tias-bisavós.

— Não nos bote mais velhas do que somos. — Tia Prue empertigou ainda mais a coluna.

— É esse o nome dela. Lena! Estava na ponta da minha língua. — Tia Mercy sorriu para Liv.

Liv correspondeu o sorriso.

— É claro. É um prazer conhecer as senhoras.

Carlton Eaton bateu no microfone bem naquela hora.

— Tudo bem, pessoal. Acho que podemos começar.

— Garotas, precisamos ir para a frente. Vão chamar meu nome a qualquer instante. — Tia Mercy já estava seguindo pelos corredores, rolando para a frente como um tanque do exército. — Nos vemos daqui a dois sacolejos do rabo do coelho, Docinho.

As pessoas estavam entrando na tenda pelas três aberturas, e Lacy Beecham e Elsie Wilks, as vencedoras do concurso de Ensopado e de Churrasco, sentaram-se em seus lugares ao lado do palco, segurando seus prêmios azuis. Churrasco era uma categoria importante, mais até do que Chili, então a Sra. Wilks estava tão inflada de orgulho como eu jamais a tinha visto.

Observei o rosto de Amma, orgulhoso, não olhando nem uma vez na direção *daquelas mulheres*. Então observei o rosto dela escurecer e olhar na direção de um lado da tenda.

145

Link me deu outra cotovelada.

— Olha só. Você sabe, é o Olhar.

Seguimos o olhar de desprezo de Amma até o canto da tenda. Quando vi para quem estava olhando, fiquei tenso.

Lena estava apoiada em uma das colunas da tenda, com os olhos no palco. Eu sabia que ela não ligava para o concurso de tortas, a não ser que fosse para torcer por Amma. E, pelo que parecia, Amma não achava que aquele era o motivo da presença de Lena.

Amma balançou a cabeça de leve para Lena.

Lena olhou para o outro lado.

Talvez estivesse procurando por mim, apesar de eu provavelmente ser a última pessoa que ela quisesse ver agora. Então o que ela estava fazendo ali?

Link segurou meu braço.

— É... Ela...

Lena olhou para a coluna em frente à dela. Ridley estava encostada na coluna com uma minissaia cor-de-rosa, desembrulhando um pirulito. Os olhos dela estavam fixos no palco, como se ela realmente ligasse para quem ia vencer. Eu sabia que não, porque a única coisa para a qual ligava era causar tumulto. Como havia mais de duzentas pessoas na tenda, aquele parecia um ótimo lugar para uma confusão.

A voz de Carlton Eaton ecoou pela multidão.

— Testando, testando. Vocês conseguem me ouvir? Tudo bem então, vamos para as tortas de creme. Este ano foi apertado, pessoal. Eu tive o prazer de experimentar algumas dessas tortas, e estou aqui para dizer que todas são vencedoras, na minha opinião. Mas sei que só podemos ter um vencedor hoje, então vamos ver quem será. — Carlton pegou o primeiro envelope e o rasgou, fazendo barulho. — Aqui está, pessoal, a vencedora do terceiro lugar é... a torta gelada de creme de Tricia Asher.

A Sra. Asher fez cara de raiva por um milissegundo, depois exibiu um sorriso falso.

Mantive os olhos fixos em Ridley. Ela estava tramando alguma coisa. Ridley não dava a mínima para tortas ou para nada que acontecia em Gatlin. Ela se virou e assentiu em direção ao fundo da tenda. Olhei para trás.

O Garoto Conjurador observava com um sorriso. Estava parado ao lado da entrada dos fundos, com os olhos nas finalistas. Ridley voltou a atenção para o palco e lenta e deliberadamente começou a chupar o pirulito. Isso nunca era um bom sinal.

Lena!

Lena nem piscou. O cabelo dela começou a se mexer no ar estagnado, por causa daquilo que eu sabia ser a brisa Conjuradora. Não sei se era pelo calor ou pelo local apertado ou pelo olhar irado no rosto de Amma, mas eu estava começando a me preocupar. O que Ridley e John tramavam e por que Lena estava Conjurando ali? Fosse o que fosse que tentavam fazer, Lena devia estar tentando neutralizar.

Então entendi. Amma não era a única a exibir o Olhar como quem tem uma mão ruim de cartas no pôquer. Ridley e John estavam encarando Amma também. Seria Ridley burra o bastante para se meter com Amma? Será que alguém era?

Ridley ergueu o pirulito como se em resposta.

— Opa. — Link não conseguia parar de olhar. — Acho que devíamos sair daqui.

— Por que você não leva Liv pra roda gigante? — falei, tentando chamar a atenção de Link. — Acho que as coisas aqui vão ficar meio chatas por um tempo.

— Agora chegamos à parte mais emocionante da avaliação — disse Carlton Eaton, como se tivesse ouvido o que falei. — Tudo bem, pessoal, chegou a hora. Vamos ver qual dessas senhoras aqui vai levar para casa o prêmio de segundo lugar e quinhentos dólares em produtos novinhos de cozinha, ou o prêmio de primeiro lugar e setecentos dólares, cortesia da Southern Crusty. *Porque se não for Southern Crusty, não é do sul e não é crocante...* — Carlton Eaton não terminou, porque antes que pudesse dizer as palavras, outra coisa saiu...

Das tortas.

As fôrmas de torta começaram a se mexer e as pessoas levaram alguns segundos para perceber o que estava acontecendo antes de começarem a gritar. Larvas, insetos e baratas começaram a sair das tortas. Era como se todo o ódio, mentiras e hipocrisia da cidade — da Sra. Lincoln e da Sra.

147

Asher e da Sra. Snow, do diretor da Jackson High, do FRA e da Associação de Pais e Mestres e de todos os auxiliares de igreja, todos reunidos em um só — tivessem sido colocados naquelas tortas e agora estivessem ganhando vida. Tinha insetos saindo de todas as tortas do palco, mais insetos do que podia caber nas fôrmas das tortas.

De todas as tortas, menos das de Amma. Ela balançou a cabeça, os olhos apertados em fendas como se fosse algum tipo de desafio. Hordas de larvas e baratas cobertas de creme caíram no chão aos pés das concorrentes. Mas a fila de insetos se abria numa bifurcação ao redor de Amma.

A Sra. Snow reagiu primeiro. Ela jogou a torta longe, insetos cobertos com geleia de fruta voando no ar e caindo na primeira fila. A Sra. Lincoln e a Sra. Asher fizeram o mesmo, larvas voando nos vestidos das candidatas ao Concurso de Beleza do Pêssego. Savannah começou a gritar; não gritinhos falsos, mas gritos reais, assustadores. Para todo lado que se olhasse havia larvas cobertas de torta e pessoas tentando não vomitar ao vê-las. Alguns tiveram mais sucesso do que outros. Vi o diretor Harper inclinado sobre a lata de lixo da saída, livrando-se de um dia inteiro de *funnel cake*. Se Ridley estava querendo causar confusão, tinha conseguido.

Liv parecia enjoada. Link tentou entrar no meio da multidão, provavelmente para salvar sua mãe. Ele vinha fazendo isso muitas vezes ultimamente e, considerando o quanto a mãe dele era irrecuperável, eu preciso dar crédito a ele.

Liv segurou meu braço enquanto a multidão corria em direção às saídas.

— Liv, saia daqui. Vá por ali. Todo mundo está saindo pelas laterais — apontei para os fundos da tenda. John Breed ainda estava parado ali, sorrindo para sua obra, os olhos verdes fixos no palco. Independentemente dos olhos verdes, ele não era um dos mocinhos.

Link estava no palco tirando larvas e insetos de cima da mãe, que estava completamente histérica. Cheguei mais perto da frente do palco.

— Alguém me ajude! — A Sra. Snow parecia estar num filme de terror, apavorada e gritando, o vestido parecendo vivo pelas larvas se contorcendo. Mesmo eu não a odiava o bastante para desejar isso.

Olhei para Ridley, ela estava chupando o pirulito, dando vida a insetos a cada lambida. Eu não sabia que ela conseguia provocar sozinha algo tão grandioso, mas por outro lado, tinha a ajuda do Garoto Conjurador.

Lena, o que está acontecendo?

Amma ainda estava parada no palco, parecendo que poderia botar a tenda abaixo com um olhar. Insetos e larvas rastejavam por cima uns dos outros aos pés dela, mas nenhum tinha coragem o suficiente para tocá-la. Até os insetos sabiam que não deviam. Ela olhava para Lena com os olhos apertados e o maxilar contraído, como estava desde o momento em que a primeira larva saiu da torta da Sra. Lincoln.

— Está querendo me obrigar a fazer isso agora?

Lena estava parada em uma extremidade da tenda, os cabelos se mexendo na brisa Conjuradora, os cantos da boca erguidos numa leve sombra de sorriso. Reconheci o que aquilo representava. Satisfação.

Agora todo mundo sabe o que realmente tem nas tortas.

Lena não estava tentando impedi-los. Era parte daquilo.

Lena! Pare!

Mas não havia como parar agora. Aquilo era a vingança pelos Anjos da Guarda e pela reunião do Comitê Disciplinar, por cada panela de ensopado deixada nos portões de Ravenwood e por cada olhar de pena, por cada condolência falsa dada pelo pessoal de Gatlin. Lena estava devolvendo tudo como se tivesse guardado cada pedacinho, juntado cada um deles até que pudesse explodir tudo na cara deles. Acho que era a forma dela de dizer adeus.

Amma falou com Lena como se fossem as duas únicas pessoas na tenda.

— Chega, criança. Você não vai conseguir o que quer desse pessoal. Um pedido de desculpas de uma cidade desgraçada não passa de um nada. Uma forma de torta cheia de nada.

A voz de tia Prue soou mais alta do que a barulheira toda:

— Meu Deus, ajudem aqui! Grace está tendo um infarto!

Tia Grace estava deitada no chão, inconsciente. Grayson Petty estava ajoelhado ao lado dela, medindo sua pulsação enquanto tia Prue e tia Mercy tiravam baratas do corpo da irmã.

— Já disse que chega! — rugiu Amma no palco, e enquanto eu corria para tia Grace, pude jurar que a tenda ia cair em cima de nós.

Quando me inclinei para ajudar, vi Amma tirar alguma coisa do bolso e erguer acima da cabeça. A Ameaça de Um Olho, nossa colher de pau, em sua glória plena. Amma bateu com ela sobre a mesa à sua frente, com toda a força.

— Aiii! — Do outro lado do recinto, Ridley fez uma careta e o pirulito caiu da mão dela, rolando pelo chão de terra como se Amma o tivesse quebrado com a Ameaça.

Naquele segundo, tudo parou.

Olhei para Lena, mas ela tinha sumido. O feitiço, ou fosse lá o que fosse, tinha sido quebrado. As baratas saíram da tenda, deixando só as larvas para trás.

E eu, inclinado sobre tia Grace para ter certeza de que ela estava respirando.

Lena, o que você fez?

Link me seguiu para fora da tenda, confuso como sempre.

— Não entendo. Por que Lena ajudaria Ridley e o Garoto Conjurador a fazer uma coisa dessas? Alguém podia ter se machucado.

Olhei para os brinquedos mais perto de nós para ver se havia algum sinal de Lena ou de Ridley. Mas não as vi, só os voluntários do 4-H abanando senhoras e entregando copos de água para as vítimas do concurso de tortas do inferno.

— Tipo a minha tia Grace?

Link balançou o short para ter certeza de que não havia uma larva nele.

— Pensei que ela tivesse morrido. Sorte que só desmaiou. Provavelmente foi o calor.

— É. Sorte.

Mas eu não me sentia com sorte. Estava com raiva demais. Precisava encontrar Lena, mesmo que ela não quisesse ser encontrada. Ela teria de me dizer por que quis apavorar todo mundo daquela tenda para se vingar — de quem? De algumas ex-misses de meia-idade? Da mãe de Link, que nem era ex-miss? Era uma coisa que Ridley faria, não Lena.

Estava escurecendo e Link passou os olhos pela multidão em meio a luzes piscando e beatas histéricas.

— Aonde Liv foi? Ela não estava com você?

— Não sei. Falei para ela sair por trás quando o festival de larvas começou.

Link fez uma careta ao ouvir a palavra *larva*.

— Será que devíamos procurá-la?

Havia um grupo na fila da casa de espelhos, então segui naquela direção.

— Tenho a impressão de que Liv sabe se cuidar. Acho que vamos ter que fazer isso sozinhos.

— Beleza.

Dobramos uma esquina alguns metros depois da entrada do túnel do amor. Ridley, Lena e John estavam parados em frente aos carros de plástico pintados para parecerem gôndolas. Lena estava no meio, com uma jaqueta de couro jogada por cima dos ombros. Só que ela não tinha jaqueta de couro. John tinha.

Chamei o nome dela sem nem pensar.

— Lena!

Deixe-me em paz, Ethan.

Não. O que você estava pensando?

Eu não estava pensando. Finalmente fiz alguma coisa.

É. Uma coisa idiota.

Não me diga que está do lado deles agora.

Eu estava andando rápido. Link se esforçava para me acompanhar.

— Você vai puxar briga, não vai? Cara, espero que o Garoto Conjurador não coloque fogo na gente nem nos transforme em estátua.

Link costumava estar disposto a brigar. Apesar de ser magro, era quase tão alto quanto eu, e bem mais maluco. Mas a ideia de lutar com um Sobrenatural não tinha o mesmo apelo. Já tínhamos nos queimado com esse fogo antes.

Eu queria tirá-lo dessa.

— Pode deixar comigo. Vá procurar Liv.

— De jeito nenhum, cara. Estou com você.

Quando chegamos às gôndolas, John deu um passo para a frente das garotas de forma protetora, como se precisassem ser protegidas de nós.

Ethan, saia daqui.

Eu podia sentir o medo na voz dela, mas dessa vez fui eu que não respondi.

— Ei, Namorado, como vai? — Ridley sorriu e abriu um pirulito azul.

— Vai à merda, Ridley.

Ela reparou em Link atrás de mim e seu sorriso mudou.

— Oi, gostosão. Quer dar uma volta no túnel do amor? — Ridley tentou parecer brincalhona, mas acabou parecendo nervosa.

Link a pegou pelo braço e a puxou em sua direção, quase como se realmente fosse namorado dela.

— O que você pensou que estava fazendo lá dentro? Podia ter matado alguém. A tia de 400 anos do Ethan quase teve um infarto.

Ridley puxou o braço da mão dele.

— Foram só alguns insetos. Não seja tão melodramático. Acho que gostava mais de você quando era um pouco mais complacente.

— É, aposto que sim.

Lena saiu de detrás de John.

— O que aconteceu? Sua tia está bem?

Ela parecia minha Lena de novo, gentil e preocupada, mas eu não confiava mais nela. Alguns minutos antes, ela estava atacando as mulheres que odiava e todo mundo que estava na tenda com elas, e agora era a garota que beijei atrás da bilheteria. As coisas não se encaixavam.

— O que você estava fazendo lá dentro? Como pôde ajudá-los? — Não percebi o quanto estava furioso até me ouvir gritando. Mas John percebeu.

Ele colocou a palma da mão contra meu peito e cambaleei para trás.

— Ethan! — Lena estava com medo, dava para perceber.

Pare! Você não sabe o que está fazendo.

Como você disse. Estou finalmente fazendo alguma coisa.

Faça outra coisa. Saia daqui!

— Você não pode falar assim com ela. Por que não vai embora antes que se machuque?

O que eu perdi? Lena tinha me deixado havia uma hora, e agora John Breed a estava defendendo como se já fosse namorado dela?

— É? Você devia ter cuidado com quem sai empurrando por aí, Garoto Conjurador.

— Garoto Conjurador? — Ele deu um passo em minha direção, fechando as mãos em forma de punhos. Bem grandes. — Não me chame assim.

— Do que eu devia te chamar? Saco de lixo? — Eu queria que ele me batesse.

Ele veio para cima de mim, mas dei o primeiro soco. Sou tão burro assim. Liberei toda frustração e raiva que estava guardando em mim no segundo em que meu punho humano e macio fez contato com o maxilar sobrenatural de aço dele. Foi como bater em cimento.

John piscou e seus olhos verdes ficaram pretos como carvão. Ele não tinha sentido nada.

— Não sou Conjurador.

Eu já havia entrado em muitas brigas, mas nenhuma poderia ter me preparado para a sensação de ser atingido por John Breed. Eu me lembro de assistir a Macon e seu irmão Hunting lutando, da incrível força e velocidade deles. John mal se moveu e minhas costas atingiram o chão. Pensei que fosse desmaiar.

— Ethan! John, pare! — Lena estava gritando, a maquiagem preta escorrendo pelo rosto.

Ouvi John jogar Link no chão. A favor dele, devo dizer que Link se levantou mais rápido do que eu. Porém, foi derrubado de novo mais rápido também. Eu me levantei do chão. Não tinha sido espancado, mas ia ter dificuldade em esconder os hematomas de Amma.

— Já chega, John. — Ridley tentou parecer tranquila, mas sua voz tinha um tom estranho e ela parecia assustada, tanto quanto Ridley podia parecer. Ela pegou o braço de John. — Vamos. Temos outro lugar pra ir.

Link olhou bem nos olhos dela, o que não foi nada fácil, considerando que ele estava deitado no chão.

— Não me faça favores, Rid. Posso me cuidar sozinho.

— Estou vendo. Você é um verdadeiro Punho de Aço.

Link fez uma careta pelo que ela falou, ou talvez tenha sido pela dor.

Fosse como fosse, ele não estava acostumado a estar no chão em uma briga. Pôs-se de pé e levantou a guarda, pronto para atacar de novo.

— São os punhos da fúria, gata, e mal começaram a trabalhar.

153

Ridley ficou parada entre John e Link.

— Não. Eles pararam.

Link baixou as mãos e chutou a terra.

— Bem, eu podia dar uma surra nele se não fosse um... Que porra você é, cara?

Não dei chance para John responder, porque eu tinha certeza de que já sabia.

— Ele é algum tipo de Incubus.

Olhei para Lena. Ainda chorava, os braços ao redor da própria cintura, mas não tentei falar com ela. Nem sabia mais direito quem ela era.

— Você acha que sou um Incubus? Um Soldado do Demônio? — John riu.

Ridley revirou os olhos.

— Não seja exibido. Ninguém mais chama os Incubus de Soldados do Demônio.

John estalou os dedos.

— Sou antiquado.

Link pareceu confuso.

— Eu pensei que todos vocês, vampiros, tivessem que ficar dentro de algum lugar durante o dia.

— E eu pensei que caipiras dirigissem Pontiacs Trans Am com bandeiras Confederadas pintadas no capô. — John riu, mas não era engraçado. Ridley permaneceu entre eles.

— E por que isso interessa a você, Shrinky Dink? John não é o tipo de cara que segue regras. Ele é meio que... único. Gosto de pensar nele como o melhor dos dois mundos.

Eu não fazia ideia do que Ridley estava falando. Mas ela não ia dizer o que John Breed era.

— É? Gosto de pensar nele voltando rastejando pro mundo dele e ficando fora do nosso.

Link falou com coragem, mas quando John olhou para ele, toda a cor sumiu do seu rosto.

Ridley se virou para John.

— Vamos.

154

Eles se viraram em direção ao túnel do amor, os carros ainda deslizando por baixo do arco de madeira pintado para parecer alguma ponte de Veneza. Lena hesitou.

— Lena, não vá com eles.

Ela ficou parada ali, por um segundo, como se estivesse pensando em voltar correndo para os meus braços. Mas alguma coisa a impedia. John sussurrou alguma coisa no seu ouvido e ela subiu na gôndola de plástico. Olhei para a única garota que já amei. Cabelos pretos e olhos dourados em vez de verdes.

Eu não podia fingir que o dourado não significava nada. Não mais.

Observei o carrinho desaparecer, deixando a mim e Link para trás, tão machucados e cheios de hematomas como no dia em que encaramos Emory e o irmão dele no playground, quando estávamos no quinto ano.

— Venha. Vamos sair daqui. — Link foi em direção ao outro lado. Já estava escuro e as luzes da roda gigante piscavam enquanto ela girava. — Por que você pensou que ele fosse um Incubus? — Link estava usando como consolo o fato de ter apanhado de um Demônio, não de um cara qualquer.

— Os olhos dele ficaram pretos e me senti como se tivesse sido atropelado por um 4x4.

— É, mas ele estava andando por aí durante o dia. E ele tem olhos verdes, como Lena... — Ele parou, mas eu sabia o que ia dizer.

— Tinha antes? Eu sei. Não faz sentido.

Nada nessa noite fazia. Eu não conseguia esquecer o jeito com que Lena olhou para mim. Por um segundo, tive certeza de que ela não ia atrás deles. Eu estava pensando em Lena, mas Link ainda falava de John.

— E o que foi toda aquela palhaçada de melhor dos dois mundos? Que mundos? Apavorante e aterrorizante?

— Não sei. Eu tinha certeza de que ele era um Incubus.

Link mexeu os ombros, avaliando as dores.

— Seja lá o que ele for, tem superpoderes impressionantes. Queria saber o que mais ele consegue fazer.

Viramos uma esquina perto da saída do túnel do amor. Parei de andar. *O melhor dos dois mundos.* E se John conseguisse fazer mais do que desaparecer como um Incubus e dar uma surra em nós? Ele tinha olhos verdes. E se fosse um tipo de Conjurador, com sua versão própria do Poder de Persuasão de Ridley? Eu achava que Ridley sozinha não conseguia influenciar Lena, mas e se John a estivesse ajudando?

Isso explicaria por que Lena estava agindo de forma tão louca, por que ela havia passado a impressão de que queria vir comigo até John sussurrar no ouvido dela. Há quanto tempo ele sussurrava no ouvido dela?

Link bateu no meu braço com a parte de trás da mão.

— Sabe o que é estranho?

— O quê?

— Eles não saíram.

— O que você quer dizer?

Ele apontou para a saída do túnel do amor.

— Eles não saíram do brinquedo.

Link estava certo. Não havia como eles terem saído antes de a gente contornar o brinquedo. Observamos as gôndolas passando, todas vazias.

— Então onde eles estão?

Link balançou a cabeça, sem nenhuma explicação em mente.

— Não sei. Talvez os três estejam fazendo alguma coisa pervertida lá dentro. — Fizemos uma careta. — Vamos dar uma olhada. Não tem ninguém por perto. — Quando Link terminou de falar, já estava quase na saída.

Ele tinha razão. Os carrinhos todos estavam saindo vazios. Link pulou o portão e entrou no túnel. Lá dentro havia um pouco de espaço em cada lado dos trilhos, mas era difícil andar ao lado dos carros em movimento sem ser atingido.

Um dos carros bateu na canela de Link.

— Não tem ninguém aqui. Aonde eles podem ter ido?

— Eles não podem ter desaparecido.

Eu me lembrei do modo como John Breed se desmaterializou no enterro de Macon. Talvez ele pudesse desaparecer. Mas Ridley e Lena não sabiam Viajar.

Link passou as mãos pelas paredes.

— Você acha que tem alguma espécie de porta secreta Conjuradora aqui, ou algo assim?

As únicas portas Conjuradoras que eu conhecia levavam aos túneis, o labirinto subterrâneo que ficava debaixo de Gatlin e do restante do mundo Mortal. Era um mundo dentro de outro mundo, tão diferente do nosso que alterava tanto o tempo quanto a distância. Mas, pelo que eu sabia, todas as entradas dos túneis ficavam dentro de prédios — de Ravenwood, da *Lunae Libri*, da cripta e de Greenbrier. Algumas placas de compensado pintado não o qualificavam como um prédio e não havia nada debaixo do túnel do amor além de terra.

— Uma porta que leva aonde? Essa coisa está no meio da feira. Foi montada alguns dias atrás.

Link voltou devagar pelo túnel.

— Para onde mais eles podem ter ido?

Se John e Ridley estavam usando seus poderes para controlar Lena, eu tinha que descobrir. Não explicaria tudo o que aconteceu nos últimos meses e nem os olhos dourados, mas talvez explicasse o que ela estava fazendo com John.

— Preciso ir até lá.

Link já havia tirado as chaves do bolso de trás.

— Como será que eu sabia que você ia dizer isso?

Ele me seguiu até o Lata-Velha, o cascalho estalando debaixo dos tênis enquanto ele corria para me acompanhar. Ele abriu a porta enferrujada e se sentou atrás do volante.

— Para onde vamos? Ou será que eu devia...

Ele ainda estava falando quando ouvi as palavras, bem baixinho, no fundo do meu coração.

Adeus, Ethan.

Ambos tinham ido embora, a voz e a garota. Como uma bolha de sabão, como algodão doce, como a última imagem de um sonho.

⊰ 15 DE JUNHO ⊱

Inconfundível

O Lata-Velha parou em frente à Sociedade Histórica, os pneus da frente em cima do meio-fio e o motor morrendo na rua vazia.

— Será que não dá pra fazer menos barulho? Alguém vai nos ouvir.

Não que Link dirigisse de maneira diferente. Porém, estávamos estacionados a alguns metros do prédio que servia de quartel-general para o FRA. Reparei que o telhado tinha finalmente sido reconstruído — ele fora arrancado pelo Furacão Lena, alguns dias antes do aniversário dela. Embora a Jackson High tivesse sido atingida pela mesma tempestade, acho que aqueles consertos podiam esperar. Tínhamos nossas prioridades por aqui.

Quase todo mundo na Carolina do Sul tinha um parente Confederado, então entrar para o Filhas da Confederação era fácil. Mas, para entrar no FRA, você precisava da ascendência de alguém que tivesse lutado na guerra da independência dos Estados Unidos. O problema era provar. A não ser que tivesse assinado a Declaração de Independência, você precisava juntar uma papelada de um quilômetro de comprimento. E mesmo assim tinha de ser convidado, o que exigia puxar o saco da mãe de Link e assinar qualquer abaixo-assinado que ela estivesse organizando. Talvez fosse mais importante aqui do que no norte, como se precisássemos provar que todos lutamos do mesmo lado de uma guerra no passado. A parte Mortal de nossa cidade era tão confusa quanto a parte Conjuradora.

Esta noite, o prédio parecia vazio.

— Não tem ninguém por perto pra nos ouvir. Até que termine a destruição de carros, todo mundo que conhecemos estará na feira.

Link estava certo. Gatlin parecia uma cidade fantasma. A maioria das pessoas ainda estava na feira, em casa ou ao telefone contando os detalhes de certa competição de tortas que ficaria na história por décadas. Eu tinha certeza de que a Sra. Lincoln não deixaria ninguém do FRA perder a oportunidade de vê-la tentar tirar o primeiro lugar de Amma no concurso de tortas. Embora, naquele momento, aposto que a mãe de Link estivesse desejando ter feito só picles de quiabo naquele ano.

— Nem todo mundo. — Eu estava sem ideias e explicações, mas sabia onde podíamos conseguir um pouco de cada.

— Tem certeza de que essa é uma boa ideia? E se Marian não estiver aí?

Link estava assustado. Ver Ridley com um tipo de Incubus mutante não estava fazendo bem a ele. Não que ele tivesse qualquer coisa com que se preocupar. Estava bem claro atrás de quem John Breed estava, e não era de Ridley.

Olhei meu celular. Era quase 23h.

— É feriado bancário em Gatlin. Você sabe o que isso quer dizer. Marian deve estar na *Lunae Libri* agora.

Era assim que as coisas funcionavam. Marian era a bibliotecária-chefe do condado de Gatlin de 9 da manhã às 6 da tarde, todos os dias de semana. Mas, nos feriados bancários, ela era a bibliotecária-chefe Conjuradora das 9 da noite até as 6 da manhã. A biblioteca de Gatlin estava fechada, o que significava que a biblioteca Conjuradora estava aberta. E a *Lunae Libri* tinha uma porta que levava aos túneis.

Bati a porta do Lata-Velha e Link tirou uma lanterna do porta-luvas.

— Eu sei, eu sei. A biblioteca de Gatlin está fechada e a biblioteca Conjuradora está aberta a noite toda, pelo fato de a maioria dos clientes de Marian não aparecerem durante o dia. — Link balançou a lanterna na direção do prédio à nossa frente. Uma placa de latão dizia FILHAS DA REVOLUÇÃO AMERICANA. — Ainda assim, se minha mãe ou a Sra. Asher ou a Sra. Snow

159

descobrisse o que tem no porão do prédio delas... — Ele segurava a pesada lanterna de metal como se empunhasse uma arma.

— Está planejando atingir alguém com essa coisa?

Link deu de ombros.

— Nunca se sabe o que vamos encontrar lá embaixo.

Eu sabia o que ele estava pensando. Nenhum de nós tinha voltado à *Lunae Libri* depois do aniversário de Lena. Nossa última visita tinha envolvido mais perigo do que dicionários.

Perigo e morte. Fizemos algumas coisas erradas naquela noite e algumas delas tinham acontecido bem ali. Se eu tivesse chegado a Ravenwood antes, se tivesse encontrado *O Livro das Luas*, se pudesse ter ajudado Lena a lutar contra Sarafine — se tivéssemos feito sequer uma coisa diferente — será que Macon estaria vivo agora?

Andamos sob a luz da lua até os fundos do velho prédio de tijolos vermelhos. Link apontou com a lanterna para a grade perto do chão e me agachei ao lado dela.

— Pronto, cara?

A lanterna estava tremendo na mão dele.

— Quando você estiver.

Enfiei o braço na já conhecida grade que ficava nos fundos do prédio. Minha mão desapareceu, como sempre, pela entrada ilusória da *Lunae Libri*. Pouca coisa em Gatlin era o que parecia ser — pelo menos não as que envolviam Conjuradores.

— Estou surpreso por esse feitiço ainda funcionar. — Link me viu tirar a mão de dentro da grade, intacta.

— Lena me disse que não é difícil. Algum tipo de feitiço de esconderijo que Larkin Conjurou.

— Já pensou que pode ser uma armadilha? — A lanterna estava tremendo tanto que a luz mal parava na grade.

— Só tem um jeito de descobrir.

Fechei meus olhos e dei um passo. Em um minuto eu estava nos arbustos crescidos atrás do FRA e, no seguinte, eu estava na escadaria de pedra que levava ao coração da *Lunae Libri*. Tremi quando cruzei o portal enfeitiçado da biblioteca, mas não por ter sentido qualquer coisa sobrenatural. O tremor, a sensação de coisa errada, veio de não sentir nada de diferente. O ar era o mesmo em qualquer um dos lados da grade, mesmo estando totalmente escuro. Eu não me sentia mágico agora, em nenhum lugar de Gatlin e nem debaixo da cidade. Eu me sentia ferido e furioso, mas esperançoso. Estava convencido de que Lena sentia alguma coisa por John. Mas se houvesse qualquer possibilidade de eu estar errado — de que John e Ridley a estivessem influenciando —, valia a pena estar do lado errado da grade novamente.

Link cambaleou pela passagem atrás de mim e deixou cair a lanterna. Ela fez barulho na escada à nossa frente e ficamos parados no escuro, até que as tochas nas laterais da passagem se acenderam uma a uma.

— Desculpe. Essa coisa sempre me assusta.

— Link, se você não quiser fazer isso... — Eu não conseguia ver o rosto dele na escuridão.

Levei um segundo para ouvir a voz dele no escuro.

— É claro que não quero fazer isso, mas preciso. Não é que Rid seja o amor da minha vida. Não é mesmo. Isso seria loucura. Mas, e se Lena estiver falando a verdade e Rid quiser mudar? E se o Garoto Vampiro estiver fazendo alguma coisa com ela também?

Eu duvidava que Ridley estivesse sob a influência de qualquer pessoa exceto ela mesma. Mas não falei nada.

Aquilo não envolvia só a mim e Lena. Ridley ainda afetava Link, de uma maneira ruim. Não é uma boa se apaixonar por uma Sirena. Apaixonar-se por uma Conjuradora já era difícil o bastante.

Eu o segui pela escuridão bruxuleante iluminada por tochas que formava o mundo debaixo da nossa cidade. Saímos de Gatlin e entramos no mundo Conjurador, um lugar onde qualquer coisa podia acontecer. Tentei não lembrar a época em que isso era tudo o que eu queria.

Sempre que eu passava pelo arco de pedra com as palavras DOMUS LUNAE LIBRI entalhadas, entrava em outro mundo, em um universo paralelo. Agora, algumas partes desse mundo me eram familiares — o odor da pedra coberta por musgo, o cheiro almiscarado de pergaminhos da época da Guerra Civil e até de antes, a fumaça subindo das tochas acesas perto dos tetos entalhados. Eu sentia o odor das paredes úmidas, ouvia o ocasional gotejar de água subterrânea percorrendo o caminho das marcas no chão de pedra. Mas havia outras partes que jamais me seriam familiares. A escuridão nas extremidades das estantes, as seções da biblioteca que nenhum Mortal jamais tinha visto. Fiquei curioso para saber o quanto minha mãe tinha visto daquilo tudo.

Chegamos à base da escadaria.

— E agora? — Link pegou sua lanterna e a apontou para a coluna ao lado. Uma ameaçadora cabeça de grifo feita de pedra rosnou em resposta. Ele afastou a lanterna e ela brilhou sobre uma gárgula com presas. — Se essa é a biblioteca, eu nem quero ver uma prisão Conjuradora.

Ouvi o som das chamas nascendo e gerando luz.

— Espere só.

Uma a uma, as tochas em volta da rotunda se acenderam e pudemos ver as colunas entalhadas: fileiras de ferozes criaturas mitológicas, algumas Conjuradoras, algumas Mortais, enroscadas em todos os pedestais.

Link se encolheu.

— Esse lugar é errado. Só estou dizendo.

Toquei no rosto de uma mulher, contorcido numa expressão de sofrimento entalhada nas chamas esculpidas na pedra. Link passou a mão sobre outro rosto, revelando fileiras de caninos.

— Veja só este cachorro. Parece Boo.

Ele olhou de novo e se deu conta de que as presas saíam da cabeça de um homem. Ele puxou a mão para longe rapidamente.

Houve um redemoinho na pedra entalhada que parecia ser feito tanto de pedra quanto de fumaça. Um rosto surgiu das dobras da coluna e me pareceu familiar. Era difícil reconhecer porque havia muita pedra ao redor dele. O rosto parecia estar lutando contra a pedra, tentando forçar passagem para chegar até mim. Por um segundo, pensei ter visto os lábios se moverem, como se o rosto estivesse tentando falar.

E me afastei.

— Que diabos é isso?

— O que é o quê? — Link estava ao meu lado, olhando para a coluna, que era apenas uma coluna enroscada com ondas curvas e espirais novamente.

O rosto tinha sido engolido pelo padrão da superfície, como uma cabeça desaparecendo nas ondas do mar.

— O oceano, talvez? Fumaça de um incêndio? Por que você se importa com isso?

— Deixa pra lá. — Mas eu não podia deixar pra lá, mesmo não entendendo. Eu conhecia aquele rosto da pedra. Já o tinha visto antes. Esse lugar era assustador, como um aviso de que o mundo Conjurador era um lugar das Trevas, independentemente de qual lado você estivesse.

Outra tocha se acendeu e as estantes de livros velhos, manuscritos e Pergaminhos Conjuradores se revelaram. Elas irradiavam da rotunda em todas as direções, como aros em uma roda, e desapareciam na escuridão mais além. A última tocha se acendeu e pude ver a escrivaninha curva de mogno onde Marian deveria estar sentada.

Ela estava vazia. Embora Marian sempre dissesse que a *Lunae Libri* era um lugar de magia antiga, nem das Trevas e nem da Luz, sem ela a biblioteca inteira parecia muito cheia de Trevas.

— Não tem ninguém aqui. — Link parecia derrotado.

Peguei uma tocha na parede e entreguei a ele, pegando outra para mim.

— Eles estão aqui embaixo.

— Como você sabe?

— Simplesmente sei.

Fui para um corredor entre estantes como se soubesse para onde estava indo. O ar era denso com o cheiro dos velhos livros e pergaminhos manuseados e gastos, e as prateleiras de carvalho poeirentas se curvavam com o peso de centenas de anos e séculos de palavras. Ergui minha tocha até a prateleira mais próxima. *Como conjurar cabelo nos dedos dos pés da sua donzela. Conjurar e enfeitiçar em várias línguas. Conjuros escondidos dentro de caramelos.* Devemos estar na letra C.

— *Destruição da vida mortal, completa.* Esse deveria estar na D. — Link estendeu a mão em direção ao livro.

— Não toque nisso. Vai queimar sua mão. — Eu tinha aprendido da maneira mais sofrida, com o *Livro das Luas.*

— Não devíamos pelo menos escondê-lo? Atrás do livro sobre caramelos?

Link tinha razão.

163

Não tínhamos andado nem 3 metros quando ouvi uma risada. Uma risada de garota, sem dúvida, ecoando pelos tetos entalhados.

— Ouviu isso?

— O quê? — Link sacudiu sua tocha, quase incendiando a pilha mais próxima de pergaminhos.

— Cuidado. Aqui não tem saída de incêndio.

Chegamos a um cruzamento rodeado por estantes. Ouvi de novo a risada quase musical. Era linda e familiar, e o som dela me fez sentir seguro e fez o mundo em que eu estava parecer um pouco menos estrangeiro.

— Acho que é uma garota rindo.

— Talvez seja Marian. Ela é uma garota. — Olhei para Link como se ele estivesse louco, mas ele deu de ombros. — De certa forma.

— Não é Marian. — Fiz sinal para que ele escutasse, mas o som desapareceu. Andamos na direção da risada e a passagem se curvou até que chegamos a outra rotunda, parecida com a primeira.

— Você acha que são Lena e Ridley?

— Não sei. Vamos por aqui. — Eu mal conseguia seguir o som, mas sabia quem era. Parte de mim sempre suspeitou que eu conseguiria encontrar Lena onde quer que ela estivesse. Eu não sabia explicar, só sabia que era assim.

Fazia sentido. Se nossa ligação era tão forte a ponto de podermos sonhar os mesmos sonhos e conversar sem falar, por que eu não conseguiria sentir onde ela estava? É como quando se dirige da escola para casa, ou para algum lugar aonde você vai todo dia, e você se lembra de sair do estacionamento e logo depois está entrando na garagem e nem sabe como chegou lá.

Ela era o meu destino. Eu estava sempre a caminho de Lena, mesmo quando não estava. Mesmo quando ela não estava a caminho de mim.

— Um pouco mais adiante.

A curva seguinte revelou um corredor coberto de hera. Ergui minha tocha e um lampião se acendeu no meio das folhas.

— Olha.

A luz do lampião iluminou o contorno de uma porta escondida entre a folhagem. Tateei pela parede até encontrar o ferro frio e redondo que era a tranca. Tinha o formato de uma lua crescente. Uma lua Conjuradora.

Ouvi a risada de novo. Só podia ser Lena. Tem certas coisas que a gente simplesmente conhece. Eu conhecia L. E sabia que meu coração não me levaria ao lugar errado.

Meu coração estava acelerado. Empurrei a porta, que era pesada e rangia. Ela dava em um escritório magnífico. Perto da parede mais afastada da porta, uma garota estava deitada em uma enorme cama com dossel, escrevendo em um caderninho vermelho.

— L!

Ela olhou para a frente, surpresa.

Só que não era Lena.

Era Liv.

⚔ 15 DE JUNHO ⚔

Alma Obstinada

O primeiro momento ficou pairando no ar, silencioso e constrangedor. O segundo explodiu em uma confusão barulhenta. Link gritou com Liv, que gritou comigo, e eu gritei com Marian, que esperou até pararmos.

— O que você está fazendo aqui?

— Por que vocês me largaram na feira?

— O que ela está fazendo aqui, tia Marian?

— Entrem.

Marian abriu a porta completamente e deu um passo para trás para nos deixar passar. A porta se fechou atrás de mim e ouvi-a trancá-la. Senti uma onda de pânico, ou de claustrofobia, coisa que não fazia o menor sentido, pois o aposento não era pequeno. Mas dava a sensação de que era. O ar era pesado e tive a sensação de que estava em algum lugar particular, como um quarto. Como a risada, o local me pareceu familiar, mesmo não sendo. Como o rosto na pedra.

— Onde estamos?

— Uma pergunta de cada vez, EW. Respondo uma pergunta sua e você responde uma pergunta minha.

— O que Liv está fazendo aqui? — Não sei por que eu estava zangado, mas estava. Será que alguém na minha vida podia ser uma pessoa normal? Todo mundo precisava ter uma vida secreta?

166

— Sente-se. Por favor. — Marian apontou para a mesa circular no centro do aposento.

Liv pareceu irritada e se levantou de onde estava, a cama em frente a uma lareira estranhamente acesa, com o fogo ardendo branco e reluzente em vez de laranja e queimando.

— Olivia está aqui porque é minha assistente de pesquisas durante o verão. Agora tenho uma pergunta para você.

— Espere. Essa não é uma resposta de verdade. Disso eu já sabia.

Eu era tão teimoso quanto Marian. Minha voz ecoou no recinto e percebi um candelabro cheio de detalhes pendurado no teto alto e abobadado. Era feito de algum tipo de chifre branco, liso e polido; ou será que era osso? A parte de metal abrigava velas finas que iluminavam o aposento com uma luz bruxuleante e suave, mostrando alguns cantos enquanto deixava outros escuros e protegidos. Nas sombras de um dos cantos, reparei nos eixos de uma cama com dossel alta e feita de ébano. Eu já tinha visto uma cama exatamente assim em algum lugar. Tudo hoje era um gigantesco déjà vu e isso estava me deixando louco.

Marian se sentou em sua cadeira, inabalada.

— Ethan, como você encontrou este lugar?

O que eu podia dizer com Liv parada ao meu lado? Que pensei ter ouvido Lena, tê-la sentido? Mas que meus instintos me levaram a Liv em vez de Lena? Eu mesmo não entendia.

Olhei para o outro lado. Estantes de madeira preta iam do chão ao teto, entupidas de livros e objetos curiosos que obviamente compunham a coleção pessoal de alguém que tinha viajado pelo mundo mais vezes do que eu tinha ido ao Pare & Roube. Uma coleção de garrafas e frascos antigos estava alinhada em uma das prateleiras, como uma antiga botica. Outra estava cheia de livros. Aquilo me fazia lembrar do quarto de Amma, sem as pilhas de jornais velhos e vidros cheios de terra do cemitério. Mas um livro se destacou dos outros: *Trevas e Luz: As origens da magia*.

Eu o reconheci — assim como reconheci a cama, a biblioteca e a arrumação imaculada das belas coisas. Aquele quarto só podia pertencer a uma pessoa, que nem era uma pessoa.

— Este era o quarto de Macon, não era?

— É possível.

Link deixou cair uma estranha adaga cerimonial com a qual estava brincando. Ela fez um barulho metálico ao cair no chão, e ele tentou recolocá-la na prateleira, perturbado. Morto ou não, Macon Ravenwood ainda lhe dava muito medo.

— Suponho que o túnel Conjurador liga este quarto diretamente ao quarto dele em Ravenwood. — Aquele quarto era quase uma imagem idêntica do quarto dele em Ravenwood, com exceção das pesadas cortinas que bloqueavam a luz do sol.

— Talvez.

— Você trouxe aquele livro pra cá porque não queria que eu o encontrasse depois que tive a visão na sala do arquivo.

Marian respondeu com cautela.

— Vamos dizer que você esteja certo e que este seja o escritório particular de Macon, o lugar para onde ele vinha para refletir. Ainda assim, como você nos achou?

Passei o pé pelo grosso tapete indígena debaixo de mim. Ele era preto e branco, bordado em um padrão complexo. Eu não queria explicar como tinha encontrado aquele lugar. Era confuso. E se eu falasse, podia ser verdade. Mas como? Como meus instintos podiam me levar a qualquer outra pessoa que não fosse Lena?

Por outro lado, se eu não contasse a Marian, provavelmente nunca sairia daquele aposento. Então decidi contar uma meia-verdade.

— Eu estava procurando Lena. Ela está aqui embaixo com Ridley e o amigo dela, John, e acho que está com problemas. Lena fez uma coisa hoje, na feira...

— Vamos só dizer que Ridley estava sendo Ridley. Mas Lena também estava sendo Ridley. Os pirulitos devem estar fazendo hora extra. — Link abria uma embalagem de Slim Jim, então não reparou que eu olhava para baixo. Eu não pretendia contar os detalhes a Marian ou a Liv.

— Estávamos no meio das estantes e ouvi uma garota rindo. Ela parecia, não sei, feliz, eu acho. Eu a segui até aqui. Quero dizer, segui a voz. Não consigo explicar. — Lancei um olhar para Liv. Vi o rubor na sua pele clara. Ela olhava para um ponto vazio na parede.

Marian bateu as mãos ao uni-las, sinal de uma grande descoberta.

168

— Suponho que a risada pareceu familiar.

— É.

— E você a seguiu sem pensar. Foi mais por instinto.

— Pode-se dizer que sim. — Eu não tinha certeza de aonde isso ia levar, mas Marian tinha aquele olhar de cientista maluca no rosto.

— Quando você está com Lena, às vezes consegue falar com ela sem usar palavras?

Assenti.

— Você quer dizer por meio de Kelt?

Liv olhou para mim, chocada.

— Como um Mortal comum poderia saber sobre Kelt?

— É uma excelente pergunta, Olivia. — O modo como as duas se entre-olhavam me irritou. — Uma que merece resposta.

Marian andou até as prateleiras, investigando a biblioteca de Macon como se estivesse procurando as chaves do carro na bolsa. Vê-la mexer nos livros dele me incomodou, embora Macon não estivesse mais ali.

— Simplesmente aconteceu. Nós meio que encontramos um ao outro em nossas mentes.

— Você consegue ler mentes e não me contou? — Link olhou para mim como se tivesse acabado de descobrir que eu era o Surfista Prateado. Ele coçou a cabeça com nervosismo. — Olha, cara, sabe todas aquelas coisas sobre Lena? Eu estava só brincando. — Ele olhou para o outro lado. — Você está fazendo agora? Está, não está? Cara, saia da minha cabeça. — Ele se afastou de mim, se aproximando de uma estante.

— Não consigo ler sua mente, seu idiota. Lena e eu conseguimos ouvir os pensamentos um do outro às vezes. — Link pareceu aliviado, mas não ia se safar tão facilmente. — O que você pensou sobre Lena?

— Nada. Eu estava implicando com você. — Ele pegou um livro de uma prateleira e fingiu lê-lo.

Marian tirou o livro das mãos de Link.

— Aí está. Exatamente o que eu estava procurando.

Ela abriu o livro surrado e folheou as páginas amareladas tão rapidamente que ficou óbvio que ela estava procurando alguma coisa específica. Parecia um velho livro-texto ou manual de referência.

— Pronto. — Ela estendeu o livro para Liv. — Alguma parte disso parece familiar? — Liv se inclinou mais para perto e elas começaram a virar as páginas juntas, assentindo. Marian se empertigou e pegou o livro das mãos de Liv. — Então, como um Mortal comum consegue se comunicar por Kelt, Olivia?

— Não consegue. A não ser que não seja um Mortal comum, professora Ashcroft.

Elas estavam sorrindo para mim como se eu fosse uma criança que tivesse dado seus primeiros passos, ou como se alguém estivesse prestes a me dizer que eu tinha uma doença terminal, e o efeito das duas coisas combinadas me fez querer sair dali correndo.

— Vocês se importam de me incluir na piada?

— Não é piada. Por que você não vê por si mesmo? — Marian me entregou o livro.

Olhei a página. Eu estava certo sobre a parte de ser um livro-texto. Era um tipo de enciclopédia Conjuradora, com desenhos e línguas que eu não entendia por todas as páginas. Mas parte estava em inglês.

— O Obstinado. — Olhei para Marian. — É isso que você acha que sou?

— Prossiga.

— O Obstinado: o que conhece o caminho. Sinônimos: *condutor, explorador, piloto*. General. Explorador. Navegador. Aquele que trilha o caminho. — Olhei para a frente, sem entender.

Pela primeira vez, Link não parecia confuso.

— Então ele é como uma bússola humana? Se o assunto é superpoderes, esse é bem idiota. Você é o equivalente Conjurador ao Aquaman.

— Aquaman? — Marian não costumava ler quadrinhos.

— Ele fala com os peixes. — Link sacudiu a cabeça. — Não é como ter visão de raio-X.

— Não tenho superpoderes. — Será que eu tinha?

— Continue lendo. — Marian apontou para a página.

— Desde antes das Cruzadas, nós servimos. Já tivemos muitos nomes, assim como nenhum. Como o sussurro no ouvido do primeiro imperador da China quando ele contemplava a Grande Muralha, ou o companheiro leal ao lado do mais valoroso cavaleiro da Escócia quando ele trabalhava pela independência de seu país, Mortais com um propósito maior sempre tiveram quem os guiasse. Como as naus perdidas de Colombo e de Vasco da Gama tiveram quem as guiasse para o Novo Mundo, existimos para guiar Conjuradores que trilham caminhos de grande significado. Somos...

— Eu não conseguia entender o significado das palavras.

Então ouvi a voz de Liv ao meu lado, como se tivesse decorado as linhas.

— Quem encontra o que está perdido. Quem sabe o caminho.

— Termine. — Marian de repente ficou séria, como se as palavras fossem uma espécie de profecia.

— Somos feitos para coisas grandiosas, para propósitos grandiosos, para fins grandiosos. Somos feitos para coisas graves, para propósitos graves, para fins graves. — Fechei o livro e o entreguei a Marian. Não queria saber de mais nada.

A expressão de Marian era difícil de interpretar. Ela virou o livro nas mãos várias vezes e olhou para Liv.

— Você acha?

— É possível. Já houve outros.

— Não para um Ravenwood. Muito menos para um Duchannes.

— Mas você mesma disse, professora Ashcroft. A decisão de Lena leva a consequências. Se ela escolher ir para a Luz, todos os Conjuradores das Trevas da família dela morrerão, e se ela escolher ir para as Trevas... — Liv não terminou. Todos nós sabíamos o fim. Todos os Conjuradores da Luz da família dela morreriam. — Você não diria que ela trilha um caminho de grande significado?

Eu não estava gostando do rumo que a conversa tomava, embora não estivesse completamente certo de onde ela ia dar.

— Oi? Estou sentado bem aqui. Será que vocês podem me ajudar a entender?

Liv falou lentamente, como se eu fosse uma criança que foi à biblioteca para ouvir histórias.

— Ethan, no mundo Conjurador, só os que têm um grande propósito têm um Obstinado. Obstinados não aparecem com frequência, talvez uma vez a cada século, e nunca é por acidente. Se você é um Obstinado, está aqui por um motivo, grande ou terrível, inteiramente seu. Você é uma ponte entre os mundos dos Conjuradores e dos Mortais, e precisa ser cuidadoso com tudo o que fizer.

Sentei-me na cama e Marian se sentou ao meu lado.

— Você tem um destino, assim como Lena. O que quer dizer que as coisas podem ficar bem complicadas.

— Você acha que esses últimos meses não foram complicados?

— Você não faz ideia das coisas que já vi. Das coisas que sua mãe viu. — Marian olhou para o outro lado.

— Então você acha que sou um desses Obstinados? Que sou uma bússola humana ou algo assim, como Link falou?

— É mais do que isso. Obstinados não sabem apenas o caminho. Eles *são* o caminho. Eles guiam Conjuradores pelo caminho que estão destinados a tomar, um caminho que talvez não encontrassem sozinhos. Você pode ser o Obstinado de um Ravenwood ou de um Duchannes. No momento, não está claro de qual dos dois. — Liv pareceu saber do que estava falando, o que não fazia sentido. Era a isso que meu pensamento sempre voltava enquanto eu tentava entender o que elas falavam.

— Tia Marian, diga pra ela. Não posso ser um desses Obstinados. Meus pais são Mortais comuns.

Ninguém disse o óbvio, que minha mãe tinha sido parte do mundo Conjurador, como Marian, mas de uma forma sobre a qual ninguém falava, pelo menos não comigo.

— Obstinados são Mortais, uma ponte entre o mundo Conjurador e o nosso. — Liv esticou a mão para pegar outro livro. — É claro que sua mãe não era exatamente o que podemos chamar de Mortal comum, assim como eu e a professora Ashcroft.

— Olivia! — Marian ficou paralisada.

— Você não quer dizer...

— A mãe dele não queria que ele soubesse. Eu prometi que, se alguma coisa acontecesse...

— Pare! — Bati na mesa com o livro. — Não estou com paciência para suas regras. Não hoje.

Liv mexeu em seu relógio/experimento científico com nervosismo.

— Sou uma idiota.

— O que sabe sobre minha mãe? — perguntei a Liv. — Pode me contar agora.

Marian se encolheu na cadeira ao meu lado. Os pontos rosados nas bochechas de Liv ficaram ainda mais intensos.

— Desculpe — e balançou a cabeça, olhando de Marian para mim, impotente.

Marian ergueu uma das mãos.

— Olivia sabe tudo sobre sua mãe, Ethan.

Eu me virei para Liv. Sabia o que ela ia me contar antes mesmo que começasse a falar. A verdade vinha tentando se infiltrar na minha mente. Liv sabia coisas demais sobre Conjuradores e Obstinados, e ela estava ali, nos túneis, no escritório de Macon. Se eu não estivesse tão confuso sobre o que elas pensavam que eu fosse teria me dado conta do que Liv era. Não sei por que demorei tanto para perceber.

— Ethan.

— Você é um deles, como tia Marian e minha mãe.

— Deles? — perguntou Liv.

— Você é uma Guardiã.

As palavras tornaram tudo real, e eu sentia tudo e nada ao mesmo tempo... Minha mãe, ali embaixo nos túneis com o enorme molho de chaves Conjuradoras de Marian. Minha mãe com sua vida secreta, nesse mundo secreto onde meu pai e eu jamais tínhamos estado e do qual jamais poderíamos fazer parte.

— Não sou uma Guardiã. — Liv parecia constrangida. — Ainda não. Um dia, talvez. Estou em treinamento.

— Em treinamento para ser mais do que a bibliotecária do condado de Gatlin, que é o motivo de você estar aqui, no meio do nada, com sua pomposa bolsa de estudos. Se é que ela existe. Ou isso também é mentira?

— Sou uma péssima mentirosa. Tenho sim uma bolsa de estudos, mas ela é paga por uma sociedade de acadêmicos que existe muito antes da Universidade de Duke.

— E da escola de Harrow.

Ela assentiu.

— E de Harrow.

— E quanto ao Ovomaltine? Isso era verdade?

Liv sorriu com tristeza.

— Sou de Kings Langley e adoro Ovomaltine, mas para ser completamente honesta, passei a preferir Quik desde que cheguei a Gatlin.

Link se sentou na cama, sem saber o que dizer.

— Não entendo uma palavra do que ela está dizendo.

Liv virou as páginas do livro até chegar a uma linha do tempo de Guardiões. O nome da minha mãe saltou aos meus olhos.

— A professora Ashcroft está certa. Eu estudei Lila Evers Wate. Sua mãe era uma brilhante Guardiã, uma escritora fantástica. Ler as notas deixadas pelos Guardiões que me antecederam é parte do meu trabalho de curso.

Notas? Minha mãe tinha escrito notas que Liv tinha lido, mas eu não? Resisti ao impulso de dar um soco na parede.

— Por quê? Para que você não cometa os mesmos erros que eles? Para que não termine morta em um acidente que ninguém viu e ninguém sabe explicar? Para que não deixe sua família para trás se perguntando sobre sua vida secreta e o motivo pelo qual nunca falou nada sobre ela?

Dois pontos rosados apareceram na bochecha de Liv novamente. Eu estava me acostumando a eles.

— Para que eu possa dar continuidade ao trabalho deles e manter suas vozes vivas. Para que um dia, quando me tornar uma Guardiã, saiba como proteger o arquivo Conjurador: a *Lunae Libri*, os pergaminhos, os registros dos próprios Conjuradores. Isso não é possível sem as vozes dos Guardiões que existiram antes de mim.

— Por que não?

— Porque eles são meus professores. Aprendo com a experiência deles, com o conhecimento que reuniram enquanto eram Guardiões. Tudo é interligado, e sem os registros deles, não posso entender as coisas que descubro sozinha.

Balancei minha cabeça.

— Não entendo.

— Você não entende? De que diabos estamos falando? — perguntou Link de onde estava, na cama.

Marian pôs a mão no meu ombro.

174

— A voz que você ouviu, a risada no corredor, imagino que tenha sido da sua mãe. Lila trouxe você aqui, provavelmente porque queria que tivéssemos essa conversa. Para que você entendesse seu propósito, assim como o de Lena e de Macon. Porque você está ligado a uma das casas deles e a um dos destinos deles. Só não sei o de quem ainda.

Pensei no rosto na coluna, na risada e na sensação de déjà vu no escritório de Macon. Será que era minha mãe? Eu esperava havia meses por um sinal dela, desde a tarde no escritório em que Lena e eu encontramos a mensagem nos livros.

Será que ela finalmente estava tentando fazer contato comigo?

E se não estivesse?

Então me dei conta de outra coisa:

— Se eu for um desses Obstinados... mas vejam bem, não estou dizendo que acredito em nada disso... então sou capaz de encontrar Lena, certo? Tenho que tomar conta dela porque sou a bússola dela, ou coisa do tipo.

— Não temos certeza ainda. Você está ligado a alguém, mas não sabemos quem.

Empurrei a cadeira para trás e andei até a estante. O livro de Macon estava na beirada da prateleira.

— Aposto que sei quem sabe — disse, estendendo a mão para pegá-lo.

— Ethan, pare! — gritou Marian. Meus dedos mal tinham tocado na capa quando senti o chão dar lugar ao nada de outro mundo.

No último segundo, a mão de alguém segurou a minha.

— Me leve com você, Ethan.

— Liv, não...

Uma garota com cabelos compridos e castanhos estava agarrada desesperadamente a um garoto alto, o rosto afundado no peito dele. Os galhos de um enorme carvalho os envolviam, dando a impressão de que estavam sozinhos em vez de a alguns metros dos prédios cobertos de hera da Universidade de Duke.

Ele aninhou o rosto manchado de lágrimas com delicadeza entre as mãos.

— Você acha que isso é fácil para mim? Amo você, Jane, e sei que nunca sentirei o mesmo por mais ninguém. Mas não temos escolha. Você sabia que chegaria um momento em que teríamos que dizer adeus.

Jane ergueu o queixo, decidida.

— Sempre há escolhas, Macon.

— Não nessa situação. Não há escolha alguma que não colocaria você em perigo.

— Mas sua mãe disse que talvez haja um meio. E a profecia?

Macon bateu a palma da mão contra a árvore, frustrado.

— Droga, Jane. Isso é conto de fadas. Não há meio algum que não termine com você morta.

— Então não podemos ficar juntos fisicamente... Não ligo para isso. Ainda podemos ficar juntos. Isso é tudo o que importa.

Macon se afastou, o rosto contorcido de dor.

— Depois que eu mudar, serei perigoso, um Incubus de Sangue. Eles têm sede de sangue, e meu pai diz que serei um deles, como ele e o pai dele. Como todos os homens da minha família, desde o meu tataravô Abraham.

— Vovô Abraham, o que acreditava que o maior pecado imaginável era um Sobrenatural se apaixonar por uma Mortal, que mancharia a linhagem da família? E você não pode confiar no seu pai. Ele pensa da mesma forma. Ele quer nos separar para que você volte para Gatlin, aquela cidade horrível, para que fique se escondendo nos subterrâneos como seu irmão. Como um monstro.

— É tarde demais. Já consigo sentir a Transformação. Fico acordado a noite inteira ouvindo pensamentos de Mortais, com fome. Em breve, terei fome de mais do que os pensamentos deles. Já sinto como se meu corpo não conseguisse suportar o que há dentro de mim, como se a besta pudesse literalmente irromper para a liberdade.

Jane se virou para o outro lado, os olhos se enchendo de lágrimas novamente. Mas Macon não ia deixar que ela o ignorasse dessa vez. Ele a amava. E por isso precisava fazê-la entender por que não podiam ficar juntos.

— Até mesmo parado aqui, a luz está começando a queimar minha pele. Agora posso sentir o calor do sol com muita intensidade, o tempo todo. Já estou mudando, e só vai piorar.

Jane escondeu o rosto nas mãos e começou a chorar.

— Você só está dizendo isso para me assustar, porque não quer encontrar uma solução.

Macon segurou os ombros de Jane, forçando-a a olhar para ele.

— Você está certa. Estou tentando assustar você. Você sabe o que meu irmão fez com a namorada Mortal dele depois da Transformação? — Macon fez uma pausa. — Ele a rasgou ao meio.

Sem aviso, a cabeça de Macon se virou, os olhos amarelo-dourados brilhando ao redor de estranhas pupilas negras, como o eclipse de sóis gêmeos. Ele virou a cabeça para longe de Jane.

— Nunca se esqueça, Ethan. As coisas nunca são o que parecem.

Abri meus olhos, mas não consegui ver nada até a neblina dissipar. O teto abobadado do escritório entrou em foco.

— Isso foi apavorante, cara. Apavorante no estilo *O Exorcista*.

Link estava balançando a cabeça. Estendi o braço e ele me puxou. Meu coração ainda estava disparado, e tentei não olhar para Liv. Eu nunca tinha compartilhado uma visão com ninguém a não ser Lena e Marian, e não estava à vontade por ter feito isso agora. Toda vez que eu olhava para ela, só conseguia pensar no momento em que entrei naquele aposento. No momento em que pensei que ela fosse Lena.

Liv se sentou, grogue.

— Você me contou sobre as visões, professora Ashcroft. Mas eu não fazia ideia de que elas eram tão reais.

— Você não devia ter feito isso. — Senti como se estivesse traindo Macon ao levar Liv para a vida particular dele.

— Por que não? — disse e esfregou os olhos, tentando acostumar a vista.

— Talvez você não devesse ver isso.

— O que eu vejo em uma visão é totalmente diferente do que você vê. Você não é um Guardião. Sem querer ofender, mas você não tem preparo algum.

— Por que você diz que não quer ofender quando está planejando me ofender?

— Chega. — Marian olhou para nós com expectativa. — O que aconteceu?

Mas Liv estava certa. Eu não entendia o que a visão queria dizer, exceto que um Incubus não devia ficar com uma Mortal, assim como os Conjuradores.

— Macon estava lá com uma garota e falava sobre virar um Incubus de Sangue.

Liv parecia presunçosa.

— Macon estava passando pela Transformação. Ele pareceu estar em um estado muito vulnerável. Não sei por que a visão nos mostrou aquele momento em particular, mas deve ser significativo.

— Você tem certeza de que não estava vendo Hunting em vez de Macon? — perguntou Marian.

— Não — dissemos, nossas vozes sobrepostas. Olhei para Liv. — Macon não era como Hunting.

Liv pensou por um momento, depois pegou o caderno sobre a cama. Ela escreveu alguma coisa e o fechou.

Ótimo. Outra garota com um caderno.

— Sabe de uma coisa? Vocês são as especialistas. Vou deixar que decifrem essa. Vou encontrar Lena antes que Ridley e o amigo dela a convençam a fazer alguma coisa da qual ela vá se arrepender.

— Está sugerindo que Lena está sob a influência de Ridley? Isso não é possível, Ethan. Lena é uma Natural. Uma Sirena não pode controlá-la. — Marian dispensou a ideia.

Mas ela não sabia sobre John Breed.

— E se Ridley tivesse ajuda?

— Que tipo de ajuda?

— Um Incubus que pode andar na luz do dia, ou um Conjurador com a força de Macon e a habilidade de Viajar. Não tenho certeza de qual dos dois. — Não era a melhor explicação, mas eu não sabia o que John Breed era realmente.

— Ethan, você deve estar enganado. Não há registros de um Incubus ou de um Conjurador com habilidades assim. — Marian já estava tirando um livro da prateleira.

— Agora há. O nome dele é John Breed. — Se Marian não sabia o que John era, não íamos descobrir a resposta em um daqueles livros.

— Se o que você está descrevendo está certo, e acho difícil acreditar que esteja, não tenho certeza sobre o que ele pode ser capaz de fazer.

Olhei para Link. Ele estava retorcendo a corrente presa à carteira. Estávamos pensando a mesma coisa.

— Preciso encontrar Lena. — Não esperei por uma resposta.

Link destrancou a porta.

Marian se levantou.

— Você não pode ir atrás dela. É perigoso demais. Há Conjuradores e criaturas de poder inimaginável nesses túneis. Você só esteve aqui uma vez antes e as seções que viu são pequenas passagens em comparação aos túneis maiores. Eles são como outro mundo.

Eu não precisava de permissão. Minha mãe podia ter me guiado até ali, mas ela ainda estava morta.

— Você não pode me impedir porque não pode se envolver, certo? Só pode ficar aqui sentada, observando enquanto eu estrago tudo e escrevendo sobre os acontecimentos para que alguém como Liv possa estudar sobre isso depois.

— Você não sabe o que vai encontrar, e quando encontrar, não poderei ajudá-lo.

Não importava. Eu já estava à porta antes de Marian terminar. Liv me seguia.

— Eu vou, professora Ashcroft. Vou cuidar para que nada aconteça a eles.

Marian foi até a porta.

— Olivia. Este não é o seu lugar.

— Eu sei. Mas eles vão precisar de mim.

— Você não pode mudar o que acontecer. Tem que ficar de fora. Não importa o quanto doer em você. O papel de um Guardião é apenas registrar e ser testemunha, não pode mudar o que acontece.

179

— Você é como um inspetor. — Link sorriu. — Como Fatty.

Liv apertou os olhos. Eles deviam ter inspetores na Inglaterra também.

— Você não precisa me explicar a Ordem das Coisas, professora Ashcroft. Aprendo isso desde meus estudos básicos. Mas como posso testemunhar o que nunca tenho permissão de ver?

— Você pode ler sobre tudo isso nos Pergaminhos Conjuradores, como todos nós.

— Eu posso? A Décima Sexta Lua? A Invocação que podia ter quebrado a maldição dos Duchannes? Você poderia ter lido sobre qualquer uma dessas coisas em um pergaminho? — Liv olhou para seu relógio da lua. — Tem alguma coisa acontecendo. Esse Sobrenatural com poder sem precedentes, as visões de Ethan... E há anomalias científicas. Mudanças sutis que percebi no meu selenômetro.

Sutis, o mesmo que não existentes. Eu reconhecia uma armação quando via uma. Olivia Durand estava tão aprisionada quanto o restante de nós, e éramos a saída dela. Ela não estava preocupada comigo e com Link nos túneis. Ela queria ter uma vida. Como outra garota que conheci não muito tempo antes.

— Lembre-se...

A porta se fechou antes que Marian pudesse terminar, e fomos embora.

⇥ 15 DE JUNHO ⇤

Exílio

A porta se fechou atrás de nós. Liv ajeitou a mochila velha de couro e Link pegou uma tocha na parede do túnel. Eles estavam prontos para me seguir até o grande desconhecido, mas, em vez disso, estávamos ali parados, olhando uns para os outros.

— E aí? — Liv olhou para mim com expectativa. — Não é tão complicado. Ou você sabe o caminho ou você...

— Shh. Dê um segundo a ele. — Link colocou a mão sobre a boca de Liv. — Use a força, jovem Skywalker.

Essa coisa de Obstinado tinha certo peso. Eles realmente achavam que eu sabia para onde ir. O que só nos deixava com um problema. Eu não sabia.

— Por aqui. — Teria de ir improvisando no caminho.

Marian disse que os túneis Conjuradores eram infinitos, um mundo por baixo do nosso, mas nunca entendi de verdade o que ela queria dizer até aquele momento. Quando viramos a primeira esquina, a passagem mudou, se estreitando em paredes circulares mais úmidas e escuras que pareciam mais um tubo do que um túnel. Coloquei as mãos nas paredes para me impulsionar para a frente e minha tocha caiu na lama.

— Merda. — Segurei o cabo de madeira da tocha entre os dentes e fui em frente.

— Que saco — murmurou Link atrás de mim quando sua tocha se apagou.

Liv estava atrás dele.

— A minha também se apagou.

Estávamos completamente no escuro. O teto era tão baixo que precisávamos nos encolher sob a pedra lamacenta.

— Isso está me apavorando. — Link nunca tinha gostado do escuro.

Liv falou às nossas costas:

— A qualquer momento vocês vão chegar no...

Bati minha cabeça contra uma coisa dura e pontuda, no meio da escuridão.

— Ai!

— ... portal.

Link deve ter tirado a lanterna do bolso, porque um círculo de luz fraca pousou sobre a porta redonda à minha frente. Era alguma espécie de metal frio, não a madeira podre nem a pedra esburacada das outras portas que tínhamos visto. Parecia mais uma tampa de bueiro na parede. Empurrei meu ombro contra a porta, mas ela nem se mexeu.

— E agora? — falei para Liv, minha substituta de Marian em assuntos relacionados a Conjuradores. Ouvi-a folhear o caderno.

— Não sei. Talvez empurrar com mais força?

— Você precisou verificar seu caderninho pra dizer isso? — Eu estava irritado.

— Quer que eu vá até aí e faça por você? — Liv também não estava feliz.

— Vamos, crianças. Eu empurro Ethan, você me empurra e Ethan empurra a porta.

— Brilhante — disse Liv.

— Ombro a ombro, MJ.

— Como?

— Marian Júnior. Era você que queria aventura. Tem alguma ideia melhor?

A porta não tinha maçaneta e nenhum tipo de dispositivo. Estava encaixada em um vão perfeito, um círculo de metal em um portal circular. Nem mesmo uma fresta de luz escapava pelas fendas.

— Link está certo. Não temos escolha e não vamos voltar agora — apoiei então meu ombro contra a porta. — Um, dois, três. Empurrem!

Quando as pontas dos meus dedos tocaram a porta, ela se abriu como se minha pele fosse, de alguma forma, o reconhecimento genético, a chave que a abria. Link se chocou contra mim e Liv caiu em cima de nós dois. Bati a cabeça contra o que parecia ser pedra quando caí no chão. Fiquei tonto, não conseguia ver nada. Quando abri os olhos, estava encarando um poste de luz.

— O que aconteceu? — Link parecia tão desorientado quanto eu.

Tateei as pedras com as pontas dos dedos. Paralelepípedo.

— Apenas toquei a porta e ela se abriu.

— Impressionante. — Liv ficou de pé, absorvendo tudo o que via.

Eu estava caído em uma rua de uma cidade que parecia Londres ou alguma cidade antiga saída diretamente de um livro de história. Atrás de mim, dava para ver o portal redondo, no fim da rua. Havia uma placa de latão ao lado dela que dizia PORTAL OCIDENTAL, BIBLIOTECA CENTRAL.

Link se sentou ao meu lado, esfregando a cabeça.

— Puta merda. Parece um daqueles becos onde as pessoas eram atacadas por Jack, o Estripador.

Ele estava certo. Poderíamos estar na entrada de um beco na Londres do século XIX. A rua estava escura, iluminada apenas pelo suave brilho de alguns postes. O beco tinha de cada lado os fundos de casas de tijolos altas e idênticas.

Liv ficou de pé e andou pela rua de paralelepípedos deserta, olhando para uma placa velha de ferro: A FORTALEZA.

— Deve ser o nome desse túnel. Inacreditável. A professora Ashcroft me contou, mas nunca imaginei. Acho que livros jamais podem ser precisos o bastante, não é?

— É, não parece igual aos cartões postais. — Link se levantou. — Só quero saber onde foi parar o teto. — O arco curvo do teto do túnel sumira, e em seu lugar havia um céu noturno escuro, tão grande e real e cheio de estrelas quanto qualquer outro que eu já tivesse visto.

183

Liv pegou o caderno e começou a escrever.

— Vocês não entendem? Esses são túneis Conjuradores. Não são uma linha de metrô sobrenatural, para que os Conjuradores possam rastejar por baixo de Gatlin e pegar livros emprestados na biblioteca.

— Então o que são? — perguntei, passando a mão pelo tijolo áspero na lateral da casa mais próxima.

— Estão mais para estradas para outro mundo. Ou, de certa forma, um outro mundo só deles.

Ouvi um barulho e meu coração deu um salto. Achei que Lena estivesse usando Kelt para se reconectar comigo. Mas eu estava errado.

Era música.

— Está ouvindo? — perguntou Link, e me senti aliviado.

Pelo menos agora a música não estava vindo de dentro da minha cabeça. Vinha da entrada do beco. O som parecia com a música Conjuradora da festa em Ravenwood no último Halloween, na noite em que salvei Lena do ataque psíquico de Sarafine.

Fiquei atento para tentar ouvir Lena, sentir a presença dela, me lembrando daquela noite. Nada.

Liv verificou o selenômetro e escreveu outra coisa no caderno.

— *Carmen*. Eu estava transcrevendo isso ontem.

— Inglês, por favor. — Link ainda olhava para o céu, tentando entender tudo.

— Desculpe. Significa "Música Encantada". É música Conjuradora.

Saí andando, seguindo o som até o fim do beco.

— Seja o que for, está vindo daqui.

Marian estava certa. Uma coisa era vagar pelos túneis úmidos da *Lunae Libri*, mas isso era completamente diferente. Não fazíamos ideia de onde tínhamos nos metido. Eu já percebia isso.

Conforme eu caminhava pelo beco, a música ia ficando mais alta, os paralelepípedos se transformaram em asfalto debaixo dos meus pés e a rua mudou da Londres de antigamente para uma rua moderna de bairro pobre. Era uma rua que podia ser encontrada em qualquer cidade grande, num bairro velho e esquecido. As construções pareciam armazéns abandonados, onde grades de ferro cobriam as janelas quebradas e os remanescentes de placas luminosas piscavam suas luzes fluorescentes na escuridão. Havia guimbas de cigarro e lixo pela rua toda, e uma espécie estranha de pichação Conjuradora — símbolos que eu não conseguia nem começar a entender — cobria as laterais dos prédios. Mostrei aquilo para Liv.

— Você sabe o que essas coisas significam?

Ela balançou a cabeça.

— Não, nunca vi nada assim. Mas significam alguma coisa. No mundo Conjurador, todo símbolo tem significado.

— Esse lugar é mais apavorante do que a *Lunae Libri*. — Link estava tentando parecer controlado na frente de Liv, mas não estava tendo muito sucesso.

— Você quer voltar? — Eu queria que ele fosse embora, mas sabia que tinha tanto motivo quanto eu para estar ali. Só que o motivo dele era louro.

— Está me chamando de covarde?

— Shh, cala a boca. — Eu a estava ouvindo.

A música Conjuradora sumiu no ar, a melodia sedutora substituída por outra coisa. Dessa vez, eu era o único que conseguia ouvir a letra.

Dezessete luas, dezessete medos,
Dor da morte e vergonha das lágrimas,
Encontre o marcador, caminhe a distância,
Dezessete conhece só exílio...

— Estou ouvindo. Devemos estar perto. — Segui a música enquanto ela se repetia na minha cabeça.

Link me olhou como se eu estivesse louco.

— Ouvindo o quê?

— Nada. Apenas me siga.

As enormes portas de metal que se repetiam ao longo da rua imunda eram todas iguais: amassadas e arranhadas, como se tivessem sido atacadas por um animal enorme ou coisa pior. Exceto pela última porta, de onde vinha "Dezessete Luas". Estava pintada de preto e coberta de mais pichação Conjuradora. Porém, um dos símbolos era diferente, e não estava pintado na porta com spray. Estava entalhado nela. Passei meus dedos pelas depressões na madeira.

— Este é diferente, parece quase celta.

A voz de Liv era um sussurro.

— Celta não. Niádico. É uma antiga língua Conjuradora. Muitos dos pergaminhos antigos da *Lunae Libri* estão escritos nessa língua.

— O que ele diz?

Ela examinou o símbolo com cuidado.

— Niádico não se traduz diretamente em palavras. Quero dizer, não se pode pensar nas palavras como palavras, não exatamente. Este símbolo significa lugar, ou momento, tanto no espaço físico quanto no temporal. — Ela passou o dedo sobre uma reentrância na madeira. — Mas essa linha o corta, estão vendo? Então agora o lugar se torna uma falta de lugar, um lugar nenhum.

— Como um lugar pode ser lugar nenhum? Ou você está em um lugar ou não está. — Mas enquanto eu falava, sabia que não era verdade. Eu estava em um lugar nenhum havia meses, assim como Lena.

Ela olhou para mim.

— Acho que quer dizer alguma coisa como "Exílio".

Dezessete conhece só exílio.

— É exatamente isso que significa.

Liv me lançou um olhar estranho.

— Você não tem como saber isso, ou será que de repente fala niádico? — Ela tinha um brilho no olhar, como se isso fosse mais uma prova de que eu era um Obstinado.

— Ouvi numa música. — Estendi a mão para a porta, mas Liv pegou meu braço. — Ethan, isso não é um jogo. Não é o concurso de tortas da feira do condado. Você não está mais em Gatlin. Há coisas perigosas aqui embaixo, criaturas muito mais perigosas do que Ridley e seus pirulitos.

Eu sabia que ela estava tentando me assustar, mas não estava conseguindo. Desde a noite do aniversário de Lena, eu sabia mais sobre os perigos do mundo Conjurador do que qualquer bibliotecária poderia saber, fosse ela Guardiã ou não. Eu não a culpava por ter medo. Você precisaria ser burro para não ter medo — como eu.

186

— Você está certa. Não estamos na biblioteca. Vou entender se não quiserem entrar, mas eu preciso ir. Lena está em algum lugar lá dentro.

Link abriu a porta e entrou como se ali fosse o vestiário da Jackson High.

— Tudo bem. Curto criaturas perigosas.

Dei de ombros e o segui. Liv apertou a alça da mochila, pronta para lançá-la na cabeça de alguém, se necessário. Deu um passo hesitante e a porta se fechou atrás dela.

Dentro estava ainda mais escuro do que na rua. Enormes candelabros de cristal, completamente deslocados entre os canos expostos, eram a única fonte de luz. O restante do aposento era um puro delírio industrial. Era um único espaço gigantesco, com cabines circulares cobertas de veludo vermelho-escuro espalhadas por todo lado. Algumas eram cercadas por cortinas pesadas presas a trilhos no teto de forma a poderem ser fechadas em torno da cabine, do modo como se fecham cortinas ao redor de camas de hospital. Havia um bar no fundo, em frente a uma porta cromada redonda com uma maçaneta.

Link também a viu.

— Aquilo é o que acho que é?

Assenti.

— Um cofre.

Os candelabros esquisitos, o bar que mais parecia um balcão, as enormes janelas cobertas de qualquer jeito com fita adesiva preta, o cofre. Aquele lugar podia ter sido um banco no passado, se os Conjuradores tivessem bancos. Fiquei curioso sobre o que haviam guardado atrás daquela porta — ou talvez eu não quisesse saber.

Mas nada era mais estranho do que as pessoas, ou fosse lá o que elas fossem. A multidão ia e vinha como em uma das festas de Macon, onde o tempo parecia desaparecer e aparecer, dependendo de para que lado você olhasse. De cavalheiros vestindo ternos da virada do século e que pareciam com Mark Twain, de colarinhos brancos engomados e gravatas listradas de seda, a punks com aparência gótica vestidos com roupas de couro; todos estavam bebendo, dançando e interagindo.

— Cara, me diga que essas pessoas apavorantes e transparentes não são fantasmas.

Link se afastou de uma pessoa translúcida, quase esbarrando em outra. Eu não queria dizer a ele que elas eram exatamente isso. Pareciam com Genevieve no cemitério, parcialmente materializadas, só que ali havia pelo menos uma dúzia delas. Mas nunca tínhamos visto Genevieve se mover. Esses fantasmas não estavam flutuando como fazem os fantasmas de desenho animado. Estavam andando, dançando e se movendo como pessoas normais, só que estavam fazendo isso acima do chão; no mesmo ritmo e nas mesmas passadas, só que seus pés não tocavam o chão. Uma olhou para onde estávamos e ergueu um copo vazio de cima de uma mesa como se estivesse propondo um brinde.

— Estou vendo coisas ou aquele fantasma ergueu um copo? — Link deu uma cotovelada em Liv.

Ela deu um passo e ficou entre nós, seus cabelos encostando no meu pescoço. A voz dela estava tão baixa que tivemos que nos inclinar para ouvi-la.

— Tecnicamente, não são chamados de fantasmas. São Espectros, almas que não conseguiram cruzar para o Outro Mundo porque têm coisas não concluídas no mundo Conjurador ou no mundo Mortal. Não tenho ideia de por que há tantos aqui hoje. Eles normalmente são reservados. Alguma coisa está estranha.

— Tudo nesse lugar é estranho. — Link ainda estava observando o Espectro que segurava o copo. — E você não respondeu a pergunta.

— Sim, eles conseguem pegar qualquer coisa que queiram. Como acha que batem portas e arrastam móveis em casas mal-assombradas?

Eu não estava interessado em casas mal-assombradas.

— Que tipo de coisas não concluídas? — Eu conhecia muitas pessoas mortas com coisas não concluídas. Não queria encontrar nenhuma hoje.

— Alguma coisa que deixaram sem resolver quando morreram: uma maldição poderosa, um amor perdido, um destino destruído. Use sua imaginação.

Pensei em Genevieve e no medalhão, e me perguntei quantos segredos perdidos, quantos negócios não terminados havia nos cemitérios e mausoléus de Gatlin.

Link olhou para uma garota bonita com marcas desenhadas ao redor do pescoço. Pareciam com as tatuadas em Ridley e John.

— Eu gostaria de ter alguma coisa não concluída com ela.

— Ela também gostaria. Faria você pular de um precipício sem pensar duas vezes. — Examinei o local.

Não havia sinal de Lena. Quanto mais eu olhava, mais ficava agradecido pela escuridão. As cabines estavam se enchendo de casais, bebendo e se beijando, enquanto a pista de dança estava cheia de garotas, girando e dançando como se estivessem tecendo algum tipo de teia. "Dezessete Luas" não estava mais tocando, se é que tinha mesmo tocado. Agora a música era mais pesada, mais intensa, uma versão Conjuradora de Nine Inch Nails. As garotas estavam todas vestidas de formas diferentes, uma com um vestido medieval, outra de couro grudado ao corpo. Havia também as Ridleys — garotas de minissaia e blusas pretas, com mechas vermelhas, azuis ou roxas no cabelo, deslizando uma ao redor da outra, tecendo um tipo de teia diferente. Talvez fossem todas Sirenas. Eu não conseguia saber. Mas eram todas bonitas, e todas tinham alguma versão da tatuagem preta de Ridley.

— Vamos ver lá atrás.

Deixei Link ir na frente para que Liv pudesse ficar entre nós dois. Embora ela estivesse observando cada canto do lugar como se quisesse se lembrar de tudo, eu sabia que estava nervosa. Aquele não era lugar para uma garota Mortal, nem para um cara Mortal, e me senti responsável por ter arrastado Link e Liv para aquela situação. Ficamos perto da parede, contornando a área. Mas o salão estava lotado e senti meu ombro esbarrar em alguém. Alguém com corpo.

— Desculpe — falei instintivamente.

— Tudo bem. — O cara parou, reparando em Liv. — Aliás, o oposto disso. — Ele piscou para ela. — Está perdida? — Ele sorriu, os olhos luminosos e pretos brilhando na escuridão. Ela ficou paralisada. O líquido vermelho balançou no copo dele quando ele se inclinou mais para perto.

Liv limpou a garganta.

— Não. Estou bem, obrigada. Só estou procurando uma amiga.

— Posso ser seu amigo — e sorriu. Os dentes brancos brilhavam de uma maneira nada natural na luz fraca da boate.

— Um... tipo diferente de amiga. — Eu via a mão de Liv tremendo enquanto segurava a alça da mochila.

— Se você encontrá-la, estarei aqui. — Ele se voltou novamente para o bar, no qual Incubus se alinhavam para encher os copos com um líquido vermelho de uma estranha torneira de vidro. Tentei não pensar naquilo.

Link nos puxou contra uma das cortinas de veludo na parede.

— Estou começando a sentir que isso foi uma má ideia.

— Quando você chegou a essa brilhante conclusão? — O sarcasmo de Liv passou despercebido a Link.

— Não sei, acho que na hora em que vi a bebida do cara. Acho que não era ponche. — Link olhou ao redor. — Como podemos saber se eles estão aqui, cara?

— Eles estão.

Lena tinha de estar ali. Eu estava prestes a contar para Link sobre como eu havia escutado a música e podia sentir que ela estava ali quando uma tira de cabelo cor-de-rosa e louro entrou na pista de dança.

Ridley.

Quando ela nos viu, parou de girar, e pude ver o outro lado da pista de dança, atrás dela. John Breed estava dançando com uma garota, os braços dela ao redor do pescoço dele e as mãos dele nos quadris dela. Os corpos estavam apertados um contra o outro e eles pareciam estar num mundo próprio. Pelo menos foi assim que pareceu quando eram as minhas mãos apoiadas naqueles quadris. Minhas mãos se fecharam com força e meu estômago deu um nó. Eu sabia que era ela antes mesmo de ver os cachos pretos.

Lena...

Ethan?

⊰ 15 DE JUNHO ⊱

Atormentado

Não é o que você está pensando.

O que estou pensando?

Ela afastou John enquanto eu cruzava a pista de dança. Ele se virou, os olhos pretos e ameaçadores. Então sorriu para mostrar que eu não era ameaça. Ele sabia que eu não era páreo para ele fisicamente, e depois de vê-lo com Lena na pista de dança, aposto que ele não me considerava mais qualquer tipo de ameaça.

O que eu estava pensando?

Eu sabia que estava no momento antes da coisa acontecer — a coisa que muda sua vida para sempre. Era como se o tempo tivesse parado, embora tudo ao meu redor ainda se movesse. A coisa que eu temia havia meses estava realmente acontecendo. Lena estava escorregando pelos meus dedos. E não era por causa do seu aniversário, nem por causa da mãe dela e de Hunting, e nem de maldição alguma ou de algum conjuro ou ataque.

Era outro cara.

Ethan! Você precisa ir embora.

Não vou a lugar algum.

Ridley entrou na minha frente; os dançarinos se moviam ao nosso redor.

— Calma aí, Namorado. Eu sabia que você era corajoso, mas isso é loucura. — Ela parecia tensa, como se realmente se preocupasse com o que aconteceria comigo. Era uma mentira, como tudo em relação a ela.

— Saia do meu caminho, Ridley.

— Chega, Palitinho.

— Lamento, mas os pirulitos não funcionam comigo, ou seja lá o que você e John estão usando para manipular Lena.

Ela segurou meu braço, os dedos gelados afundando na minha pele. Eu tinha esquecido o quanto ela era forte e fria. Ela baixou a voz.

— Não seja burro. Você está muito longe do seu território e completamente fora de si.

— Como se você soubesse.

Ela apertou mais meu braço.

— Você não quer fazer isso. Não devia estar aqui. Vá para casa antes que...

— Antes que o quê? Antes que você possa causar mais problemas do que o habitual?

Link tinha me alcançado. Ridley pousou o olhar no dele. Por um segundo, pensei ter visto um leve brilho nos olhos dela, como se ver Link tivesse despertado uma coisa quase humana. Algo que a tornava tão vulnerável quanto ele. Mas desapareceu com tanta rapidez quanto surgiu.

Ridley estava agitada e começando a entrar em pânico. Eu percebia pelo jeito como ela estava abrindo um pirulito antes mesmo de conseguir que as palavras saíssem pela boca.

— Que diabos você está fazendo aqui? Saia daqui agora, e leve-o com você. — O tom brincalhão tinha desaparecido. — Saiam! — Ela nos empurrou com o máximo de força que conseguiu.

Não me mexi.

— Não vou embora enquanto não falar com Lena.

— Ela não o quer aqui.

— Ela mesma vai ter que me dizer isso.

Diga na minha cara, L.

Lena estava passando pelo meio da multidão. John Breed ficou para trás, os olhos fixos em nós. Eu não queria imaginar o que ela devia ter dito a ele para mantê-lo parado. Que ela cuidaria disso? Que não era nada, só um cara que não conseguia se esquecer dela? Um Mortal desesperado que não podia competir com tudo o que ela possuía agora?

Como ele.

Ela possuía John, e ele tinha ganhado de mim da única maneira que importava. Ele era parte do mundo dela.

Não vou embora enquanto você não disser.

Ridley baixou a voz, falando mais sério do que eu jamais a tinha visto fazer.

— Não temos tempo pra brincadeiras. Sei que está irritado, mas você não entende. Ele vai te matar, e se você tiver sorte, os outros não vão se juntar a ele só por diversão.

— Quem, o Garoto Vampiro? Nós podemos encará-lo. — Link estava mentindo, mas ele não seria derrotado sem revidar, em minha defesa ou em defesa dela.

Ridley balançou a cabeça, empurrando-o ainda mais.

— Você não pode, seu idiota. Aqui não é lugar para dois escoteiros. Saiam daqui.

Ela estendeu a mão em direção à bochecha de Link, mas ele agarrou seu pulso antes que ela pudesse tocá-lo. Ridley era como uma bela cobra: não se podia deixar que chegasse perto sem o risco de ser picado.

Lena estava a poucos metros de distância.

Se você não me quer aqui, diga isso pra mim você mesma.

Uma parte de mim acreditava que, se estivéssemos próximos o bastante, eu podia romper o controle que Ridley e John tinham sobre ela.

Lena parou atrás de Ridley. A expressão dela estava indecifrável, mas eu podia ver uma linha prateada da única lágrima que caíra.

Fale, L. Fale ou venha comigo.

Os olhos de Lena brilharam e ela olhou para o local às minhas costas, onde Liv estava, na beirada da pista de dança.

— Lena, você não devia estar aqui. Não sei o que Ridley e John estão fazendo com você...

— Ninguém está *fazendo* nada comigo, e não sou eu quem está em perigo aqui. Não sou Mortal. — Lena olhou para Liv.

Como ela.

O rosto de Lena escureceu e pude ver os cachos soltos começando a se mexer.

— Você também não é como eles, L.

As luzes no bar piscaram e as lâmpadas sobre a pista de dança estouraram, fazendo voar fagulhas e pequenos pedaços de vidro sobre nós. A multidão, até mesmo aquela, começou a se afastar de nós.

— Você está errado. Sou como eles. Aqui é meu lugar.

— Lena, podemos encontrar uma solução.

— Não podemos, Ethan. Não pra isso.

— Não conseguimos passar por todas as outras coisas juntos?

— Não. Juntos não. Você não sabe mais nada sobre mim. — Por um segundo, alguma coisa tomou o rosto dela. Tristeza, talvez? Arrependimento?

Queria que as coisas pudessem ser diferentes, mas não são.

Ela começou a se afastar.

Não posso ir para onde você está indo, Lena.

Eu sei.

Você estará sozinha.

Ela não se virou.

Já estou sozinha, Ethan.

Então me mande ir embora. Se é isso que você realmente deseja.

Ela parou de andar e se virou lentamente para me olhar.

— Não quero você aqui, Ethan. — Lena desapareceu na pista de dança, indo para longe de mim. Antes que eu pudesse dar um passo, ouvi o ruído de coisa rasgando...

John Breed se materializou na minha frente, com jaqueta de couro preto e tudo.

— Nem eu.

Estávamos a centímetros de distância.

— Vou embora, mas não por sua causa.

Ele sorriu e os olhos verdes brilharam.

Virei-me e abri caminho pelo meio da multidão. Eu não me importava se iria irritar alguém que podia beber meu sangue ou me fazer pular de um precipício. Continuei andando porque, mais do que qualquer coisa, eu queria sair dali. A porta pesada de madeira se fechou com força, isolando a música, as luzes e os Conjuradores.

Mas não aquilo que eu queria que tivesse isolado. A imagem das mãos dele nos quadris dela, o movimento acompanhando a música, o cabelo preto se mexendo. Lena nos braços de outro cara.

Mal reparei quando a rua passou de asfalto e imundície dos dias modernos a paralelepípedos novamente. Há quanto tempo aquilo vinha acontecendo e o que tinha se passado entre eles? Conjuradores e Mortais não podem ficar juntos. Era isso que as visões estavam me dizendo, como se o mundo Conjurador achasse que eu ainda não tinha entendido.

Ouvi o som de passos ecoando contra os paralelepípedos atrás de mim.

— Ethan, você está bem? — Liv colocou a mão no meu ombro. Eu não tinha me dado conta de que ela estava me seguindo.

Eu me virei, mas não sabia o que dizer. Estava parado numa rua saída do passado, em um túnel Conjurador subterrâneo, pensando em Lena com um cara que era o oposto de mim. Um cara que podia roubar tudo o que eu tinha, quando quisesse. Isso tinha ficado claro hoje.

— Não sei o que fazer. Essa não é Lena. Ridley e John têm algum tipo de controle sobre ela.

Liv mordeu o lábio inferior, nervosa.

— Sei que não é o que você quer ouvir, mas Lena está tomando suas próprias decisões.

Liv não entendia. Ela nunca tinha visto Lena antes de Macon morrer e John Breed aparecer.

— Você não pode ter certeza. Ouviu tia Marian. Não sabemos que tipo de poder John tem.

— Não consigo sequer imaginar o quanto isso é difícil pra você. — Liv estava falando de forma absoluta, e não tinha nada de absoluto no que estava acontecendo entre mim e Lena.

— Você não a conhece...

A voz dela virou um sussurro.

— Ethan, os olhos dela são dourados.

As palavras ecoaram na minha cabeça como se eu estivesse embaixo d'água. Minhas emoções despencaram como uma pedra enquanto a lógica e a razão lutavam para chegar à superfície.

Os olhos dela são dourados.

Era um detalhe tão pequeno, mas significava tudo. Ninguém podia forçá-la a ir para as Trevas, nem fazer os olhos dela ficarem dourados.

Lena não estava sendo controlada. Ninguém estava usando o Poder de Persuasão para manipulá-la e fazê-la pular na garupa da moto de John. Ninguém a estava forçando a ficar com ele. Ela estava tomando as próprias decisões, e elas eram a favor dele. *Não quero você aqui, Ethan.* Ouvi as palavras várias vezes, sem parar. E essa nem era a pior parte. Ela tinha falado sério.

Tudo parecia nebuloso e lento, como se nada pudesse realmente estar acontecendo.

O rosto de Liv estava cheio de preocupação quando me encarou com aqueles olhos azuis. Havia alguma coisa tranquilizante na intensidade daquele azul — não era o verde de um Conjurador da Luz, o preto de um Incubus, nem o dourado de um Conjurador das Trevas. Ela era diferente de Lena do jeito mais importante. Era Mortal. Liv não ia para a Luz nem para as Trevas, nem ia fugir com um cara com força sobre-humana que podia sugar seu sangue ou roubar seus sonhos enquanto você dormia. Liv estava sendo treinada para ser uma Guardiã, mas, mesmo então, ainda seria apenas uma observadora. Como eu, ela nunca realmente faria parte do mundo Conjurador. Naquele momento, não havia nada que eu quisesse mais do que estar o mais distante possível daquele mundo.

— Ethan?

Mas eu não respondi. Afastei o cabelo louro e brilhante do rosto dela e me inclinei, nossos rostos a centímetros de distância. Ela inspirou suavemente, nossos lábios tão próximos que eu podia sentir o hálito dela e o aroma de sua pele, como madressilva na primavera. Ela tinha cheiro de chá doce e livros velhos, como se sempre tivesse morado aqui.

Coloquei os dedos entre o cabelo dela e o segurei contra a nuca. Sua pele era macia e quente, como a de uma garota Mortal. Não havia corrente elétrica, não havia choque. Podíamos nos beijar pelo tempo que quiséssemos. Se brigássemos, não haveria uma inundação ou um furacão, nem mesmo uma tempestade. Eu não a encontraria no teto do quarto. Nenhuma janela se quebraria. Nenhuma prova pegaria fogo.

Liv ergueu o rosto, pronta para ser beijada.

Ela me queria. *Nada de limão e alecrim, nada de olhos verdes e cabelo preto. Olhos azuis e cabelo louro...*

Não me dei conta de que estava usando Kelt, buscando alguém que não estava lá. Afastei-me com tanta rapidez que Liv não teve tempo de reagir.

— Desculpe. Eu não devia ter feito isso.

A voz de Liv soou trêmula e ela colocou a mão na nuca, onde minhas mãos tinham estado um segundo antes.

— Tudo bem.

Mas não estava tudo bem. Observei as emoções transparecerem nos olhos dela: decepção, constrangimento, arrependimento.

— Não é nada demais. — Ela estava mentindo. As bochechas dela estavam ruborizadas e ela olhava para o chão. — Você está aborrecido por causa de Lena. Eu entendo.

— Liv, eu...

A voz de Link interrompeu minha tentativa fracassada de pedir desculpas.

— Ei, cara, bela saída. Obrigado por me deixar pra trás. — Ele fingiu estar brincando, mas o tom era tenso. — Pelo menos sua gata esperou por mim. — Lucille caminhava casualmente atrás dele.

— Como ela chegou aqui? — Eu me abaixei para fazer um carinho na cabeça de Lucille e ela ronronou. Liv não olhou para nenhum de nós.

— Vai saber? Essa gata é tão maluca quanto suas tias-avós. Ela provavelmente estava te seguindo.

Começamos a andar e até Link podia sentir o peso do silêncio.

— O que aconteceu lá? Lena estava com o Garoto Vampiro ou não?

Eu não queria pensar nisso, mas dava para perceber que ele também estava tentando não pensar em uma pessoa. Ridley não estava só na mente dele. Estava em todos os poros.

Liv andava alguns metros à frente, mas continuava ouvindo.

— Não sei. Foi o que pareceu. — Não fazia sentido tentar negar.

— O portal deve estar ali na frente. — Liv ergueu a cabeça e quase tropeçou em um paralelepípedo. Eu sabia como as coisas ficariam constrangedoras entre nós. Quantas besteiras um cara podia fazer em um dia? Eu provavelmente tinha batido algum tipo de recorde.

Link colocou a mão no meu ombro.

— Lamento, cara. Isso é realmente... — Liv parou tão de repente que nenhum de nós dois percebeu, até que Link deu um encontrão nela. — Ei, o que foi, MJ? — Link deu uma cotovelada brincalhona em Liv.

Mas ela não se mexeu e não fez barulho algum. Lucille ficou paralisada, os pelos das costas eriçados, os olhos arregalados. Segui o olhar dela para ver para onde olhava, mas não fazia ideia do que era. Havia uma sombra do outro lado da rua, dentro de uma passagem de pedra em forma de arco. A sombra não tinha forma, era como uma neblina densa, mudando constantemente de uma maneira que dava formato a ela. Estava envolta em algum tipo de material, como um manto ou capa. Não tinha olhos, mas eu podia perceber que estava nos observando.

Link deu um passo para trás.

— Mas que...

— Shh — sibilou Liv. — Não atraia a atenção dele. — A cor sumiu do rosto dela.

— Acho que é tarde demais — sussurrei. A coisa, fosse o que fosse, se moveu levemente, chegando mais perto da rua e de nós.

Peguei a mão dela sem pensar. Estava zumbindo, e percebi que não era a mão dela mas o instrumento em seu pulso. Todos os ponteiros giravam. Liv observou o mostrador e soltou a tira de plástico para olhar melhor.

— Está dando resultados insanos — sussurrou ela.

— Pensei que você tivesse inventado isso.

— Eu inventei — sussurrou ela de novo. — Ao menos no começo.

— E então o quê? O que isso significa?

— Não faço ideia. — Ela não conseguia tirar os olhos do aparelho, mas a sombra preta se movia mais para perto de nós.

— Detesto ter que incomodar você quando está se divertindo tanto com seu relógio, mas o que é aquela coisa? Um Espectro?

Ela tirou os olhos dos mostradores em movimento, a mão tremendo na minha.

— Quem dera. É um Tormento. Só li sobre eles. Nunca vi um e esperava com todas as forças jamais ver.

— Fascinante. Por que não saímos correndo e falamos sobre isso depois? — O portal estava à vista, mas Link já estava se virando, disposto a se arriscar com os Conjuradores das Trevas e as criaturas no Exílio.

— Não corra. — Liv colocou a mão no braço de Link. — Eles podem Viajar, desaparecer e se materializar em qualquer lugar mais rápido do que você pode piscar.

— Como um Incubus.

Ela assentiu.

— Isso explicaria por que vimos tantos Espectros no Exílio. É possível que estivessem respondendo a algum tipo de perturbação da ordem natural. O Tormento provavelmente é essa perturbação.

— Fale inglês, inglês de verdade. — Link estava entrando em pânico.

— Tormentos são parte do mundo dos Demônios, do Subterrâneo. São a coisa mais perto do mal puro no mundo Conjurador e no Mortal. — A voz de Liv estava trêmula.

O Tormento continuava a se mover aos poucos, como se estivesse sendo soprado pelo vento. Mas não chegou mais perto. Parecia estar esperando alguma coisa.

— Não são Espectros, ou fantasmas, como você os chama. Tormentos não têm um corpo físico, a não ser que possuam o de um ser vivo. Eles precisam ser convocados a sair do Subterrâneo por alguém muito poderoso, para as tarefas mais das Trevas.

— Oi? Já estamos no subterrâneo. — Link não tirava os olhos do Tormento.

— Não o tipo de Subterrâneo do qual estou falando.

— O que ele quer com a gente? — Link arriscou uma olhada ao longo da rua, calculando a distância até o Exílio.

O Tormento começou a se mover, se dissolvendo em neblina e voltando a ser sombra.

— Acho que estamos prestes a descobrir. — Apertei a mão de Liv, eu mesmo tremendo.

A neblina preta, o Tormento em si, se lançou para a frente como mandíbulas abertas e furiosas. E um som, alto e estridente, saiu de dentro dele. Era impossível de descrever — feroz e ameaçador como um rugido, mas apavorante como um grito. Lucille sibilou, as orelhas achatadas contra a cabeça. O som se intensificou e o Tormento recuou, se erguendo sobre nós como se planejasse um ataque. Empurrei Liv para o chão e tentei protegê-la com meu corpo. Cobri meu pescoço, como se estivesse prestes a ser devorado por um urso-cinzento em vez de um Demônio arrebatador de corpos.

Pensei em minha mãe. Foi assim que ela se sentiu quando soube que estava prestes a morrer?

Pensei em Lena.

O grito foi aumentando, e ouvi outro som acima dele, uma voz familiar. Mas não era da minha mãe ou de Lena.

— Demônio das Trevas, curve-se à Nossa vontade e saia deste lugar! — Olhei para cima e os vi de pé atrás de nós, debaixo da luz do poste. Ela estava segurando um fio com contas e um osso em frente a si como um crucifixo e eles estavam reunidos ao redor dela, brilhantes e luminosos, com um propósito no olhar.

Amma e os Grandes.

Não consigo explicar como foi ver Amma com quatro gerações de espíritos dos seus ancestrais acima dela, como rostos de velhas fotos em preto e branco. Reconheci Ivy por causa das visões, a pele escura brilhando, uma blusa de gola alta e uma saia de algodão. Mas ela parecia mais intimidante do que nas visões, e a única que parecia ainda mais ameaçadora estava à direita dela, com a mão em seu ombro. Portava um anel em cada dedo e usava um vestido longo que parecia ter sido costurado a partir de echarpes de seda, com um pequeno pássaro bordado no ombro. Eu estava olhando para Sulla, a profeta, e ela fazia Amma parecer tão inofensiva quanto uma professora de escola dominical.

Havia duas outras mulheres, provavelmente tia Delilah e a Irmã, e um velho com o rosto castigado pelo sol parado mais atrás, uma barba que daria inveja a Moisés. Tio Abner. Queria ter uísque Wild Turkey para ele.

Os Grandes se juntaram mais ao redor de Amma, cantarolando o mesmo verso sem parar, em gullah, a língua original da família deles. Amma repetia o mesmo verso em inglês, sacudindo as contas e o osso, gritando para os céus.

— De Vingança e Ira, Encante o Suspenso, Apresse-o para seu caminho.

O Tormento se ergueu ainda mais, a neblina e a sombra rodopiando acima de Amma e dos Grandes. O grito dele era ensurdecedor, mas Amma nem se mexeu. Ela fechou os olhos e ergueu a voz para se equiparar ao grito demoníaco.

— De Vingança e Ira, Encante o Suspenso, Apresse-o para seu caminho.

Sulla ergueu o braço coberto de pulseiras, rodopiando uma vara longa com dezenas de pequenos amuletos para a frente e para trás entre os dedos. Ela tirou a mão do ombro de Ivy e o apoiou no de Amma, a pele luminosa e transparente brilhando na escuridão. No momento em que a mão dela encostou no ombro de Amma, o Tormento soltou um último grito estridente e foi sugado para o vazio do céu noturno.

Amma se virou para os Grandes.

— Estou muito agradecida.

Os Grandes desapareceram, como se nunca tivessem estado ali.

Provavelmente teria sido melhor se eu tivesse desaparecido com os Grandes, porque um olhar para o rosto de Amma deixou claro que ela só nos salvou para que pudesse nos matar em seguida. Teríamos tido melhores chances contra o Tormento.

Amma estava em ebulição, os olhos apertados e concentrados nos alvos principais: Link e eu.

— A-T-O-R-M-E-N-T-A-D-O. — Ela nos pegou pelas golas das camisas ao mesmo tempo, como se pudesse nos lançar ao mesmo tempo pelo portal atrás de si. — O mesmo que problema. Preocupado. Perturbado. Irritado. Preciso continuar?

Balançamos as cabeças.

— Ethan Lawson Wate. Wesley Jefferson Lincoln. Não sei o que vocês dois pensam que têm a ver com esses túneis. — Ela estava sacudindo o dedo ossudo em nossa direção. — Vocês não têm um pingo de juízo, mas acham que estão prontos para lutar contra as forças das Trevas.

Link tentou explicar. Grande erro.

— Amma, não estávamos tentando lutar contra nenhuma força das Trevas. De verdade. Só estávamos...

Amma deu um passo à frente, o dedo a poucos centímetros dos olhos de Link.

— Não me conte. Quando eu terminar com vocês, vai desejar que eu tivesse contado à sua mãe sobre o que você fazia no meu porão quando tinha 9 anos. — Ele andou para trás até chegar à parede, ao lado do portal. Amma o acompanhou, passo a passo. — Aquela história é tão triste quanto se pode imaginar.

Amma se virou para Liv.

— E você está estudando para ser Guardiã. Mas não tem mais juízo do que eles. Sabendo as coisas que sabe, deixou esses garotos arrastarem você para essa empreitada perigosa. Você está com problemas até o pescoço com Marian. — Liv se encolheu alguns centímetros.

Amma se virou para mim.

— E você. — Ela estava tão furiosa que falava com o maxilar travado. — Acha que não sei o que está tramando? Acha que por que sou velha pode me enganar? Você precisa viver umas três vidas antes de conseguir me passar a perna. Assim que Marian me contou que vocês estavam aqui embaixo, encontrei-os imediatamente.

Não perguntei como ela nos achou. Fosse pelos ossos de galinha, pelas cartas de tarô ou pelos Grandes, ela sempre tinha o jeito dela. Amma era a coisa mais próxima que eu conhecia de um Sobrenatural sem realmente ser um.

Não a olhei nos olhos. Era como evitar um ataque de cachorro. Não faça contato visual. Mantenha a cabeça abaixada e a boca fechada. O que fiz foi continuar andando, Link olhando para trás, em direção à Amma, a cada poucos passos. Liv ficou atrás de nós, confusa. Eu sabia que ela não esperava encontrar com um Tormento, mas Amma era mais do que ela podia encarar.

Amma andou atrás de nós, murmurando sozinha ou com os Grandes. Quem podia dizer?

— Pensa que é o único que consegue achar alguma coisa? Não precisa ser Conjurador para ver o que os tolos têm em mente. — Eu podia ouvir os ossos batendo contra as contas. — Por que você acha que me chamam de Vidente? Por que posso ver a confusão em que se metem assim que entram nela.

Ela ainda balançava a cabeça quando desapareceu pelo portal, sem uma mancha de lama sequer nas mangas ou um amassado no vestido. O que nos parecera uma toca de coelho quando descemos era uma larga escadaria na subida, como se tivesse se expandido por respeito à Srta. Amma.

— Enfrentar um Tormento, como se um dia com essa criança não fosse problema o bastante... — ia bufando a cada passo.

Foi assim durante todo o trajeto de volta. Deixamos Liv no caminho, mas Link e eu continuamos andando. Não queríamos ficar perto demais daquele dedo e nem daquelas contas.

⊰ 16 DE JUNHO ⊱
Revelações

Quando deitei na cama, já estava quase na hora de o sol nascer. Eu teria que ouvir muito mais quando Amma me visse de manhã, mas tinha a sensação de que Marian não esperava que eu chegasse pontualmente para trabalhar. Ela tinha tanto medo de Amma quanto todo mundo. Tirei os sapatos e adormeci antes de encostar a cabeça no travesseiro.

Luz ofuscante.
Fui inundado pela luz. Ou foi pelo escuro?
Senti meus olhos doerem, como se estivesse olhando para o sol por muito tempo, criando pontos pretos. Só conseguia identificar uma silhueta, bloqueando a luz. Eu não estava com medo. Conhecia essa sombra intimamente, a cintura fina, as mãos e os dedos delicados. Cada mecha de cabelo se movendo na Brisa Conjuradora.
Lena deu um passo à frente, estendendo os braços para mim. Eu observei, paralisado, enquanto as mãos dela iam da escuridão até a luz onde eu estava. A luz subiu pelos braços dela até alcançar a cintura, o ombro, o peito.
Ethan.

O rosto dela ainda estava escondido na sombra, mas agora seus dedos me tocavam, mexendo nos meus ombros, no meu pescoço e, por fim, no meu rosto. Segurei a mão dela contra minha bochecha e isso me queimou, embora não pelo calor, mas pelo frio.

Estou aqui, L.

Eu amei você, Ethan. Mas preciso ir.

Eu sei.

Na escuridão, eu podia ver as pálpebras dela subindo e o brilho dourado — os olhos da maldição. Os olhos de uma Conjuradora das Trevas.

Eu também amei você, L.

Estendi a mão e fechei os olhos dela com delicadeza. O toque frio de sua mão desapareceu do meu rosto. Olhei para o outro lado e me forcei a acordar.

Eu estava preparado para a ira de Amma quando desci a escada. Meu pai tinha ido até o Pare & Roube comprar um jornal e só estávamos nós dois em casa. Nós três, se contasse Lucille, que estava olhando para a ração seca no prato, coisa que provavelmente nunca tinha visto antes. Acho que Amma estava furiosa com ela também.

Amma estava em frente ao fogão, tirando uma torta do forno. A mesa estava posta, mas ela não estava fazendo o café da manhã. Não havia canjica ou ovos, nem mesmo uma fatia de torrada. Era pior do que eu pensava. A última vez em que ela tinha feito tortas de manhã em vez de providenciar o café foi no dia seguinte ao aniversário de Lena e, antes disso, um dia depois que minha mãe morreu. Amma sovava massa como uma lutadora campeã. A fúria dela podia gerar biscoitos o bastante para alimentar os batistas e os metodistas juntos. Eu esperava que a massa tivesse levado todo o peso da fúria dela essa manhã.

— Desculpa, Amma. Não sei o que aquela coisa queria conosco.

Ela bateu a porta do forno, as costas viradas para mim.

— É claro que não sabe. Tem muita coisa que você não sabe, mas isso não o impediu de ir passear onde não devia. Impediu? — Ela pegou uma tigela, misturando os ingredientes com a Ameaça de Um Olho, como se não a tivesse usado para assustar e domar Ridley no dia anterior.

— Fui lá embaixo procurar Lena. Ela está andando com Ridley e acho que está com problemas.

Amma se virou.

— Você acha que ela está com problemas? Tem alguma ideia do que era aquela coisa? A que ia tirar você deste mundo e levar pro outro? — Ela se mexia com irritação.

— Liv disse que o nome era Tormento e que tinha sido chamado por alguém poderoso.

— E das Trevas. Alguém que não quer você e seus amigos xeretando naqueles túneis.

— Quem ia querer nos manter longe dos túneis? Sarafine e Hunting? Por quê?

Amma bateu a tigela na bancada.

— Por quê? Por que você sempre fica fazendo tantas perguntas sobre coisas que não são da sua conta? Acho que é minha culpa. Deixei você me perturbar com suas perguntas quando nem tinha altura o suficiente para enxergar por cima dessa bancada — e balançou a cabeça. — Mas esse é um jogo de tolos. Não pode haver vencedor.

Ótimo. Mais charadas.

— Amma, de que você está falando?

Ela apontou o dedo para mim de novo, do mesmo modo que na noite anterior.

— Não tem nada da sua conta nos túneis, está ouvindo? Lena está passando por um momento difícil e sinto muitíssimo, mas ela precisa resolver isso tudo sozinha. Não tem nada que você possa fazer. Então fique fora daqueles túneis. Há coisas piores do que Tormentos lá. — Amma se voltou novamente para a torta, colocando o recheio que estava na tigela em cima da massa. A conversa havia terminado. — Agora vá trabalhar e mantenha seus pés na superfície.

— Sim, senhora.

* * *

Eu não gostava de mentir para Amma, mas, tecnicamente, não estava mentindo. Pelo menos foi o que disse a mim mesmo. Eu ia trabalhar. Logo depois que passasse por Ravenwood. Depois da noite de ontem, não havia mais nada a dizer, mas ao mesmo tempo, havia tudo.

Eu precisava de respostas. Há quanto tempo Lena vinha mentindo para mim e fazendo coisas pelas minhas costas? Desde o enterro, a primeira vez em que os vi juntos? Ou desde o dia em que ela tirou a foto da moto dele no cemitério? Estávamos falando sobre meses, semanas ou dias? Para um cara, essas diferenças importavam. Até que eu descobrisse, isso me corroeria por dentro e destruiria o pouco de orgulho que eu ainda tinha.

Porque o problema era o seguinte: eu a tinha ouvido, por dentro e por fora. Ela tinha falado aquelas palavras, e eu a vi com John. *Não quero você aqui, Ethan.* Estava acabado. A única coisa que jamais achei que acabaria.

Encostei o carro em frente aos portões de ferro retorcidos de Ravenwood e desliguei o motor. Fiquei sentado no carro com as janelas fechadas, embora já estivesse um calor infernal do lado de fora. O calor ficaria sufocante em um minuto ou dois, mas eu não conseguia me mexer. Fechei os olhos, tentando ouvir as cigarras. Se eu não saísse do carro, não precisaria saber. Eu não tinha que passar por aqueles portões. A chave ainda estava na ignição. Eu podia fazer a volta e dirigir até a biblioteca.

E então nada disso estaria acontecendo.

Girei a chave e o rádio ligou. Não estava ligado quando desliguei o carro. O rádio do Volvo não pegava muito melhor do que o do Lata-Velha, mas ouvi uma coisa perdida no meio da estática.

> *Dezessete luas, dezessete esferas,*
> *A lua aparece antes de seu tempo,*
> *Corações irão embora e estrelas irão atrás,*
> *Um está quebrado, um está vazio...*

O motor morreu e a música sumiu junto. Não entendi a parte da lua, exceto que estava chegando, o que eu já sabia. E eu não precisava que a música me dissesse qual de nós tinha ido embora.

Quando finalmente abri a porta do carro, o calor sufocante da Carolina do Sul pareceu fresco em comparação. Os portões rangeram quando entrei. Quanto mais perto eu chegava da casa, mais ela parecia infeliz, agora que Macon tinha morrido. Estava pior do que da última vez em que estive lá.

Subi os degraus da varanda, ouvindo cada tábua ranger sob meus pés. A casa provavelmente estava tão abandonada quanto o jardim, mas eu não conseguia vê-la. Para todo lugar que eu olhava, a única coisa que via era Lena. Tentando me convencer a ir para casa na noite em que conheci Macon, sentada nos degraus com a roupa de prisão laranja na semana anterior ao aniversário. Parte de mim queria ir até Greenbrier, até o túmulo de Genevieve, para que eu pudesse me lembrar de Lena encolhida ao meu lado com um velho dicionário de latim enquanto tentávamos entender *O Livro das Luas*.

Mas tudo isso eram fantasmas agora.

Observei os entalhes acima da porta e encontrei a familiar lua Conjuradora. Passei o dedo na saliência de madeira sobre a porta e hesitei. Não tinha certeza do quão bem-recebido seria, mas apertei assim mesmo. A porta se abriu e tia Del sorriu para mim.

— Ethan! Eu estava torcendo para você aparecer antes de irmos embora. — Ela me puxou e me deu um abraço rápido.

Do lado de dentro, estava escuro. Reparei numa montanha de malas ao lado da escada. Lençóis cobriam a maior parte da mobília e as persianas estavam fechadas. Era verdade. Eles estavam indo embora. Lena não tinha falado uma palavra sequer sobre a viagem desde o último dia de escola, e com tudo mais que tinha acontecido, eu quase havia esquecido. Pelo menos, era o que eu queria. Lena nem tinha mencionado que estavam fazendo as malas. Havia muitas coisas que ela não me contava mais.

— É por isso que você está aqui, não é? — Tia Del apertou os olhos, confusa. — Para se despedir?

Sendo uma Palimpsesta, ela não conseguia separar as camadas do tempo, então estava sempre um pouco perdida. Ela podia ver tudo o que tinha acontecido ou aconteceria em um aposento no minuto em que entrava nele, mas via tudo de uma vez. Às vezes eu me perguntava o que ela via quando eu entrava nesta sala. Talvez eu não quisesse saber.

— É, eu queria me despedir. Quando vocês vão embora?

Reece estava separando livros na sala de jantar, mas eu ainda assim conseguia vê-la fazer cara feia. Olhei para o outro lado, por puro hábito. A última coisa de que eu precisava era Reece lendo no meu rosto tudo o que tinha acontecido na noite anterior.

— Não antes de domingo, mas Lena nem fez as malas. Não a distraia — gritou Reece.

Dois dias. Ela iria embora em dois dias e eu não sabia. Será que estava planejando ao menos se despedir de mim?

Abaixei a cabeça e entrei no salão para dizer oi a vovó. Ela era uma força firme sentada em sua cadeira de balanço, com uma xícara de chá e o jornal, como se o burburinho da manhã não dissesse respeito a ela. Ela sorriu, dobrando o jornal ao meio. Eu tinha suposto que era o *The Stars and Stripes*, mas estava escrito em uma língua que não reconheci.

— Ethan. Queria que você pudesse ir com a gente. Vou sentir saudade, e tenho certeza de que Lena ficará contando os dias até nossa volta — então se levantou da cadeira e me abraçou.

Lena poderia contar os dias, mas não pelo motivo que vovó pensava. A família dela não tinha mais ideia do que se passava entre nós, e nem com Lena, na verdade. Eu tinha a sensação de que eles não sabiam que ela andava frequentando boates Conjuradoras subterrâneas como o Exílio, e nem pegando carona na moto de John. Talvez nem soubessem sobre John Breed.

Lembrei-me de quando conheci Lena, da longa lista de lugares onde ela morou, amigos que nunca fez, escolas que nunca pôde frequentar. Eu me perguntei se ela ia voltar para uma vida assim.

Vovó me olhava com curiosidade. Colocou a mão na minha bochecha. Era macia, como as luvas que as Irmãs usavam para ir à igreja.

— Você mudou, Ethan.

— Senhora?

— Não consigo identificar exatamente o que foi, mas alguma coisa está diferente.

Olhei para o outro lado. Não fazia sentido fingir. Ela sentiria que Lena e eu não estávamos mais ligados, se ainda não tivesse sentido. Vovó era como Amma. Costumava ser a pessoa mais forte em um aposento, por pura força de vontade.

— Não fui eu quem mudou, senhora.

Ela voltou a se sentar, pegando novamente o jornal.

— Besteira. Todo mundo muda, Ethan. A vida é assim. Agora vá dizer à minha neta para começar a fazer as malas. Precisamos ir antes que as marés mudem e fiquemos presos aqui para sempre. — Ela sorriu como se eu entendesse a piada. Só que eu não entendia.

A porta de Lena estava com uma fresta aberta. As paredes, o teto, a mobília — tudo estava preto. As paredes não estavam mais cobertas de tinta de caneta permanente. Agora a poesia dela estava escrita com giz branco. As portas do armário, cobertas com as mesmas palavras, repetidas muitas vezes: *correndoatéficarparada correndoatéficarparadacorrendoatéficarparada*. Fiquei olhando para as palavras, separando-as como eu costumava fazer quando se tratava dos escritos de Lena. Reconheci como parte da letra de uma música antiga do U2 e me dei conta do quanto eram verdadeiras.

Era o que Lena vinha fazendo esse tempo todo, todos os minutos, desde que Macon morreu.

A priminha dela, Ryan, estava sentada na cama, segurando o rosto de Lena com as mãos. Ryan era uma Taumaturga e só usava seus poderes de cura quando alguém estava com muita dor. Normalmente era eu, mas hoje era Lena.

Eu mal a reconheci. Ela parecia não ter dormido na noite anterior. Vestia uma camiseta enorme, preta e desbotada, como camisola. Os cabelos estavam embaraçados e os olhos, vermelhos e inchados.

— Ethan! — No minuto em que Ryan me viu, voltou a ser uma criança normal de novo. Pulou nos meus braços e eu a peguei no colo, balançando suas pernas de um lado para outro. — Por que você não vem conosco? Vai ser tão chato. Reece vai ficar mandando em mim o verão inteiro, e Lena também não é nada divertida.

— Preciso ficar aqui e cuidar de Amma e do meu pai, Chicken Little. — Coloquei Ryan no chão com delicadeza.

Lena parecia irritada. Ela se sentou na cama desarrumada, as pernas cruzadas embaixo de si, e fez sinal para Ryan deixar o quarto.

— Saia agora. Por favor.

Ryan fez uma careta.

— Se vocês dois fizerem alguma coisa nojenta e precisarem de mim, estarei lá embaixo. — Ryan tinha salvado minha vida em mais de uma ocasião em que Lena e eu tínhamos ido longe demais e a corrente elétrica entre nós quase tinha feito meu coração parar.

Lena jamais teria esse problema com John Breed. Fiquei me perguntando se a camiseta que ela estava usando era dele.

— O que está fazendo aqui, Ethan? — Lena olhou para o teto e segui o olhar dela até as palavras nas paredes. Eu não conseguia olhar para ela. *Quando você olha para cima | Você vê o céu azul do que poderia acontecer | Ou a escuridão do que jamais poderá acontecer? | Você me vê?*

— Quero falar sobre a noite de ontem.

— Está falando sobre o motivo de você estar me seguindo? — A voz dela estava ríspida, e isso me irritou.

— Eu não segui você. Estava te procurando porque estava preocupado. Mas posso ver o quanto isso é inconveniente, já que estava ocupada ficando com John.

O maxilar de Lena se contraiu e ela ficou de pé, a camiseta chegando-lhe aos joelhos.

— John e eu somos apenas amigos. Não estávamos ficando.

— Você fica tão íntima de todos os seus amigos assim?

Lena deu um passo na minha direção, as pontas dos cachos começando a se mover sobre os ombros. O candelabro pendurado no teto começou a balançar.

— Você tenta beijar todas as suas amigas? — Ela me olhou bem nos olhos.

Houve um brilho de luz e fagulhas, depois a escuridão. As lâmpadas do candelabro explodiram e pequenos cacos caíram na cama dela. Ouvi o som de chuva no telhado.

— O que você...?

— Não se dê ao trabalho de mentir, Ethan. Eu sei o que você e sua parceira de biblioteca fizeram do lado de fora do Exílio. — A voz na minha cabeça estava aguda e amarga.

Eu ouvi você. Você estava usando Kelt. "Olhos azuis e cabelo louro"? Parece familiar?

Ela estava certa. Eu tinha usado Kelt e ela ouvira todas as palavras.

Não aconteceu nada.

O candelabro caiu na cama, quase me atingindo. O chão pareceu sumir embaixo de mim. Ela tinha me ouvido.

Nada aconteceu? Você achou que eu não saberia? Achou que eu não sentiria?

Era pior do que olhar nos olhos de Reece. Lena podia ver tudo e não precisava de seus poderes para isso.

— Perdi a cabeça quando vi você com aquele tal de John e não conseguia pensar direito.

— Você pode dizer isso para si mesmo, mas tudo acontece por um motivo. Você quase a beijou e fez porque queria.

Talvez eu só quisesse irritar você, porque te vi com outro cara.

Cuidado com o que deseja.

Observei o rosto dela, as olheiras ao redor dos olhos, a tristeza.

Os olhos verdes que eu amava tanto tinham sumido — tinham virado os olhos dourados de uma Conjuradora das Trevas.

O que você está fazendo comigo, Ethan?

Não sei mais.

O rosto de Lena se desarmou por um segundo, mas ela se controlou.

— Você andava louco pra botar isso pra fora, não é? Agora você pode sair com sua namoradinha Mortal sem culpa nenhuma. — Ela falou *Mortal* como se mal suportasse pronunciar essa palavra. — Aposto que mal pode esperar para ir para o lago com ela. — Lena estava furiosa. Pedaços inteiros do teto começavam a se soltar ao redor do ponto onde estava o candelabro.

A dor que ela sentia, fosse qual fosse, agora estava totalmente eclipsada pela raiva.

— Você vai voltar ao time de basquete quando as aulas recomeçarem, e ela pode entrar para a equipe de líderes de torcida. Emily e Savannah vão adorá-la.

Ouvi um som de rachadura e outro pedaço de gesso caiu no chão ao meu lado.

Meu peito se apertou. Lena estava errada, mas eu não conseguia não pensar sobre como seria fácil namorar uma garota normal, uma garota Mortal.

Eu sempre soube que era isso o que queria. Agora você pode ter.

Outro estalo. Eu estava coberto com a poeira fina do teto que despencava, e pedaços quebrados cobriam o chão ao meu redor.

Ela estava lutando contra as lágrimas.

Não era isso que eu queria dizer, e você sabe.

Sei? Só sei que não devia ser tão difícil. Amar alguém não devia ser tão difícil.

Nunca liguei pra isso.

Pude senti-la se afastando, me tirando da sua mente e do seu coração.

— Você devia ficar com alguém como você e eu devia ficar com alguém como eu, alguém que entenda pelo que estou passando. Não sou a mesma pessoa de alguns meses atrás, mas acho que nós dois sabemos disso.

Por que você não pode parar de se punir, Lena? Não foi sua culpa. Você não podia tê-lo salvo.

Você não sabe o que está dizendo.

Sei que você acha que é sua culpa o fato de seu tio estar morto e que se torturar é algum tipo de penitência.

Não há penitência para o que eu fiz.

Ela começou a se virar.

Não fuja.

Não estou fugindo. Já fui embora.

Eu mal conseguia ouvir a voz dela na minha cabeça. Cheguei mais perto. Não importava o que Lena havia feito e nem que as coisas entre nós estivessem acabadas. Eu não podia vê-la se autodestruir.

Puxei-a contra meu peito e enlacei-a com meus braços, como se ela estivesse se afogando e eu só quisesse tirá-la da água. Eu sentia cada

213

centímetro do frio intenso dela contra mim. As pontas dos seus dedos se encostaram nos meus. Meu peito estava dormente no ponto onde o rosto dela se pressionava.

Não importa se estamos juntos ou não. Você não é uma deles, L.

Também não sou uma de vocês.

As últimas palavras dela foram um sussurro. Enfiei minhas mãos nos seus cabelos. Não havia parte alguma de mim que pudesse deixá-la. Acho que ela estava chorando, mas não tenho certeza. Enquanto observava o teto, os últimos pedaços de gesso ao redor do buraco começaram a se partir com mil rachaduras, como se o restante do teto pudesse cair sobre nós a qualquer minuto.

Então acabou?

A resposta era sim, mas eu não queria que ela respondesse. Queria ficar naquele momento um pouco mais. Queria me agarrar a ela e fingir que ainda era minha.

— Minha família viaja em dois dias. Quando acordarem amanhã, não estarei mais aqui.

— L, você não pode...

Ela tocou minha boca.

— Se você alguma vez me amou, e sei que sim, deixe quieto. Não vou deixar que mais ninguém de quem gosto morra por minha causa.

— Lena.

— Essa é minha maldição. É minha. Deixe-me lidar com ela.

— E se eu disser que não?

Ela olhou para mim, o rosto escurecendo em uma sombra única.

— Você não tem escolha. Se vier a Ravenwood amanhã, garanto que não vai ter vontade de conversar. E também não vai conseguir.

— Está dizendo que vai lançar um Conjuro contra mim? — Era um limite não dito entre nós que ela nunca havia cruzado.

Ela sorriu e colocou um dedo sobre meus lábios.

— *Silentium*. É a palavra em latim para "silêncio" e é o que você vai ouvir se tentar contar a alguém que vou embora antes que eu consiga ir.

— Você não faria isso.

— Acabei de fazer.

Finalmente. Tinha acontecido. A única coisa que ainda havia entre nós era o poder inimaginável que ela nunca tinha usado contra mim. Os olhos dela brilhavam com intensidade dourada. Não havia um traço sequer de verde. Eu sabia que ela falava com sinceridade.

— Jure que não vai voltar aqui. — Lena saiu dos meus braços e se virou de costas. Ela não queria mais me mostrar os olhos e eu não suportava vê-los.

— Eu juro.

Ela não falou uma palavra. Apenas assentiu e limpou as lágrimas que desciam por seu rosto. Quando fui embora, estava chovendo gesso.

Andei pelos corredores de Ravenwood pela última vez. A casa foi ficando cada vez mais escura à medida que eu andava. Lena estava me deixando. Macon tinha morrido. Todo mundo estava indo embora e a casa me parecia morta. Passei os dedos pelo corrimão de mogno polido. Eu queria me lembrar do cheiro da cera, da sensação macia da madeira velha, talvez do leve aroma dos charutos importados de Macon, de jasmim-estrela, de laranjas e livros.

Parei em frente à porta do quarto de Macon. Pintada de preto, ela podia ser qualquer porta da casa. Mas não era qualquer porta, e Boo dormia em frente a ela, esperando por um dono que nunca voltaria para casa. Ele não parecia mais com um lobo, só com um cachorro comum. Sem Macon, ele estava tão perdido quanto Lena. Boo olhou para mim, mal movendo a cabeça.

Coloquei uma das mãos na maçaneta e abri a porta. O quarto de Macon estava exatamente como eu lembrava. Ninguém tinha ousado colocar lençóis em cima de nada dali. A cama de dosséis de ébano brilhava no centro do quarto, como se tivesse sido laqueada mil vezes pela Casa ou pela Cozinha, a equipe invisível de Ravenwood. Persianas pretas mantinham o quarto completamente escuro, de forma que era impossível diferenciar o dia da noite. Castiçais altos portavam velas pretas e um candelabro preto de ferro batido estava pendurado no teto. Reconheci o padrão Conjurador impresso no ferro. A princípio não pude identificar de onde, mas então me lembrei.

Eu o tinha visto em Ridley e em John Breed, no Exílio. A marca de um Conjurador das Trevas. A tatuagem que todos eles tinham. Cada uma era diferente, mas ao mesmo tempo inconfundivelmente parecida. Era mais como uma cicatriz, como se tivesse sido queimada na pele em vez de tatuada.

Tremi e peguei um pequeno objeto de cima de uma cômoda preta. Era um porta-retrato com uma foto de Macon e uma mulher. Macon estava de pé ao lado dela, mas na escuridão e eu só conseguia ver o contorno da silhueta dela, uma sombra presa no filme. Eu me perguntei se seria Jane.

Quantos segredos Macon tinha carregado para o túmulo? Tentei colocar o porta-retrato de volta, mas estava tão escuro que errei a distância e a foto caiu. Quando me abaixei para pegá-la, reparei que a ponta do tapete estava dobrada. Era exatamente igual ao tapete que eu tinha visto no quarto de Macon nos túneis.

Levantei a ponta, e debaixo havia um retângulo perfeitamente cortado no piso, grande o bastante para caber um homem. Era outra porta para os túneis. Puxei as tábuas do piso e a porta se abriu. Eu podia ver o escritório de Macon abaixo, mas não havia escada e o chão de pedra parecia longe demais para pular sem o risco de um traumatismo craniano grave.

Eu me lembrei da porta escondida na *Lunae Libri*. Não havia como descobrir a não ser tentando. Segurei na beirada da cama e coloquei o pé para baixo com cuidado. Dei um pequeno tropeço, depois senti uma coisa sólida debaixo do meu pé. Um degrau. Embora eu não pudesse vê-lo, sentia a escada de madeira sob meus pés. Segundos depois, eu estava de pé no piso de pedra do escritório de Macon.

Ele não passava todos os dias dormindo. Ele os passava nos túneis, provavelmente com Marian. Eu podia visualizar os dois pesquisando obscuras lendas Conjuradoras antigas, debatendo decorações de jardim pré-guerra, tomando chá. Ela provavelmente tinha passado mais tempo com Macon do que qualquer outra pessoa além de Lena.

Eu me perguntei se Marian era a mulher na foto e se o nome dela era Jane, na verdade. Eu não tinha pensado nisso antes, mas isso explicaria muitas coisas. Por que os incontáveis pacotes marrons da biblioteca ficavam empilhados no escritório de Macon. Por que uma professora de Duke se esconderia como bibliotecária, até mesmo como Guardiã, em uma cidade como Gatlin. Por que Marian e Macon eram inseparáveis durante a maior parte do tempo, pelo menos considerando que ele era um Incubus recluso que não ia a lugar algum.

Talvez eles tivessem se amado durante todos esses anos.

Olhei ao redor até encontrar a caixa de madeira que guardava os pensamentos e segredos de Macon. Estava na prateleira onde Marian a tinha colocado.

Fechei os meus olhos e estiquei os braços para pegá-la...

Era a coisa que Macon menos queria e mais queria — ver Jane uma última vez. Fazia semanas que ele não a via, a não ser que levássemos em conta as noites em que ele a tinha seguido pelo caminho da biblioteca até a casa, observando-a de longe, desejando poder tocá-la.

Não agora, não quando a Transformação estava tão próxima. Mas ela estava ali, embora ele a tivesse mandado ficar longe.

— Jane, você precisa sair daqui. Não é seguro.

Ela andou lentamente pelo aposento até onde ele estava.

— Você não entende? Não consigo ficar longe.

— Eu sei. — Ele a puxou contra si e a beijou uma última vez.

Macon tirou um objeto de uma pequena caixa no fundo do armário. Ele colocou-o na mão de Jane, fechando os dedos dela em seguida. Era redondo e suave, uma esfera perfeita. Ele fechou a mão ao redor da dela e falou com a voz séria.

— Não posso proteger você depois da Transformação, não da única coisa que oferece a maior ameaça à sua segurança. Eu. — Macon olhou para as mãos deles, gentilmente acalentando o objeto que ele havia escondido com tanto cuidado. — Se alguma coisa acontecer e você estiver em perigo... use isto.

Jane abriu a mão. A esfera era preta e translúcida, como uma pérola. Mas enquanto ela observava, a esfera começou a mudar e a brilhar. Ela podia sentir o tremor de pequenas vibrações que emanavam dela.

— O que é isto?

Macon deu um passo atrás, como se não quisesse tocar na esfera agora que ela tinha ganhado vida.

— É um Arco Voltaico.

— Para que serve?

— Se chegar um momento em que eu me torne um perigo para você, você estará indefesa. Não há maneira de você conseguir me matar ou me ferir. Só outro Incubus pode fazer isso.

Os olhos de Jane se enevoaram. A voz dela se tornou um sussurro.

— Eu jamais machucaria você.

Macon estendeu a mão e tocou no rosto dela com carinho.

— Eu sei, mas mesmo se você quisesse, seria impossível. Um Mortal não pode matar um Incubus. É por isso que você precisa do Arco Voltaico. É a única coisa que consegue conter minha espécie. O único meio pelo qual você poderia me deter se...

— O que você quer dizer com conter?

Macon se virou.

— É como uma jaula, Jane. A única jaula que consegue nos segurar.

Jane olhou para a esfera escura que brilhava na palma de sua mão. Agora que sabia o que era, trazia a sensação de que estava queimando e abrindo um buraco na sua mão e no seu coração. Colocou-a sobre a escrivaninha, e ela rolou por cima do tampo, o brilho sumindo até que ficasse preta.

— Você acha que vou aprisionar você nessa coisa, como um animal?

— Vou ser pior do que um animal.

Lágrimas rolaram pelo rosto de Jane e por cima de seus lábios. Ela segurou o braço de Macon, forçando-o a encará-la.

— Quanto tempo você ficaria ali dentro?

— Provavelmente para sempre.

Ela balançou a cabeça.

— Não farei isso. Eu jamais o condenaria a isso.

Parecia que as lágrimas estavam se acumulando nos olhos de Macon, embora Jane soubesse que isso era impossível. Ele não tinha lágrimas para derramar, mas ainda assim ela podia jurar que as via brilhando.

— *Se alguma coisa acontecesse a você, se eu a machucasse, você estaria me condenando a um destino, a uma eternidade bem pior do que qualquer coisa que eu pudesse encontrar aqui.* — Macon pegou o Arco Voltaico e o ergueu entre os dois. — *Se chegar a hora e você tiver que usá-lo, precisa me prometer que o usará.*

Jane engoliu as lágrimas, a voz trêmula.

— *Não sei se...*

Macon encostou a testa na dela.

— *Prometa, Janie. Se me ama, prometa.*

Jane afundou o rosto no pescoço quente dele. Ela respirou fundo.

— *Eu prometo.*

Macon ergueu a cabeça e olhou por cima do ombro dela.

— Uma promessa é uma promessa, Ethan.

Acordei deitado em uma cama. Entrava luz por uma janela, então eu soube que não estava mais no escritório de Macon. Olhei para o teto e não havia candelabro preto estranho, então eu também não estava no quarto dele em Ravenwood.

Eu me sentei, grogue e confuso. Estava em minha própria cama, no meu quarto. A janela estava aberta e a luz da manhã brilhava nos meus olhos. Como eu podia ter desmaiado lá e vindo parar aqui, horas depois? O que tinha acontecido com o tempo e o espaço e todos os elementos da física nesse intervalo? Que Conjurador ou Incubus era poderoso o bastante para fazer isso?

As visões nunca tinham me afetado assim antes. Tanto Abraham quanto Macon tinham me visto. Como isso era possível? O que Macon estava tentando me dizer? Por que ele queria que eu tivesse essas visões? Eu não conseguia entender, exceto por uma coisa. Ou as visões estavam mudando, ou eu estava. Lena tinha se certificado disso.

⊰ 17 DE JUNHO ⊱

Herança

Fiquei longe de Ravenwood, como prometera. Já pela manhã, não sabia onde Lena estava e nem para onde ia. Fiquei me perguntando se John e Ridley estavam com ela.

A única coisa que eu sabia era que Lena tinha esperado a vida toda para tomar controle do próprio destino — para encontrar um jeito de se Invocar, apesar da maldição. Não seria eu a ficar no caminho dela agora. E, como ela mesma observou, não ia permitir que eu fizesse isso.

O que me deixava com meu próprio destino imediato: ficar em casa o dia inteiro sentindo pena de mim mesmo. Eu e alguma revista em quadrinhos, qualquer coisa menos *Aquaman*.

Gatlin pensava de outra maneira.

A feira do condado significava um dia de concursos de beleza e tortas e uma noite ficando com alguém, se você tivesse sorte. O Dia de Finados era bem diferente. Era uma tradição em Gatlin. Em vez de passar o dia de short e chinelo na feira, todo mundo da cidade ia para o cemitério com suas melhores roupas de domingo prestar homenagem aos parentes mortos, os seus e os de todo mundo. Esqueça o fato de que o Dia de Finados é na verdade um feriado católico que acontece em novembro. Em Gatlin, temos nosso jeito de fazer as coisas. Então o transformamos em nosso dia de recordação, culpa e competição para ver quem conseguia empilhar mais flores de plástico e anjos nos túmulos dos antepassados.

Todo mundo participava do Dia de Finados: os batistas, os metodistas, até os evangélicos e pentecostais. Antigamente, as duas únicas pessoas da cidade que não apareciam no cemitério eram Amma, que passava o Dia de Finados na casa da família em Wader's Creek, e Macon Ravenwood. Eu me perguntei se esses dois alguma vez passaram o Dia de Finados juntos, em um pântano com os Grandes. Eu achava que não. Não conseguia imaginar Macon ou os Grandes apreciando flores de plástico.

Pensei se os Conjuradores tinham sua própria versão do Dia de Finados, se Lena estava em algum lugar se sentindo do mesmo jeito que eu agora. Se ela estava com vontade de se esconder na cama até que o dia terminasse. No ano anterior não fui ao Dia de Finados, pois pouco tempo tinha se passado. Nos anos precedentes, passei o dia sobre os túmulos de Wates que nunca conheci ou dos quais mal me lembrava.

Mas hoje eu ficaria sobre o túmulo de uma pessoa em quem eu pensava todos os dias. Minha mãe.

Amma estava na cozinha usando sua melhor blusa branca, com o colarinho de renda, e a saia azul longa. Estava segurando uma daquelas bolsinhas de senhora.

— É melhor você ir logo para a casa das suas tias. — Ela apertou o nó da minha gravata. — Sabe como elas ficam nervosas quando você se atrasa.

— Sim, senhora.

Peguei as chaves do carro do meu pai, que estavam em cima da bancada. Eu o tinha deixado nos portões do Jardim da Paz Perpétua uma hora antes. Ele queria passar um tempo sozinho com minha mãe.

— Espere um segundo.

Fiquei paralisado. Não queria que Amma olhasse dentro dos meus olhos. Eu não conseguiria falar sobre Lena agora e não queria que ela tentasse arrancar isso de mim.

Amma mexeu na bolsa e tirou uma coisa que eu não conseguia ver. Ela abriu minha mão e a corrente caiu na palma. Era fina e de ouro, com um pequeno pássaro pendurado no meio. Era bem menor do que os do enterro de Macon, mas o reconheci imediatamente.

— É um pardal para sua mãe. — Os olhos de Amma estavam brilhando, como a estrada depois da chuva. — Para os Conjuradores, os pardais significam liberdade, mas para uma Vidente, eles significam uma jornada segura. Os pardais são inteligentes. Eles conseguem Viajar longas distâncias, mas sempre encontram o caminho de casa.

O nó aumentava em minha garganta.

— Acho que minha mãe não vai mais fazer viagem alguma.

Amma limpou os olhos e fechou a bolsinha.

— Bem, você tem certeza de tudo, não tem, Ethan Wate?

Quando parei na entrada coberta da garagem de cascalho das Irmãs e abri a porta do carro, Lucille ficou sentada no banco do passageiro em vez de pular para fora. Ela sabia onde estávamos e sabia que tinha sido exilada. Fiz com que saísse do carro, mas ela ficou sentada na calçada onde o cimento e a grama se encontravam.

Thelma abriu a porta antes que eu batesse. Ela olhou para trás de mim, para a gata, cruzando os braços.

— Olá, Lucille.

Lucille lambeu a pata preguiçosamente, depois se ocupou em cheirar o rabo. Teria dado no mesmo se tivesse mostrado o dedo do meio para Thelma.

— Veio dizer que gosta dos pãezinhos de Amma mais do que dos meus?

Lucille era o único gato que eu conhecia que comia pãezinhos com molho em vez de ração. Ela miou, como se tivesse poucas palavras a dizer sobre o assunto.

Thelma se virou para mim.

— Oi, queridinho. Ouvi você chegar — e me deu um beijo na bochecha, o que sempre deixava intensas marcas cor-de-rosa de batom que nenhuma palma da mão suada conseguia apagar. — Você está bem?

Todo mundo sabia que o dia de hoje não seria fácil para mim.

— Estou bem sim. As Irmãs estão prontas?

Thelma pôs uma das mãos no quadril.

— Essas garotas já ficaram prontas para alguma coisa na vida? — Thelma sempre chamava as Irmãs de garotas embora elas fossem mais velhas do que ela; mais do dobro da sua idade.

Uma voz gritou da sala de estar:

— Ethan? É você? Entre aqui. Precisamos que você dê uma olhada em uma coisa.

Não havia como saber o que aquilo queria dizer. Elas podiam estar fazendo talas a partir do *The Stars and Stripes* para uma família de guaxinins ou planejando o quarto (ou seria quinto?) casamento de tia Prue. É claro que havia uma terceira possibilidade, na qual eu não tinha pensado, e ela me envolvia.

— Entre — acenou Tia Grace para mim. — Mercy, dê a ele alguns desses adesivos azuis.

Ela estava se abanando com um velho folheto de igreja, provavelmente do enterro do marido de uma delas. Como as Irmãs não deixavam ninguém ficar com os folhetos durante a missa, elas tinham vários espalhados pela casa.

— Eu mesma pegaria, mas preciso ter cuidado por causa do meu acidente. Tenho complicações.

Era a única coisa sobre a qual ela falava desde a feira do condado. Metade da cidade sabia que ela havia desmaiado, mas pelo modo como tia Grace contava, ela havia sofrido uma complicação quase fatal que faria com que Thelma, tia Prue e tia Mercy fizessem tudo o que ela mandasse até o fim dos seus dias.

— Não, não. A cor de Ethan é vermelha, já disse. Dê a ele os adesivos vermelhos. — Tia Prue estava escrevendo como louca em um bloco amarelo.

Tia Mercy me passou uma folha de adesivos redondos e vermelhos.

— Agora, Ethan, ande pela sala e coloque um desses adesivos debaixo das coisas que você quer. Vá, ande. — Ela ficou olhando para mim com expectativa, como se fosse sentir-se ofendida caso eu não colocasse um deles na testa dela.

— Do que a senhora está falando, tia Mercy?

Tia Grace pegou da parede uma foto emoldurada de um cara velho usando um uniforme Confederado.

— Este é o general Robert Charles Tyler, o último general Rebelde morto na Guerra entre os Estados. Passe-me um desses adesivos. Esse vai valer alguma coisa.

Eu não fazia ideia do que elas estavam tramando e tinha medo de perguntar.

— Precisamos ir. Esqueceram que hoje é Dia de Finados?

Tia Prue franziu a testa.

— É claro que não esquecemos. É por isso que estamos colocando nossas coisas em ordem.

— É para isso que servem os adesivos. Todo mundo tem uma cor. A da Thelma é amarela, a sua é vermelha, a do seu pai, azul. — Tia Mercy fez uma pausa, como se tivesse perdido a linha do pensamento.

Tia Prue a silenciou com um olhar. Ela não gostava de ser interrompida.

— Coloque esses adesivos na parte de baixo das coisas que você quer. Assim, quando morrermos, Thelma saberá exatamente quem vai ficar com o quê.

— Foi por causa do Dia de Finados que pensamos nisso. — Tia Grace sorriu com orgulho.

— Não quero nada e nenhuma de vocês está morrendo. — Coloquei a folha de adesivos sobre a mesa.

— Ethan, Wade virá mês que vem, e ele é mais ganancioso do que uma raposa em um galinheiro. Você precisa escolher primeiro. — Wade era o filho ilegítimo do meu tio Landis, outra pessoa da minha família que jamais chegaria à Árvore Genealógica dos Wate.

Não havia sentido em discutir com as Irmãs quando elas estavam assim. Então passei meia hora colando adesivos vermelhos debaixo de cadeiras de jantar que não combinavam e de objetos da Guerra Civil, mas ainda tive tempo enquanto esperava as Irmãs escolherem seus chapéus para o Dia de Finados. Escolher o chapéu certo era coisa séria, e a maior parte das damas da cidade já tinha ido a Charleston fazer suas compras semanas antes. Ao vê-las subindo a colina, usando na cabeça todo tipo de coisa, de penas de pavão a rosas recém-cortadas, você poderia pensar que as damas de Gatlin estavam indo para uma festa ao ar livre em vez de para um cemitério.

A casa estava uma bagunça. Tia Prue deve ter feito Thelma tirar todas as caixas do porão, cheias de roupas velhas, colchas e álbuns de fotografia. Folheei um álbum que estava por cima. Fotos velhas estavam grudadas em folhas marrons: tia Prue e seu marido; tia Mercy de pé em frente à antiga casa na rua Dove; minha casa, a propriedade Wate, na época em que meu avô era criança. Virei a última página e outra casa pareceu olhar para mim.

Ravenwood.

Mas não a Ravenwood que eu conhecia. Essa era a Ravenwood perfeita para o Registro da Sociedade Histórica. Ciprestes ladeavam o caminho que levava à varanda branca. Cada pilar, cada janela estava recém-pintada. Não havia sinais de crescimento exagerado de plantas, da escada torta de Macon Ravenwood. Debaixo da foto, havia uma inscrição, cuidadosamente feita com caligrafia delicada.

Propriedade Ravenwood, 1865

Eu estava olhando para Abraham Ravenwood.

— O que você pegou aí? — Tia Mercy chegou perto usando o maior e mais rosado chapéu de flamingo que eu já tinha visto. Havia um tipo de redinha estranha na frente, como um véu, adornada com um pássaro muito irreal em cima de um ninho cor-de-rosa. Quando ela se moveu um pouco, a coisa toda meio que tremeu, como se fosse levantar voo direto da cabeça dela. Não, isso não daria munição a Savannah e ao esquadrão de líderes de torcida.

Tentei não olhar para o pássaro esvoaçante.

— É um velho álbum de fotos. Estava em cima dessa caixa. — Passei o álbum para ela.

— Prudence Jane, traga meus óculos!

Houve um barulho no corredor e tia Prue apareceu na porta, usando um chapéu tão grande e perturbador quanto o de tia Mercy. O dela era preto, com um véu que fazia tia Prue parecer a mãe de um chefe da máfia indo ao enterro dele.

— Se você os pendurasse no pescoço, como já falei...

Tia Mercy ou tinha baixado o volume do aparelho de surdez ou ignorou tia Prue.

— Veja o que Ethan encontrou. — O álbum ainda estava aberto na mesma página. A Ravenwood do passado parecia olhar para nós.

— Deus misericordioso, veja só isso. A oficina do Diabo, se é que já vi uma.

As Irmãs, assim como a maioria das pessoas idosas de Gatlin, tinham certeza de que Abraham Ravenwood tinha feito algum tipo de negociação com o Diabo para salvar a fazenda Ravenwood da campanha incendiária do General Sherman, em 1865, que havia deixado todas as outras fazendas ao longo do rio em cinzas. Se as Irmãs soubessem o quanto isso estava próximo da verdade...

— Não foi o único mal que Abraham Ravenwood fez. — Tia Prue se afastou do álbum.

— O que a senhora quer dizer? — Noventa por cento do que as Irmãs diziam era besteira, mas os outros dez valiam a pena ouvir. Foram as Irmãs que me contaram sobre meu antepassado misterioso, Ethan Carter Wate, que morreu durante a Guerra Civil. Talvez elas soubessem alguma coisa sobre Abraham Ravenwood.

Tia Prue balançou a cabeça.

— Nenhum bem pode advir de falar sobre ele.

Mas tia Mercy nunca conseguia resistir a uma oportunidade de desafiar sua irmã mais velha.

— Nosso avô costumava dizer que Abraham Ravenwood jogava contra o certo e o errado, desafiava o destino. Ele estava em conluio com o Demônio mesmo, praticando bruxaria, se unindo aos espíritos do mal.

— Mercy! Pare de falar essas coisas!

— Parar o quê? De falar a verdade?

— Não arraste a verdade para dentro desta casa! — Tia Prue estava perturbada.

Tia Mercy me olhou nos olhos.

— Mas o Demônio foi para cima dele depois que Abraham terminou de cumprir as suas ordens, e quando o Demônio terminou, Abraham nem era mais homem. Era outra coisa.

No que dizia respeito às Irmãs, todo ato do mal, enganação ou ato criminoso eram trabalho do Diabo, e eu não ia tentar convencê-las do contrário. Porque depois do que eu tinha visto Abraham Ravenwood fazer, sabia que ele era mais do que mau. Eu também sabia que não tinha nada a ver com o Diabo.

— Agora você está contando histórias, Mercy Lynne, e é melhor parar antes que o Bom Deus lance um raio em você aqui nesta casa, justamente no Dia de Finados. E eu não quero ser atingida por um raio. — Tia Prue bateu na cadeira de tia Mercy com sua bengala.

— Você acha que esse garoto não sabe sobre as coisas estranhas que acontecem em Gatlin? — Tia Grace apareceu na porta usando seu próprio chapéu lilás saído de um pesadelo. Antes de deu nascer, alguém cometeu o erro de dizer para tia Grace que lilás era a cor dela, e quase tudo o que ela usava era dessa cor desde então. — Não adianta tentar colocar de volta na jarra o leite derramado.

Tia Prue bateu a bengala no chão. Elas estavam falando em charadas, como Amma, o que significava que sabiam de alguma coisa. Talvez não soubessem que havia Conjuradores vagando por túneis embaixo da casa delas, mas sabiam de alguma coisa.

— Algumas bagunças podem ser arrumadas com mais facilidade do que outras. Não quero participar dessa. — Tia Prue passou por tia Grace com um empurrão antes de sair da sala. — Hoje não é um dia para se falar dos mortos.

Tia Grace andou em nossa direção. Segurei-a pelo cotovelo e a guiei até o sofá. Tia Mercy esperou que o barulho da bengala de tia Prue ecoasse no corredor.

— Ela foi embora? O volume do meu aparelho auditivo está baixo.

Tia Grace assentiu.

— Acho que sim.

As duas se inclinaram como se fossem me passar códigos para o lançamento de mísseis nucleares.

— Se eu contar uma coisa a você, promete não contar ao seu pai? Porque se contar, nós provavelmente vamos parar na Casa. — Ela estava se referindo à Casa de Idosos Assistidos de Summerville, o inferno dos infernos, na opinião das Irmãs.

Tia Grace assentiu, concordando.

— O que é? Não vou dizer nada pro meu pai. Prometo.

227

— Prudence Jane está errada. — Tia Mercy baixou a voz até chegar a um sussurro. — Abraham Ravenwood ainda está entre nós, com tanta certeza quanto eu estou aqui sentada hoje.

Eu queria dizer que elas estavam malucas. Eram duas senhoras idosas e senis alegando ter visto um homem, ou o que a maior parte das pessoas julgava ser um homem, que ninguém avistava havia cem anos.

— Como assim, ainda está entre nós?

— Eu o vi com meus próprios olhos ano passado. Atrás da igreja, veja você! — Tia Mercy se abanou com o lenço, como se pudesse desmaiar só de pensar. — Depois da igreja de terça esperamos por Thelma na entrada, porque ela dá aulas de estudos bíblicos na mesma rua, na Primeira Igreja Metodista. Soltei Harlon James da bolsinha para que ele pudesse esticar as perninhas... Você sabe que Prudence Jane me faz carregá-lo. Mas assim que o botei no chão, ele correu para trás da igreja.

— Você sabe que aquele cachorro não sabe cuidar da própria vida. — Tia Grace balançou a cabeça em reprovação.

Tia Mercy olhou para a porta antes de prosseguir.

— Bem, eu tive de segui-lo, porque você sabe como Prudence Jane é com aquele cachorro. Então fui para trás da igreja, e assim que fiz a curva e comecei a gritar por Harlon James, eu o vi. O fantasma de Abraham Ravenwood. No cemitério atrás da igreja. Aqueles progressistas da Igreja Redonda de Charleston acertaram em uma coisa.

O pessoal de Charleston dizia que a Igreja Redonda foi construída daquele jeito para que o Diabo não conseguisse se esconder nos cantos. Nunca mencionei o óbvio, que o Diabo normalmente não tinha problema algum em andar pelo corredor central, ao menos no que dizia respeito às nossas congregações locais.

— Eu também o vi — sussurrou tia Grace. — E sei que era ele, porque era igual a foto que está na parede da Sociedade Histórica, onde jogo cartas com as garotas. Bem no Círculo dos Fundadores, pelo fato de os Ravenwood terem sido os primeiros a chegar a Gatlin. Abraham Ravenwood, claro como dia.

Tia Mercy fez sinal para a irmã parar de falar. Com tia Prue fora da sala, era a vez dela de comandar o show.

— Era ele sim. Estava lá com o filho de Silas Ravenwood. Não Macon. O outro, Phinehas. — Eu me lembrava do nome na Árvore Genealógica dos Ravenwood. Hunting Phinehas Ravenwood.

— Está falando de Hunting?

— Ninguém chamava aquele garoto pelo nome de batismo. Todos os chamavam de Phinehas. Está na Bíblia. Sabe o que significa? — Ela fez uma pausa dramática. — Língua de serpente.

Por um segundo, prendi a respiração.

— Não tinha como confundir o fantasma daquele homem. Com o Bom Deus como testemunha, saímos correndo de lá mais rápido do que um gato com o rabo em chamas. Deus sabe que eu não conseguiria correr daquele jeito atualmente. Não desde minhas complicações...

As Irmãs eram malucas, mas o habitual era se basearem em uma versão maluca da história. Não havia como saber qual versão da verdade elas estavam contando, mas normalmente era uma versão. Qualquer versão dessa história era perigosa. Eu não tinha como saber, mas se eu aprendera uma coisa esse ano era que mais cedo ou mais tarde eu teria que descobrir.

Lucille miou, arranhando a porta de tela. Acho que ela já tinha ouvido o bastante. Harlon James rosnou debaixo do sofá. Pela primeira vez, me perguntei o que os dois tinham visto depois de terem passado tanto tempo naquela casa.

Mas nem todo cachorro era Boo Radley. Às vezes um cachorro era só um cachorro. Às vezes um gato era só um gato. Ainda assim, abri a porta de tela e colei um adesivo vermelho na cabeça de Lucille.

229

17 DE JUNHO

Guarda

Se havia uma fonte confiável de informação por aqui, era o pessoal de Gatlin. Em um dia como hoje, você não precisava se esforçar muito para ver quase todo mundo da cidade dentro da mesma área de 800 metros. O cemitério estava lotado quando chegamos, atrasados como sempre graças às Irmãs. Lucille não queria entrar no Cadillac, depois tivemos que parar nos Jardins do Éden porque tia Prue queria comprar flores para todos os falecidos maridos, mas nenhuma das flores estava boa o bastante, e quando finalmente voltamos ao carro, tia Mercy não queria que eu passasse de 30 quilômetros por hora. Fazia meses que eu temia o dia de hoje. Agora ele tinha chegado.

Subi o caminho de cascalho do Jardim da Paz Perpétua, empurrando a cadeira de rodas de tia Mercy. Thelma estava atrás de mim, com tia Prue em um braço e tia Grace no outro. Lucille estava atrás delas, andando em meio às pedras, com o cuidado de ficar longe. A bolsa de couro estampada de tia Mercy balançava no braço da cadeira de rodas, batendo na minha barriga a cada dois passos. Eu já estava suando, pensando naquela cadeira de rodas prendendo na grama grossa. Havia uma grande possibilidade de que Link e eu tivéssemos de carregar a cadeira com tia Mercy sentada.

Chegamos a tempo de ver Emily exibindo seu novo vestido branco frente única. Todas as garotas compravam um vestido novo para usar no Dia de Finados. Ninguém usava chinelo nem blusa, só as melhores roupas dominicais. Era como uma grande reunião de família, só que dez vezes maior, porque praticamente a cidade inteira e boa parte do condado tinham algum tipo de parentesco com você, com seu vizinho ou com o vizinho do seu vizinho.

Emily ria e se pendurava em Emory.

— Você trouxe cerveja?

Emory abriu a jaqueta e mostrou uma garrafinha prateada.

— Melhor do que isso.

Eden, Charlotte e Savannah estavam paradas perto do lote da família Snow, com localização privilegiada, no centro das fileiras de lápides. Estava coberto com flores de plástico de cores vibrantes e de querubins. Havia até um pequeno fauno de plástico comendo grama perto da lápide mais alta. Decorar túmulos era outro dos concursos de Gatlin — um modo de provar que você e seus familiares, até mesmo os mortos, eram melhores do que seus vizinhos e os familiares deles. As pessoas faziam tudo o que podiam. Coroas de plástico enroladas em vinhas de nylon verde, coelhos e esquilos brilhantes, até mesmo fontes ornamentais, tão quentes por causa do sol que podiam queimar os dedos. Nada era considerado exagero. Quanto mais brega, melhor.

Minha mãe costumava rir dos seus favoritos.

— São instantâncos da vida, obras de arte como as pinturas de mestres holandeses e flamengos, só que feitos de plástico. O sentimento é o mesmo. — Minha mãe conseguia rir das piores tradições de Gatlin e respeitar as melhores delas. Talvez tenha sido assim que sobreviveu aqui.

Ela gostava muito das cruzes que brilhavam no escuro e se iluminavam à noite. Em algumas noites de verão, nós dois deitávamos na colina do cemitério e observávamos as cruzes se iluminarem ao pôr do sol, como se fossem estrelas. Uma vez perguntei por que ela gostava de ficar ali.

— Isso é história, Ethan. A história das famílias, das pessoas que elas amavam, das que perderam. Essas cruzes, flores e animais idiotas de plástico foram colocados aí para nos lembrar de alguém de quem sentem saudade.

É uma bela coisa de se ver e é nosso dever fazer isso. — Nunca contamos ao meu pai sobre essas noites no cemitério. Era uma daquelas coisas que fazíamos só nós dois.

Eu teria de passar pela maior parte dos alunos da Jackson High e por cima de um ou dois coelhos de plástico para chegar ao lote da família Wate, na extremidade do gramado. Essa era a outra coisa sobre o Dia de Finados. Não havia muita recordação envolvida. Em uma hora, todos com mais de 21 anos estariam por aí fofocando sobre os vivos, logo depois que acabassem de fofocar sobre os mortos, e todos com menos de 30 anos estariam se embebedando atrás dos mausoléus. Todos menos eu. Eu estaria ocupado demais me recordando.

— Oi, cara. — Link correu ao meu lado e sorriu para as Irmãs. — Boa-tarde, senhoras.

— Como você está hoje, Wesley? Está crescendo como as árvores, hein! — Tia Prue estava bufando e suando.

— Sim, senhora. — Rosalie Watkins estava de pé atrás de Link, acenando para tia Prue.

— Ethan, por que você não vai com Wesley? Estou vendo Rosalie e preciso perguntar a ela que tipo de farinha usa no bolo beija-flor. — Tia Prue enfiou a bengala na grama e Thelma ajudou tia Mercy a sair da cadeira de rodas.

— Tem certeza de que ficarão bem?

Tia Prue me olhou de cara feia.

— É claro que ficaremos bem. Cuidamos de nós mesmas desde antes de você nascer.

— Desde antes do seu pai nascer — corrigiu tia Grace.

— Quase esqueci. — Tia Prue abriu a bolsinha e tirou uma coisa de dentro. — Achei a medalha da coleira daquela maldita gata. — Ela olhou para Lucille com reprovação. — Não que isso tenha ajudado. Tem *algumas* pessoas que não ligam para anos de lealdade e para todas aquelas caminhadas em seu próprio varal. Acho que isso não compra uma gota de gratidão, quando se trata de algumas pessoas. — A gata foi embora sem nem um olhar para trás.

Olhei para a placa de metal com o nome de Lucille gravado e a enfiei no bolso.

— Falta o aro.

— É melhor colocar na sua carteira, caso precise provar que ela não tem raiva. Ela gosta de morder. Thelma vai arrumar outro.

— Obrigado.

As Irmãs deram os braços e aqueles chapéus colossais bateram uns nos outros enquanto elas andavam em direção à amiga. Até mesmo as Irmãs tinham amigas. Minha vida era uma droga.

— Shawn e Earl trouxeram cerveja e uísque Jim Bean. Todo mundo vai se reunir atrás da cripta Honeycutt. — Pelo menos eu tinha Link.

Nós dois sabíamos que eu não ficaria me embebedando em lugar algum. Em alguns minutos, eu estaria em frente ao túmulo da minha mãe. Eu pensaria sobre o modo como ela sempre ria quando eu falava sobre o Sr. Lee e sua versão distorcida da história dos EUA, ou histeria dos EUA, como ela dizia. Como meu pai e ela dançavam James Taylor na cozinha, descalços. Como minha mãe sabia exatamente o que dizer quando tudo estava dando errado, tipo a hora em que minha ex-namorada preferia ficar com um Sobrenatural mutante a ficar comigo.

Link pôs a mão no meu ombro.

— Você está bem?

— Estou, sim. Vamos dar uma volta. — Eu ficaria em frente ao túmulo dela hoje, mas não estava pronto. Ainda não.

L, onde você...

Percebi o que estava fazendo e tentei afastar a mente. Não sei por que eu ainda a procurava. Hábito, talvez. Mas, em vez da voz de Lena, ouvi a de Savannah. Ela estava parada na minha frente usando maquiagem demais, mas ainda assim conseguindo ficar bonita. O cabelo dela estava brilhoso e os cílios, grossos, e havia pequenas alças amarradas no vestido dela que provavelmente só estavam lá para fazer algum cara pensar em desamarrá-las. Isso se você não soubesse o quanto ela era uma vadia, ou se não se importasse.

— Sinto muito sobre sua mãe, Ethan — disse e limpou a garganta, constrangida.

A mãe dela provavelmente a fizera ir até ali, sendo a Sra. Snow um pilar da comunidade. Naquela noite, embora pouco mais de um ano tivesse se passado desde que minha mãe morreu, eu encontraria mais do que uma panela de ensopado em nossos degraus, como no dia seguinte ao enterro. O tempo passava devagar em Gatlin, como anos de cachorro, só que ao contrário. E, como no dia seguinte ao enterro, Amma deixaria cada uma das panelas lá fora para os gambás.

Parece que gambás nunca enjoavam de ensopado de presunto e maçã.

Ainda assim, era a coisa mais simpática que Savannah tinha falado para mim desde setembro. Embora eu não ligasse para o que ela pensava de mim, hoje era bom ter uma coisa a menos para fazer eu me sentir mal.

— Obrigado.

Savannah deu seu sorriso falso e foi embora, os saltos tremendo ao ficarem presos na grama. Link afrouxou a gravata, que estava torta e era curta demais. Reconheci-a da formatura do sexto ano. Por baixo, ele tinha colocado sem ninguém ver uma camiseta que dizia ESTOU COM O IDIOTA, com setas apontando em todas as direções. Isso resumia bem como eu me sentia hoje. Cercado de idiotas.

Mais golpes se seguiram. Talvez as pessoas estivessem se sentindo culpadas por eu ter um pai maluco e uma mãe morta. Era mais provável que tivessem medo de Amma. De qualquer forma, eu devo ter superado Loretta West — viúva três vezes, cujo último marido morreu depois de um crocodilo ter lhe dado uma mordida na barriga — como a pessoa mais patética do Dia de Finados. Se prêmios fossem dados, eu teria ganhado o laço azul. Dava para perceber pelo modo como as pessoas balançavam a cabeça quando eu passava. *Que pena, Ethan Wate não tem mais mãe.*

Era desse jeito que a Sra. Lincoln balançava a cabeça agora, enquanto andava em minha direção com *Pobre garoto desencaminhado e Sem mãe* estampado no rosto. Link saiu de perto antes que ela alcançasse o alvo.

— Ethan, eu queria dizer o quanto nós *todas* sentimos falta da sua mãe. — Eu não sabia ao certo sobre quem ela estava falando: das amigas dela do FRA, que detestavam minha mãe, ou das mulheres que ficavam sentadas no Snip 'n' Curl falando que minha mãe lia livros demais e que nada de bom podia advir disso. A Sra. Lincoln limpou uma lágrima inexistente do olho.

— Ela era uma boa mulher. Sabe, eu me lembro do quanto ela gostava de jardinagem. Sempre ficava no jardim, cuidando das rosas com o coração gentil.

— Sim, senhora.

O mais próximo que minha mãe chegava de jardinagem era quando salpicava pimenta caiena sobre os tomates para que papai não matasse o coelho que vivia comendo-os. As rosas eram de Amma. Todo mundo sabia disso. Desejei que a Sra. Lincoln fizesse o comentário do "coração gentil" na frente de Amma.

— Gosto de pensar que ela está lá em cima com os anjos, cuidando do doce Jardim do Éden agora. Podando e aparando a Árvore do Conhecimento, com os querubins e as...

Cobras?

— Preciso encontrar meu pai, senhora. — Eu precisava sair de perto da mãe de Link antes que um raio a atingisse; ou atingisse a mim, por desejar que isso acontecesse.

Pude ouvir a voz dela às minhas costas.

— Diga a seu pai que vou deixar um dos meus famosos ensopados de presunto e maçã para ele!

Aquilo encerrava a conversa. Eu ia ganhar o laço azul, com certeza. Mal podia esperar para ficar longe dela. Mas, no Dia de Finados, não havia escapatória. Assim que você conseguia se livrar de um parente ou vizinho desagradável, surgia outro logo à frente. Ou, no caso de Link, um pai desagradável.

O pai de Link passou o braço ao redor do pescoço de Tom Watkins.

— Earl era o melhor de nós. Tinha o melhor uniforme, as melhores formações de batalha... — O pai de Link se engasgou com alguns soluços de bêbado chorão. — E ele fazia a melhor munição. — Coincidentemente, Big Earl tinha morrido fazendo essa munição, e o Sr. Lincoln o tinha substituído como líder da Cavalaria na Encenação da Batalha de Honey Hill. Parte dessa culpa estava presente hoje em forma de uísque.

— Eu queria trazer minha arma e saudar Earl de maneira apropriada, mas Droga Doreen a escondeu de mim. — A esposa de Ronnie Weeks era conhecida como Droga Doreen, algumas vezes abreviada para DD, por ser isso o que ele sempre dizia para ela. Ele tomou outro gole de uísque.

— A Earl! — Eles se abraçaram pelo pescoço, erguendo latas e garrafas acima do túmulo de Earl. Cerveja e uísque Wild Turkey caíram sobre a lápide, o tributo de Gatlin aos mortos em batalha.

— Nossa, espero não terminar assim um dia. — Link se afastou e fui atrás. Os pais dele nunca falhavam quando o assunto era envergonhá-lo. — Por que meus pais não podiam ser como os seus?

— Quer dizer, malucos? Ou mortos? Não leve a mal, mas acho que a parte maluca já está garantida.

— Seu pai não é mais maluco, pelo menos não mais do que qualquer outra pessoa daqui. Ninguém liga se você anda de pijama depois que sua esposa morre. Meus pais não têm desculpa. Eles têm alguns parafusos a menos.

— Não vamos terminar assim. Porque você será um baterista famoso em Nova York e eu farei... sei lá, alguma coisa que não envolva um uniforme da Confederação e Wild Turkey. — Tentei parecer convincente, mas eu não sabia o que era mais improvável, Link se tornar um músico famoso ou eu sair de Gatlin.

Eu ainda tinha o mapa na parede do quarto, o que tinha as linhas verdes ligando todos os lugares sobre os quais eu havia lido, os lugares aonde eu queria ir. Eu tinha passado a vida toda pensando em estradas que levam a qualquer lugar bem longe de Gatlin. Então conheci Lena, e foi como se o mapa nunca tivesse existido. Acho que eu conseguiria lidar com a ideia de ficar preso em qualquer lugar, até mesmo aqui, desde que ficássemos juntos. Engraçado como o mapa parecia ter perdido seu apelo quando eu mais precisava dele.

— É melhor eu ir logo ver minha mãe. — Falei como se fosse passar na biblioteca para vê-la na sala do arquivo. — Você sabe o que quero dizer.

Link bateu os nós dos dedos nos meus.

— Encontro você depois. Vou dar uma volta. — Dar uma volta? Link não dava voltas. Ele tentava se embebedar e dar em cima de garotas que não queriam ficar com ele.

— O que está acontecendo? Você não vai sair à procura da próxima Sra. Wesley Jefferson Lincoln, vai?

Link passou a mão pelo cabelo louro espetado.

— Quem me dera. Sei que sou idiota, mas só tem uma garota na minha cabeça agora. — A única que não devia estar lá. O que eu podia dizer? Sabia como era estar apaixonado por alguém que não queria nada com você.

— Lamento, cara. Acho que Ridley não é muito fácil de esquecer.

— Pois é, e vê-la ontem à noite não ajudou — e balançou a cabeça, frustrado. — Sei que ela é das Trevas e tal, mas não consigo ignorar a sensação de que o que tivemos foi mais do que fingimento.

— Sei o que você quer dizer.

Éramos dois perdedores patéticos. Embora eu não achasse que Ridley fosse capaz de qualquer coisa real, não queria fazê-lo se sentir pior. De qualquer forma, Link não estava procurando por uma resposta.

— Sabe aquela coisa que você me disse sobre Conjuradores e Mortais não poderem ficar juntos porque isso pode matar o Mortal?

Assenti. Isso era só uns oitenta por cento do que eu tinha na cabeça.

— O que tem?

— Chegamos perto mais de uma vez — disse e chutou a grama, criando um ponto marrom no gramado perfeito.

— Informação demais...

— Meu ponto é: não fui eu que acionei o freio. Foi Rid. Eu achava que ela só estava se divertindo comigo, como se eu só servisse pra pegação e mais nada. — Link andava de um lado para o outro. — Mas agora, quando penso nisso, vejo que talvez eu estivesse errado. Talvez ela não quisesse me machucar. — Link obviamente tinha pensado muito naquilo.

— Não sei. Ela continua sendo uma Conjuradora das Trevas.

Link deu de ombros.

— É, eu sei, mas um cara pode sonhar.

Eu queria dizer a Link o que estava acontecendo, que Ridley e Lena talvez já tivessem ido embora. Abri a boca e a fechei em seguida, sem emitir som algum. Eu preferia não saber se Lena tinha lançado um Conjuro contra mim ou não.

Eu só tinha visitado o túmulo da minha mãe uma vez depois do enterro, mas não fora no Dia de Finados. Eu não conseguiria encarar isso com tão pouco tempo passado desde o acidente, no ano anterior. Eu não sentia que ela estava realmente ali, perambulando pelo cemitério como Genevieve ou os Grandes. O único lugar onde eu a sentia era no arquivo ou no escritório de casa. Aqueles eram os lugares que ela amava, os lugares onde eu podia imaginá-la passando os dias, fosse onde fosse que ela estivesse agora.

Mas não aqui, não debaixo do chão, sobre o qual meu pai estava ajoelhado com o rosto entre as mãos. Ele estava ali havia horas, dava para perceber.

Limpei a garganta para que ele percebesse a minha presença. Senti como se estivesse bisbilhotando um momento íntimo entre eles. Ele limpou o rosto e se levantou.

— Como você está?

— Acho que estou bem. — Eu não sabia o que estava sentindo, mas não estava bem.

Ele colocou as mãos nos bolsos, olhando para a lápide. Uma delicada flor branca estava na grama abaixo dela. Jasmim-estrela. Li as letras curvas entalhadas na pedra.

LILA EVERS WATE

AMADA ESPOSA E MÃE

SCIENTIAE CUSTOS

Repeti a última linha. Reparei nela da última vez em que estive ali, no meio de julho, algumas semanas antes do meu aniversário. Mas eu tinha ido sozinho, e quando cheguei em casa estava tão anestesiado por ficar olhando o túmulo de minha mãe que esqueci da citação.

— *Scientiae Custos*.

— É latim. Significa "Guardiã do Conhecimento". Marian que sugeriu. Encaixa, não acha? — Se ele soubesse o quanto...

Forcei um sorriso.

— É. Parece com ela.

Meu pai colocou um braço ao redor dos meus ombros e apertou, como costumava fazer quando meu time de beisebol infantil perdia um jogo.

— Sinto muita saudade dela. Ainda não consigo acreditar que ela se foi.

Eu não conseguia dizer nada. A respiração parecia presa na garganta, meu peito estava tão apertado que pensei que fosse desmaiar. Minha mãe estava morta. Eu jamais a veria de novo, independentemente de quantas páginas ela abrisse nos livros dela ou de quantas mensagens ela me enviasse.

— Sei que tem sido muito difícil pra você, Ethan. Eu queria dizer que sinto muito por não ter estado ao seu lado ao longo deste ano, como deveria. Eu só...

— Pai. — Eu podia sentir meus olhos se enchendo de lágrimas, mas não queria chorar. Eu não daria essa satisfação à fábrica de ensopados da cidade. Então o cortei. — Tudo bem.

Ele deu um último apertão no meu ombro.

— Vou deixar você ter um tempinho a sós com ela. Vou dar uma caminhada.

Fiquei olhando para a lápide, com o pequeno símbolo celta de Awen entalhado. Era um símbolo que eu conhecia, um que minha mãe sempre amara. Três linhas representando raios de luz, convergindo no topo.

Ouvi a voz de Marian atrás de mim.

— *Awen*. É uma palavra galesa que significa "inspiração poética" ou "iluminação espiritual". Duas coisas que sua mãe respeitava.

Pensei nos símbolos acima da porta em Ravenwood, nos símbolos do *Livro das Luas* e no que ficava na porta do Exílio. Símbolos significavam coisas. Em alguns casos, mais do que palavras. Minha mãe sabia disso. Eu me perguntei se foi essa a razão pela qual ela se tornou Guardiã, ou se ela havia aprendido isso com os Guardiões anteriores a ela. Havia tanto sobre ela que eu jamais saberia.

— Ethan, lamento muito. Você quer ficar sozinho?

Deixei que Marian me abraçasse.

— Não. Não sinto que ela esteja aqui. Sabe o que quero dizer?

— Sei, sim. — Marian beijou minha testa e sorriu, tirando um tomate verde do bolso. Ela o equilibrou em cima da lápide.

Inclinei-me para trás e sorri.

— Se você fosse amiga de verdade, o teria fritado.

Marian passou o braço pela minha cintura. Ela estava usando seu melhor vestido, como todo mundo, mas o melhor vestido dela era bem melhor. Era leve e amarelo, da cor de manteiga, com um laço frouxo perto do pescoço. A saia tinha mil pequenas pregas, como as de um vestido de filme antigo. Parecia algo que Lena usaria.

— Lila sabe que eu não faria isso. — Ela me apertou com mais força. — Só vim aqui para ver você.

— Obrigado, tia Marian. Os últimos dias foram difíceis.

— Olivia me contou. Um bar Conjurador, um Incubus e um Tormento, tudo na mesma noite. Infelizmente acho que Amma nunca mais vai deixar você me visitar. — Ela não mencionou o quanto eu achava que Liv devia estar encrencada.

— Tem outra coisa. — Lena. Eu não conseguia dizer o nome dela. Marian afastou meu cabelo dos olhos.

— Eu soube e sinto muito. Trouxe uma coisa pra você. — Ela abriu a bolsa e tirou uma pequena caixa de madeira com um desenho gasto entalhado na superfície. — Como falei, vim aqui para te ver e te dar isso. — Ela esticou a mão com a caixa. — Era da sua mãe, um dos objetos mais valiosos que ela possuía. É mais velho do que o restante da coleção dela. Acho que ia querer que você ficasse com isso.

Eu a peguei. A caixa era mais pesada do que parecia.

— Cuidado. É delicada.

Ergui a tampa com cuidado, esperando encontrar outras das amadas relíquias da Guerra Civil da minha mãe — um fragmento de bandeira, uma bala, um pedaço de renda. Algo marcado pela história e pelo tempo. Mas quando abri a caixa, era outra coisa, marcada por outro tipo de história e tempo. Eu soube o que era no momento em que vi.

O Arco Voltaico das minhas visões.

O Arco Voltaico que Macon Ravenwood deu para a garota que amava.

Lila Jane Evers.

Eu tinha visto isso bordado em um velho travesseiro que pertenceu à minha mãe quando ela era pequena: *Jane*. Minha tia Caroline disse que só minha avó a chamava assim, mas ela morreu antes de eu nascer, então nunca tinha ouvido. Tia Caroline estava errada. Minha avó não era a única que a chamava de Jane.

O que significava...

Que minha mãe era a garota das visões.

E Macon Ravenwood era o amor da vida da minha mãe.

⊰ 17 DE JUNHO ⊱
O Arco Voltaico

Minha mãe e Macon Ravenwood. Soltei o Arco Voltaico como se ele tivesse me espetado. A caixa caiu e a bola rolou pela grama, como um brinquedo de criança em vez de um tipo de prisão sobrenatural.

— Ethan? O que foi?

Estava óbvio que Marian não tinha ideia de que eu tinha reconhecido o Arco Voltaico. Eu não o mencionei quando contei a ela sobre as visões. Nem tinha pensado muito sobre isso. Era mais um pequeno detalhe que eu não entendia sobre o mundo Conjurador.

Mas esse pequeno detalhe era importante.

Se este era o Arco Voltaico da visão, então minha mãe tinha amado Macon do modo como eu amava Lena. Do modo como meu pai a amava.

Eu precisava saber se Marian sabia onde minha mãe o tinha conseguido, ou quem o tinha dado a ela.

— Você sabia?

Ela se inclinou e pegou a esfera, cuja superfície escura brilhava na luz do sol. Ela a colocou de volta na caixa.

— Sabia o quê? Ethan, você está falando coisas sem sentido.

As perguntas estavam vindo mais rapidamente do que eu podia processá-las. Como minha mãe conheceu Macon Ravenwood? Quanto tempo ficaram juntos? Quem mais sabia? E a maior de todas...

E meu pai?

— Você sabia que minha mãe era apaixonada por Macon Ravenwood?

A expressão de Marian desmoronou, o que me revelou tudo. Ela só pretendia me dar um presente que pertenceu à minha mãe, não queria entregar o maior segredo dela.

— Quem te disse isso?

— Você. Quando me deu o Arco Voltaico que Macon entregou para a garota que ele amava. Minha mãe.

Os olhos de Marian se encheram de lágrimas, mas elas não caíram.

— As visões. Elas eram sobre Macon e sua mãe. — Ela estava começando a entender, a juntar as peças.

Eu me lembrei da noite em que conheci Macon. *Lila Evers*, dissera ele. *Lila Evers Wate*, corrigi.

Macon tinha mencionado o trabalho da minha mãe, mas alegou não conhecê-la. Outra mentira. Minha cabeça girava.

— Então você sabia. — Não era uma pergunta. Balancei a cabeça, desejando poder tirar dela tudo o que tinha acabado de descobrir. — Meu pai sabe?

— Não. E você não pode contar a ele, Ethan. Ele não entenderia. — O desespero era evidente na voz dela.

— Ele não entenderia? Eu não entendo! — Várias pessoas pararam de fofocar e olharam para nós.

— Lamento muito. Nunca pensei que essa seria uma história que eu teria de contar. Era a história da sua mãe, não a minha.

— Caso você não tenha reparado, minha mãe está morta. Ela não pode exatamente responder perguntas. — Minha voz estava dura e implacável, o que resumia bem como eu me sentia.

Marian olhou para a lápide da minha mãe.

— Você está certo. Precisa saber.

— Quero a verdade.

— É o que pretendo dar a você. — A voz dela estava trêmula. — Se sabe sobre o Arco Voltaico, suponho que saiba por que Macon o deu à sua mãe.

243

— Para que ela pudesse se proteger dele.

Eu tinha sentido pena de Macon antes. Agora me sentia enojado. Minha mãe era a Julieta de uma peça distorcida na qual Romeu era um Incubus, ainda que esse Incubus fosse Macon.

— Isso mesmo. Macon e Lila lutaram com a mesma realidade que você e Lena. Tem sido difícil ver você e ela nesses últimos meses sem fazer certas... comparações. Não consigo imaginar o quanto foi difícil para Macon.

— Por favor, pare.

— Ethan, entendo que é difícil pra você, mas isso não muda o que aconteceu. Sou uma Guardiã e esses são os fatos. Sua mãe era uma Mortal. Macon era um Incubus. Eles não podiam ficar juntos, não depois que Macon mudou e se tornou a criatura das Trevas que nasceu para ser. Macon não confiava em si mesmo. Ele tinha medo de machucar sua mãe, então deu a ela o Arco Voltaico.

— Fatos. Mentiras. Sei lá. — Eu estava muito cansado daquilo tudo.

— Fato. Ele a amava mais do que à própria vida. — Por que Marian o estava defendendo?

— Fato. Não matar o amor da sua vida não faz de você um herói. — Eu estava furioso.

— Isso quase o matou, Ethan.

— É? Bem, olhe ao redor. Minha mãe está morta. Ambos estão. Então o plano de Macon não ajudou muito, ajudou?

Marian respirou fundo. Eu conhecia aquele olhar, e um sermão estava a caminho. Ela me puxou pelo braço e nos afastamos do cemitério, para longe de todos que estavam acima e abaixo da terra.

— Eles se conheceram em Duke. Ambos estudavam História dos Estados Unidos. E se apaixonaram, como duas pessoas comuns.

— Você quer dizer, como uma estudante inocente e um Demônio em evolução. Se formos nos ater aos fatos.

— "Na Luz há Trevas e nas Trevas há Luz." Sua mãe costumava dizer isso.

Eu não estava interessado em ideias filosóficas sobre a natureza do mundo Conjurador.

— Quando ele deu o Arco Voltaico a ela?

— Chegou um ponto em que Macon contou a Lila o que ele era e o que se tornaria, que um futuro entre os dois seria impossível. — Marian falava devagar e com cuidado. Eu me perguntei se era tão difícil falar quanto era escutar, e senti pena de nós dois.

— Isso partiu o coração dos dois. Ele deu o Arco Voltaico a ela, que felizmente nunca precisou usá-lo. Ele deixou a universidade e voltou para casa, para Gatlin.

Ela esperou que eu dissesse algo cruel. Tentei pensar em alguma coisa, mas apesar de tudo, eu estava curioso.

— O que aconteceu depois que Macon voltou? Eles voltaram a se ver?

— Infelizmente não.

Lancei-lhe um olhar incrédulo.

— Infelizmente?

Marian balançou a cabeça negativamente para mim.

— Foi triste, Ethan. Nunca vi sua mãe tão triste. Fiquei muito preocupada e não sabia o que fazer. Pensei que ela fosse morrer de infelicidade, por causa do coração partido.

Caminhávamos ao redor do Paz Perpétua. Agora estávamos cercados de árvores e fora do campo de visão da maior parte de Gatlin.

— Mas... — Eu tinha que saber o fim, mesmo se doesse.

— Mas sua mãe seguiu Macon até Gatlin, pelos túneis. Ela não conseguia suportar ficar longe dele e jurou encontrar um jeito de ficarem juntos. Um jeito pelo qual Conjuradores e Mortais pudessem passar a vida juntos. Vivia obcecada por essa ideia.

Eu entendia. Não gostava, mas entendia.

— A resposta a essa pergunta não estava no mundo Mortal, mas no Conjurador. Então sua mãe encontrou um meio de se tornar parte dele, mesmo não podendo ficar com Macon.

Voltamos a andar.

— Está falando sobre o trabalho de Guardiã, certo?

Marian assentiu.

— Lila encontrou um trabalho que a permitia estudar o mundo Conjurador e suas leis, sua Luz e suas Trevas. Um meio de procurar a resposta.

— Como ela conseguiu o trabalho? — Eu achava que não havia Páginas Amarelas Conjuradoras, mas como Carlton Eaton entregava nossas

Páginas Amarelas na superfície e a correspondência Conjuradora no subterrâneo, por que não?

— Naquela época, não havia Guardião em Gatlin. — Marian fez uma pausa, desconfortável. — Mas um poderoso Conjurador requisitou um, pois a *Lunae Libri* fica aqui e, em certa época, *O Livro das Luas* também.

Agora tudo fazia sentido.

— Macon. Ele pediu que fosse ela, não foi? Não conseguia ficar longe, no fim das contas.

Marian limpou o rosto com um lenço.

— Não. Foi Arelia Valentin, a mãe de Macon.

— Por que a mãe de Macon ia querer que minha mãe fosse Guardiã? Mesmo sentindo pena do filho, ela sabia que eles não podiam ficar juntos.

— Arelia é uma poderosa Adivinhadora, capaz de ver fragmentos do futuro.

— Como uma versão Conjuradora de Amma?

Marian secou o rosto.

— Acho que podemos dizer que sim. Arelia percebeu uma coisa na sua mãe, sua habilidade de descobrir a verdade, de ver o que está escondido. Acho que Arelia tinha esperanças de que ela encontrasse a resposta, um modo pelo qual Conjuradores e Mortais pudessem ficar juntos. Conjuradores da Luz sempre tiveram esperança de que isso fosse possível. Genevieve não foi a primeira Conjuradora a se apaixonar por um Mortal. — Marian olhou para longe, onde famílias começavam a arrumar piqueniques na grama. — Ou talvez tenha feito aquilo pelo filho.

Ela parou de andar. Tínhamos caminhado mais um pouco, em forma circular, e estávamos no túmulo de Macon. Eu podia ver o anjo chorando ao longe. Só que o túmulo não se parecia em nada com o modo que estava no enterro dele. Onde só havia terra agora havia um jardim selvagem, tudo sob a sombra de dois limoeiros absurdamente altos, em cada lado da lápide. Um canteiro de jasmim e emaranhados de alecrim crescia. Eu me perguntei se alguém o tinha visitado aquele dia para reparar nisso tudo.

Apertei as mãos contra as têmporas, tentando evitar que minha cabeça explodisse. Marian colocou gentilmente a mão nas minhas costas.

— Sei que é muita coisa para absorver, mas isso não muda nada. Sua mãe amava você.

Eu me mexi para tirar a mão de Marian das minhas costas.

— É, ela só não amava meu pai.

Marian puxou meu braço, me forçando a encará-la. Minha mãe podia ter sido minha mãe, mas também tinha sido a melhor amiga de Marian, e eu não ia me safar por questionar a integridade dela na sua frente. Nem naquele dia, nem nunca.

— Não diga isso, EW. Sua mãe amava seu pai.

— Mas ela não se mudou para Gatlin pelo meu pai. Ela se mudou para cá por causa de Macon.

— Seus pais se conheceram em Duke quando estávamos trabalhando na nossa dissertação. Como Guardiã, sua mãe vivia nos túneis embaixo de Gatlin, viajando entre a *Lunae Libri* e a universidade para trabalhar comigo. Ela não estava morando na cidade, no mundo do FRA e da Sra. Lincoln. Então, sim, ela se mudou para Gatlin por causa de seu pai. Ela saiu da escuridão para a Luz, e acredite, foi uma grande mudança para ela. Seu pai a salvou de si mesma quando nenhum de nós podia fazer isso. Nem eu. Nem Macon.

Olhei para os limoeiros fazendo sombra no túmulo de Macon e depois para além deles, para o local do túmulo da minha mãe. Pensei em meu pai ajoelhado ali. Pensei em Macon, enfrentando o Jardim da Paz Perpétua, apenas para que pudesse descansar a uma árvore de distância da minha mãe.

— Ela se mudou para uma cidade onde ninguém a aceitava porque seu pai não queria sair daqui e ela o amava. — Marian segurou meu queixo entre o polegar e os outros dedos. — Ela só não o amou primeiro.

Respirei fundo. Pelo menos minha vida inteira não era uma completa mentira. Ela amava meu pai, embora amasse Macon Ravenwood também. Peguei o Arco Voltaico da mão de Marian. Eu queria segurá-lo, queria ter um pedaço deles dois.

— Ela nunca descobriu a resposta, um jeito para que Mortais e Conjuradores pudessem ficar juntos.

— Não sei se há um jeito. — Marian colocou o braço em torno do meu corpo e encostei a cabeça no ombro dela. — É você que talvez seja o Obstinado, EW. Você que pode me dizer.

Pela primeira vez desde que vi Lena parada na chuva, quase um ano atrás, eu não sabia. Da mesma forma que minha mãe, eu não descobri resposta alguma. A única coisa que encontrei foram problemas. Teria sido isso que ela encontrou também?

Olhei para a caixa nas mãos de Marian.

— Foi por isso que minha mãe morreu? Tentando encontrar uma resposta?

Marian pegou minha mão e pressionou a caixa contra ela, dobrando meus dedos ao seu redor junto com os dela.

— Contei o que sabia. Tire suas conclusões, eu não posso interferir. Essas são as regras. Na grande Ordem das Coisas, não sou importante. Os Guardiões nunca são.

— Isso não é verdade. — Marian era importante para mim, mas eu não podia dizer isso. Minha mãe era importante. Essa parte eu não precisava dizer.

Marian sorriu quando ergueu a mão, deixando a caixa na minha.

— Não estou reclamando. Escolhi esse caminho, Ethan. Nem todo mundo pode escolher seu lugar na Ordem das Coisas.

— Está falando de Lena? Ou de mim?

— Você é importante, quer goste ou não, e Lena também. Isso não é uma escolha. — Ela afastou meu cabelo dos olhos, do jeito que minha mãe costumava fazer. — A verdade é a verdade. "Raramente pura e nunca simples", como diria Oscar Wilde.

— Não entendi.

— "Todas as verdades são fáceis de entender depois que são descobertas; o difícil é descobri-las."

— Mais Oscar Wilde?

— Galileu, o pai da astronomia moderna. Outro homem que rejeitou seu lugar na Ordem das Coisas, a ideia de que o Sol não girava em torno da Terra. Ele sabia, talvez melhor do que todo mundo, que não escolhemos o que é verdade. Só escolhemos o que fazer sobre ela.

Peguei a caixa, porque no fundo eu sabia o que ela queria dizer, mesmo não sabendo nada sobre Galileu e muito menos sobre Oscar Wilde. Eu era parte de tudo aquilo, querendo ou não. Eu não podia fugir, assim como não podia impedir as visões.

Agora eu precisava decidir o que fazer com tudo isso.

⊰ 17 DE JUNHO ⊱

Pule

Quando deitei na cama aquela noite, já estava com medo dos meus sonhos. Dizem que sonhamos sobre a última coisa em que estávamos pensando logo antes de adormecer, mas quanto mais eu tentava não pensar em Macon e minha mãe, mais eu pensava neles. Exausto de tanto pensar em não pensar, foi apenas questão de tempo até eu afundar no colchão e cair na escuridão, e minha cama se tornou um barco...

Os salgueiros se balançavam sobre minha cabeça.

Eu sentia que balançava para a frente e para trás. O céu estava azul, sem nuvens, surreal. Virei minha cabeça e olhei para o lado. Madeira velha, pintada com um tom de azul que parecia muito o teto do meu quarto. Eu estava em um bote ou barco a remo, flutuando sobre o rio.

Eu me sentei e o barco balançou. Uma pequena mão branca caiu para o lado, arrastando um dedo fino sobre a água. Olhei para as ondulações que perturbavam o reflexo do céu perfeito, tranquilo e calmo como um vidro.

Lena estava deitada à minha frente, na ponta do barco. Ela usava um vestido branco, do tipo que se via em filmes antigos, onde tudo é preto e branco. Com rendas, laços e pequenos botões de pérolas. Segurava uma sombrinha preta e seus cabelos, unhas e até os lábios estavam pretos. Estava deitada de lado, encolhida, caída sobre o barco, a mão se arrastando atrás de nós enquanto seguíamos flutuando.

— Lena?

Ela não abriu os olhos, mas sorriu.

— Estou com frio, Ethan.

Olhei para a mão dela, que estava agora submersa na água até o pulso.

— É verão. A água está quente. — Tentei rastejar até ela, mas o barco balançou e ela escorregou para mais perto da beirada, deixando à vista o All Star preto debaixo do vestido.

Eu não podia me mexer.

Agora a água ia até o braço dela e eu via mechas do seu cabelo começando a flutuar na superfície.

— Sente-se, L! Você vai cair!

Ela riu e soltou a sombrinha, que flutuou, girando, nas ondas atrás de nós. Fui em direção a ela e o barco balançou violentamente.

— Não te contaram? Eu já caí.

Pulei para cima dela. Isso não podia estar acontecendo, mas estava. Eu sabia, porque esperava pelo som da queda dela na água.

Quando cheguei na extremidade do barco, abri meus olhos. O mundo estava se balançando e ela havia desaparecido. Olhei para baixo e só conseguia ver a água marrom-esverdeada do Santee e o cabelo preto dela. Enfiei a mão na água. Não podia pensar.

Pule ou fique no barco.

O cabelo flutuou para baixo, incontrolável, silencioso, surpreendente, como algum tipo de criatura mítica do mar. Havia um rosto branco, embaçado pela profundeza do rio. Preso debaixo do vidro.

— Mãe?

Eu me sentei na cama, encharcado e tossindo. O luar entrava pela minha janela. Estava aberta de novo. Fui até o banheiro e bebi água com as mãos em concha até que a tosse diminuísse. Olhei para o espelho. Estava escuro e eu mal conseguia ver minhas feições. Tentei encontrar meus olhos em meio às sombras. Mas, em vez disso, vi outra coisa... uma luz ao longe.

Eu não conseguia mais ver o espelho ou as sombras no meu rosto. Só a luz e fragmentos de imagens que passavam rapidamente.

Tentei me concentrar e entender o que via, mas tudo estava aparecendo rápido demais, quase voando, passando para cima e para baixo, como se eu estivesse em uma montanha-russa. Vi a rua — molhada, brilhante e escura. Estava a poucos centímetros de mim, o que fazia parecer que eu estava rastejando no chão. Mas isso era impossível, porque tudo se movia muito rapidamente. Esquinas altas entravam no meu campo de visão, a rua subindo para se encontrar comigo.

Tudo o que eu conseguia ver era a luz e a rua que estava tão estranhamente perto. Senti a porcelana fria quando segurei as laterais da pia, tentando não cair. Eu estava tonto e os pontos de luz vinham na minha direção, chegando mais perto. Minha visão mudou de repente, como se eu tivesse virado a esquina em um labirinto, e tudo começou a ficar devagar.

Duas pessoas estavam apoiadas na lateral de um prédio sujo de tijolos, debaixo de um poste de luz. Era a luz que entrava e saía de foco. Eu estava olhando para eles de baixo, como se estivesse deitado no chão. Olhei para as silhuetas à minha frente.

— Eu devia ter deixado um bilhete. Minha avó vai ficar preocupada. — Era a voz de Lena. Ela estava bem na minha frente. Isso não era uma visão, não como as do medalhão e do diário de Macon.

— *Lena!* — gritei o nome dela, mas ela nem se mexeu.

A outra pessoa chegou mais perto. Eu sabia que era John antes de ver o rosto dele.

— Se você tivesse deixado um bilhete, eles poderiam usá-lo para nos encontrar com um simples Conjuro Localizador. Principalmente sua avó. Ela tem um poder absurdo. — Ele a tocou no ombro. — Acho que é de família.

— Não me sinto poderosa. Não sei o que sinto.

— Não está em dúvida, está? — John estendeu a mão e pegou a dela, segurando-a aberta para que pudesse ver a palma. Enfiou a outra mão no bolso, pegou uma caneta permanente e começou a escrever distraídamente na mão dela.

Lena balançou a cabeça, olhando enquanto ele escrevia.

— Não. Lá não é mais o meu lugar. Eu acabaria machucando-os. Machuco todo mundo que me ama.

— *Lena...* — Não adiantava. Ela não podia me ouvir.

— Não será assim quando chegarmos à Grande Barreira. Não há Luz ou Trevas, nem Naturais ou Cataclistas, só magia em sua forma mais pura. O que significa nada de rótulos ou julgamentos.

Eles estavam olhando para a mão dela enquanto John movia a caneta ao redor do pulso de Lena. Pelo modo como as cabeças deles estavam inclinadas, eles estavam quase se tocando. Lena girou o pulso lentamente na mão dele.

— Estou com medo.

— Eu jamais deixaria alguma coisa acontecer a você. — Ele prendeu uma mecha de cabelo dela atrás da orelha, como eu costumava fazer. Eu me perguntei se ela se lembrava.

— É difícil imaginar que um lugar assim realmente exista. As pessoas me julgaram a vida toda — riu Lena, mas pude ouvir a tensão na voz dela.

— É por isso que vamos. Para que finalmente possa ser você mesma.

O ombro de John se contorceu de forma estranha e ele o segurou, fazendo uma careta. Ele se recompôs antes que Lena percebesse. Mas não antes que eu percebesse.

— Eu mesma? Nem sei quem é essa pessoa. — Lena deu um passo para longe da parede e olhou para a noite. A luz do poste delineou seu perfil e pude ver o cordão brilhando.

— Eu gostaria de saber. — John se inclinou na direção de Lena. Ele estava falando tão baixo que eu mal conseguia ouvir.

Lena parecia cansada, mas reconheci o meio-sorriso de lado.

— Posso apresentá-la a você se algum dia vier a conhecê-la.

— Estão prontos para ir, gatos? — Ridley saiu do prédio, chupando um pirulito vermelho de cereja.

Lena se virou e, quando fez isso, a luz bateu na mão dela — a mão onde John tinha escrito. Mas não havia palavra alguma. Ela estava coberta de desenhos pretos. Eram os mesmos que eu tinha visto nas mãos dela na feira e nas beiradas do caderno dela. Antes que eu conseguisse ver qualquer outra coisa, eles saíram do meu campo de visão e tudo o que pude distinguir foi uma rua larga e os paralelepípedos molhados à minha frente. Depois, nada.

Não sei por quanto tempo fiquei ali, me segurando na pia. Parecia que se soltasse desmaiaria. Minhas mãos estavam tremendo, minhas pernas, bambas. O que tinha acabado de acontecer? Não era uma visão. Eles estavam tão perto que eu podia ter esticado a mão e tocado nela. Por que ela não conseguia me ouvir?

Não importava. Ela realmente tinha feito o que tinha dito: fugido. Eu não sabia onde ela estava, mas tinha visto o bastante dos túneis para reconhecê-los.

Ela tinha ido embora em direção à Grande Barreira, fosse ela o que fosse. Não tinha mais nada a ver comigo. Eu não queria sonhar nem ver ou ouvir sobre isso.

Esquecer tudo. Voltar a dormir. Era o que eu precisava.

Pule ou fique no barco.

Que sonho maluco. Como se dependesse de mim. Esse barco estava afundando, com ou sem mim.

Soltei a pia por tempo o bastante para me apoiar no vaso sanitário e cambalear até meu quarto. Andei até as pilhas de caixas de sapato alinhadas na parede, as que continham tudo o que era importante para mim ou qualquer coisa que eu quisesse esconder. Por um segundo, fiquei ali parado. Eu sabia o que estava procurando, mas não sabia em que caixa estava.

Água como vidro. Pensei nisso quando me lembrei do sonho.

Tentei me lembrar onde encontrar. Mas isso era ridículo, porque eu sabia o que havia em cada uma daquelas caixas. Pelo menos até o dia anterior eu sabia. Tentei pensar, mas tudo o que podia ver eram as 78 caixas empilhadas ao meu redor. Adidas preta, New Balance verde... Eu não conseguia me lembrar.

Eu já tinha aberto umas 12 caixas quando achei a preta de All Star. A caixa de madeira entalhada ainda estava lá dentro. Ergui a esfera lisa e delicada do forro de veludo. A marca da esfera permaneceu no tecido, escuro e amassado, como se ela tivesse ficado ali por mil anos.

O Arco Voltaico.

Tinha sido o bem mais valioso da minha mãe e Marian o tinha dado a mim. Por que agora?

Na minha mão, o globo pálido começou a refletir o quarto ao meu redor até que a superfície curva ganhou vida e se encheu de cores. Estava brilhando num verde pálido. Eu podia ver Lena de novo na minha mente e ouvi-la. *Machuco todo mundo que amo.*

O brilho começou a sumir e mais uma vez o Arco Voltaico ficou preto e opaco, frio e sem vida na minha mão. Mas eu ainda podia sentir Lena. Podia sentir onde ela estava, como se o Arco Voltaico fosse algum tipo de bússola me guiando até ela. Talvez esse negócio de Obstinado não fosse uma completa loucura, afinal.

Mas isso não fazia sentido, porque o último lugar onde eu queria estar era no qual Lena e John estavam. Então por que eu os estava vendo?

Minha mente estava a mil. *A Grande Barreira?* Um lugar onde não havia Luz e nem Trevas? Seria isso possível?

Não fazia sentido tentar dormir agora.

Vesti uma camisa amassada com estampa de Atari. Eu sabia o que precisava fazer.

Juntos ou não, isso era maior do que Lena e eu. Talvez fosse tão grande quanto a Ordem das Coisas, ou quanto Galileu concluindo que a Terra girava em torno do Sol. Não importava que eu não queria ver. Não havia coincidências. Eu estava vendo Lena, John e Ridley por um motivo.

Mas eu não tinha ideia de que motivo era esse.

E era por isso que eu precisava falar com o próprio Galileu.

Quando saí andando na escuridão, podia ouvir os pomposos galos do Sr. Mackey começando a cacarejar. Eram 4h45 e o sol não estava nem perto de nascer, mas eu caminhava pela cidade como se fosse o meio da tarde. Ouvi o som dos meus pés enquanto andava pela calçada rachada e pelo asfalto grudento.

Aonde eles estavam indo? Por que eu os via? Por que era importante?

Ouvi um barulho. Quando me virei, Lucille inclinou a cabeça e se sentou no chão atrás de mim. Balancei a cabeça e continuei andando. Aquela gata maluca ia me seguir, mas eu não ligava. Provavelmente éramos os únicos acordados na cidade.

Mas não éramos. O Galileu de Gatlin estava acordado também. Quando dobrei a esquina da rua de Marian, pude ver a luz no quarto de hóspedes acesa. Quando me aproximei, vi uma segunda luz piscar na varanda da frente.

— Liv. — Subi os degraus correndo e ouvi um som metálico na escuridão.

— Caramba! — A lente de um enorme telescópio girou em direção à minha cabeça e eu me abaixei. Liv pegou a extremidade da lente, as tranças desarrumadas se balançando atrás de si. — Não chegue sorrateiramente desse jeito! — Ela girou um botão e o telescópio se prendeu no lugar, no alto tripé de alumínio.

— Chegar pelos degraus da frente não é exatamente sorrateiro.

Tentei não olhar para o pijama dela, uma espécie de cueca feminina e uma camiseta com uma foto do Pluto e as palavras O PLANETA DOS ANÕES DIZ: ESCOLHA ALGUÉM DO SEU TAMANHO.

— Eu não te vi. — Liv ajustou a ocular e olhou no telescópio. — O que você está fazendo aqui, afinal? Está maluco?

— É o que estou tentando descobrir.

— Deixe-me poupar seu tempo. A resposta é sim.

— Não estou brincando.

Ela me observou, depois pegou o caderno vermelho e começou a escrever.

— Estou ouvindo. Só preciso escrever algumas coisas.

Olhei por cima do ombro dela.

— O que você está olhando?

— O céu. — Ela olhou de novo pelo telescópio e depois para o selenômetro. Escreveu outra lista de números.

— Isso eu sei.

— Aqui. — Ela deu um passo para o lado e fez sinal para que eu me aproximasse. Olhei pela lente. O céu explodiu em luz e estrelas e a poeira de uma galáxia que nem remotamente se parecia com o céu de Gatlin. — O que você vê?

— O céu. Estrelas. A Lua. É incrível.

— Agora olhe. — Ela me afastou da lente e olhei para o céu. Embora ainda estivesse escuro, eu não conseguia enxergar nem metade das estrelas que vi pelo telescópio.

— As luzes não são tão intensas. — Olhei novamente pelo telescópio. Mais uma vez, o céu se encheu de estrelas brilhantes. Eu me afastei da lente e olhei para a noite. O céu real era mais escuro, mais pálido, como um espaço perdido e solitário. — É estranho. As estrelas parecem tão diferentes pelo telescópio.

— É porque nem todas estão lá.

— O que você está dizendo? O céu é o céu.

Liv olhou para a Lua.

— Menos quando não é.

— O que isso quer dizer?

— Ninguém sabe na verdade. Há constelações Conjuradoras e constelações Mortais. Elas não são as mesmas. Pelo menos não parecem as mesmas para o olho Mortal. E isso, infelizmente, é só o que eu e você temos. — Ela sorriu e mudou uma das configurações. — E já me disseram que as constelações Mortais não podem ser vistas por Conjuradores.

— Como isso é possível?

— Como qualquer coisa é possível?

— Nosso céu é real? Ou ele só parece real? — Eu me senti como uma abelha carpinteira no momento em que descobriu que tinha sido enganada para pensar que uma camada de tinta azul no teto era o céu.

— Faz alguma diferença? — Ela apontou para o céu escuro. — Está vendo aquilo? O Grande Carro. Você conhece esse, certo?

Assenti.

— Se você olhar diretamente para baixo, duas estrelas a partir da maçaneta, vê aquela estrela brilhante?

— É a Estrela do Norte. — Qualquer ex-escoteiro de Gatlin podia ter respondido essa.

— Exatamente. Polaris. Agora está vendo onde termina o fundo da caçamba, o ponto mais baixo? Vê alguma coisa ali?

Balancei minha cabeça.

Ela olhou no telescópio, primeiro girando um botão, depois um outro.

— Agora olhe. — Ela deu um passo para trás.

Pela lente, eu podia ver o Grande Carro, exatamente como era no céu comum, só que brilhando com mais intensidade.

— É a mesma coisa. De um modo geral.

— Agora olhe para o fundo da caçamba. Para o mesmo lugar. O que você vê?

Eu olhei.

— Nada.

Liv pareceu irritada.

— Olhe de novo.

— Por quê? Não tem nada lá.

— O que você quer dizer? — Liv se inclinou e olhou pela lente. — Isso não é possível. Tem de haver uma estrela de sete pontas, o que os Mortais chamam de heptagrama.

Uma estrela de sete pontas. Lena tinha uma no cordão.

— É o equivalente Conjurador à Estrela do Norte. Ela não marca o norte, mas o sul, que tem importância mística no mundo Conjurador. Eles a chamam de Estrela do Sul. Espere, vou encontrá-la pra você. — Ela se inclinou para o telescópio de novo. — Mas continue falando. Tenho certeza de que você não veio ouvir um sermão sobre heptagramas. O que está acontecendo?

Não fazia sentido adiar mais.

— Lena fugiu com John e Ridley. Eles estão em algum lugar nos túneis.

Agora eu tinha a atenção dela.

— O quê? Como você sabe?

— É difícil explicar. Eu os vi em uma visão estranha que não era uma visão.

— Como quando você tocou o diário no escritório de Macon?

Balancei a cabeça.

— Não toquei em nada. Em um minuto eu estava olhando para o meu reflexo no espelho e um segundo depois tudo o que eu podia ver eram coisas passando por mim como se eu estivesse correndo. Quando parei, eles estavam em um beco a alguns centímetros de mim, mas não podiam me ver nem ouvir. — Eu estava falando de forma incoerente.

— O que estavam fazendo? — perguntou Liv.

— Conversando sobre um lugar chamado a Grande Barreira. Onde tudo vai ser perfeito e eles poderão viver felizes para sempre, de acordo com John. — Tentei não parecer amargo.

— Eles chegaram mesmo a dizer que iam para a Grande Barreira? Tem certeza?

— Tenho. Por quê? — Eu podia sentir o Arco Voltaico, repentinamente quente no meu bolso.

— A Grande Barreira é um dos mitos Conjuradores mais antigos. Um lugar de magia antiga e poderosa, bem anterior à época de Luz e Trevas, uma espécie de nirvana. Nenhuma pessoa de bom-senso acredita que ele realmente exista.

— John Breed acredita.

Liv olhou para o céu.

— Ou ele diz que acredita. É besteira, mas é uma besteira poderosa. Como pensar que a Terra é achatada. Ou que o Sol se move em torno da Terra. — Como Galileu. É claro.

Eu tinha ido até lá procurando um motivo para voltar para a cama, voltar para a Jackson e minha vida. Uma explicação sobre o motivo de eu poder ver Lena no espelho do meu banheiro que não significasse que estou louco. Uma resposta que não me levasse de volta a Lena. Mas encontrei o oposto.

Liv continuou falando, sem saber da pedra que parecia crescer dentro do meu estômago e da que esquentava o meu bolso.

— As lendas dizem que, se você seguir a Estrela do Sul, vai acabar encontrando a Grande Barreira.

— E se a estrela não estiver lá? — Com esse pensamento, outro começou a nascer, e depois outro, todos se embolando na minha mente.

Liv não respondeu porque estava ajustando freneticamente o telescópio.

— Tem que estar lá. Deve ter alguma coisa errada com meu telescópio.

— E se tiver sumido? A galáxia muda toda hora, certo?

— É claro. Por volta do ano 3000, Polaris não vai ser mais a Estrela do Norte, e sim Alrai. Significa "o pastor" em árabe, já que perguntou.

— Por volta do ano 3000?

— Exatamente. Daqui a mil anos. Uma estrela não pode sumir de repente, não sem uma explosão cósmica intensa. Não é uma coisa sutil.

259

— "É assim que o mundo termina, não com um estrondo mas com um gemido." — Lembrei de um verso de um poema de T.S. Eliot. Lena não conseguia tirá-lo da cabeça antes do aniversário.

— Sim, bem, eu amo o poema, mas a ciência é um pouco diferente.

Não com um estrondo mas com um gemido. Ou era não com um gemido mas com um estrondo? Eu não conseguia me lembrar das palavras exatas, mas Lena as tinha escrito em forma de poema na parede do quarto quando Macon morreu.

Será que ela sabia desde o começo aonde isso tudo ia dar? Eu tinha uma sensação ruim no estômago. O Arco Voltaico estava tão quente que queimava a minha pele.

— Não tem nada de errado com seu telescópio.

Liv observou o selenômetro.

— Acho que tem alguma coisa estranha. Não é só o telescópio. Até os números não estão batendo.

— Corações irão embora e Estrelas irão atrás — falei sem pensar, como se fosse uma música antiga que não saía da minha cabeça.

— O quê?

— "Dezessete Luas". Não é nada, só uma música que vivo ouvindo. Tem a ver com a Invocação de Lena.

— Uma música sinalizadora? — Ela olhou para mim, incrédula.

— Essa música é isso? — Eu devia saber que provavelmente tinha um nome.

— Ela prevê o que está por vir. Você tinha uma música sinalizadora o tempo todo? Por que não me contou?

Dei de ombros. Porque eu era um idiota. Porque não gostava de falar com Liv sobre Lena. Porque coisas terríveis eram ditas na música. Pode escolher.

— Conte-me o verso todo.

— Tem alguma coisa a ver com esferas e uma lua antes do seu tempo chegar. Depois tem a parte sobre as estrelas indo aonde os corações forem... Não me lembro do restante.

Liv se sentou no degrau mais alto da varanda.

— Uma lua antes que seu tempo chegue. É exatamente isso que a música diz?

Assenti.

— Primeiro a lua. Depois as estrelas vão atrás. Tenho certeza.

O céu agora estava manchado de luz.

— Chamar uma Lua Invocadora antes da hora. Isso pode explicar.

— O quê? A estrela que sumiu?

Liv fechou os olhos.

— É mais do que a estrela. Chamar uma lua antes da hora poderia mudar toda a Ordem das Coisas, de cada campo magnético e cada campo mágico. Isso explicaria qualquer mudança no céu Conjurador. A ordem natural do mundo Conjurador é tão delicadamente equilibrada quanto a do nosso.

— O que poderia provocar isso?

— Você quer dizer *quem*. — Liv abraçou os joelhos.

Ela só podia estar falando de uma pessoa.

— Sarafine?

— Não há registros de um Conjurador poderoso o bastante para chamar a lua. Mas se alguém está chamando a lua fora de hora, não dá pra saber quando será a próxima Invocação. E nem onde. — Uma Invocação. O que significava Lena.

Eu me lembrei do que Marian disse no arquivo. *Não escolhemos o que é verdade. Só escolhemos o que fazer sobre ela.*

— Se estamos falando de uma Lua Invocadora, estamos falando de Lena. Devíamos acordar Marian. Ela pode nos ajudar. — Mas, no momento em que falei, soube a verdade. Ela talvez pudesse nos ajudar, mas isso não significava que ajudaria. Como Guardiã, ela não podia se envolver.

Liv estava pensando a mesma coisa.

— Você acha mesmo que a professora Ashcroft vai nos deixar ir atrás de Lena pelos túneis, depois do que aconteceu na última vez em que estivemos lá? Ela vai nos trancar na sala de livros raros pelo restante do verão.

Ou pior, ela ia chamar Amma, e eu teria que levar as Irmãs para a igreja todos os dias no Cadillac velho de tia Grace.

Pule ou fique no barco.

Não era uma decisão de verdade, ao menos não mais. Eu a tinha tomado havia muito tempo, quando saí do carro na autoestrada 9 uma certa noite, na chuva. Eu tinha pulado. Não havia como ficar no barco, não eu, independentemente de Lena e eu estarmos juntos ou não. Eu não ia deixar John Breed, Sarafine, uma estrela desaparecida, o tipo errado de lua ou os loucos céus Conjuradores me impedirem agora. Eu devia isso à garota da autoestrada 9.

— Liv, posso encontrar Lena. Não sei como, mas posso. Você consegue rastrear a lua com seu selenômetro, certo?

— Posso medir as variações na atração magnética da lua, se é isso que você está perguntando.

— Então você pode encontrar a Lua Invocadora?

— Se meus cálculos estiverem corretos, se o tempo não mudar, se os corolários típicos entre as constelações Conjuradoras e Mortais permanecerem verdadeiros...

— Era mais uma pergunta do tipo sim ou não.

Liv puxou uma das tranças, pensando.

— Sim.

— Se vamos fazer isso, temos que ir antes que Amma e Marian acordem.

Liv hesitou. Como Guardiã em treinamento, ela não devia se envolver. Mas todas as vezes em que estávamos juntos, acabávamos nos encrencando.

— Lena pode estar correndo muito perigo.

— Liv, se você não quiser ir...

— É claro que quero. Estudo as estrelas e o mundo Conjurador desde que tinha 5 anos. Sempre quis fazer parte disso. Até algumas semanas atrás, a única coisa que eu tinha feito era ler sobre o assunto e observar pelo meu telescópio. Estou cansada de observar. Mas a professora Ashcroft...

Eu estava errado sobre Liv. Ela não era como Marian. Não ficaria satisfeita só em arquivar Pergaminhos Conjuradores. Queria provar que o mundo não era achatado.

— Pule ou fique no barco, Guardiã. Você vem? — O sol estava nascendo e estávamos ficando sem tempo.

— Você tem certeza de que quer que eu vá? — Ela não olhou para mim e eu não olhei para ela. A lembrança do beijo que nunca aconteceu pairava entre nós.

262

— Você conhece alguém com um selenômetro e um mapa mental de estrelas Conjuradoras desaparecidas?

Eu não tinha certeza se as discrepâncias, os corolários e os cálculos dela iam me ajudar. Mas sabia que a música nunca estava errada e as coisas que vi naquela noite provavam isso. Eu precisava de ajuda e Lena também, mesmo nosso relacionamento estando terminado. Eu precisava de uma Guardiã, mesmo que fosse uma fujona com um relógio maluco e procurando ação em qualquer lugar que não fosse um livro.

— Eu pulo — disse Liv suavemente. — Não quero mais ficar no barco. — Ela girou a maçaneta da porta de tela devagar, sem fazer sequer um clique. O que significava que ia entrar para pegar as coisas dela. O que significava que iria comigo.

— Tem certeza? — Eu não queria ser o motivo de ela ir, pelo menos não o único. Isso foi o que eu disse para mim mesmo, mas eu pensava muita besteira.

— Você conhece alguma outra pessoa burra o bastante para procurar um lugar mitológico onde uma Sobrenatural do mal está tentando chamar uma Lua Invocadora? — Ela sorriu, abrindo a porta.

— Para falar a verdade, conheço.

⊰ 18 DE JUNHO ⊱

Portas externas

ESCOLA DE VERÃO: NUNCA PARE DE *APRENDE* SE VOCÊ QUER COMEÇAR A *GANHA* DINHEIRO.

Era o que o letreiro dizia, onde normalmente estava escrito, VAMOS LÁ WILDCATZ. Liv e eu olhamos para ele dos arbustos que ladeavam os degraus da entrada principal da Jackson High.

— Tenho quase certeza de que tem um "r" em aprender e ganhar.

— Provavelmente o "r" acabou. Tem "r" em formatura, reavaliação escolar, cair fora de Gatlin. — Isso ia ser difícil. Fosse ou não verão, a Srta. Hester ainda estaria sentada na sala de controle de frequência, observando a porta de entrada. Se alguém ficasse reprovado em alguma matéria, tinha que se matricular na escola de verão. Mas isso não significava que não podia matar aula, se conseguisse passar pela Srta. Hester. Embora o Sr. Lee nunca tivesse cumprido sua ameaça de nos reprovar por não aparecer na encenação da Batalha de Honey Hill, Link tinha ficado reprovado em biologia, o que significava que eu tinha que achar um jeito de entrar.

— Vamos ficar aqui nos arbustos a manhã toda? — Liv estava ficando mal-humorada.

— Calma, um segundo. Passei minha vida toda pensando em meios de sair da Jackson. Nunca pensei muito em como entrar. Mas não podemos ir sem Link.

Liv sorriu.

— Nunca subestime o poder do sotaque britânico. Observe e aprenda.

A Srta. Hester olhou por cima dos óculos para Liv, que tinha enrolado o cabelo louro em um coque. Era verão, o que significava que a Srta. Hester vestia uma de suas blusas sem mangas, um short de poliéster até os joelhos e tênis Keds brancos. De onde eu estava escondido, debaixo da bancada ao lado de Liv, eu tinha uma visão clara da parte de baixo do short verde da Srta. Hester e dos seus pés inchados.

— Desculpe. Quem você disse que representa?

— O CEB. — Liv me chutou e fui em direção ao corredor.

— É claro. E o que é isso?

Liv suspirou com impaciência.

— É o Consulado Educacional Britânico. Como falei, estamos procurando escolas de alto nível funcional nos Estados Unidos para usar como modelo na reforma educacional.

— De alto nível funcional? — A Srta. Hester parecia confusa. Fui em frente e dobrei a esquina engatinhando.

— Não acredito que a senhora não foi avisada de minha visita. Posso falar com seu superior, por favor?

— Superior? — Quando a Srta. Hester descobriu o que Liv queria dizer, eu já estava subindo a escada. Por trás da loura, por trás até da inteligência, Liv era uma garota com muitos talentos escondidos.

— Tudo bem, chega de piadas sobre *A menina e o porquinho*. Peguem seus espécimes com firmeza em uma das mãos e façam a incisão na barriga, de cima para baixo, com a tesoura. — Eu podia ouvir a Sra. Wilson pela porta. Sabia o que estava acontecendo na aula de biologia de hoje só pelo cheiro. Sem mencionar o burburinho.

— Acho que vou desmaiar...

— Wilbur, não!

— Eca!

265

Olhei pela janelinha que havia na porta. Fetos rosados de porcos estavam enfileirados nas bancadas do laboratório. Eles eram pequenos e estavam presos a tábuas pretas enceradas em cima de bandejas de metal. Menos o de Link.

O porco de Link era enorme. Ele ergueu uma das mãos.

— Hum, Sra. Wilson? Não consigo chegar à abertura do esterno com a tesoura. Tank é grande demais para isso.

— Tank?

— Tank, meu porco.

— Você pode usar a tesoura de jardinagem que está no fundo da sala.

Bati no vidro. Link passou direto e não me ouviu. Eden estava sentada em frente à longa bancada preta do laboratório ao lado de Link, tapava o nariz com uma das mãos e com a outra cutucava o interior do porco usando uma pinça. Fiquei surpreso por ela estar ali junto com os reprovados, não por ser inteligente nem nada, mas porque eu esperaria que a mãe dela e a máfia do FRA dessem um jeito de tirá-la dessa.

Eden puxou um longo cordão amarelo de dentro do porco.

— O que é essa coisa amarela? — Ela parecia que ia vomitar.

A Sra. Wilson sorriu. Esse era o seu momento favorito do ano.

— Srta. Westerly, quantas vezes já foi ao Dar-ee Keen esta semana? Tomou um milk-shake com seu hambúrguer e suas batatas fritas? Comeu anéis de cebola? Uma torta de sobremesa?

— O quê?

— É gordura. Agora vamos procurar a bexiga.

Bati de novo quando Link passou carregando uma enorme tesoura de jardinagem. Ele me viu e abriu a porta.

— Sra. Wilson, preciso ir ao banheiro.

Saímos pelo corredor, com tesoura e tudo. Quando chegamos à esquina, em frente à sala de controle de frequência, Liv sorriu para a Srta. Hester e fechou seu caderno.

— Muitíssimo obrigada. Entrarei em contato.

Ela desapareceu pela porta da frente atrás de nós, o cabelo louro caindo do coque. Era preciso ter distúrbio mental para não perceber que Liv era só uma adolescente de jeans rasgado.

A Srta. Hester observava atordoada, balançando a cabeça.

— Soldados britânicos.

O bom de Link é que ele nunca perguntava os detalhes. Apenas acompanhava. Link me acompanhou quando tentamos cortar um pneu de verdade para fazer um balanço de pneu. E quando o fiz me ajudar a construir uma armadilha de jacaré no meu quintal e em todas as vezes em que roubei o Lata-Velha para ir atrás de uma garota que a escola toda achava uma aberração. Era uma ótima qualidade em um melhor amigo e às vezes eu me perguntava se faria a mesma coisa por ele se a situação estivesse invertida. Porque era sempre eu que pedia e ele que topava.

Em cinco minutos, estávamos descendo a rua Jackson. Chegamos até a Dove e então paramos no Dar-ee Keen. Olhei meu relógio. Àquela altura, Amma já saberia que eu não estava em casa. Marian estaria esperando por Liv na biblioteca, se não tivesse sentido falta dela no café da manhã. E a Sra. Wilson teria mandado alguém tirar Link do banheiro. Estávamos ficando sem tempo.

O plano não foi traçado até estarmos sentados com comida gordurosa em travessas amarelas oleosas sobre nossa mesa vermelha oleosa.

— Não acredito que ela fugiu com o Garoto Vampiro.

— Quantas vezes preciso repetir? Ele é um Incubus — corrigiu Liv.

— Dá na mesma. É um Incubus de Sangue, pode sugar seu sangue. É tudo igual. — Link enfiou um pãozinho na boca enquanto passava outro na piscina de molho que havia em seu prato.

— Um Incubus de Sangue é um Demônio. Vampiro é coisa de cinema.

Eu não queria fazer isso, mas tinha uma coisa que precisava deixar clara.

— Ridley também está com eles.

Link suspirou e amassou o papel dos pãezinhos. A expressão dele não mudou, mas eu sabia que estava sentindo o mesmo peso no estômago que eu.

— Bem, isso é um saco. — Ele jogou o papel no lixo, ele bateu na beirada e caiu no chão. — Tem certeza de que estão nos túneis?

— Foi o que pareceu. — A caminho do Dar-ee Keen, contei a Link sobre a visão, mas deixei de fora a parte de ter visto pelo espelho do banheiro. — Estão indo para um lugar chamado Grande Barreira.

— Um lugar que não existe. — Liv estava balançando a cabeça e verificando os mostradores que giravam no seu pulso.

Link afastou o prato, ainda com comida.

— Então me deixem entender. Vamos descer até os túneis e encontrar essa lua fora de hora com o relógio bacana de Liv?

— Selenômetro. — Liv não tirou os olhos do caderno, no qual anotava os números dos mostradores.

— Tanto faz. Por que não contamos o que está acontecendo à família de Lena? Talvez possam nos tornar invisíveis ou nos emprestar umas armas Conjuradoras loucas.

Uma arma. Como a que eu tinha comigo naquele momento.

Eu podia sentir a curvatura do Arco Voltaico no meu bolso. Não tinha ideia de como ele funcionava, mas talvez Liv tivesse. Ela sabia ler o céu Conjurador.

— Não vai nos tornar invisível, mas eu tenho isto. — Segurei a esfera acima da mesa de plástico brilhante.

— Cara. Uma bola? É sério? — Link não se impressionou.

Liv estava estupefata. Ela estendeu a mão, hesitante, a mão pairando acima do objeto.

— Isso é o que estou pensando?

— É um Arco Voltaico. Marian me deu no Dia de Finados. Pertenceu à minha mãe.

Liv tentou esconder a irritação.

— A professora Ashcroft tinha um Arco Voltaico esse tempo todo e nunca me mostrou?

— Aqui está. Divirta-se. — Coloquei a esfera nas mãos de Liv. Ela a segurou com cuidado, como se fosse um ovo.

— Cuidado! Você tem alguma ideia do quanto isso é raro? — Liv não conseguia tirar os olhos da superfície lustrosa.

Link tomou o restante da Coca-Cola pelo canudo até chegar ao gelo.

— Alguém vai me dizer do que se trata? O que isso faz?

Liv estava hipnotizada.

— Esta é uma das armas mais poderosas do mundo Conjurador. É uma prisão metafísica para um Incubus, se souber como usar. — Olhei para ela, esperançoso. — O que, infelizmente, não sei.

Link cutucou o Arco Voltaico.

— É tipo criptonita pra Incubus?

Liv assentiu.

— Algo do tipo.

Não havia dúvida de que o Arco Voltaico era poderoso, mas não ia nos ajudar com o problema atual. Eu estava sem ideias.

— Se essa coisa não pode nos ajudar, como entramos nos túneis?

— Não é feriado. — Liv me entregou o Arco Voltaico com relutância. — Se vamos entrar nos túneis Conjuradores, tem que ser por uma das portas externas. Não podemos entrar pela *Lunae Libri*.

— Então há outros meios? Por uma dessas coisas externas aí? — perguntou Link.

Liv fez que sim com a cabeça.

— Sim. Mas só Conjuradores e poucos Mortais, como a professora Ashcroft, sabem onde elas ficam. E ela não vai nos contar. Tenho certeza de que está fazendo minhas malas nesse momento.

Eu esperava que Liv tivesse a resposta, mas foi Link que surgiu com uma ideia.

— Sabe o que isso significa? — Ele sorriu e passou o braço sobre os ombros de Liv. — Você finalmente vai ter sua chance. É hora do túnel do amor.

A área da feira depois que foi desmontada era só um descampado. Chutei um amontoado de terra e ervas daninhas.

— Olhe, ainda dá pra ver as marcas de onde ficaram os brinquedos — mostrou Liv, com Lucille andando atrás dela.

— É, mas como você sabe de que brinquedo é cada marca? — Pareceu uma boa ideia no Dar-ee Keen, mas agora estávamos parados em um campo vazio.

Link gritou e acenou de alguns metros de distância.

— Acho que aqui era a roda gigante. Dá pra saber pelas guimbas de cigarro. Aquele operador fumava que nem uma chaminé.

Fomos até ele. Liv mostrou uma marca preta um pouco mais adiante.

— Não foi ali que Lena nos viu?

— O quê? — Fui pego de surpresa pelo *nós*.

— Quero dizer, me viu. — Ela corou. — Acho que foi onde ela passou e a máquina de pipoca explodiu. Antes de estourar o balão do palhaço e fazer as criancinhas chorarem. — Como pude esquecer?

Foi difícil encontrar as marcas debaixo da grama alta. Eu me inclinei e afastei a grama, mas não havia nada. Só algumas embalagens de papel e ingressos. Quando me levantei, senti o Arco Voltaico esquentar no meu bolso de novo e um leve tremor. Tirei-o do bolso e ele estava brilhando num tom azul límpido.

Fiz sinal para Liv se aproximar.

— O que você acha que isso significa?

Ela examinou a esfera, observando a cor se intensificar.

— Não faço ideia. Nunca li sobre eles mudarem de cor.

— O que está rolando, crianças? — Link limpou o suor da testa com a camiseta velha do Black Sabbath. — Opa. Quando esse troço começou a funcionar igual a um anel de humor?

— Há um segundo. — Não sei por que, mas comecei a andar lentamente, poucos passos de cada vez. Enquanto eu andava, o brilho do Arco Voltaico aumentou.

— Ethan, o que você está fazendo? — Liv estava bem atrás de mim.

— Não sei ao certo. — Mudei de direção e a cor começou a sumir. Por que estava mudando?

Virei-me e fui na outra direção. Não havia a menor dúvida de que com cada passo o Arco Voltaico ficava mais quente na minha mão e a vibração ficava maior.

— Olhe. — Abri a mão para que Liv pudesse ver a cor azul profunda que irradiava dele.

— O que está acontecendo?

Dei de ombros.

— Parece que quanto mais perto chegamos, mais louco ele fica.

— Você não acha... — Ela olhou para os tênis de cano alto prateados e poeirentos, pensando. Estávamos achando a mesma coisa.

Virei o objeto na minha mão.

— Será que ele pode ser algum tipo de bússola?

Liv observou a esfera brilhar com tanta intensidade que Lucille deu saltos ao nosso lado, como se estivesse tentando pegar vaga-lumes.

Quando chegamos a uma parte mais clara da grama, Liv parou.

O Arco Voltaico estava mostrando um redemoinho azul-escuro, cor de tinta de caneta. Olhei para o chão com cuidado.

— Não tem nada aqui.

Liv se inclinou, empurrando a grama para o lado.

— Não tenho tanta certeza. — Uma forma apareceu quando Liv afastou a terra.

— Olhe para as linhas. É uma porta. — Link estava certo.

Era como a porta do alçapão que ficava debaixo do tapete, no quarto de Macon. Eu me ajoelhei ao lado deles e passei a mão pelas beiradas da porta, afastando o restante da terra. Olhei para Liv.

— Como sabia?

— Você quer dizer, fora o fato de que o Arco Voltaico está enlouquecido? — Ela parecia orgulhosa. — As portas externas não são tão difíceis de achar se souber o que está procurando.

— Espero que não sejam muito difíceis de abrir também. — Link apontou para o centro da porta. Havia um buraco de fechadura.

Liv suspirou.

— Está trancada. Precisamos de uma chave Conjuradora. Não podemos entrar sem uma.

Link puxou do cinto a enorme tesoura de jardinagem que roubou do laboratório de biologia. Link nunca botava nada de volta no lugar.

— Chave Conjuradora é o cacete.

— Não vai funcionar. — Liv se agachou ao lado de Link sobre a grama. — É uma fechadura Conjuradora, não a da porta do seu armário de escola.

Link bufou enquanto enfiava a tesoura no buraco.

271

— Você não é daqui. Não há uma porta nesse país que não possa ser aberta com um alicate ou uma escova de dente afiada.

Olhei para Liv.

— Você sabe que ele inventa essas coisas, não é?

— É? — Link sorriu para nós quando a porta se abriu com um gemido ressentido. Ele ergueu a mão para mim. — Bate aqui.

Liv estava chocada.

— Bem, isso não está nos livros.

Link se inclinou e olhou para dentro.

— Está escuro e não tem escada. Parece uma queda grande.

— Dê um passo. — Eu sabia o que estava por vir.

— Está maluco?

— Confie em mim.

Link tateou com o pé e um segundo depois estava de pé no ar.

— Cara, onde os Conjuradores arrumam essas coisas? Existem carpinteiros Conjuradores? Um sindicato dos construtores sobrenaturais? — Ele desapareceu de vista. Um segundo depois, a voz dele ecoou pelo buraco. — Não é tão longe do chão. Vocês vêm ou não?

Lucille olhou para a escuridão e pulou no buraco. Aquela gata deve ter absorvido mais do que um pouco de loucura depois de viver com minhas tias por tantos anos. Olhei para a beirada e pude ver a luz bruxuleante de uma tocha. Link estava parado abaixo de nós, com Lucille sentada a seus pés.

— As damas primeiro.

— Por que os homens só dizem isso quando se trata de alguma coisa horrível ou perigosa? — Liv colocou um pé no buraco, insegura. — Sem ofensas.

Sorri para ela.

— Não me ofendi.

Os tênis prateados pairaram no ar por um minuto e ela se balançou, sem equilíbrio. Segurei a mão dela.

— Sabe, se encontrarmos Lena, ela pode estar completamente...

— Eu sei. — Olhei dentro dos olhos azuis e calmos de Liv, que jamais ficariam dourados ou verdes. O sol iluminou o cabelo dela, louro como mel. Ela sorriu para mim e soltei a mão dela.

Percebi que era ela quem estava me apoiando.

Quando desapareci na escuridão atrás dela, a porta se fechou atrás de mim, bloqueando o céu.

A entrada do túnel era úmida e coberta de musgo, como a que levava da *Lunae Libri* até Ravenwood. O teto acima da escada era baixo e as paredes de pedra eram velhas e gastas como as de um tipo de masmorra. Cada gota de água e cada som ecoava nas paredes.

No pé da escada, nos vimos em um cruzamento. Não um cruzamento proverbial, mas um de verdade.

— Para que lado vamos? — Link olhou para os dois túneis. O caminho estava mais complicado do que o do Exílio. Aquele tinha sido um trajeto reto, mas dessa vez havia escolhas a serem feitas.

Escolhas que eu tinha que fazer.

O túnel à esquerda parecia mais uma campina do que um túnel. Conforme se alargava, podia-se ver salgueiros chorões sobre uma trilha empoeirada, ladeada por emaranhados de flores selvagens e grama alta. Colinas se espalhavam sob um céu azul sem nuvens. Quase dava para imaginar os pássaros trinando e os coelhos roendo a grama, se esse não fosse um túnel Conjurador, onde nada era o que parecia.

O que estava à direita não era um túnel e sim uma rua curva de cidade debaixo de outro céu Conjurador. A rua escura era um contraste intenso com a cena de campo ensolarada do primeiro túnel. Liv estava tomando notas no caderno. Olhei por cima do ombro dela. *Fusos horários assíncronos em túneis adjacentes.*

A única luz vinha de um sinal luminoso de motel no final da rua. Havia prédios altos com pequenas varandas de ferro e escadas de incêndio de cada lado da rua. Longos fios se cruzavam sobre a rua, indo de prédio a prédio, formando uma teia intrincada com algumas peças de roupas presas nela. Um caminho de trilhos abandonado podia ser visto afundado no asfalto.

— Para que lado vamos? — Link estava nervoso. Vagar por túneis Conjuradores assustadores não combinava com ele. — Voto pelo caminho do *Mágico de Oz*. — Ele foi em direção ao caminho ensolarado.

— Acho que não precisamos votar. — Tirei o Arco Voltaico do bolso e seu calor esquentou minha mão antes mesmo que eu reparasse na luz. A superfície de ébano começou a brilhar em um tom verde-pálido.

Os olhos de Liv estavam arregalados.

— Incrível.

Dei alguns passos em direção à rua escura e a luz se intensificou.

Link veio atrás de nós.

— Alô? Eu estava andando pra lá. Vocês não vão me impedir?

— Veja isso. — Ergui o Arco Voltaico o bastante para que ele visse e continuasse andando.

— Bela lanterna.

Liv verificou o selenômetro.

— Você estava certo. Ele está nos guiando como uma bússola. Minhas leituras confirmam. A atração magnética da lua é mais forte nessa direção, o que é completamente errado para essa época do ano.

Link balançou a cabeça.

— Eu devia saber que precisaríamos ir pela rua assustadora. Provavelmente vamos ser mortos por outro daqueles Tormentos.

Cada vez que eu dava um passo para mais perto da rua, o Arco Voltaico brilhava num tom mais forte e profundo de verde.

— Vamos por este caminho.

— É claro que vamos.

Depois que Link se convenceu de que estávamos indo para a morte certa, a rua escura não mostrou ser nada mais do que uma rua escura. A caminhada curta até onde estava a placa luminosa do motel ocorreu sem incidentes. Era um beco sem saída que levava a uma porta, debaixo da placa. Havia outra rua perpendicular a ela, cheia de portas não iluminadas. Entre a placa do motel e o prédio ao lado, havia uma escadaria íngreme de pedra. Outro portal.

— Devemos ir para a esquerda ou para a direita? — perguntou Liv, andando até a rua.

Olhei para a luz incandescente do Arco Voltaico, agora verde-esmeralda.

— Nem um nem outro. Vamos subir.

Empurrei a pesada porta no topo da escadaria. Saímos de um enorme arco de pedra para a luz do sol que se filtrava pelos galhos de um carvalho gigantesco. Uma mulher de short e cabelos brancos pedalava uma bicicleta branca com um poodle branco sentado em uma cestinha branca. Um enorme golden retriever corria atrás da bicicleta. O cachorro puxava o homem que segurava sua coleira. Lucille olhou o cachorro e fugiu para os arbustos.

— Lucille! — Eu me inclinei entre os arbustos, mas ela tinha sumido. — Ótimo. Perdi a gata da minha tia de novo.

— Tecnicamente, Lucille é sua gata. Ela mora com você. — Link andou por cima das azaleias. — Não se preocupe. Ela vai voltar. Gatos têm bom senso de direção.

— Como você sabe? — Liv parecia se divertir.

— *Semana do Gato*. É como a *Semana do Tubarão*, mas sobre gatos. — Olhei para ele.

Link ficou vermelho.

— O que foi? Minha mãe vê muita coisa estranha na TV.

— Vamos.

Quando saímos detrás das árvores, uma garota com cabelo roxo esbarrou em Link, quase deixando cair um bloco de desenho enorme. Estávamos cercados por cachorros, pessoas, bicicletas e skatistas em um parque cheio de azaleias e sob as sombras de enormes carvalhos. Havia uma fonte ornamental feita de pedra no meio, com esculturas de homens do mar nus cuspindo água uns nos outros. Havia caminhos irradiando em todas as direções.

— O que aconteceu com os túneis? Onde estamos? — Link estava mais confuso do que o habitual.

— Estamos em alguma espécie de parque — falou Liv.

Eu sabia exatamente onde estávamos, então sorri.

— Não em algum parque. No parque Forsyth. Estamos em Savannah.

— O quê? — Liv estava revirando a bolsa.

— Savannah, Geórgia. Vinha aqui com minha mãe quando era pequeno.

Liv abriu um mapa do que parecia ser o céu Conjurador. Reconheci a Estrela do Sul, a de sete pontas que tinha sumido.

— Não faz sentido. Se a Grande Barreira existe, o que não estou dizendo que acredito, definitivamente não fica no meio de uma cidade Mortal.

Dei de ombros.

— Foi aqui que ele nos trouxe. O que posso dizer?

— Nós andamos por uns 15 minutos. Como podemos estar em Savannah? — Link ainda não tinha assimilado a ideia de que as coisas eram diferentes nos túneis.

Liv apertou a extremidade da caneta e murmurou para si mesma:

— Lugar e tempo não sujeitos à física Mortal.

Duas pequenas senhoras empurravam dois pequenos cachorros em carrinhos. Com certeza estávamos em Savannah. Liv fechou o caderno vermelho.

— Tempo, espaço, distância, tudo é diferente aqui embaixo. Os túneis são parte do mundo Conjurador, não do Mortal.

Como se esperando uma deixa, o brilho do Arco Voltaico desapareceu e ele ficou preto e lustroso. Enfiei-o de volta no bolso.

— Mas que...? Como sabemos para onde ir a partir daqui? — Link entrou em pânico, mas eu não.

— Não precisamos dele. Acho que sei aonde temos que ir.

Liv ergueu a sobrancelha.

— Como?

— Só conheço uma pessoa em Savannah.

⫷ 18 DE JUNHO ⫸
Através do espelho

Minha tia Caroline morava na rua East Liberty, perto da catedral de São João Batista. Eu não ia à casa dela fazia alguns anos, mas sabia que tinha de seguir pela rua Bull, porque a casa ficava no percurso do Tour de Bonde pela Savannah Histórica, que passava pela rua Bull. Além disso, as ruas iam do parque até o rio e havia uma praça pública a cada duas quadras. Era difícil se perder em Savannah, fosse você um Obstinado ou não.

Entre Savannah e Charleston, era possível encontrar um tour histórico sobre qualquer assunto. Tours por fazendas, tours de culinária sulista, tours das Filhas da Confederação, tours fantasmas (meus favoritos) e o clássico: tours por casas históricas. A casa de tia Caroline fazia parte deste último desde que eu conseguia me lembrar. A atenção dela aos detalhes era famosa, não só dentro da nossa família, mas em toda Savannah. Ela era a curadora do Museu de História de Savannah e sabia tanto sobre o passado de cada prédio, ponto de referência e escândalo da Cidade dos Carvalhos quanto a minha mãe sabia sobre a Guerra Civil. Não era coisa pouca, considerando que os escândalos eram tão comuns quanto os tours por ali.

— Tem certeza de que sabe aonde está indo, cara? Acho que devíamos fazer uma pausa e comer alguma coisa. Faço qualquer coisa por um hambúrguer. — Link tinha mais fé na capacidade de navegação do Arco Voltaico do que na minha. Lucille, que tinha reaparecido, se sentou aos pés dele e virou a cabeça de lado. Ela também não tinha certeza.

— Vamos continuar em direção ao rio. Chegaremos à East Liberty mais cedo ou mais tarde. Vejam. — Apontei para a torre de uma catedral a algumas quadras. — Aquela é a catedral. Estamos quase lá.

Vinte minutos depois, ainda estávamos andando em círculos perto da catedral. Link e Liv estavam perdendo a paciência e eu não os culpava. Olhei para a rua East Liberty em busca de alguma coisa familiar.

— É uma casa amarela.

— Amarelo deve ser uma cor popular. A cada duas casas dessa rua, uma é amarela. — Até Liv estava irritada comigo. Eu tinha feito com que andássemos ao redor do mesmo quarteirão três vezes.

— Pensei que fosse perto da praça Lafayette.

— Acho que devíamos procurar um catálogo telefônico e localizar o número dela. — Liv limpou o suor da testa.

Apertei os olhos para enxergar uma pessoa ao longe.

— Não precisamos de catálogo telefônico. A casa dela é aquela no fim do quarteirão.

Liv revirou os olhos.

— Como você sabe?

— Porque tia Del está parada em frente a ela.

Não tinha nada mais estranho do que ir parar em Savannah depois de andar apenas poucas horas nos túneis Conjuradores, numa espécie de tempo alterado. Exceto chegar à casa de tia Caroline e encontrar a tia de Lena, tia Del, de pé na calçada, acenando. Ela estava nos esperando.

— Ethan! Estou tão feliz por finalmente te encontrar. Já fui a todos os lugares: Atenas, Dublin, Cairo...

— Você procurou por nós no Egito e na Irlanda? — Liv parecia tão confusa quanto eu, mas isso era uma coisa que eu podia esclarecer.

— Na Geórgia. Atenas, Dublin e Cairo são cidades da Geórgia. — Liv corou. Às vezes eu esquecia que ela era tão estrangeira em Gatlin quanto Lena, mas de uma maneira diferente.

Tia Del pegou minha mão e deu tapinhas afetuosos.

— Arelia tentou Adivinhar sua localização, mas ela só conseguiu identificar a Geórgia. Infelizmente, a Adivinhação é mais uma arte do que uma ciência. Graças às estrelas, encontrei você.

— O que está fazendo aqui, tia Del?

— Lena sumiu. Tínhamos esperança de ela estar com você. — Ela suspirou ao perceber que estava errada.

— Ela não está, mas acho que posso encontrá-la.

Tia Del passou a mão sobre a saia amassada.

— Então posso te ajudar.

Link coçou a cabeça. Ele conhecia tia Del, mas nunca tinha visto uma demonstração dos poderes dela de Palimpsesta. Estava claro que não conseguia imaginar como uma senhora idosa e dispersa nos ajudaria. Depois de passar uma noite escura com ela no túmulo de Genevieve Duchannes, eu sabia do que ela era capaz.

Bati a pesada aldrava de metal contra a porta. Tia Caroline abriu, secando a mão no avental com as letras GS. Garotas Sulistas. Ela sorriu e seus olhos formaram pequenas rugas nos cantos.

— Ethan, o que está fazendo aqui? Não sabia que vinha para Savannah.

Eu não tinha planejado tanto a ponto de ter uma boa mentira, então tive que me contentar com uma ruim.

— Estou na cidade visitando... um amigo.

— Onde está Lena?

— Ela não pôde vir. — Eu me afastei da porta para distraí-la com apresentações. — Você conhece Link, e estas são Liv e a tia de Lena, Delphine. — Eu tinha certeza de que a primeira coisa que tia Caroline faria depois que eu fosse embora seria ligar para o meu pai e dizer o quanto tinha sido bom me ver. E minha tentativa de que Amma não soubesse onde eu estava e minha pretensão de viver até meu décimo sétimo aniversário já eram.

— É bom vê-la de novo, senhora.

Eu sempre podia contar com Link para ser um bom menino quando eu precisava que fosse. Tentei pensar em alguém de Savannah que mi-

279

nha tia não conhecesse, como se isso fosse possível. Savannah era maior do que Gatlin, mas todas as cidades do sul são iguais. Todo mundo se conhece.

Tia Caroline nos fez entrar. Em questão de segundos, ela desapareceu e reapareceu com chá gelado e um prato de Benne Babies, biscoitos de mapple que eram mais doces do que o chá.

— Hoje está sendo um dia muito estranho.

— Como assim?

— Hoje de manhã, quando eu estava no museu, alguém invadiu minha casa, mas essa nem é a parte mais estranha. Não levaram nada. Reviraram o sótão inteiro e nem encostaram no restante da casa.

Olhei para Liv. Não existiam coincidências. Tia Del devia estar pensando a mesma coisa, mas era difícil saber. Ela parecia meio tonta, como se estivesse tendo dificuldade de entender todas as coisas diferentes que tinham acontecido naquele aposento desde que a casa fora construída, em 1820. Ela provavelmente estava vendo duzentos anos todos de uma vez enquanto estávamos sentados comendo biscoitos. Eu me lembrei do que ela dissera sobre seu dom na noite no cemitério, com Genevieve. A Palimpsestria era uma grande honra, mas um peso ainda maior.

Fiquei me perguntando o que tia Caroline podia ter que valesse a pena roubar.

— O que tem no sótão?

— Na verdade, nada. Enfeites de Natal, alguns planos arquitetônicos para a casa, alguns dos papéis velhos de sua mãe. — Liv deu uma cutucada no meu pé por debaixo da mesa. Eu estava pensando a mesma coisa. Por que eles não estavam no arquivo?

— Que tipo de papéis?

Tia Caroline serviu mais biscoitos. Link os estava comendo mais rápido do que ela conseguia servir.

— Não tenho certeza. Mais ou menos um mês antes de sua mãe morrer, ela me perguntou se podia guardar algumas caixas aqui. Você sabe como sua mãe era com os arquivos dela.

— Você se importa se eu der uma olhada? Estou trabalhando na biblioteca este verão junto com tia Marian e ela pode se interessar por alguns deles. — Tentei parecer casual.

— Fique à vontade, mas está uma bagunça lá em cima. — Ela pegou o prato vazio. — Preciso fazer algumas ligações e ainda preciso terminar de preencher o documento da polícia. Mas estarei aqui embaixo se precisar de mim.

Tia Caroline estava certa; o sótão estava uma bagunça. Roupas e papéis espalhados por todo lado. Alguém devia ter despejado o conteúdo de todas as caixas que haviam ali em uma enorme pilha. Liv pegou alguns papéis espalhados pelo chão.

— Mas como... — Link olhou para tia Del, sem graça. — Como vamos achar qualquer coisa aqui? O que estamos procurando? — Ele chutou para longe uma caixa vazia.

— Qualquer coisa que pode ter sido da minha mãe. Alguém estava procurando alguma coisa aqui. — Cada um começou a revirar uma parte diferente da pilha.

Tia Del achou uma caixa de chapéu cheia de cartuchos vazios e balas redondas.

— Já houve um lindo chapéu aqui.

Peguei o antigo anuário escolar da minha mãe e um guia de campo para a batalha de Gettysburg. Reparei como o guia estava gasto em comparação ao anuário. Aquela era minha mãe.

Liv se ajoelhou sobre uma pilha de papéis.

— Acho que encontrei alguma coisa. Quero dizer, parece que pertenceram à sua mãe, mas na verdade não são nada, só velhos desenhos da casa de Ravenwood e algumas notas sobre a história de Gatlin.

Qualquer coisa relacionada a Ravenwood era importante. Ela me passou os blocos e dei uma olhada nas páginas. Registros da Guerra Civil de Gatlin, desenhos amarelados da casa de Ravenwood e dos prédios mais antigos da cidade: a Sociedade Histórica, o velho quartel dos bombeiros, até mesmo nossa casa, a propriedade Wate. Mas nenhuma dessas coisas parecia levar a nada.

— Aqui, gatinho, gatinho. Ei, encontrei um amigo para... — Link ergueu um gato conservado pela arte sulista da taxidermia, depois o largou quando se deu conta de que era um gato morto e empalhado, o pelo preto imundo. — ... Lucille.

— Tem que haver alguma outra coisa. Quem esteve aqui não estava procurando registros da Guerra Civil.

— Talvez tenham encontrado o que vieram procurar. — Liv deu de ombros.

Olhei para tia Del.

— Só há um jeito de descobrir.

Alguns minutos depois, estávamos todos sentados de pernas cruzadas no chão, como se estivéssemos em um círculo de acampamento. Ou em uma sessão espírita.

— Não tenho muita certeza de que isso seja uma boa ideia.

— É o único jeito de descobrirmos quem entrou aqui e por quê.

Tia Del assentiu, mas não muito convencida.

— Tudo bem. Lembrem-se, se ficarem enjoados, coloquem a cabeça entre os joelhos. Agora deem as mãos.

Link olhou para mim.

— O que ela quer dizer? Por que ficaríamos enjoados?

Peguei a mão de Liv, fechando o círculo. A mão dela estava macia e quente envolvida pela minha. Mas antes que eu conseguisse pensar no fato de que estávamos de mãos dadas, imagens começaram a surgir na frente dos meus olhos...

Uma depois da outra, se abrindo e fechando como portas. Cada imagem dava lugar à seguinte, como peças de dominó, ou um daqueles livros de folhear rápido que eu tinha quando criança.

Lena, Ridley e John virando caixas no sótão...

— *Tem que estar aqui. Continuem procurando.* — John jogando livros velhos no chão.

— *Como você pode ter tanta certeza?* — Lena enfiando a mão em outra caixa, a mão coberta de desenhos pretos.

282

— *Ela sabia como encontrar sem a estrela.*

Outra porta se abriu. Tia Caroline, arrastando caixas pelo chão do sótão. Ela se ajoelha em frente a uma caixa, segurando uma antiga foto da minha mãe, e passa a mão sobre a foto, soluçando.

E outra. Minha mãe, o cabelo descendo sobre os ombros, preso na cabeça pelos óculos vermelhos de leitura. Eu podia vê-la tão claramente quanto se ela estivesse parada na minha frente. Ela escreve loucamente em um diário de couro surrado, depois rasga a página, dobra-a e a coloca dentro de um envelope. Escreve alguma coisa na frente do envelope e o coloca dentre as últimas páginas do diário. Depois afasta um velho baú da parede. Atrás do baú, ela puxa uma tábua solta dos lambris. Olha ao redor, como se pressentisse que alguém podia estar olhando, e coloca o diário na abertura estreita.

Tia Del soltou minha mão.

— Puta merda!

Link já tinha passado, e muito, do ponto de se lembrar de tomar cuidado com o que dizia em frente a uma dama. Ele estava verde e enfiou a cabeça entre os joelhos imediatamente, como se estivesse em um acidente de avião. Eu não o via assim desde o dia em que Savannah o desafiou a beber uma garrafa velha de licor de menta.

— Lamento muito. Sei que é difícil se recuperar depois de uma viagem. — Tia Del dava tapinhas nas costas de Link. — Você está indo bem para sua primeira vez.

Eu não tinha tempo para pensar em tudo o que tinha visto. Então me concentrei em uma coisa: *Ela sabia como encontrar sem a estrela.* John estava falando sobre a Grande Barreira. Ele achava que minha mãe sabia alguma coisa sobre ela, algo que talvez tivesse escrito no diário. Liv e eu devíamos estar pensando a mesma coisa, porque botamos a mão no velho baú na mesma hora.

— Está pesado. Cuidado. — Comecei a afastá-lo da parede. Parecia que alguém o tinha enchido de tijolos.

Liv foi até a parede e soltou a tábua. Porém, não enfiou a mão na abertura. Coloquei a minha lá dentro e imediatamente encostei no couro surrado.

283

Puxei o diário, sentindo seu peso na minha mão. Era um pedaço da minha mãe. Fui até as páginas finais. Sua caligrafia delicada parecia me olhar da frente do envelope.

Macon

Eu o abri e desdobrei a única folha de papel.

Se você estiver lendo isso, significa que não consegui chegar até você a tempo de contar pessoalmente. As coisas estão bem piores do que qualquer um de nós dois podia ter imaginado. Pode ser tarde demais. Mas, se houver uma chance, você é o único que saberá como impedir que nossos piores medos se tornem realidade.

Abraham está vivo. Está se escondendo. E não está sozinho. Sarafine está com ele e é uma discípula tão devota quanto seu pai.

Você precisa detê-los antes que seja tarde.

-LJ

Meus olhos percorreram o final da página. *LJ.* Lila Jane. Reparei em uma outra coisa: a data. Senti como se levasse um chute no estômago. 21 de março. Um mês antes do acidente da minha mãe. Antes de ela ser assassinada.

Liv se afastou, sentindo que estava testemunhando uma coisa particular e dolorosa. Folheei o diário, procurando respostas. Havia outra cópia da árvore genealógica de Ravenwood. Eu a tinha visto anteriormente no arquivo, mas esta parecia diferente. Alguns dos nomes estavam riscados.

ÁRVORE GENEALÓGICA DA FAMÍLIA RAVENWOOD

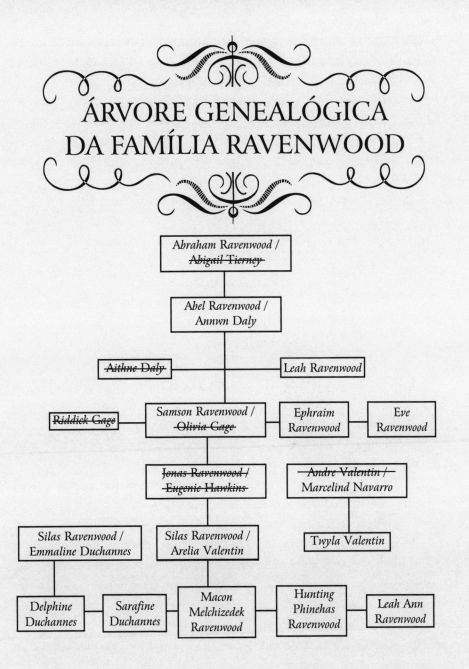

Enquanto eu virava as páginas, um pedaço de papel solto escorregou e flutuou até o chão. Eu o peguei e desdobrei a folha frágil. Era papel velino, fino e levemente transparente, como papel de seda. Havia estranhas formas desenhadas a caneta em um dos lados. Ovais deformadas, com depressões e ondulações, como se uma criança estivesse desenhando nuvens. Eu me virei para Liv, segurando o velino aberto para que ela pudesse ver os desenhos. Ela balançou a cabeça sem dizer uma palavra. Nenhum de nós sabia o que significava.

Dobrei o papel delicado e o recoloquei no diário, indo até o final. Fui para a última página. Havia uma outra coisa que não fazia sentido, pelo menos para mim.

In Luce Caecae Caligines sunt,
Et in Caliginibus, Lux.
In Arcu imperium est,
Et in imperio, Nox.

Instintivamente, arranquei a página e a enfiei no bolso. Minha mãe estava morta por causa da carta e possivelmente pelo que estava escrito nessas páginas. Elas pertenciam a mim agora.

— Ethan, você está bem? — A voz de tia Del estava cheia de preocupação.

Eu estava tão longe de bem que não conseguia lembrar como era estar bem. Eu tinha que sair daquele lugar, tinha que me afastar do passado da minha mãe, tinha que sair da minha cabeça.

— Volto já.

Desci a escada correndo até o quarto de hóspedes e me deitei na cama, com minhas roupas sujas. Olhei para o teto, pintado de azul como o céu, exatamente como o do meu quarto. Abelhas burras. A piada era sobre elas e elas nem sabiam.

Ou talvez fosse sobre mim.

Eu estava dormente, do modo como se fica quando se tenta sentir tudo de uma vez. Eu estava como tia Del quando entrou nessa velha casa.

Abraham Ravenwood não era uma peça do passado. Estava vivo, se escondendo nas sombras com Sarafine. Minha mãe sabia e Sarafine a tinha matado por causa disso.

Minha visão estava embaçada. Limpei os olhos, esperando encontrar lágrimas, mas não havia nada lá. Fechei bem os olhos, mas quando os abri, tudo o que pude ver eram cores e luzes piscando, como se eu estivesse correndo. Vi pedaços de coisas — uma parede, latas de lixo prateadas e amassadas, guimbas de cigarro. Aquilo que eu tinha vivenciado quando estava olhando o espelho do banheiro estava acontecendo de novo. Tentei ficar de pé, mas estava tonto demais. Os pedaços de coisas continuavam voando por mim, finalmente ficando mais devagar para que minha mente conseguisse acompanhar.

Eu estava em um aposento, um quarto, talvez. Era difícil dizer do meu ponto de vista. O chão era de concreto cinza e as paredes brancas, cobertas com os mesmos desenhos pretos que eu tinha visto nas mãos de Lena. Quando olhei para eles, pareceram se mexer.

Observei o quarto. Lena tinha que estar em algum lugar por ali.

— Sinto-me tão diferente de todo mundo, até de outros Conjuradores. — Era a voz dela. Olhei para cima, seguindo o som.

Eles estavam acima de mim, deitados no teto pintado de preto. Lena e John estavam com as cabeças encostadas, falando sem se olhar. Olhavam para o chão do mesmo jeito que eu olhava para o teto à noite quando não conseguia dormir. O cabelo de Lena caía ao redor de seu ombro, achatado contra o teto como se ela estivesse deitada no chão.

Pareceria impossível se eu já não tivesse visto isso. Só que, dessa vez, ela não era a única no teto. E eu não estava ali para puxá-la para baixo.

— Ninguém consegue me explicar meus poderes, nem a minha família. Porque eles não sabem. — Ela parecia infeliz e distante. — E todo dia eu acordo e consigo fazer coisas que não conseguia no dia anterior.

— É a mesma coisa comigo. Um dia acordei e pensei em um lugar aonde queria ir, e um segundo depois eu estava lá. — John jogava alguma coisa no ar e pegava de volta, sem parar. Só que ele jogava em direção ao chão em vez de em direção ao teto.

— Está dizendo que você não sabia que podia Viajar?

— Não até fazer. — Ele fechou os olhos, mas não parou de jogar a bola.

— E os seus pais? Eles sabiam?

— Não conheci meus pais. Eles fugiram quando eu era pequeno. Até Sobrenaturais reconhecem uma aberração quando veem uma. — Se ele estava mentindo, não dava para perceber. A voz dele estava amarga e magoada, e isso me pareceu genuíno.

Lena se virou de lado e se apoiou no cotovelo para que pudesse olhá-lo.

— Lamento. Isso deve ter sido horrível. Pelo menos eu tinha minha avó para tomar conta de mim. — Ela olhou para a bola, que ficou parada no ar. — Agora não tenho ninguém.

A bola caiu no chão. Quicou algumas vezes e rolou para debaixo da cama. John se virou para olhá-la.

— Você tem Ridley. E eu.

— Acredite em mim, quando você me conhecer, vai querer sair correndo imediatamente.

Eles estavam a poucos centímetros de distância.

— Você está errada. Sei como é se sentir sozinho até quando se está com outras pessoas.

Ela não disse nada. Será que era assim quando estava comigo? Será que ela se sentia sozinha mesmo quando estávamos juntos? Quando estava nos meus braços?

— L? — Fiquei enjoado quando ele falou isso. — Quando chegarmos à Grande Barreira vai ser diferente, eu prometo.

— A maior parte das pessoas diz que ela não existe.

— Isso é porque não sabem como encontrá-la. Só dá pra chegar pelos túneis. Vou levar você até lá. — Ele ergueu o queixo de Lena para que ela pudesse olhar nos seus olhos. — Sei que está com medo. Mas você tem a mim, se quiser.

Lena olhou para o outro lado, limpando um dos olhos com as costas das mãos. Eu podia ver os desenhos pretos, que pareciam mais escuros agora. Pareciam menos com caneta permanente e mais com as tatuagens de Ridley e John. Ela estava olhando diretamente para mim, mas não podia me ver.

— Preciso ter certeza de que não vou mais machucar ninguém. Não importa o que eu queira.

— Importa pra mim. — John passou o polegar debaixo do olho dela, pegando as lágrimas e se inclinando para mais perto. — Você pode confiar em mim. Eu jamais te machucaria. — Ele a puxou contra o peito e ela apoiou a cabeça em seu ombro.

Posso mesmo?

Eu não consegui ouvir mais nada e ficou mais difícil vê-la, como se eu estivesse sendo afastado de alguma forma. Pisquei com força, tentando manter o foco, mas quando abri os olhos de novo, só pude ver o teto azul. Virei para o lado e olhei a parede.

Eu estava de volta ao quarto da casa de tia Caroline e eles tinham sumido. Juntos, onde quer que estivessem.

Lena estava seguindo em frente. Estava se abrindo para John e ele alcançava uma parte dela que eu pensei não existir mais. Talvez eu não estivesse destinado a alcançá-la.

Macon tinha vivido nas Trevas e, minha mãe, na Luz.

Talvez não estivéssemos destinados a encontrar um jeito de os Mortais e os Conjuradores poderem ficar juntos porque não era para acontecer.

Alguém bateu na porta, embora ela estivesse aberta.

— Ethan? Você está bem? — Liv. Os passos dela soavam baixos, mas eu podia ouvi-los. Não me mexi.

A beirada da cama afundou quando ela se sentou. Senti sua mão quando massageou minha nuca. Era calmante e familiar, como se tivesse feito isso mil vezes. Isso era o interessante com relação a Liv: era como se eu a conhecesse desde sempre. Ela sempre parecia sentir o que eu precisava, como se soubesse coisas sobre mim mesmo que nem eu sabia.

— Ethan, tudo vai ficar bem. Vamos descobrir o que significa, prometo. — Eu sabia que ela estava sendo sincera.

Rolei para o lado. O sol tinha se posto e o quarto estava escuro. Eu não tinha me dado ao trabalho de acender a luz. Mas conseguia ver a silhueta dela enquanto me olhava.

— Pensei que você não pudesse se envolver.

— Não devia. Foi a primeira coisa que a professora Ashcroft me ensinou. — Ela fez uma pausa. — Mas não consigo evitar.

— Eu sei.

Ficamos olhando um para o outro na escuridão, a mão dela no meu queixo, onde tinha ido parar quando me virei. Mas eu a estava vendo de verdade, a possibilidade que ela era, pela primeira vez. Eu sentia alguma coisa. Não havia como negar, e Liv sentia também. Eu percebia em todas as vezes que ela me olhava.

Liv escorregou para a cama e se aconchegou contra mim, apoiando a cabeça no meu ombro.

Minha mãe tinha encontrado um jeito de seguir em frente depois de Macon. Tinha se apaixonado pelo meu pai, o que parecia provar que é possível perder o amor da sua vida e se apaixonar de novo.

Não é?

Ouvi um sussurro baixinho, não dentro da minha cabeça, mas quase no meu ouvido. Liv chegou mais perto.

— Você vai achar uma solução, assim como com todas as outras coisas. Além do mais, você tem algo que a maioria dos Obstinados não tem.

— É? O quê?

— Uma ótima Guardiã.

Deslizei minha mão até a nuca de Liv. Madressilva e sabonete — era esse o cheiro dela.

— Foi por isso que você veio? Porque eu precisava de uma Guardiã?

Ela não respondeu imediatamente. Eu podia sentir que estava tentando decidir. O quanto devia dizer, o que devia arriscar. Sabia que era isso que estava fazendo, porque eu estava fazendo a mesma coisa.

— Não é o único motivo, mas devia ser.

— Porque você não deve se envolver?

Eu sentia o coração dela batendo contra o meu peito. Ela se encaixava perfeitamente debaixo do meu ombro.

— Porque não quero me magoar. — Ela estava com medo, mas não de Conjuradores das Trevas, Incubus mutantes ou olhos dourados. Ela estava com medo de uma coisa mais simples, mas tão perigosa quanto tudo isso. Menor, mas infinitamente mais poderosa.

Puxei-a mais para perto.

— Nem eu. — Porque eu também estava com medo.

Não dissemos mais nada. Abracei-a com força e pensei sobre todos os modos pelos quais uma pessoa pode se machucar. Sobre os modos pelos quais eu podia magoá-la e me magoar. As duas coisas estavam interligadas de alguma maneira. É difícil explicar, mas quando se fica tão fechado para o mundo como eu fiquei nos meses anteriores, se abrir dava uma sensação tão errada quanto ficar nu na igreja.

Corações irão embora e estrelas irão atrás, Um está quebrado, um está vazio.

Aquela tinha sido nossa música, minha e de Lena. E eu tinha sido quebrado. Será que isso significava que eu tinha de permanecer vazio? Ou havia alguma coisa diferente para mim por aí? Talvez uma música nova?

Pink Floyd, para variar um pouco? *Risadas vazias em corredores de mármore.*

Sorri na escuridão, ouvindo o som rítmico da respiração dela até que fosse ficando mais suave por causa do sono. Eu estava exausto. Embora estivéssemos de volta ao mundo Mortal, eu ainda sentia como se fosse parte do mundo Conjurador e que Gatlin estava incrivelmente longe. Eu não conseguia entender como tinha chegado a este lugar tanto quanto não conseguia medir as milhas que havia percorrido ou a distância que ainda tinha de percorrer.

Caí na inconsciência sem saber o que faria quando chegasse lá.

⊰ 19 DE JUNHO ⊱

Bonaventure

Eu estava correndo, sendo perseguido. Cambaleando em beiradas e deslizando por ruas vazias e quintais. A única constante era a adrenalina. Não havia pausa.

Então vi a Harley, vindo diretamente para cima de mim, as luzes ficando cada vez mais próximas. Não eram amarelas, mas sim verdes, reluzindo com tanta intensidade nos meus olhos que tive de cobrir o rosto com as mãos...

Acordei. Tudo o que eu podia ver era o verde, acendendo e apagando.

Eu não soube onde estava até perceber que o brilho verde vinha do Arco Voltaico, agora iluminado como o céu no dia 4 de julho. Ele estava no colchão, para onde devia ter rolado ao sair do meu bolso. Só que o colchão parecia diferente e a luz estava piscando fora de controle.

Lembrei-me devagar: as estrelas, os túneis, o sótão, o quarto de hóspedes. Então percebi por que o colchão estava diferente.

Liv não estava mais lá.

Não demorei muito para descobrir onde Liv estava.

— Você não dorme nunca?

— Não tanto quanto você, ao que parece. — Como sempre, Liv não tirou os olhos do telescópio, embora esse fosse de alumínio e muito menor do que o da varanda de Marian.

Eu me sentei ao lado dela, no degrau de trás. O jardim estava tão calmo quanto a minha tia, um tranquilo pedaço verde que crescia debaixo de uma magnólia.

— O que está fazendo acordado?

— Recebi um chamado que me acordou.

Tentei parecer casual em vez de como realmente me sentia. Esquisito. Fiz sinal para a janela do quarto de hóspedes no segundo andar. Mesmo dali dava para ver a luz verde pulsando e brilhando pelas vidraças.

— Estranho. Acho que também recebi um. Dê uma olhada pelo celestron. — Ela me passou o telescópio em miniatura. Ele parecia com uma lanterna, a não ser pela lente grande encaixada em uma das pontas.

Nossas mãos se tocaram quando o peguei. Nem um choquinho sequer.

— Você também fez esse?

Ela sorriu.

— A professora Ashcroft me deu. Agora pare de falar e olhe. Lá.

Ela apontou para um ponto bem acima da magnólia, para um local que, aos meus olhos de Mortal, parecia um trecho escuro de céu sem estrelas.

Acomodei o telescópio no olho. Agora, o céu acima da árvore estava manchado de luz, uma espécie de aura fantasmagórica que ia em direção ao chão não muito longe de nós.

— O que é, uma estrela cadente? Estrelas cadentes deixam rastros assim?

— Talvez. Se fosse uma estrela cadente.

— Como sabe que não é?

Ela bateu no telescópio.

— Pode estar caindo, mas é uma estrela Conjuradora caindo no céu Conjurador, lembra? Senão nós poderíamos vê-la sem o telescópio.

— É isso que seu relógio maluco está dizendo?

Ela o pegou do degrau ao seu lado.

— Não tenho certeza sobre o que ele está dizendo. Achei que estivesse quebrado até que vi o céu.

O Arco Voltaico ainda piscava na janela, uma luz estroboscópica verde constante.

Então me lembrei de uma coisa do sonho. Parecia que a Harley estava indo diretamente para cima de mim.

— Não podemos ficar aqui. Alguma coisa está acontecendo. Alguma coisa aqui, em Savannah.

Liv prendeu o selenômetro de volta ao pulso.

— Seja o que for, parece estar acontecendo ali. — Ela colocou o telescópio na mochila e apontou para um local ao longe. Era hora de ir.

Estendi a mão, mas ela se levantou sozinha.

— Vá acordar Link. Vou pegar minhas coisas.

— Ainda não entendo por que isso não pode esperar até de manhã. — Link estava mal-humorado e seu cabelo espetado estava apontando para todos os lados.

— Essa coisa parece que pode esperar até de manhã? — O Arco Voltaico brilhava tanto agora que iluminava a rua toda à nossa frente.

— Não dá pra diminuir o controle de intensidade? Desligar os raios intensos? — Link protegeu os olhos.

— Acho que não está funcionando. — Sacudi o Arco Voltaico, mas a luz verde piscante não parou.

— Cara, você quebrou a Bola 8 Mágica.

— Não quebrei. Eu... — Deixei para lá, colocando-a no meu bolso. — É, está quebrada mesmo. — A luz brilhava através do meu jeans.

— É possível que alguma espécie de poder Conjurador o tenha acionado e mudado o equilíbrio normal de como o Arco Voltaico funciona. — Liv estava intrigada.

Link não.

— Tipo um alarme? Isso não é bom.

— Não sabemos se foi isso.

— Você está brincando? Nunca é bom quando o Comissário Gordon ativa o Bat-Sinal. Nem quando o Quarteto Fantástico vê o número quatro no céu.

— Entendi a ideia.

— É? Pode ter uma que nos leve aonde estamos tentando ir, agora que Ethan quebrou a Bola 8?

Liv consultou o selenômetro e começou a andar.

— Posso nos guiar até a área geral onde a estrela caiu. — Ela olhou para mim. — Quero dizer, se é que foi uma estrela. Mas Link pode estar certo. Não sei exatamente para onde vamos, nem o que encontraremos quando chegarmos lá.

— Quase faz um cara desejar ter sua própria tesoura de jardinagem — falei, seguindo Liv pela rua.

— Falando em coisas que não são normais, vejam quem está aqui. — Link apontou para o meio-fio em frente a uma casa com persianas vermelhas. Lucille estava sentada na beirada da calçada, olhando para nós como se a estivéssemos atrasando. — Eu disse que ela ia voltar.

Lucille lambeu as patas marrons demoradamente, esperando.

— Não conseguiu viver sem mim, né, garota? Provoco isso nas mulheres. — Link sorriu, fazendo carinho na cabeça dela. Ela afastou os dedos dele com a pata.

— Vamos lá. Você não vem? — Lucille nem se mexeu.

— É. Ele provoca isso nas mulheres — falei para Liv quando Lucille se espreguiçou, parada na frente da casa.

— Ela vai mudar de ideia — disse Link. — Elas sempre mudam.

Foi quando Lucille saiu correndo pela rua, na direção oposta ao caminho que seguimos.

***

Era madrugada e estava escuro como breu quando nos vimos saindo da cidade. Parecia que estávamos andando havia horas. A rua principal ficava cheia durante o dia. Agora estava deserta. O que fazia sentido, considerando para onde ela nos tinha levado.

— Tem certeza?

— Nem um pouco. É só uma aproximação baseada nos dados disponíveis. — Liv verificava o pequeno telescópio a cada cinco quadras. Não havia como duvidar dos dados.

— Adoro quando ela fala como nerd. — Link puxou a trança de Liv e ela deu um tapa na mão dele.

Olhei para as altas colunas de pedra ladeando a entrada do famoso cemitério Bonaventure, que ficava nos arredores de Savannah. Era um dos cemitérios mais famosos do sul e um dos mais bem protegidos. Isso era um problema, pois ele tinha fechado ao entardecer.

— Cara, isso é uma piada, certo? Vocês têm certeza de que é para cá que precisamos vir? — Link não pareceu muito feliz com a ideia de vagar pelo cemitério à noite, principalmente com um segurança na entrada e uma patrulha que passava pelos portões da frente de tempos em tempos.

Liv olhou para a estátua de uma mulher se segurando em uma cruz.

— Vamos acabar logo com isso.

Link puxou a tesoura de jardinagem.

— Acho que essa belezinha não vai conseguir fazer o serviço.

— Não pelos portões. — Apontei para a parede do outro lado das árvores. — Por cima deles.

Liv conseguiu pisar em todas as partes do meu corpo, chutar meu pescoço e enfiar o tênis com força na minha clavícula antes de eu empurrar seu peso por cima do portão. Ela perdeu o equilíbrio quando estava lá em cima e caiu com um baque surdo.

— Estou bem. Não se preocupem — gritou do outro lado da parede.

Link e eu nos olhamos e ele se inclinou.

— Você primeiro. Vou subir do jeito difícil.

Subi nas costas dele, me segurando à parede. Ele se ergueu até ficar completamente de pé.

— É? Como vai fazer isso?

— Tenho que procurar uma árvore perto o bastante da parede. Tem que ter uma por aqui. Não se preocupe. Encontro vocês.

Eu estava no alto. Agarrei a parede com as duas mãos.

— Não matei aula todos esses anos pra nada.

Sorri e me soltei.

Cinco minutos e sete árvores depois, o Arco Voltaico nos levou mais para dentro do cemitério, além das lápides desmoronando dos Confederados e das estátuas que guardavam os lares dos que tinham sido esquecidos. Havia um agrupamento de carvalhos cobertos de musgo, cujos galhos cruzados criavam um arco acima do caminho, por onde mal conseguiríamos nos espremer. O Arco Voltaico estava piscando e pulsando.

— Chegamos. É aqui, certo? — Olhei para o selenômetro por cima do ombro de Liv.

Link olhou ao redor.

— Onde? Não vejo nada. — Apontei para o espaço entre as árvores. — Sério?

Liv também parecia nervosa. Ela não queria ter que passar no meio de uma cortina de musgo espanhol em um cemitério escuro.

— Não consigo leitura alguma agora. Está tudo maluco.

— Não importa. É aqui, tenho certeza.

— Você acha que Lena, Ridley e John estão aí? — Link parecia estar planejando voltar e esperar por nós na entrada, ou talvez em um restaurante comendo uma costela.

— Não sei. — Empurrei o musgo e passei pelo meio.

Do outro lado, as árvores eram ainda mais sinistras, inclinadas sobre nossas cabeças, criando um céu próprio. Havia uma clareira à nossa frente, com uma enorme estátua de um anjo suplicante no centro dos túmulos. Os túmulos eram feitos de pedra, que contornavam a largura de cada um. Quase dava para ver os caixões enterrados abaixo delas.

— Ethan, olhe. — Liv apontou para o ponto atrás da estátua. Eu podia ver silhuetas emolduradas por uma fina camada de luz da lua. Elas estavam se movendo.

Tínhamos companhia.

Link balançou a cabeça.

— Isso não pode ser bom.

Por um segundo, não pude me mexer. E se fossem Lena e John? O que eles estavam fazendo em um cemitério à noite, sozinhos? Segui o caminho ladeado por mais estátuas ainda — anjos ajoelhados olhando para os céus, ou outros que olhavam para nós enquanto choravam.

Eu não tinha ideia do que esperar, mas quando as duas formas se tornaram visíveis, eram as últimas pessoas que eu esperava ver.

Amma e Arelia, a mãe de Macon. A última vez em que eu a tinha visto foi no enterro dele. Elas estavam sentadas entre os túmulos. Eu era um homem morto. Eu devia saber que Amma ia me encontrar.

Havia outra mulher sentada na terra com elas. Eu não a reconheci. Era um pouco mais velha do que Arelia, com a mesma pele dourada. Seu cabelo estava arrumado com centenas de pequenas tranças e ela usava vinte ou trinta cordões de contas — algumas eram pedras e miçangas coloridas, outras, pequenos pássaros e animais. Havia pelo menos dez buracos em cada orelha e longos brincos pendurados em cada um deles.

As três estavam sentadas de pernas cruzadas em um círculo, com lápides pontuando a terra ao redor. As mãos estavam unidas no centro do círculo. Amma estava de costas para nós, mas eu não tinha dúvida de que ela sabia que eu estava lá.

— Demorou muito. Estávamos esperando, e você sabe que odeio esperar. — A voz de Amma não estava mais agitada do que o normal, o que não fazia sentido, pois eu havia desaparecido sem nem deixar um bilhete.

— Amma, me desculpe...

Ela sacudiu a mão como se estivesse espantando uma mosca.

— Não temos tempo para isso agora. — Amma balançou o osso em sua mão. Um osso do cemitério, eu estava disposto a apostar.

Olhei para Amma.

— Você nos trouxe aqui?

— Não posso dizer que sim. Alguma outra coisa trouxe vocês, alguma coisa mais forte do que eu. Eu só sabia que vocês estavam vindo.

— Como?

Amma me lançou um olhar de desprezo.

— Como um pássaro sabe voar para o sul? Como uma lampreia sabe nadar? Não sei quantas vezes preciso lhe dizer, Ethan Wate. Não me chamam de Vidente sem motivo.

— Eu também previ sua chegada. — Arelia estava relatando um fato, mas isso irritou Amma mesmo assim. Deu para perceber pela expressão dela.

Amma ergueu o queixo.

— Depois que eu mencionei. — Amma estava acostumada a ser a única Vidente de Gatlin e não gostava de ser derrotada, mesmo por uma Adivinhadora com poderes sobrenaturais.

A outra mulher, que eu não conhecia, se virou para Amma.

— É melhor começar, Amarie. Estão esperando.

— Venham sentar-se aqui. — Amma fez sinal para nós. — Twyla está pronta. — Twyla. Reconheci o nome.

Arelia respondeu a pergunta antes que eu a fizesse.

— Esta é minha irmã, Twyla. Ela veio de muito longe para estar aqui conosco hoje. — Eu lembrei. Lena tinha falado da tia-avó Twyla, a que nunca havia saído de Nova Orleans. Até hoje.

— Isso mesmo. Agora venha se sentar ao meu lado, *cher*. Não tenha medo. É só um Círculo de Visão.

Twyla bateu com a mão no espaço vazio ao seu lado. Amma estava sentada do outro lado de Twyla, me lançando o Olhar. Liv deu um passo para trás, parecendo bem assustada, mesmo para alguém em treinamento para ser Guardiã. Link ficou logo atrás dela. Amma provocava isso nas pessoas, e pelo que parecia, Twyla e Arelia também.

— Minha irmã é uma poderosa Necromancer. — A voz de Arelia estava cheia de orgulho.

Link fez uma careta e cochichou para Liv:

— Ela transa com gente morta? Esse é o tipo de coisa sobre a qual devia-se manter segredo.

Liv revirou os olhos.

— Não é necrófila, seu burro. Ela é Necromancer, uma Conjuradora capaz de chamar e se comunicar com os mortos.

Arelia assentiu.

— É isso mesmo, e precisamos da ajuda de alguém que já deixou este mundo.

Eu soube imediatamente de quem ela estava falando, ou pelo menos esperava saber.

— Amma, estamos tentando chamar Macon?

A tristeza tomou conta do rosto dela.

— Gostaria de poder dizer que sim, mas não podemos ir até o local para onde Melchizedek foi.

— Está na hora. — Twyla tirou uma coisa do bolso e olhou para Amma e Arelia. Dava para sentir a mudança no comportamento delas. As três se tornaram práticas, mesmo em se tratando de acordar os mortos.

Arelia abriu as mãos em frente aos lábios e falou baixinho dentro delas.

— Meu poder é seu poder, irmãs. — Ela jogou pequenas pedras no centro do círculo.

— Pedras da lua — sussurrou Liv.

Amma pegou um saco com ossos de galinha. Eu reconheceria aquele cheiro em qualquer lugar. Era o cheiro da cozinha da minha casa.

— Meu poder é seu poder, irmãs.

Amma jogou os ossos dentro do círculo com as pedras da lua. Twyla abriu a mão, revelando uma pequena escultura em forma de pássaro. Ela falou as palavras que lhe davam poder.

— Um para este mundo, um para o próximo.
Abram a porta para o que está anexo.

Ela começou a cantarolar em voz alta e febril, as palavras desconhecidas rachando o ar. Os olhos dela se reviraram para dentro, mas as pálpebras permaneceram abertas. Arelia começou a cantarolar também, sacudindo longos cordões franjados de contas.

Amma segurou meu queixo para me olhar nos olhos.

— Sei que isso não vai ser fácil, mas tem coisas que você precisa saber.

O ar no centro do Círculo de Visão começou a girar e se agitar, criando uma névoa branca e fina. Twyla, Arelia e Amma continuaram a cantarolar, suas vozes aumentando de volume. A névoa parecia agir de acordo com a ordem delas, ganhando velocidade e densidade, rodopiando para cima como um furacão em crescimento.

Sem aviso, Twyla inspirou profundamente, como se estivesse dando seu último suspiro. A névoa pareceu ser puxada, desaparecendo dentro da sua boca. Por um minuto, achei que ia cair morta. Ela ficou ali, sentada com as costas tão eretas que parecia estar presa a um poste, os olhos voltados para dentro da cabeça, a boca ainda aberta.

Link se afastou até uma distância segura enquanto Liv tentava se aproximar para ajudar, estendendo os braços na direção de Twyla. Mas Amma pegou o braço dela no meio do caminho.

— Espere.

Twyla expirou. A névoa branca saiu dos lábios dela e se ergueu sobre o círculo. Tomando forma. Ela subiu mais, criando um corpo à medida que se movia. Os pés descalços aparecendo por baixo de um vestido branco, o corpo preenchendo o vestido como se estivesse inflando um balão. Era um Espectro, se erguendo da neblina. Observei a névoa espiralar para cima, criando um tronco, um pescoço delicado e finalmente um rosto.

Era... minha mãe.

Olhando para mim com a qualidade luminosa e etérea típica dos Espectros. Mas fora a translucidez, era exatamente igual à minha mãe. As pálpebras dela tremeram e ela olhou para mim. O Espectro não só parecia minha mãe. Era minha mãe.

Ela falou, e sua voz era tão suave e melodiosa quanto eu me lembrava.

— Ethan, querido, estive esperando por você.

Fiquei olhando para ela, sem palavras. Em cada sonho que tive desde o dia em que ela morreu, em cada foto, em cada lembrança, ela nunca foi tão real como agora.

— Tem tanta coisa que preciso contar a você e tanto que não posso dizer. Venho tentando mostrar o caminho, mandar as músicas...

Ela me mandava as músicas. As que só Lena e eu podíamos ouvir. Eu falei, mas minha voz soou distante, como se não fosse minha. "Dezessete Luas", a música sinalizadora.

— Foi você esse tempo todo?

Ela sorriu.

— Sim. Você precisava de mim. Mas agora ele precisa de você, e você precisa dele também.

— Quem? Está falando do papai? — Mas eu sabia que ela não estava falando do meu pai. Estava falando do outro homem que significava muito para nós dois.

Macon.

Ela não sabia que ele tinha morrido.

— Está falando de Macon? — Vi um brilho de reconhecimento nos olhos dela. Eu tinha que contar. Se alguma coisa acontecesse a Lena, eu iria querer que alguém me contasse. Não importava o quanto as coisas mudassem.

— Macon morreu, mãe. Há alguns meses. Ele não pode me ajudar.

Observei o brilho dela à luz da lua. Ela estava tão bonita quanto da última vez em que a vi, quando me abraçou na varanda sob a chuva antes de eu ir para a escola.

— Escute, Ethan. Ele sempre estará com você. Só você pode redimi-lo. — A imagem dela começou a desaparecer.

Estendi o braço, desesperado para tocá-la, mas minha mão pairou no ar.

— Mãe?

— A Lua Invocadora foi convocada. — Ela estava desaparecendo, se esvaindo na noite. — Se as Trevas prevalecerem, a Décima Sétima Lua será a última. — Eu quase não conseguia mais vê-la. A névoa voltou a rodopiar lentamente, acima do círculo. — Rápido, Ethan. Você não tem muito tempo, mas pode fazer isso. Eu tenho fé. — Ela sorriu e tentei memorizar a expressão dela, porque sabia que ela estava indo embora.

— E se eu chegar tarde demais?

Pude ouvir sua voz distante.

— Tentei mantê-lo em segurança. Eu devia saber que não podia. Você sempre foi especial.

Olhei para a neblina branca, que rodopiava como meu estômago.

— Meu doce garoto de verão. Sempre pensarei em você. Amo...

As palavras sumiram até virar nada. Minha mãe tinha vindo aqui. Por alguns minutos, vi seu sorriso e ouvi sua voz. Agora ela tinha ido embora.

Eu a tinha perdido de novo.

— Também amo você, mãe.

◄ 19 DE JUNHO ►

Cicatrizes

— Tem uma coisa que preciso lhe contar. — Amma apertava as mãos com nervosismo. — É sobre a noite da Décima Sexta Lua, do aniversário de Lena. — Demorei um segundo para me dar conta de que ela estava falando comigo. Eu ainda olhava para o centro do círculo, no qual minha mãe havia estado um momento antes.

Dessa vez, minha mãe não mandara mensagens em livros ou em versos de música. Eu a tinha visto.

— Conte para o garoto.

— Silêncio, Twyla. — Arelia colocou a mão no braço da irmã.

— Mentiras. Mentiras são onde as trevas crescem. Conte para o garoto. Conte agora.

— De que vocês estão falando? — Olhei de Twyla para Arelia. Amma lançou-lhes um olhar que Twyla respondeu com um sacolejar das tranças cheias de contas.

— Escute, Ethan Wate. — A voz de Amma estava irregular e trêmula. — Você não caiu do alto da cripta, pelo menos não do jeito que contamos a você.

— O quê? — Ela não estava fazendo sentido. Por que estava falando sobre o aniversário de Lena depois de eu ter acabado de ver o fantasma da minha mãe?

303

— Você não caiu, entende? — repetiu ela.

— O que está dizendo? É claro que caí. Acordei no chão, caído de costas.

— Não foi assim que você chegou lá — hesitou Amma. — Foi a mãe de Lena. Sarafine o esfaqueou. — Amma olhou bem dentro dos meus olhos. — Ela matou você. Você estava morto e nós o trouxemos de volta.

Ela matou você.

Repeti as palavras na minha cabeça, as peças se encaixando tão rapidamente que mal consegui entender o sentido delas. Em vez disso, elas se encaixaram sozinhas até que eu visse...

o sonho que não era um sonho, mas uma lembrança de não respirar e não sentir e não achar e não ver...

a terra e as chamas que dominaram meu corpo enquanto minha vida se esvaía...

— Ethan! Você está bem? — Eu podia ouvir Amma, mas ela estava longe, tão longe quanto naquela noite, quando eu estava no chão.

Eu podia estar no chão agora, como minha mãe e Macon.

Devia estar.

— Ethan? — Link me sacudia.

Meu corpo se encheu de sensações que eu não conseguia controlar e não queria lembrar. Sangue na minha boca, sangue vibrando nos meus ouvidos...

— Ele está desmaiando. — Liv segurava minha cabeça.

Tinha havido dor e barulho e mais uma coisa. Vozes. Formas. Pessoas.

Eu tinha morrido.

Enfiei a mão debaixo da camisa e passei-a sobre a cicatriz na minha barriga. A cicatriz no local onde Sarafine havia me perfurado com uma faca de verdade. Eu mal reparava nela, mas agora seria uma lembrança constante da noite em que morri. Eu me lembrei de como Lena reagiu quando a viu.

— Você ainda é a mesma pessoa e Lena ainda ama você. O amor dela é o motivo de você estar aqui agora. — Arelia soava gentil, sábia.

Abri meus olhos, deixando as formas embaçadas se tornarem pessoas enquanto eu me recuperava e voltava a ser eu mesmo.

Meus pensamentos estavam muito confusos. Mesmo agora, nada fazia sentido.

— Como assim, o amor dela é o motivo de eu estar aqui agora?

Amma falou baixinho e precisei me esforçar para ouvi-la.

— Foi Lena que fez você voltar. Eu a ajudei, eu e sua mãe.

As palavras não se encaixavam, então tentei repeti-las na minha cabeça. Lena e Amma me trouxeram de volta da morte, juntas. E juntas haviam mantido segredo de mim até agora. Esfreguei a cicatriz na minha pele. A sensação era bem verdadeira.

— Desde quando Lena sabe trazer os mortos de volta à vida? Se soubesse, não acham que teria trazido Macon também?

Amma olhou para mim. Eu nunca a tinha visto tão assustada.

— Ela não fez isso sozinha. Ela usou o Feitiço de Atar do *Livro das Luas*. Que ata a morte à vida.

Lena tinha usado *O Livro das Luas.*

O Livro que tinha amaldiçoado Genevieve e toda a família de Lena havia gerações, Invocando todas as crianças da família de Lena para a Luz ou para as Trevas em seus décimos sextos aniversários. O Livro que Genevieve tinha usado para trazer Ethan Carter Wate de volta à vida só por um segundo — um ato pelo qual ela passou o restante da vida pagando.

Eu não conseguia pensar. Minha mente começou a desmoronar outra vez e eu não conseguia acompanhar meus próprios pensamentos. *Genevieve. Lena. O preço.*

— Como a senhora pôde? — E me empurrei para trás com os pés, me afastando delas e do Círculo de Visão. Já tinha visto o bastante.

— Não tive escolha. Ela não conseguia deixar você ir. — Amma olhou para mim, envergonhada. — Eu também não.

Fiquei de pé e balancei a cabeça.

— É mentira. Ela não faria isso. — Mas eu sabia que faria. As duas fariam. Era exatamente o que elas fariam. Eu sabia, porque também teria feito isso.

Não importava agora.

Durante toda a minha vida eu nunca tinha ficado tão furioso e nem tão decepcionado com Amma.

— A senhora sabia que o Livro não daria nada sem pedir algo em troca. A senhora mesma me contou isso.

— Eu sei.

— Lena terá que pagar um preço por isso, por minha causa. Vocês duas terão. — Minha cabeça parecia que se partiria no meio ou explodiria.

Uma lágrima traidora ficou presa na bochecha de Amma. Ela colocou dois dedos na testa e fechou os olhos, a versão de Amma do sinal da cruz, uma oração silenciosa.

— Ela está pagando agora mesmo.

Eu não conseguia respirar.

Os olhos de Lena. A cena na feira. Fugir com John Breed. As palavras encontraram a saída mesmo que eu tentasse segurá-las.

— Ela está indo para as Trevas por minha causa.

— Se ela está indo para as Trevas, não é por causa daquele Livro. O Livro fez um tipo diferente de troca. — Amma parou, como se não pudesse suportar me contar o restante.

— Que tipo de troca?

— Deu uma vida e levou outra. Sabíamos que haveria consequências. — As palavras ficaram presas na garganta dela. — Só não sabíamos que seria Melchizedek.

Macon.

Não podia ser verdade.

Deu uma vida e levou outra. Um tipo diferente de troca.

A minha vida pela de Macon.

Tudo fazia sentido. O modo como Lena vinha agindo nos últimos meses. O modo como vinha se afastando de mim, de todo mundo. O modo como se culpava pela morte de Macon.

Era verdade. Ela o tinha matado.

Para me salvar.

Pensei no caderno dela e na página Enfeitiçada que encontrei. O que as palavras diziam? Amma? Sarafine? Macon? O Livro? Era a história real daquela noite. Eu me lembrei dos poemas escritos na parede dela. Ninguém o Morto e Ninguém o Vivo. Dois lados da mesma moeda. Macon e eu.

Nada verde pode permanecer. Meses atrás, eu achei que ela havia escrito o poema de Frost errado. Mas é claro que não tinha sido isso. Ela estava falando de si mesma.

Pensei sobre como parecia doloroso para ela me olhar. Não era de surpreender que se sentisse culpada. Não era de surpreender que tivesse fugido. Eu me perguntei se algum dia ela suportaria olhar para mim de novo. Lena tinha feito tudo por minha causa. Não era culpa dela.

Era minha.

Ninguém disse nada. Não havia como voltar atrás agora, para nenhum de nós. O que Lena e Amma tinham feito naquela noite não podia ser desfeito. Eu não devia estar ali, mas estava.

— É a Ordem e você não pode impedi-la. — Twyla fechou os olhos, como se pudesse ouvir alguma coisa que eu não podia.

Amma puxou um lenço do bolso e secou o rosto.

— Lamento não ter contado, mas não lamento o que fizemos. Era o único jeito.

— A senhora não entende. Lena acha que está indo para as Trevas. Ela fugiu com uma espécie de Conjurador das Trevas ou Incubus. Ela está em perigo por minha causa.

— Besteira. Aquela garota fez o que precisava fazer porque ama você.

Arelia juntou as oferendas do chão: os ossos, o pardal, as pedras da lua.

— Nada pode fazer Lena ir para as Trevas, Ethan. Ela precisa escolher.

— Mas ela pensa que é das Trevas porque matou Macon. Ela acha que já escolheu.

— Mas não escolheu — disse Liv. Ela estava parada a alguns metros, para nos dar um pouco de privacidade.

Link estava sentado em um velho banco de pedra, alguns passos atrás dela.

— Então temos que encontrá-la e dizer isso a ela. — Ele não agiu como se tivesse acabado de descobrir que morri e fui trazido de volta. Agiu como se tudo estivesse igual. Fui até lá e me sentei no banco, ao lado dele.

Liv olhou para mim.

— Você está bem?

Liv. Eu não conseguia olhar para ela. Eu estava com ciúmes e magoado, e tinha arrastado Liv para o meio da minha vida errada e confusa. Tudo porque achava que Lena não me amava mais. Mas eu era burro e estava errado. Lena me amava tanto que estava disposta a arriscar tudo para me salvar.

Eu tinha desistido de Lena depois de ela se recusar a abrir mão de mim. Eu devia minha vida a ela. Era simples assim.

Meus dedos encostaram em alguma coisa entalhada na beirada do banco. Palavras.

IN THE COOL COOL COOL
OF THE EVENING

Era a música que estava tocando em Ravenwood na noite em que conheci Macon. A coincidência era grande demais, principalmente para um mundo sem coincidências. Tinha que ser algum tipo de sinal.

Sinal do quê? Do que eu tinha feito a Macon? Eu nem conseguia imaginar como Lena devia ter se sentido ao perceber que o tinha perdido no meu lugar. E se eu tivesse perdido minha mãe dessa forma? Será que conseguiria olhar para Lena viva sem ver minha mãe morta?

— Só um minuto.

Levantei do banco e fui correndo pelo caminho entre as árvores, por onde tínhamos chegado. Respirei o ar da noite até encher os pulmões, porque ainda podia respirar. Quando finalmente parei de correr, olhei para as estrelas e para o céu.

Será que Lena estava olhando para o mesmo céu, ou para um que eu jamais conseguiria ver? Nossas luas eram mesmo tão diferentes?

Coloquei a mão no bolso e peguei o Arco Voltaico para que ele me mostrasse como encontrá-la, mas ele não mostrou. Em vez disso, me mostrou outra coisa...

Macon nunca havia sido como seu pai, Silas, e os dois sabiam disso. Ele sempre tinha sido mais como a mãe, Arelia, uma poderosa Conjuradora da Luz por quem Silas tinha se apaixonado profunda-

mente enquanto estava fazendo faculdade em Nova Orleans. Não muito diferente do modo como Macon e Jane tinham se conhecido e se apaixonado quando ele estudava em Duke. E, como Macon, seu pai tinha se apaixonado por sua mãe antes da Transformação. Antes que o avô de Silas tivesse se convencido de que um relacionamento com uma Conjuradora da Luz era uma abominação contra a espécie deles.

O avô de Macon levou anos para conseguir afastar Arelia e Silas. Quando isso aconteceu, Hunting e Leah já tinham nascido. Arelia tinha sido forçada a usar seus poderes de Adivinhadora para escapar da ira de Silas e de seu desejo incontrolável por alimento. Ela tinha fugido para Nova Orleans com Leah. Silas jamais teria deixado que ela levasse os filhos.

Arelia era a única a quem Macon podia recorrer agora. A única que entenderia que ele tinha se apaixonado por uma Mortal, o maior ato de sacrilégio contra sua espécie, o Incubus de Sangue.

O Soldado do Demônio.

Macon não tinha avisado a mãe que estava indo; ela, porém, o estaria esperando. Ele subiu dos túneis até o calor doce de uma noite de verão em Nova Orleans. Vagalumes piscavam na escuridão e o cheiro de magnólias predominava. Ela esperava por ele na varanda, bordando rendas em uma velha cadeira de balanço. Fazia muito tempo.

— Mãe, preciso da sua ajuda.

Ela colocou a agulha e a tela de lado e se ergueu da cadeira.

— Eu sei. Tudo está pronto, cher.

Só havia uma coisa poderosa o bastante para deter um Incubus, além de um integrante da própria espécie.

Um Arco Voltaico.

Eram considerados aparatos medievais, armas criadas para controlar e aprisionar o mais poderoso dos Perigosos, o Incubus. Macon nunca tinha visto um antes. Poucos restavam e eram quase impossíveis de achar.

Mas sua mãe tinha um e Macon precisava dele.

Macon seguiu-a até a cozinha. Ela abriu um pequeno armário que servia de altar para os espíritos. Desembrulhou uma pequena caixa de madeira com escrita niádica, a antiga língua Conjuradora, em sua superfície.

QUEM PROCURA VAI ENCONTRAR
A CASA DOS PROFANOS
A CHAVE DA VERDADE

— *Seu pai me deu isso antes da Transformação. Foi passado pela família Ravenwood por gerações. Seu bisavô dizia que pertenceu ao próprio Abraham, e eu acredito. Está marcado pelo ódio e pelo fanatismo dele.*

Ela abriu a caixa, revelando a esfera cor de ébano. Macon podia sentir a energia, mesmo sem tocá-la — a terrível possibilidade de uma eternidade dentro das paredes brilhantes dela.

— *Macon, você precisa entender. Quando um Incubus é preso dentro do Arco Voltaico, não tem como sair de lá sozinho. Você precisa ser libertado. Se der isto a alguém, precisa ter certeza de que pode confiar nessa pessoa, porque estará colocando mais do que sua vida nas mãos dela. Estará dando a ela mil vidas. É assim que uma eternidade pareceria de dentro disso.*

Ela segurou a caixa mais no alto de modo que ele pudesse ver, como se pudesse imaginar o confinamento só de olhar a esfera.

— *Eu entendo, mãe. Posso confiar em Jane. Ela é a pessoa mais honesta e com mais princípios que já conheci, e ela me ama. Apesar do que sou.*

Arelia tocou a bochecha de Macon.

— *Não há nada de errado com quem você é,* cher. *Se houvesse, seria minha culpa. Eu o condenei a esse destino.*

Macon se inclinou e beijou a testa dela.

— *Amo você, mãe. Nada disso é sua culpa. É culpa dele.*

Do pai dele.

Silas era possivelmente uma ameaça maior a Jane do que Macon. Silas era escravo da doutrina do primeiro Incubus de Sangue de Ravenwood. Abraham.

— Não é culpa dele, Macon. Você não sabe como seu avô era. Como ele pressionou seu pai a acreditar na sua ideia deturpada de superioridade, de que Mortais eram inferiores a Conjuradores e Incubus, nada mais do que uma fonte de sangue para satisfazer o desejo deles. Seu pai foi doutrinado, assim como o pai dele.

Macon não ligava. Tinha deixado de sentir pena do pai havia muito tempo, tinha parado de se perguntar como sua mãe podia ter amado Silas.

— Diga-me como usar. — Macon estendeu a mão, hesitante. — Posso tocar?

— Sim. A pessoa que tocar em você com ele é que precisa ter a intenção, e mesmo assim ele é inofensivo sem o Carmen Defixionis.

A mãe dele pegou um pequeno saco, uma bolsa de amuleto, a proteção mais forte que o vodu podia oferecer, que estava na porta do porão e desapareceu pela escadaria escura. Quando voltou, carregava algo embrulhado em um pedaço poeirento de tecido. Ela colocou o objeto sobre a mesa e o desembrulhou.

O Responsum.

Traduzido literalmente, significava "a Resposta".

Estava escrito em niádico. Continha todas as leis que governavam sua espécie.

Era o livro mais antigo que havia. Só existiam algumas cópias no mundo. Arelia virou as páginas delicadas com cuidado até chegar na que procurava.

— Carcer.

A Prisão.

O desenho do Arco Voltaico era exatamente igual ao verdadeiro, que estava pousado na caixa revestida de veludo em cima da mesa da cozinha dela, ao lado do étouffée que ela não havia comido.

— Como funciona?

— É bem simples. Uma pessoa só precisa tocar no Arco Voltaico e no Incubus que ela deseja aprisionar e dizer o Carmen ao mesmo tempo. O Arco Voltaico faz o resto.

— O Carmen está no livro?

— Não, é poderoso demais para ser confiado à palavra escrita. Você precisa aprendê-lo com alguém que o conhece e guardá-lo na memória.

Ela baixou a voz como se tivesse medo de que alguém ouvisse. Então sussurrou as palavras que podiam condená-lo a uma eternidade de sofrimento.

— Comprehende, Liga, Cruci Fige.
Capturar, Aprisionar e Crucificar.

Arelia fechou a tampa da caixa e a entregou para Macon.
— Tome cuidado. No Arco há poder e no poder há Noite.
Macon beijou-a na testa.
— Prometo.
Ele se virou para ir embora, mas a voz de sua mãe o chamou de volta.
— Você precisará disto.
Ela rabiscou várias linhas em um pedaço de pergaminho.
— O que é?
— A única chave para essa porta. — *Ela gesticulou para a caixa debaixo do braço dele.* — *O único meio de tirar você daí.*

Abri os olhos. Eu estava de volta ao chão de terra, olhando para as estrelas. O Arco Voltaico era de Macon, como Marian havia dito. Eu não sabia onde ele estava, se no Outro Mundo ou no céu Conjurador. Não sabia por que estava me mostrando aquilo tudo, mas se eu tinha aprendido algo hoje, era que tudo acontecia por um motivo.

Eu precisava entender qual era antes que fosse tarde demais.

* * *

Ainda estávamos no cemitério Bonaventure, embora agora estivéssemos perto da entrada. Não me dei ao trabalho de dizer a Amma que não ia voltar com ela. Ela parecia saber.

— É melhor irmos. — Abracei Amma.

Ela pegou minhas mãos e apertou com força.

— Um passo de cada vez, Ethan Wate. Sua mãe pode dizer que isso é uma coisa que você tem que fazer, mas estarei observando cada passo do caminho. — Eu sabia como era difícil para ela me deixar ir em vez de me colocar de castigo e me mandar para o quarto até o restante da minha vida.

As coisas estavam tão ruins quanto pareciam. Isso era a prova.

Arelia deu um passo à frente e colocou um objeto na minha mão, uma pequena boneca como as que Amma fazia. Era um amuleto vodu.

— Eu tinha fé na sua mãe e tenho fé em você, Ethan. Este é meu jeito de dizer boa sorte, porque não vai ser fácil.

— O certo e o fácil nunca são a mesma coisa — repeti as palavras que minha mãe tinha me dito centenas de vezes. Eu a estava canalizando, da minha maneira.

Twyla tocou minha bochecha com um dedo ossudo.

— A verdade em ambos os mundos. É preciso perder para ganhar. Não estamos aqui por muito tempo, *cher*. — Era um aviso, quase como se ela soubesse de alguma coisa que eu não sabia. Depois do que eu tinha visto naquela noite, tinha certeza de que sim.

Amma passou os braços magros ao meu redor em um último abraço esmagador.

— Vou trazer um pouco de sorte pra você do meu jeito — sussurrou ela, e virou-se para Link. — Wesley Jefferson Lincoln, é melhor você voltar inteiro, ou vou contar para sua mãe o que você fez no meu porão quando tinha 9 anos, está ouvindo?

Link sorriu ao ouvir a ameaça familiar.

— Sim, senhora.

Amma não disse nada para Liv, só assentiu rapidamente em direção a ela. Era o seu jeito de mostrar a quem era leal. Agora que eu sabia o que Lena tinha feito por mim, não tinha dúvida sobre como Amma se sentia em relação a ela.

Amma limpou a garganta.

— Os guardas se foram, mas Twyla não pode segurá-los para sempre. É melhor vocês irem.

Abri o portão de ferro com Link e Liv atrás de mim.

Estou indo, L. Quer você me queira, quer não.

⚔ 19 DE JUNHO ⚔

Lá embaixo

Ninguém falou nada enquanto andávamos pela beira da estrada em direção ao parque e ao portal de Savannah. Decidimos não arriscar voltar para a casa da tia Caroline, pois tia Del estaria lá e provavelmente não ia nos deixar continuar sem ela. Fora isso, não parecia haver qualquer coisa que valesse ser dita. Link tentou fazer o cabelo ficar de pé com a ajuda de um gel e Liv verificou o selenômetro e rabiscou no caderninho vermelho uma ou duas vezes.

As mesmas coisas de sempre.

Só que as mesmas coisas de sempre não eram as mesmas esta manhã, na escuridão sombria que precedia o amanhecer. Minha mente estava dando voltas e tropecei mais do que algumas vezes. Aquela noite estava pior do que um pesadelo. Eu não podia acordar. Eu nem precisava fechar meus olhos para ver o sonho, Sarafine e a faca, Lena gritando e chorando por mim.

Eu tinha morrido.

Fiquei morto, sabe-se lá por quanto tempo.

Minutos?

Horas?

Se não fosse por Lena, eu estaria sob a terra do Jardim da Paz Perpétua nesse momento. A segunda caixa de cedro lacrada em nosso lote familiar.

315

Será que eu tinha sentido coisas? Visto coisas? Será que isso tinha me mudado? Toquei na linha dura da cicatriz debaixo da minha camiseta. Era mesmo minha cicatriz? Ou apenas a lembrança de uma coisa que tinha acontecido a outro Ethan Wate, o que não voltou?

Tudo era um borrão confuso, como os sonhos que Lena e eu compartilhávamos, ou a diferença entre os dois céus que Liv tinha me mostrado na noite em que a Estrela do Sul desaparecera. Que parte era real? Será que eu sabia inconscientemente o que Lena havia feito? Será que eu tinha sentido algo por baixo de tudo o mais que tinha acontecido conosco?

Se ela soubesse o que estava escolhendo, será que teria feito uma escolha diferente?

Eu devia minha vida a ela, mas não me sentia feliz. Só sentia destruição. O medo da terra e do nada e de ficar sozinho. A perda da minha mãe e de Macon e, de certa forma, de Lena. E uma outra coisa.

A tristeza debilitante e a incrível culpa de ser aquele que sobreviveu.

O parque Forsyth era assustador ao amanhecer. Eu nunca o tinha visto sem estar repleto de pessoas. Sem elas, quase não reconheci a porta para os túneis. Nada de sinetas do bonde, nada de turistas. Nada de cachorros miniatura nem de jardineiros podando azaleias. Pensei em todas as pessoas vivas que passariam pelo parque naquele dia.

— Você não viu. — Liv puxou meu braço.

— O quê?

— A porta. Você passou direto.

Ela estava certa. Tínhamos passado direto pela entrada antes de eu identificá-la. Quase esqueci como o funcionamento do mundo Conjurador era sutil, sempre escondido. Não dava para ver a porta externa do parque a não ser que a estivesse procurando, e a passagem em forma de arco a deixava numa sombra perpétua, provavelmente tinha Conjuro próprio. Link começou a trabalhar, usando a tesoura de jardinagem no espaço entre a porta e a estrutura o mais rápido que pôde, abrindo-a com um ruído. O interior sombrio do túnel estava ainda mais escuro do que o amanhecer de verão.

— Não consigo acreditar que isso funciona — e balancei a cabeça.

— Venho pensando sobre isso desde que saímos de Gatlin — disse Liv. — Acho que faz muito sentido.

— Faz sentido que uma porcaria de tesoura de jardinagem consiga abrir uma porta Conjuradora?

— Essa é a beleza da Ordem das Coisas. Eu te disse, há o universo mágico e o universo material. — Liv olhou para o céu.

Meus olhos seguiram os dela.

— Como dois céus.

— Exatamente. Um não é mais real do que o outro em nada. Eles coexistem.

— Então uma tesoura enferrujada de metal pode dar conta de um portal mágico? — Não sei por que fiquei surpreso.

— Nem sempre. Mas onde os dois universos se encontram, sempre haverá alguma espécie de fresta. Certo? — Fazia sentido para Liv.

Assenti.

— Queria saber se uma força em um universo corresponde a uma fraqueza no outro. — Ela estava falando consigo mesma tanto quanto comigo.

— Você quer dizer que a porta é fácil para Link abrir porque é impossível para um Conjurador? — Link vinha tendo uma estranha facilidade com os portais. Por outro lado, Liv não sabia que Link arrombava fechaduras desde que a mãe dele instituiu o primeiro toque de recolher, por volta do sexto ano.

— Possivelmente. Pode explicar o que está acontecendo com o Arco Voltaico.

— E que tal isso? As portas Conjuradoras vivem se abrindo porque sou um macho fenomenal. — Link flexionou o braço.

— Ou os Conjuradores que construíram estes túneis há centenas de anos não estavam pensando em tesouras de jardinagem — falei.

— Porque estavam pensando na minha macheza suprema, em ambos os universos. — Ele prendeu novamente a tesoura no cinto. — Primeiro as damas.

Liv entrou no túnel.

— Como se isso me surpreendesse.

Seguimos pela escadaria, mergulhando no ar parado do túnel. Ele estava completamente quieto, nem mesmo ouvia-se o eco dos nossos passos. O silêncio caiu sobre nós, denso e pesado. O ar abaixo do mundo Mortal não tinha a leveza do ar de cima.

No fundo do portal, nos vimos frente à mesma rua escura que nos tinha levado a Savannah. A que tinha se dividido em duas direções: a rua sombria e escura onde estávamos e o caminho da campina, tomado pela luz. Diretamente à nossa frente, o velho letreiro de néon do motel agora piscava, mas essa era a única diferença.

Isso e Lucille deitada abaixo dele, a luz atingindo o pelo dela ao piscar. Ela bocejou ao nos ver, se levantando lentamente, uma pata de cada vez.

— Você está sendo muito irritante, Lucille. — Link se abaixou para coçar as orelhas dela. Lucille miou, ou rosnou, dependendo de como se encarasse a situação. — Ah, eu te perdoo. — Tudo era um elogio para Link.

— E agora? — Olhei para o cruzamento das ruas.

— Escadaria para o inferno ou Estrada de tijolos amarelos? Por que você não dá uma sacudida na Bola 8 e vê se ela está pronta pra brincar de novo? — Link ficou de pé.

Tirei o Arco Voltaico do bolso. Ainda brilhava e piscava, mas a cor esmeralda que nos levou até Savannah tinha sumido. Agora ele estava azul-escuro, como uma daquelas fotos da Terra tirada por satélites.

Liv tocou na esfera e a cor ficou mais escura.

— O azul é ainda mais intenso do que o verde. Acho que está ficando mais forte.

— Ou seus superpoderes estão ficando mais fortes. — Link me deu um empurrão e quase derrubei o Arco Voltaico.

— E você tem dúvida sobre o motivo dessa coisa ter parado de funcionar? — Eu me afastei dele, irritado.

Link encostou o ombro em mim.

— Tente ler minha mente. Espere, não. Tente voar.

— Pare de provocar — cortou Liv. — Você ouviu a mãe de Ethan. Não temos muito tempo. O Arco Voltaico vai funcionar, ou então não vai. De qualquer forma, precisamos de uma resposta.

Link se empertigou. O peso do que tínhamos visto no cemitério estava sobre nossos ombros agora. O estresse começava a aparecer.

— Shh. Escutem... — Dei alguns passos para a frente, na direção do túnel acarpetado com grama alta. Dava para ouvir pássaros gorjeando agora.

Ergui o Arco Voltaico e prendi a respiração. Eu não teria me importado se ele ficasse preto e nos mandasse pelo outro caminho, o que tinha as sombras, as escadas de incêndio enferrujadas descendo pelas laterais de prédios escuros, as portas sem identificação. Desde que ele nos desse uma resposta.

Não dessa vez.

— Tente para o outro lado — disse Liv, sem tirar os olhos da luz. Refiz meus passos.

Nenhuma mudança.

Nada de Arco Voltaico e nada de Obstinado. Porque lá no fundo eu sabia que, sem o Arco Voltaico, eu não conseguiria achar a saída de dentro de um saco de papel, ainda mais dos túneis.

— Acho que essa é a resposta. Estamos ferrados. — Coloquei a bola no bolso.

— Que ótimo. — Link começou a seguir pelo caminho iluminado sem pensar duas vezes.

— Aonde você vai?

— Não se ofenda, mas a não ser que você tenha alguma pista secreta de Obstinado sobre para onde ir, não vou por ali. — Ele olhou para o caminho mais escuro. — No meu ponto de vista, estamos perdidos de qualquer jeito, certo?

— Basicamente.

— Ou, se você olhar por outro ângulo, temos uma chance de cinquenta por cento de acertar em metade das vezes. — Não tentei corrigir a matemática dele. — Então acho que devemos nos arriscar e seguir para Oz, dizendo pra nós mesmos que as coisas estão finalmente melhorando. Porque afinal, o que temos a perder? — Era difícil argumentar com a lógica distorcida de Link quando ele tentava ser lógico.

— Tem alguma ideia melhor?

Liv balançou a cabeça.

— Surpreendentemente, não.

Fomos em direção a Oz.

O túnel realmente parecia ter saído direto de um dos surrados e velhos livros de L. Frank Baum que minha mãe tinha. Havia salgueiros ao longo do caminho poeirento e o céu subterrâneo estava aberto, infinito e azul.

O cenário era tranquilizador, e isso tinha um efeito contrário em mim. Eu estava acostumado às sombras. Esse caminho parecia idílico demais. Eu esperava que um Tormento viesse voando das colinas ao longe a qualquer minuto.

Ou que uma casa caísse na minha cabeça quando eu menos esperasse.

Minha vida tinha dado uma virada estranha que eu jamais podia ter imaginado. O que eu estava fazendo naquele caminho? Para onde estava indo, de verdade? Quem era eu para assumir uma batalha entre poderes que eu não entendia, armado de uma gata fujona, um baterista incrivelmente ruim, um par de tesouras de jardinagem e uma Galileu adolescente bebedora de Ovomaltine? Para salvar uma garota que não queria ser salva?

— Espere, sua gata burra! — Link saiu atrás de Lucille, que tinha se tornado a líder, ziguezagueando à nossa frente como se soubesse exatamente aonde estávamos indo. Era irônico, porque eu não fazia ideia.

Duas horas depois, o sol ainda brilhava e minha sensação de desconforto crescia. Liv e Link caminhavam à minha frente, o que era o jeito de Liv de me evitar, ou pelo menos de evitar a situação. Eu não podia culpá-la. Ela tinha visto minha mãe e ouvido tudo o que Amma havia dito. Sabia o que Lena tinha feito por mim, sabia como isso explicava o comportamento sombrio e errático dela. Nada tinha mudado, mas os motivos de tudo tinham. Pela segunda vez naquele verão, uma garota de quem eu gostava, que gostava de mim, não conseguia suportar me olhar nos olhos.

Em vez disso, ela passava o tempo andando ao lado de Link, ensinando a ele xingamentos britânicos e fingindo rir das piadas dele.

— Seu quarto é asqueroso. Seu carro é desprezível, talvez até imundo — provocou Liv, mas ela não estava realmente envolvida na brincadeira.

— Como sabe?

— Só de olhar pra você. — Liv parecia distante. Provocar Link não parecia distração suficiente.

— E eu? — Link passou a mão pelo cabelo espetado, para ter certeza de que estava em pé do jeito certo.

— Vamos ver. Você é um asco, ignóbil. — Liv tentou forçar um sorriso.

— São coisas boas, certo?

— É claro. As melhores.

O velho e bom Link. O charme sem charme, sua marca registrada, podia salvar praticamente qualquer situação social desesperadora.

— Estão ouvindo isso? — Liv parou de andar.

Normalmente, quando eu ouvia alguém cantando, era o único, e a música era a de Lena. Dessa vez todo mundo ouviu, e a música não se parecia em nada com a hipnótica "Dezessete Luas". A voz era ruim, no estilo de um animal morrendo. Lucille miou e seus pelos ficaram eriçados.

Link olhou ao redor.

— O que é isso?

— Não sei. Parece quase... — Não terminei a frase.

— Com alguém encrencado? — Liv levou a mão até o ouvido.

— Eu ia dizer "Leaning on the Everlasting Arms". — Era um antigo hino religioso que cantavam na igreja das Irmãs. Eu estava meio certo.

Quando fizemos a curva, tia Prue caminhava em nossa direção de braço dado com Thelma, cantando como se fosse domingo e ela estivesse na igreja. Usava seu vestido branco florido e luvas brancas, arrastando sapatos ortopédicos bege. Harlon James saltitava atrás delas, quase do tamanho da bolsa de couro envernizado de tia Prue. Parecia que os três tinham saído para uma caminhada em uma tarde ensolarada.

Lucille miou e se sentou à nossa frente.

Link coçou a cabeça, atrás dela.

— Cara, estou vendo coisas? Porque isso parece muito com sua tia maluca e aquele saco de pulgas que é o cachorro dela.

A princípio, não respondi. Estava ocupado demais tentando descobrir as chances de isso ser alguma espécie de truque mental Conjurador. Chegaríamos bem perto e então Sarafine sairia da pele da minha tia e mataria nós três.

— Talvez seja Sarafine. — Eu estava pensando em voz alta, tentando descobrir a lógica em uma coisa completamente ilógica.

Liv balançou a cabeça.

— Acho que não. Os Cataclistas conseguem se projetar em corpos de outros, mas não podem habitar duas pessoas ao mesmo tempo. Três, se você contar o cachorro.

— Quem contaria aquele cachorro? — Link fez uma careta.

Parte de mim, a maior parte de mim, queria sair correndo e entender depois. Mas elas nos viram. Tia Prue, ou a criatura que estava assumindo a identidade de tia Prue, sacudiu o lenço no ar.

— Ethan!

Link olhou para mim.

— Devíamos sair correndo?

— Encontrar você foi mais difícil do que domesticar gatos! — gritou tia Prue, arrastando os pés pela grama o mais rápido que conseguia. Lucille miou, sacudindo a cabeça. — Vamos, Thelma, ande. — Mesmo de longe, era impossível confundir a caminhada desequilibrada e o tom mandão dela.

— Não, é ela mesma. — Tarde demais para correr.

— Como chegaram aqui embaixo? — Link estava tão perplexo quanto eu. Uma coisa era descobrir que Carlton Eaton entregava correspondência na *Lunae Libri*, mas ver minha tia-avó de 100 anos andando pelos túneis usando o vestido de ir à igreja era outra bem diferente.

Tia Prue enfiava a bengala na grama, percorrendo o caminho.

— Wesley Lincoln! Você vai ficar aí parado observando uma velha senhora caminhar na grama e ficar toda suja ou vai andar até aqui e me ajudar a subir esta colina?

— Sim, senhora. Quero dizer, não, senhora. — Link quase tropeçou ao correr para passar o braço pelo dela. Eu peguei o outro.

O choque de vê-la estava começando a diminuir um pouco.

— Tia Prue, como a senhora chegou aqui embaixo?

— Do mesmo jeito que você, espero. Vim por uma das portas. Tem uma logo atrás da Igreja Batista Missionária. Eu a usava para fugir das aulas de estudo bíblico quando era mais nova do que você.

— Mas como a senhora soube dos túneis? — Eu não conseguia entender. Será que havia nos seguido?

— Já estive nesses túneis mais vezes do que um pecador blasfema. Acha que é o único que sabe o que acontece nesta cidade? — Ela sabia. Era uma deles, como minha mãe e Marian e Carlton Eaton; Mortais que, de alguma forma, tinham se tornado parte do mundo Conjurador.

— Tia Grace e tia Mercy sabem?

— É claro que não. Aquelas duas não conseguem guardar segredo nem para salvar as próprias vidas. Foi por isso que meu pai só contou para mim. E nunca contei a ninguém além de Thelma.

Thelma apertou o braço de tia Prue com afeição.

— Ela só me contou porque não conseguia mais descer as escadas sozinha.

Tia Prue bateu em Thelma com o lenço.

— Thelma, sabe que não é verdade. Não invente histórias.

— A professora Ashcroft a mandou atrás de nós? — Liv olhou nervosamente do caderno para ela.

Tia Prue fungou.

— Ninguém me manda a lugar algum, quase nunca. Estou velha demais para ser mandada. Vim por minha conta. — Ela apontou para mim. — Mas é melhor você torcer para Amma não estar aqui embaixo procurando você. Ela anda fervendo ossos desde que você sumiu.

Se ela soubesse.

— Então o que a senhora está fazendo aqui, tia Prue? — Mesmo ela sabendo, os túneis não pareciam um lugar muito seguro para uma senhora.

— Vim trazer isto para você. — Tia Prue abriu sua bolsinha e a estendeu para que pudéssemos olhar seu interior. Debaixo da tesoura de costura, dos cupons de desconto e da Bíblia de bolso havia uma grossa pilha de papéis amarelados, dobrados cuidadosamente. — Vá em frente, pegue-os. — Era quase como se ela tivesse me mandado golpear a mim mesmo com a tesoura de costura. Não havia meio de eu enfiar a mão na bolsa da minha tia. Era a violação máxima da etiqueta sulista.

Liv pareceu entender o problema.

— Posso? — Talvez os homens britânicos não mexessem em bolsas de mulher também.

— Foi para isso que eu os trouxe.

Liv tirou os papéis da bolsa de tia Prue com cuidado.

— Eles são muito velhos. — Ela os abriu delicadamente sobre a grama macia. — Não podem ser o que acho que são.

Eu me inclinei e os examinei. Os papéis pareciam diagramas ou plantas arquitetônicas. Estavam traçados com várias cores diferentes e escritos com várias caligrafias distintas. Tinham sido cuidadosamente desenhados em um gráfico, cada linha perfeitamente medida e reta. Liv esticou o papel e pude ver as longas linhas se cruzando.

— Depende do que você pensa que são, não é?

As mãos de Liv estavam tremendo.

— São mapas dos túneis. — Ela olhou para tia Prue. — A senhora se importa que eu pergunte onde conseguiu isso? Nunca vi nada desse tipo, nem mesmo na *Lunae Libri*.

Tia Prue desembrulhou uma bala de hortelã listrada de vermelho e branco que tinha na bolsa.

— Meu pai me deu os mapas, assim como meu avô os deu para ele. São mais antigos do que se possa imaginar.

Eu estava sem palavras. Por mais que Lena achasse que minha vida seria normal sem ela, estava errada. Com ou sem maldição, minha árvore genealógica estava toda entrelaçada com Conjuradores.

E com os mapas deles, para nossa sorte.

— Não estão nem perto de prontos. Eu era uma ótima desenhista quando jovem, mas minha bursite acabou me vencendo.

— Tentei ajudar, mas não levo jeito, como sua tia. — Thelma parecia se desculpar. Tia Prue sacudiu o lenço.

— Você desenhou isso?

— Desenhei minha parte. — Ela se apoiou na bengala, se empertigando com orgulho.

Liv olhava para os mapas com admiração.

— Como? Os túneis simplesmente não têm fim.

— Um pouquinho de cada vez. Esses mapas não mostram tudo dos túneis. Uma boa parte das Carolinas e uma parte da Geórgia. Foi até onde chegamos. — Era inacreditável. Como minha tia maluquinha podia ter desenhado mapas dos túneis Conjuradores?

— Como você fez isso sem tia Grace e tia Mercy descobrirem? — Eu não conseguia me lembrar de uma época em que as três não fossem tão unidas a ponto de não viverem esbarrando uma na outra.

— Nem sempre moramos juntas, Ethan. — Ela baixou a voz, como se tia Mercy e tia Grace pudessem estar ouvindo. — E eu não jogo bridge às terças-feiras.

Tentei imaginar tia Prue desenhando túneis Conjuradores enquanto os outros membros idosos do FRA jogavam cartas no hall social da igreja.

— Fique com eles. Acho que vai precisar se pretende ficar por aqui. Pode ficar bem confuso depois de um tempo. Houve dias em que fiquei tão confusa que mal consegui voltar à Carolina do Sul.

— Obrigada, tia Prue. Mas... — parei.

Não sabia como explicar tudo: o Arco Voltaico e as visões, Lena e John Breed e a Grande Barreira, a lua fora de época e a estrela desaparecida, sem falar nos mostradores malucos girando no pulso de Liv. Muito menos sobre Sarafine e Abraham. Não era história para uma das cidadãs mais antigas de Gatlin.

Tia Prue me interrompeu com um sacolejar do lenço no meu rosto.

— Vocês estão tão perdidos quanto um leitão em um festival de caça aos porcos. A não ser que queiram ser enfiados em um pãozinho e besuntados com Carolina Gold, é melhor prestarem atenção.

— Sim, senhora. — Eu pensei que soubesse exatamente aonde esse sermão em particular ia. Mas estava tão errado quanto Savannah Snow usando um vestido de alcinha e mascando chiclete no coral jovem.

— Agora preste atenção, está ouvindo? — e apontou o dedo ossudo para mim. — Carlton veio investigar para ver o que eu sabia sobre alguém arrombar a porta Conjuradora do campo da feira. Logo depois fiquei sabendo que a garota Duchannes sumiu, que você e Wesley fugiram e que a garota que está morando com Marian, a que coloca leite no chá, não está em canto algum. Parecem coincidências demais até mesmo para Gatlin.

Grande surpresa. Carlton espalhando as notícias.

— Seja o que for, vocês precisam disso, e quero que fiquem com eles. Não tenho tempo para toda essa besteira. — Eu tinha adivinhado mesmo. Ela sabia o que estávamos fazendo, quer permitisse ou não.

— Agradeço sua preocupação, tia Prue.

— Não estou preocupada. Desde que você fique com os mapas. — Ela deu um tapinha na minha mão. — Vocês vão encontrar aquela Lena Du-channes dos olhos dourados. Até um esquilo cego às vezes encontra uma noz.

— Espero que sim, senhora.

Tia Prue bateu na minha mão e pegou sua bengala.

— Então é melhor parar de conversar com velhinhas e ir encontrar o problema na metade do caminho, assim só tem que lidar com metade dele. Com a benção do bom Deus e que o riacho não suba. — Ela levou Thelma para longe de nós.

Lucille correu atrás delas por um minuto, o sino na coleira tilintando. Tia Prue parou e sorriu.

— Vejo que você ainda tem a gata. Eu estava esperando a hora certa para soltá-la do varal. Ela sabe um ou dois truques. Você vai ver. Ainda tem a medalha dela, não tem?

— Sim, senhora. Está no meu bolso.

— Precisamos de um aro para prendê-la na coleira. Mas guarde-a bem e arranjo um para você. — Tia Prue desembrulhou outra bala de hortelã e a jogou no chão para Lucille. — Sinto muito por tê-la chamado de desertora, garota, mas você sabe que Mercy jamais me deixaria dar você se não fosse assim.

Lucille cheirou a bala.

Thelma acenou e exibiu seu enorme sorriso de Dolly Parton.

— Boa sorte, docinho.

Observei enquanto as duas desciam pela colina que havia atrás de nós, curioso com o que mais eu não sabia sobre as pessoas da minha família. Quem mais parecia senil e sem noção, mas, na verdade, estava observando

326

cada passo meu? Quem mais protegia segredos e Pergaminhos Conjuradores em seu tempo livre ou mapeava um mundo cuja existência a maior parte de Gatlin não conhecia?

Lucille lambeu a bala. Se ela sabia, não ia contar.

— Tá, então temos um mapa. Isso tem que ser alguma coisa, certo, MJ? — O humor de Link melhorou depois que tia Prue e Thelma desapareceram pelo caminho.

— Liv? — Ela não me ouviu. Estava folheando o caderno com uma das mãos e desenhando um caminho no mapa com a outra.

— Aqui está Charleston e aqui deve ser Savannah. Então, se supusermos que o Arco Voltaico vem nos ajudando a achar o caminho para o sul, em direção à costa...

— Por que a costa? — interrompi.

— Para o sul. Como se estivéssemos seguindo a Estrela do Sul, lembra? — Liv se recostou, frustrada. — Tem tantos caminhos. Só estamos a poucas horas do portal de Savannah, mas isso pode significar qualquer coisa aqui embaixo. — Ela estava certa. Se o tempo e a física não correspondiam diretamente acima e abaixo do chão, quem podia garantir que não estávamos na China agora?

— Mesmo se soubéssemos onde estamos, poderíamos levar dias para encontrar o lugar neste mapa. Não temos tempo.

— Bem, é melhor começarmos. É tudo o que temos.

Mas era alguma coisa, algo que dava a sensação de que poderíamos realmente encontrar Lena. Não tinha certeza se era porque eu acreditava que os mapas podiam nos levar até lá ou porque eu achava que podia.

Não importava, desde que eu encontrasse Lena a tempo.

Com a bênção do bom Deus e que o riacho não suba.

327

⊰ 19 DE JUNHO ⊱
Garota malvada

Meu otimismo durou pouco. Quanto mais eu pensava em encontrar Lena, mais eu pensava em John. E se Liv estivesse certa e Lena jamais voltasse a ser a garota que eu lembrava? E se já fosse tarde demais? Pensei nos desenhos pretos e espiralados nas mãos dela.

Ainda estava pensando neles quando as palavras invadiram minha mente. Chegaram baixinho no começo. Por um segundo, pensei que fosse a voz de Lena. Mas quando ouvi a melodia familiar, soube que estava errado.

> *Dezessete luas, dezessete anos*
> *Conheça a perda, mantenha os medos*
> *Espere por ele e ele aparece*
> *Dezessete luas, dezessete lágrimas...*

Minha música sinalizadora. Tentei entender o que minha mãe estava tentando me dizer. *Você não tem muito tempo.* As palavras dela ecoavam na minha mente. *Espere por ele e ele aparece...* Será que ela estava falando de Abraham?

Se estivesse, o que eu faria?

Eu estava tão concentrado no verso que não percebi que Link falava comigo.

— Você ouviu isso?

— A música?

— Que música? — Ele fez sinal para ficarmos quietos. Estava falando de outra coisa. Pareciam folhas secas sendo amassadas atrás de nós e o som baixo do vento. Mas não havia nem uma brisa.

— Eu não... — começou Liv, mas Link a calou.

— Shh!

Liv revirou os olhos.

— Todos os norte-americanos são tão corajosos quanto vocês dois?

— Eu também ouvi. — Olhei ao redor, mas não havia nada, nem uma única alma viva. As orelhas de Lucille ficaram de pé.

Tudo aconteceu tão rápido que foi impossível acompanhar. Porque não tinha sido uma coisa viva que eu tinha ouvido.

Era Hunting Ravenwood, irmão de Macon — e também seu assassino.

O sorriso ameaçador e cruel de Hunting foi a primeira coisa que vi. Ele se materializou a poucos metros de nós, tão rapidamente que foi quase um borrão. Outro Incubus apareceu e depois outro. Eles surgiram do nada, um após o outro, como elos em uma corrente. A corrente se apertou e eles formaram um círculo ao nosso redor.

Eram todos Incubus de Sangue, com os mesmos olhos pretos e caninos cor de marfim, exceto um deles. Larkin, primo de Lena e servo de Hunting, tinha uma longa cobra marrom em torno do pescoço. A cobra possuía os mesmos olhos amarelos dele.

Ele assentiu para a cobra que deslizava pelo seu braço.

— Cabeças de cobre. Bichinhas terríveis. Você não ia querer ser mordido por uma dessas. Mas, por outro lado, há muitas maneiras de ser mordido.

— Tenho que concordar — riu Hunting, mostrando os caninos. Um animal que parecia contaminado por raiva estava abaixado ao lado dele. Tinha o enorme focinho de um são-bernardo, mas em vez de grandes olhos caídos, tinha olhos astutos e amarelos. O pelo nas costas era eriçado como o de um lobo. Hunting tinha arrumado um cachorro, ou algo parecido.

Liv se agarrou ao meu braço e enterrou as unhas na minha pele. Ela não conseguia tirar os olhos de Hunting e do animal. Eu tinha certeza de que ela só tinha visto um Incubus de Sangue em um dos livros sobre Conjuradores.

— É um cão de matilha. São treinados para ir atrás de sangue. Fique longe dele.

Hunting acendeu um cigarro.

— Ah, Ethan, vejo que arrumou uma namorada Mortal. Já era hora. E acho que essa é pra se *guardar*. — Ele riu da própria piada ruim, soprando grandes anéis de fumaça em direção ao céu perfeitamente azul. — Quase me faz querer deixar você ir. — O cão de matilha rosnou baixo. — Quase.

— Você... você pode nos deixar ir — gaguejou Link. — Não vamos contar pra ninguém. A gente jura. — Um dos Incubus riu. Hunting virou a cabeça de repente e o Demônio não emitiu mais nenhum som. Estava óbvio quem dava as ordens ali.

— Por que eu me importaria por você contar a alguém? Na verdade, adoro um holofote. Sou um pouco teatral. — Ele deu um passo na direção de Link, mas era a mim que ele observava. — Para quem você contaria, de qualquer modo? Agora que minha sobrinha matou Macon... Eu não esperava por isso.

O cão de Hunting estava espumando pela boca, assim como seus outros cachorros, os Incubus que só pareciam humanos. Um deles chegou mais perto de Liv. Ela deu um pulo e apertou ainda mais o meu braço.

— Por que não para de tentar nos assustar? — Tentei parecer durão, mas não estava enganando ninguém. Dessa vez, todos caíram na gargalhada.

— Você acha que estamos tentando assustar você? Pensei que fosse mais inteligente do que isso, Ethan. Meus rapazes e eu estamos com fome. Não tomamos café da manhã.

A voz de Liv saiu baixinha:

— Você não pode estar querendo dizer...

Hunting piscou para Liv.

— Não se preocupe, querida. Talvez a gente só morda esse seu pescoço bonito e a transforme em uma de nós.

Fiquei com a respiração presa na garganta. Nunca tinha me ocorrido que os Incubus pudessem transformar humanos na espécie deles.

Podiam?

Hunting jogou o cigarro em um canteiro de jacintos. Por um segundo, fiquei surpreso pela ironia da situação. Um bando de Incubus vestidos de couro e fumando cigarros em uma colina saída diretamente de *A noviça rebelde*, esperando para nos matar enquanto os pássaros cantavam nas árvores.

— Está divertido bater papo com vocês, mas estou ficando entediado. Desconcentro com facilidade.

Ele virou o pescoço para o lado, mais do que qualquer humano poderia virar. Hunting ia me matar e seus amigos iam matar Link e Liv. Meu cérebro tentou processar essa informação enquanto meu coração se concentrava em bater.

— Vamos em frente — disse Larkin, mostrando uma língua dividida, semelhante a de uma cobra.

Liv colocou o rosto contra o meu ombro. Ela não queria ver. Tentei pensar. Eu não era adversário para Hunting, mas todo mundo tinha um calcanhar de Aquiles, certo?

— Quando eu contar três — rosnou Hunting. — Sem sobreviventes.

Minha mente disparou. O Arco Voltaico. Eu tinha a maior arma contra um Incubus, mas não tinha ideia de como usá-la. Levei a mão para mais perto do bolso.

— Não — sussurrou Liv. — Não adianta.

Ela fechou os olhos e puxei-a para mais perto. Meus últimos pensamentos foram sobre as duas garotas que eram tão importantes para mim. Lena, a que eu jamais salvaria. E Liv, a que ia morrer por minha causa.

Mas Hunting não atacou.

Em vez disso, ele inclinou a cabeça para o lado de um jeito estranho, como um lobo escutando o chamado de outro. Então deu um passo para trás e os outros Incubus acompanharam, até mesmo Larkin e o são-bernardo demoníaco. Os seguidores dele estavam desorientados, olhando uns para os outros. Observaram Hunting, esperando instruções, mas ele não deu nenhuma. O que fez foi andar para trás lentamente, e os outros o acompanharam. Estavam ao nosso redor, mas se afastando. A expressão de Hunting mudou e ele parecia novamente com um homem, e não com o Demônio que era realmente.

— O que está acontecendo? — sussurrou Liv.

— Não sei. — Estava claro que Hunting e seus servos também estavam confusos, porque ficaram andando lentamente em círculos, indo cada vez mais para longe de nós. Alguma coisa os estava controlando, mas o quê?

Hunting prendeu o olhar no meu.

— Nos encontraremos de novo. Mais cedo do que você imagina.

Estavam indo embora. Hunting não parava de sacudir a cabeça, como se estivesse tentando tirar alguma coisa ou alguém dela. A matilha tinha um novo líder, alguém que eles tinham que seguir, sem chance de escolha.

Uma pessoa muito persuasiva.

E muito bonita.

Ridley estava recostada em uma árvore a alguns metros deles, lambendo um pirulito. Os Incubus se desmaterializaram, um de cada vez.

— Quem é aquela?

Liv reparou em Ridley, estranhamente não tão deslocada com o cabelo louro e cor-de-rosa, a minissaia estranha com uma espécie de suspensório e sandália de salto fino. Parecia uma Chapeuzinho Vermelho Conjuradora, levando bolinhos envenenados para a avó malvada. Liv talvez não tivesse dado uma boa olhada em Ridley no Exílio, mas era impossível não reparar agora.

Os olhos de Link se fixaram em Ridley.

— Uma garota muito má.

Ridley andou lentamente até nós, cheia de confiança como sempre. Ela jogou o pirulito na grama.

— Caramba, isso me deixou exausta.

— Você nos salvou? — Liv ainda estava abalada.

— Claro que sim, Mary Poppins. Pode me agradecer depois. Devíamos sair daqui. Larkin é um idiota, mas tio Hunting é poderoso. Minha influência não vai durar muito sobre ele.

O irmão e o tio dela. Muitas maçãs podres tinham caído da árvore genealógica de Lena. Ridley olhou diretamente para meu braço, ou melhor, para o braço de Liv, enroscado no meu. Ela tirou os óculos e seus olhos amarelos brilharam.

Liv mal notou.

— Qual é o problema de vocês? Sempre Mary Poppins. Será que ela é a única personagem inglesa da qual os norte-americanos ouviram falar?

— Acho que não fomos devidamente apresentadas, embora eu ande te vendo por toda parte. — Ridley olhava para mim, apertando os olhos. — Sou a prima de Lena, Ridley.

— Sou Liv. Trabalho na biblioteca com Ethan.

— Bem, como já vi você numa boate Conjuradora e agora num túnel Conjurador, suponho que não estamos falando daquela biblioteca caipira de Gat-lixo. Isso faria de você uma Guardiã. Estou esquentando?

Liv soltou meu braço.

— Na verdade, sou uma Guardiã em treinamento, mas minha preparação tem sido bastante abrangente.

Ridley observou Liv de cima a baixo e desembrulhou um chiclete.

— Obviamente, não tão abrangente a ponto de reconhecer uma Sirena ao encontrar uma. — Ridley fez uma bola, que estourou perto do rosto de Liv. — Vamos andando antes que meu tio comece a pensar por si próprio novamente.

— Não vamos a lugar algum com você.

Ela revirou os olhos, enrolando o chiclete no dedo.

— Se prefere virar o almoço do meu tio, fique à vontade. É uma escolha pessoal, mas, preciso avisar: ele tem péssimos modos à mesa.

— Por que nos ajudou? Qual é a pegadinha? — perguntei.

— Sem pegadinha. — Ridley olhou para Link, que estava se recuperando do choque de vê-la. — Eu não podia deixar nada acontecer com meu brinquedinho.

— Porque sou muito importante pra você, certo? — falou Link.

— Não fique magoado. Nos divertimos enquanto durou. — Link talvez estivesse magoado, mas era Ridley que parecia pouco à vontade.

— Você que sabe, gata.

— Não me chame de gata. — Ridley jogou os cabelos para trás e estourou outra bola. — Vocês podem me seguir ou ficar aqui e tentar enfrentar meu tio sozinhos. — Ela andou até as árvores. — A gangue do Sangue vai atrás de vocês assim que eu sair das cabeças deles.

333

A gangue do Sangue. Que ótimo. Eles tinham nome.

Liv disse o que todos estávamos pensando.

— Ridley está certa. Se a gangue está atrás de nós, não vai demorar muito para nos alcançar de novo. — Ela olhou para mim. — Não temos escolha.

— Liv desapareceu na floresta atrás de Ridley.

Por mais que eu não quisesse seguir Ridley, ser morto por uma gangue de Incubus de Sangue não era uma alternativa atraente. Não falamos sobre o assunto, mas Link deve ter concordado, porque seguimos atrás delas em fila.

Ridley parecia saber exatamente para onde estava indo, mas reparei que Liv nunca largava os mapas. Ridley seguiu pela campina, ignorando a trilha, e foi em direção a um grupo de árvores ao longe. As sandálias dela não pareciam fazê-la andar mais devagar, e o restante de nós teve dificuldades de acompanhar.

Link correu para alcançá-la.

— O que está fazendo aqui de verdade, Rid?

— É patético admitir, mas estou aqui pra ajudar você e seu bando de bobos alegres.

Link sufocou uma risada.

— Tá, sei. Os pirulitos não funcionam mais. Tente de novo.

A grama foi ficando mais alta conforme nos aproximávamos das árvores. Estávamos andando tão rápido que as folhas cortavam minhas canelas, mas não diminuí o ritmo. Eu queria saber tanto quanto Link o que Ridley estava tramando.

— Não tenho planos, gostosão. Não vim aqui atrás de você. Estou aqui pra ajudar minha prima.

— Você não liga pra Lena — cortei.

Ridley parou e se virou para me encarar.

— Sabe pra quem não ligo, Palitinho? Pra você. Mas, por algum motivo, você e minha prima têm uma ligação, e você pode ser a única pessoa que a convença a voltar antes que seja tarde demais.

Parei de andar.

Liv olhou para ela com frieza.

334

— Você quer dizer antes que ela chegue à Grande Barreira? O lugar sobre o qual *você* contou a ela?

Ridley apertou os olhos na direção de Liv.

— Deem um prêmio pra essa garota. A Guardiã sabe alguma coisa. — Liv não sorriu. — Mas não fui eu quem contou a ela sobre a barreira. Foi John. Ele é obcecado com isso.

— John? Está falando do John que você apresentou a ela? O cara com quem você a convenceu de fugir? — Eu estava gritando sem me importar se toda a gangue do Sangue ia ouvir.

— Devagar, Palitinho. Lena toma as próprias decisões, quer você acredite ou não. — A voz de Ridley perdeu um pouco da aspereza. — Ela queria ir.

Eu me lembrei de ter visto Lena e John, ouvido os dois conversarem sobre um lugar onde poderiam ser aceitos como eram. Um lugar onde poderiam ser eles mesmos. É claro que Lena queria ir para lá. Era algo com que sonhava a vida toda.

— Por que a repentina mudança de ideia, Ridley? Por que quer impedi-la agora?

— A barreira é perigosa. Não é o que ela pensa.

— Quer dizer que Lena não sabe que Sarafine está tentando chamar a Décima Sétima Lua antes da hora? Mas você sabia, não é?

Ridley olhou para o outro lado. Eu estava certo.

Ridley arrancava o esmalte roxo das unhas, um hábito que Conjuradores e Mortais compartilhavam quando estavam nervosos. Ela assentiu.

— Sarafine não está fazendo isso sozinha.

A carta de minha mãe para Macon surgiu em minha mente. Abraham. Sarafine estava trabalhando com Abraham, uma pessoa poderosa o bastante para ajudá-la a chamar a lua.

— Abraham — disse Liv baixinho. — Bem, isso é adorável.

Link reagiu antes de mim.

— E você não contou a Lena? Você é mesmo tão maluca e imbecil?

— Eu...

Eu a interrompi.

— Ela é uma covarde.

Ridley se empertigou e seus olhos amarelos brilharam de raiva.

— Sou covarde porque não quero terminar morta? Sabe o que minha tia e aquele *monstro* fariam comigo? — A voz dela estava trêmula, mas ela tentou esconder. — Eu gostaria de ver você encarar aqueles dois, Palitinho. Abraham faz a mãe de Lena parecer sua gatinha.

Lucille sibilou.

— Não importa, desde que Lena não chegue à Barreira. E se vocês querem impedi-la, precisamos ir andando. Não sei o caminho. Só sei onde os deixei.

— Então como vocês planejavam chegar à Grande Barreira? — Era impossível dizer se ela estava mentindo.

— John sabe o caminho.

— John sabe que Sarafine e Abraham estão lá? — Será que ele estava armando contra Lena o tempo todo?

Ridley sacudiu a cabeça.

— Não sei. O cara é difícil de decifrar. Ele tem... problemas.

— Como vamos convencê-la a não ir? — Eu já havia tentando falar com Lena para convencê-la a não fugir, mas a conversa não tinha ido bem.

— Esse é seu departamento. Talvez isso ajude. — Ela jogou para mim um caderno em espiral velho. Eu o teria reconhecido em qualquer lugar. Tinha passado muitas tardes vendo Lena escrever nele.

— Você roubou o caderno dela?

Ridley jogou o cabelo para trás.

— *Roubar* é uma palavra muito feia. Peguei emprestado, e você devia me agradecer. Talvez haja alguma coisa útil nesses rabiscos sentimentais nojentos.

Abri minha mochila e coloquei o caderno lá dentro. Era estranha a sensação de ter um pedaço de Lena nas minhas mãos novamente. Agora eu estava carregando os segredos de Lena na minha mochila e os da minha mãe no bolso de trás. Eu não tinha certeza de quantos segredos mais podia suportar.

Liv estava mais interessada nos motivos de Ridley do que no caderno de Lena.

— Espere. Agora devemos acreditar que você é uma das mocinhas?

— De jeito nenhum. Sou má até o último fio de cabelo. E não estou nem aí pro que você acredita. — Ridley me lançou um olhar com o canto do olho. — Na verdade, estou tendo dificuldade em entender o que você está fazendo aqui.

Eu me intrometi antes que Ridley usasse outro pirulito para fazer Liv se oferecer como lanche para Hunting.

— Então é só isso? Você quer nos ajudar a achar Lena?

— Isso mesmo, Palitinho. Podemos não gostar um do outro, mas temos interesses em comum. — Ela se virou para Liv, mas falou comigo. — Amamos a mesma pessoa e ela está com problemas. Então eu desertei. Agora vamos andando antes que meu tio pegue vocês três.

Link ficou olhando para Ridley.

— Cara, por essa eu não esperava.

— Não faça isso parecer maior do que é. Voltarei a ser a velha e má garota de sempre assim que fizermos Lena dar meia-volta.

— Nunca se sabe, Rid. Talvez o mágico te dê um coração se matarmos a bruxa má.

Ridley se virou para o outro lado, enfiando os saltos da sandália na lama.

— Como se eu quisesse um.

⌐ 19 DE JUNHO ⌐

Consequências

Tentamos acompanhar Ridley, que costurava por entre as árvores. Liv estava atrás dela, consultando o mapa e o selenômetro constantemente. Ela não confiava em Ridley tanto quanto o restante de nós.

Tinha uma coisa me incomodando. Parte de mim acreditava nela. Talvez realmente se preocupasse com Lena. Era improvável, mas se houvesse alguma chance de Ridley estar falando a verdade, eu precisava segui-la. Tinha um débito com Lena que jamais conseguiria pagar.

Eu não sabia se havia um futuro para nós. Se Lena algum dia voltaria a ser a garota por quem me apaixonei. Mas não importava.

O Arco Voltaico estava ficando quente no meu bolso. Peguei-o, esperando ver uma piscina de luz iridescente, mas a superfície estava preta. Agora eu só conseguia ver o meu reflexo. O objeto parecia mais do que quebrado. Ele tinha ficado completamente aleatório.

Os olhos de Ridley se arregalaram quando ela o viu, e Ridley parou de andar pela primeira vez em um grande intervalo de tempo.

— Onde conseguiu isso, Palitinho?

— Marian o deu pra mim. — Eu não queria que Ridley soubesse que tinha sido da minha mãe e nem quem o tinha dado para ela.

— Bem, isso pode melhorar suas chances. Acho que você não consegue colocar meu tio Hunting aí dentro, mas talvez um dos membros da gangue.

— Não tenho certeza de como usar. — Quase não contei isso a ela, mas era verdade.

Ridley ergueu uma sobrancelha.

— A Senhorita Sabe-Tudo não soube dizer? — As bochechas de Liv ficaram vermelhas. Ridley abriu outro chiclete cor-de-rosa e o colocou na boca. — Você tem que tocar nele com a esfera. — Ela deu um passo na minha direção. — O que significa que precisa chegar perto.

— Tudo bem. — Link passou por ela. — Somos dois. Podemos jogar a esfera um pro outro.

Liv colocou o lápis atrás da orelha depois de tomar notas.

— Link pode estar certo. Eu não ia querer chegar perto de nenhum deles. Mas se não tivéssemos escolha, valeria a pena tentar.

— Depois você precisa lançar o Conjuro. Você sabe, falar o feitiço e tal. — Ridley estava apoiada contra uma árvore, um sorrisinho nos lábios. Ela sabia que não conhecíamos o Conjuro. Lucille estava sentada aos pés dela, observando-a.

— Suponho que você não vai nos contar qual é o Conjuro.

— Como eu poderia saber? Não há muitos desse troço por aí.

Liv abriu o mapa sobre o colo, esticando-o com cuidado.

— Estamos no caminho certo. Se continuarmos indo pro leste, essa trilha deve acabar levando para o mar. — Ela apontou para um denso aglomerado de árvores.

— Onde? Para aquela floresta? — Link parecia inseguro.

— Não tenha medo, gostosão. Eu encaro o João e você, a Maria. — Ridley piscou para Link, como se ainda tivesse poder sobre ele. E era verdade, mas não tinha nada a ver com seus dons de Sirena.

— Ficarei bem sozinho. Por que não masca outro chiclete? — Link passou direto por ela.

Talvez Ridley fosse como catapora: só se era contaminado uma vez.

— Quanto tempo se demora para mijar? — Ridley jogou uma pedra na direção de uns arbustos, ansiosa para seguir em frente.

— Estou ouvindo. — A voz de Link veio dos arbustos.

— É bom saber que pelo menos parte das suas funções corporais ainda funciona.

Liv olhou para mim e revirou os olhos. Quanto mais andávamos, mais Link e Ridley se bicavam.

— Você não está ajudando em nada.

— Precisa que eu vá aí ajudar?

— Você fala demais, Rid — gritou Link de trás dos arbustos. Ela começou a se levantar e Liv pareceu chocada. Ridley sorriu e voltou a se sentar, satisfeita.

Observei a esfera nas minhas mãos enquanto as cores mudavam de preto para um verde iridescente. Nada de útil, só cores que pareciam em sobrecarga perpétua. Talvez Link estivesse certo. Talvez eu a tivesse quebrado.

Ridley pareceu confusa ou interessada. Era difícil decifrar.

— Qual é a da luz?

— É como uma bússola. Ela se acende se estamos indo pelo caminho certo. — Pelo menos era assim antes.

— Humm. Eu não sabia que eles faziam isso. — Estava entediada de novo.

— Tenho certeza de que há muitas coisas que você não sabe — Liv sorriu inocentemente.

— Cuidado, ou posso convencer você a dar um mergulho no rio.

Observei o Arco Voltaico. Havia algo de diferente nele. A luz começou a pulsar com um brilho e velocidade que eu não via desde o cemitério Bonaventure. Virei-me para mostrar a Liv.

— L, veja isso.

A cabeça de Ridley se virou na minha direção subitamente e eu fiquei paralisado.

Eu tinha chamado Liv de "L".

Só havia uma L na minha vida. Embora Liv não tivesse reparado, Ridley reparou. Os olhos dela ficaram tão enlouquecidos quanto a intensidade com que ela chupava o pirulito. Estava olhando diretamente para mim, e eu pude sentir minha força de vontade sumindo. Deixei cair o Arco Voltaico e ele rolou pelo chão de musgo da floresta.

Liv se agachou acima do Arco Voltaico, apoiada nos calcanhares.

— Isso é estranho. Por que você acha que está piscando em verde de novo? Outra visita de Amma, Arelia e Twyla?

— Provavelmente é uma bomba.

Ouvi a voz de Link, mas não consegui dizer uma palavra. Cai no chão aos pés de Ridley. Fazia algum tempo que ela não usava seus poderes de Sirena em mim. Tive um pensamento fugaz antes de meu rosto atingir a lama. Ou Link estava certo e era imune a ela agora, ou ela andava realmente se controlando. Se isso fosse verdade, era um comportamento novo para ela.

— Se magoar minha prima... se ao menos *pensar* em magoar minha prima, vai passar o resto da sua vida infeliz como meu escravo. Entendeu, Palitinho?

Minha cabeça se ergueu involuntariamente e virou, o que fez meu pescoço parecer que ia se quebrar. Meus olhos se forçaram a ficar abertos e olhar nos olhos amarelos e brilhantes de Ridley. Eles ardiam com tanta força que comecei a ficar tonto.

— Pare com isso. — Ouvi a voz de Liv e senti o peso do meu corpo bater no chão antes de recuperar o controle sobre ele. — Pelo amor de Deus, Ridley, não seja burra.

Liv e Ridley estavam de pé, cara a cara. Os braços de Liv estavam cruzados sobre o peito. Ridley segurava o pirulito no espaço entre elas duas.

— Acalme-se, Poppins. Palitinho e eu somos amigos.

— Não é o que parece. — A voz de Liv estava ficando mais alta. — Não se esqueça que somos nós que estamos arriscando a vida pra salvar Lena. — Os rostos delas estavam iluminados por raios de luz colorida. O Arco Voltaico estava enlouquecido, pulsando cores entre as árvores.

— Não fique nervosinha, colega. — Os olhos de Ridley pareciam de aço. Os de Liv estavam escuros.

— Não seja idiota. Se Ethan não ligasse pra Lena, então o que estaríamos fazendo no meio dessa floresta no fim do mundo?

— Boa pergunta, Guardiã. Sei o que estou fazendo aqui. Mas se você não liga pro Namorado, qual é sua desculpa? — Ridley estava a centímetros de Liv, mas ela não recuou.

— O que estou fazendo aqui? A Estrela do Sul sumiu e uma Cataclista está chamando a lua fora de época na mítica Grande Barreira e você está me perguntando o que estou fazendo aqui? Está falando sério?

— Então isso não tem nada a ver com o Namorado?

— Ethan, que na verdade não é namorado de ninguém, não sabe nada do mundo Conjurador. — Liv não estava abalada. — Ele está com problemas. Precisa de uma Guardiã.

— Na verdade, você é uma Guardiã em treinamento. Pedir sua ajuda é como pedir a uma enfermeira para fazer uma cirurgia cardíaca. E, de acordo com a descrição do seu trabalho, você não deve se envolver. Então, do meu ponto de vista, você não é uma boa Guardiã. — Ridley estava certa. Havia regras e Liv as estava quebrando.

— Isso pode ser verdade, mas sou uma excelente astrônoma. E sem minhas leituras, não conseguiríamos usar este mapa nem encontrar a Grande Barreira e Lena.

O Arco Voltaico ficou frio na minha mão. Estava completamente preto novamente.

— Perdi alguma coisa? — Link saiu dos arbustos, fechando o zíper. As garotas olharam para ele enquanto eu me levantava da lama. — Chá gelado. Sempre perco as coisas boas.

— O que... — Liv bateu no selenômetro. — Tem alguma coisa errada. Os mostradores estão ficando malucos.

Além das árvores, um estrondo ecoou pela floresta. Hunting devia ter nos alcançado. Então tive outro pensamento, fugaz, mas que não fez eu me sentir menos culpado.

Talvez fosse outra pessoa, alguém que não gostava da ideia de a estarmos seguindo. Alguém que podia controlar as coisas no mundo natural.

— Corram!

O estrondo ficou mais alto. Sem aviso, as árvores de ambos os lados caíram na minha frente. Andei para trás. Da última vez em que árvores tinham caído à minha frente, não tinha sido acidente.

Lena! É você?

Alguns metros ao nosso redor, grandes carvalhos e pinheiros cobertos de musgo foram arrancados da lama, com raízes e tudo, caindo ao chão.

Lena, não!

Link cambaleou em direção a Ridley.

— Abra um pirulito, gata.

— Já falei pra não me chamar de gata.

Pela primeira vez em horas, consegui ver o céu. Só que agora ele estava escuro. As nuvens negras da magia Conjuradora tinham ido até nós. Então senti uma coisa, vinda de longe.

Na verdade, ouvi uma coisa.

Lena.

Ethan, corra!

Era a voz dela, a voz que estava silenciosa havia tanto tempo. Mas se Lena estava me mandando correr, quem estava arrancando as árvores do chão?

L, o que está acontecendo?

Não consegui ouvir a resposta dela. Só havia escuridão, aquelas nuvens Conjuradoras vindo em nossa direção como se nos perseguissem. Até que vi o que as nuvens eram de verdade.

— Cuidado! — gritei, puxando Liv para trás e empurrando Link na direção de Ridley bem a tempo.

Caímos sobre a vegetação na hora em que uma chuva de pinheiros arrancados caiu do céu como chuva. Os galhos se espatifaram bem onde estávamos parados um segundo antes. A poeira fazia meus olhos arderem e eu não conseguia ver nada. A terra ficou presa na minha garganta quando tossi.

A voz de Lena tinha sumido, mas ouvi outra coisa. Um som de zumbido, como se tivéssemos tropeçado numa colmeia com milhares de abelhas, todas querendo matar em defesa de sua rainha.

A poeira estava tão densa que mal consegui identificar as formas ao meu redor. Liv estava deitada do meu lado, a testa sangrando acima de um dos olhos. Ridley estava choramingando encolhida contra Link, que estava preso por um galho enorme de árvore.

— Acorde, Shrinky Dink. Acorde.

Quando engatinhei em direção a eles, Ridley se encolheu. O rosto dela era uma máscara de pavor. Só que não olhava para mim. Estava olhando para alguma coisa atrás de mim.

O zumbido ficou mais alto. Senti o frio ardente da escuridão Conjuradora na minha nuca. Quando me virei, a enorme pilha de folhas de pinheiro que quase nos enterrava tinha formado uma espécie de fogueira. A pirâmide de folhas criou uma pira, uma plataforma gigante apontando para as nuvens pretas. Mas as chamas não eram vermelhas e não produziam calor. Eram tão amarelas quanto os olhos de Ridley e só emitiam frio, sofrimento e medo.

O choramingo de Ridley ficou mais alto.

— Ela está aqui.

Olhei no momento em que uma plataforma de pedra emergia das chamas amarelas e sibilantes da pira. Uma mulher estava deitada sobre a pedra. Ela parecia quase em paz, como uma santa morta prestes a ser carregada pelas ruas. Mas ela não era nenhuma santa.

Sarafine.

Seus olhos se abriram e os lábios se curvaram em um sorriso frio. Ela se espreguiçou, como um gato despertando de uma soneca, depois se levantou e ficou de pé sobre a pedra. De onde estávamos, lá embaixo, ela parecia ter 50 metros de altura.

— Estava esperando outra pessoa, Ethan? Entendo a confusão. Você sabe o que dizem. Tal mãe, tal filha. Neste caso, cada dia mais.

Meu coração estava disparado. Eu podia ver os lábios vermelhos de Sarafine, o longo cabelo preto. Virei para o outro lado. Não queria ver o rosto dela, o rosto que se parecia tanto com o de Lena.

— Afaste-se de mim, bruxa.

Ridley ainda estava chorando, encolhida ao lado de Link, se balançando para a frente e para trás como uma louca.

Lena? Você consegue me ouvir?

A voz terrível de Sarafine se elevou acima do som das chamas, e lá estava ela de novo, de pé sobre o fogo.

— Não vim aqui por sua causa, Ethan. Vou deixar você para minha querida filha. Ela amadureceu tanto este ano, não é? Não há nada como ver os filhos alcançarem seu verdadeiro potencial. Deixa uma mãe muito orgulhosa.

Observei as chamas subirem pelas pernas dela.

— Você está errada. Lena não é como você.

— Acho que já ouvi isso antes. No aniversário de Lena, talvez. Só que naquela época você acreditava nisso e agora está mentindo. Sabe que a perdeu. Ela não pode mudar o que foi destinada a ser.

As chamas estavam na cintura dela. Ela possuía as perfeitas feições das mulheres Duchannes, mas que pareciam desfiguradas em Sarafine.

— Talvez Lena não possa mudar, mas eu posso. Farei o que precisar para protegê-la.

Sarafine sorriu de novo, e me encolhi. O sorriso dela se parecia tanto com o de Lena, ou como o sorriso de Lena estava ultimamente. Quando as chamas chegaram ao seu peito, ela desapareceu.

— Tão forte e tão parecido com sua mãe. As últimas palavras dela foram alguma coisa parecida com isso. Ou não? — Ouvi um sussurro no meu ouvido. — Sabe, esqueci, porque não era importante.

Fiquei paralisado. Sarafine estava parada ao meu lado agora, ainda envolta em chamas. Mas eu sabia que não era um fogo real, pois quanto mais perto ela chegava, mais frio eu sentia.

— Sua mãe não era importante. A morte dela não foi nobre ou importante. Foi simplesmente uma coisa que tive vontade de fazer na época. Não significou nada. — As chamas chegaram ao pescoço e saltaram, consumindo todo seu corpo. — Assim como você.

Estendi a mão em direção ao pescoço de Sarafine. Eu queria arrancá-lo. Mas minha mão passou direto por ela, agarrando o ar. Não havia nada ali. Ela era uma aparição. Eu queria matá-la, mas não conseguia nem encostar nela.

Sarafine riu.

— Você acha que eu perderia tempo vindo até aqui em carne e osso, Mortal? — Ela se virou para Ridley, que ainda estava se balançando, as mãos cobrindo a boca. — Divertido, não acha, Ridley? — Sarafine ergueu a mão e abriu os dedos.

Ridley ficou de pé, as mãos apertando a própria garganta. Observei os saltos das sandálias de Ridley subirem no ar enquanto seu rosto ia ficando roxo e ela se enforcava. Seu cabelo louro pendia da cabeça como o de uma boneca sem vida.

A forma fantasmagórica de Sarafine se dissolveu no corpo de Ridley. Ridley se iluminou com luz amarela — a pele, os cabelos, os olhos. A luz era tão intensa que ela não tinha pupilas. Mesmo na escuridão da floresta, tive de proteger o rosto. A cabeça de Ridley se ergueu, como a de uma marionete, e ela começou a falar.

— Meu poder está crescendo, e logo a Décima Sétima Lua vai estar sobre nós, chamada fora de época, como só uma mãe pode fazer. Eu decido quando o sol se põe. Movi estrelas pela minha filha e ela vai se Invocar e se juntar a mim. Só minha filha poderia bloquear a Décima Sexta Lua e só eu posso erguer a Décima Sétima. Não há outros como nós, em nenhum dos mundos. Somos o começo e o fim. — O corpo de Ridley despencou no chão, como um saco vazio.

O Arco Voltaico estava quente no meu bolso. Eu torcia para que Sarafine não conseguisse senti-lo. Lembrei do piscar — o Arco Voltaico tentou me avisar. Eu devia ter prestado atenção.

— Você nos traiu, Ridley. É uma traidora. O Pai não é tão misericordioso quanto eu. — O Pai. Sarafine só podia estar falando de uma pessoa: o pai da linhagem de Incubus de Sangue de Ravenwood, o pai que começou tudo. Abraham.

A voz de Sarafine ecoou acima do ruído das chamas.

— Você será julgada, mas não negarei a ele o prazer. Você era minha responsabilidade e agora é minha vergonha. Acho apropriado que eu te deixe com um presente de despedida. — Ela ergueu os braços bem acima da cabeça. — Como você está tão dedicada a ajudar estes Mortais, deste momento em diante vai viver como Mortal e morrer como Mortal. Seus poderes foram devolvidos ao Fogo Negro, de onde vieram.

Ridley ficou de pé e gritou, sua dor ecoando pela floresta. Então tudo sumiu: as árvores caídas, o fogo, Sarafine, tudo. A floresta voltou a ser como era alguns minutos antes. Verde e escura, cheia de pinheiros e carvalhos e lama preta. Cada árvore, cada galho estava de volta em seu lugar, como se nada tivesse acontecido.

Liv jogava água de uma garrafa de plástico na boca de Ridley. O rosto de Liv ainda estava enlameado e sangrando, mas ela parecia bem. Ridley, por outro lado, estava branca como um fantasma.

— Aquilo foi magia incrivelmente poderosa. Uma aparição capaz de possuir uma Conjuradora das Trevas. — Liv balançou a cabeça. Toquei o sangue acima do olho dela, que fez uma careta de dor. — E Conjurar ao mesmo tempo, se o que ela disse sobre os poderes de Ridley for verdade. — Olhei para Ridley, em dúvida. Era difícil imaginá-la sem seu Poder de Persuasão. — De qualquer forma, Ridley não vai ficar bem, não por algum tempo. — Liv molhou parte de seu moletom com a água e limpou o rosto de Ridley. — Não me dei conta do risco que ela estava correndo ao vir aqui. Ela deve gostar muito de todos vocês.

— Não de todos nós — falei, tentando ajudar Liv a erguer Ridley.

Ridley tossiu a água e colocou as mãos sobre a boca, manchando o batom cor-de-rosa. Ela parecia uma líder de torcida que tinha ficado com muita gente na feira da escola. Tentou falar.

— Link. Ele está...?

Eu estava ajoelhado ao lado dele. O galho de árvore que tinha caído nele havia desaparecido, mas Link ainda gemia de dor. Parecia impossível ele estar ferido, ou qualquer um de nós, pois não havia sinal do que tinha acontecido ali — nada de árvores caídas, nenhum galho fora do lugar. Mas o braço de Link estava roxo e com o dobro do tamanho normal, e sua calça estava rasgada.

— Ridley? — Link abriu os olhos.

— Ela está bem. Estamos todos bem. — Rasguei a perna da calça dele ainda mais. O joelho estava sangrando.

Link tentou rir.

— Tá olhando o quê?

— Sua cara feia. — Eu me inclinei sobre ele, observando se os olhos dele se focavam. Ele ia ficar bem.

— Você não vai me beijar, vai?

Naquele momento, fiquei tão aliviado que quase podia ter feito isso mesmo.

— Faz biquinho.

⇥ 19 DE JUNHO ⇤
Ninguém especial

Aquela noite, dormimos na floresta entre as raízes de uma enorme árvore, a maior que já vi. O joelho de Link estava amarrado com uma atadura feita da outra camiseta que eu havia levado e o braço, em uma tipoia feita de parte do meu moletom da Jackson. Ridley estava deitada do lado oposto da árvore com os olhos abertos, observando o céu. Fiquei me perguntando se ela estava olhando para o céu Mortal agora. Ela parecia exausta, mas eu não achava que conseguiria dormir.

Queria saber o que estava pensando, se estava arrependida de ter nos ajudado. Será que Ridley tinha mesmo perdido seus poderes?

Como pareceria ser Mortal quando sempre se foi outra coisa, algo maior? Quando nunca se havia sentido a "falta de poder da existência humana", como a Sra. English tinha falado numa aula do ano passado. Ela estava falando sobre *O homem invisível*, de H. G. Wells, mas agora Ridley parecia tão invisível quanto o personagem.

Alguém poderia ser feliz se acordasse e de repente não fosse ninguém especial?

Será que Lena poderia? Seria assim que a vida comigo pareceria? Lena já não tinha sofrido o bastante por mim?

Como Ridley, não consegui adormecer, mas eu não queria olhar o céu. Queria ver o que havia no caderno de Lena. Parte de mim sabia que era invasão da privacidade dela, mas eu também sabia que podia ter algo nas páginas amassadas que talvez nos ajudasse. Depois de uma hora, me convenci de que ler o caderno seria para um bem maior, então o abri.

A princípio foi difícil ler, pois meu celular era a única fonte de luz. Depois que meus olhos se ajustaram, a caligrafia de Lena parecia me olhar dos espaços entre as linhas azuis. Eu tinha visto a escrita familiar com bastante frequência nos meses que sucederam o aniversário dela, mas achava que jamais me acostumaria. Era um contraste tão grande com a caligrafia de menina que ela possuía antes daquela noite. Foi ainda mais surpreendente ver uma escrita real, depois de tantos meses de fotografias de lápides e desenhos pretos. Desenhos de Conjuradores das Trevas, como aqueles nas suas mãos, estavam rabiscados nas margens. Mas os primeiros textos tinham data de apenas dias após a morte de Macon, quando ela ainda escrevia.

vazioscheios dianoites | tudo igual (mais ou menos) medo (menos e mais) temerosa | esperando que a verdade me estrangule durante o sono | se eu dormisse

Medo (menos e mais) temerosa. Eu entendia as palavras, porque era assim que ela tinha se comportado. Com menos medo e mais temerosa. Como se não tivesse nada a perder, mas tivesse medo de perder o que tem.

Adiantei algumas páginas e parei quando uma data chamou a minha atenção: 12 de junho. O último dia de aula.

a escuridão se esconde e eu acho que consigo contê-la | esmagá-la com a palma da minha mão | mas quando olho minhas mãos estão vazias | quietas enquanto os dedos dela se dobram ao meu redor

Eu li e reli. Ela estava descrevendo o dia no lago, o dia em que ela tinha ido longe demais. O dia em que podia ter me matado. Quem era "ela"? Sarafine?

Quanto tempo ela havia lutado? Quando tinha começado? Na noite em que Macon morreu? Quando começou a usar as roupas dele?

Eu sabia que devia fechar o caderno, mas não conseguia. Ler aquelas palavras era quase como ouvir os pensamentos dela novamente. Eu não os conhecia havia tanto tempo, e queria tanto. Virei cada página, procurando pelos dias que me assombravam.

Como o dia da feira...

corações mortais e medos mortais | uma coisa que eles podem compartilhar eu o desamarro como a um pardal

Liberdade — era o que o pardal significava para um Conjurador.

O tempo todo eu achara que ela estava tentando se livrar de mim, mas ela estava na verdade tentando me libertar. Como se amá-la fosse uma jaula da qual eu não conseguisse escapar.

Fechei o caderno. Doía demais lê-lo, principalmente com Lena tão longe, de todas as formas que importavam.

A alguns metros de distância, Ridley ainda olhava com olhar vazio as estrelas Mortais. Pela primeira vez, víamos o mesmo céu.

Liv estava aconchegada entre duas raízes, comigo de um lado e Link do outro. Depois que descobri a verdade sobre o que tinha acontecido no aniversário de Lena, acho que esperava que meus sentimentos por Liv desaparecessem. Mas mesmo agora eu me via ponderando. Se as coisas fossem diferentes, se eu não tivesse conhecido Lena, se não tivesse conhecido Liv...

Passei as horas seguintes observando Liv. Quando ela dormia, parecia em paz, bonita. Não bonita no estilo de Lena, mas diferente. Ela parecia satisfeita — como um dia de sol, um copo de leite frio, um livro que nunca foi aberto, antes do primeiro dano à lombada. Não havia nada de atormentado nela. Ela aparentava o modo como eu queria me sentir.

Mortal. Esperançosa. Viva.

Quando finalmente adormeci, me senti desse jeito, por apenas um minuto...

* * *

Lena estava me sacudindo.

— Acorde, dorminhoco. Precisamos conversar. — Sorri e a puxei para meus braços. Tentei beijá-la, mas ela riu e se esquivou. — Este não é desse tipo de sonho.

Eu me sentei e olhei ao redor. Estávamos na cama de Macon, nos túneis.

— Todos os meus sonhos são desse tipo de sonho, L. Tenho quase 17 anos.

— Este é meu sonho, não seu. E só tenho 16 há quatro meses.

— Macon não vai ficar zangado por estarmos aqui?

— Macon está morto, não lembra? Você deve mesmo estar dormindo. — Ela estava certa. Eu tinha esquecido tudo, e agora tudo voltou de repente. Macon tinha morrido. A troca.

E Lena tinha me deixado, só que não tinha. Ela estava aqui.

— Então isso é um sonho? — Eu estava tentando impedir que meu estômago desse um nó pela sensação de perda, de culpa por tudo que eu tinha feito, de tudo o que eu devia a ela.

Lena assentiu.

— Eu estou sonhando com você ou você está sonhando comigo?

— Faz alguma diferença quando se trata de nós? — Ela evitava a pergunta. Tentei de novo.

— Quando eu acordar, você terá sumido?

— Sim. Mas eu precisava ver você. Esse era o único jeito de conversarmos. — Ela vestia uma camisa branca, uma das minhas mais antigas e macias. Estava desgrenhada e linda, do jeito que eu mais amava, quando ela achava que estava mais feia.

Coloquei as mãos na cintura dela e a puxei mais para perto.

— L, eu vi minha mãe. Ela me contou sobre Macon. Acho que ela o amava.

— Eles se amavam. Também assisti às visões. — Então nossa conexão ainda existia. Senti uma onda de alívio.

— Eles eram como nós, Lena.

— E não podiam ficar juntos. Como nós.

Era um sonho, eu tinha certeza. Porque podíamos dizer essas terríveis verdades com um distanciamento estranho, como se estivessem acontecendo a outras pessoas. Ela apoiou a cabeça no meu peito, tirando lama da

352

minha camisa com os dedos. Como minha camisa tinha ficado tão suja? Tentei lembrar, mas não consegui.

— O que vamos fazer, L?

— Não sei, Ethan. Estou com medo.

— O que você quer?

— Você — sussurrou ela.

— Então por que é tão difícil?

— Estamos todos errados. Tudo está errado quando estou com você.

— Isso parece errado? — Abracei-a com mais força.

— Não. Mas o que sinto não importa mais. — Senti-a suspirar contra meu peito.

— Quem disse isso?

— Ninguém precisou me dizer. — Olhei nos olhos dela. Ainda estavam dourados.

— Você não pode ir para a Grande Barreira. Precisa voltar.

— Não posso parar agora. Tenho que ver como termina.

Brinquei com uma mecha do cabelo preto e encaracolado dela.

— Por que você não tem que ver como as coisas terminam entre nós?

Ela sorriu e tocou no meu rosto.

— Porque agora eu sei como termina com você.

— Como termina?

— Assim.

Ela se inclinou e me beijou, e o cabelo dela caiu ao redor do meu rosto como chuva. Puxei as cobertas e ela entrou debaixo delas, nos meus braços. Enquanto nos beijávamos, senti o calor do toque dela. Deitamos na cama. Eu estava em cima dela, depois ela em cima de mim. O calor se intensificou a ponto de eu não conseguir respirar. Pensei que minha pele estivesse em chamas e, quando me afastei do beijo, estava mesmo.

Estávamos os dois pegando fogo, cercados de chamas que iam mais alto do que era possível ver, e a cama não era uma cama, mas sim uma plataforma de pedra. Tudo queimava ao nosso redor, com as chamas amarelas do fogo de Sarafine.

Lena gritou e se agarrou a mim. Olhei para baixo de onde estávamos, no topo de uma enorme pirâmide de árvores caídas. Havia um círculo es-

353

tranho esculpido na pedra em que estávamos deitados, alguma espécie de símbolo Conjurador das Trevas.

— Lena, acorde! Essa não é você. Você não matou Macon. Você não está indo para as Trevas. Foi o Livro. Amma me contou tudo.

A pira tinha sido para nós, não Sarafine. Eu pude ouvi-la rindo. Ou será que era Lena? Eu não conseguia mais perceber a diferença.

— L, me escute! Você não precisa fazer isso...

Lena estava gritando. Não conseguia parar de gritar.

Quando acordei, as chamas tinham consumido nós dois.

— Ethan? Acorde. Temos que ir.

Eu me sentei, ofegante e pingando suor. Estendi as mãos. Nada. Nem uma queimadura, nem mesmo um arranhão. Tinha sido um pesadelo. Olhei ao redor. Liv e Link já estavam acordados. Esfreguei o rosto com as mãos. Meu coração ainda estava disparado, como se o sonho fosse real e eu quase tivesse morrido. Eu me perguntei de novo se tinha sido um sonho meu ou de Lena. E se era realmente assim que as coisas terminavam para nós. Fogo e morte, como Sarafine queria.

Ridley estava sentada em uma pedra, chupando um pirulito, o que era um tanto patético. Durante a noite, ela pareceu ter passado de um estado de choque para um estado de negação. Agia como se nada tivesse acontecido. Ninguém sabia o que dizer. Ela era como um daqueles veteranos de guerra sofrendo de síndrome de estresse pós-traumático, que voltam para casa e ainda acham que estão no campo de batalha.

Ela estava encarando Link, jogando o cabelo e olhando para ele com expectativa.

— Por que não vem até aqui, gostosão?

Link mancou até minha mochila e pegou uma garrafa de água.

— Eu passo.

Ridley colocou os óculos de sol no alto da cabeça e olhou para ele com mais intensidade, o que deixava claro que os poderes dela tinham sumido. Na luz do dia, os olhos de Ridley estavam tão azuis quanto os de Liv.

— Eu disse para vir aqui. — Ridley puxou a saia curta um pouco mais para cima da coxa machucada. Senti pena. Ela não era mais uma Sirena, só uma garota que parecia uma Sirena.

— Por quê? — Link não estava entendendo.

A língua de Ridley estava vermelho-vivo quando ela deu uma última lambida no pirulito.

— Você não quer me beijar? — Por um segundo, pensei que Link poderia entrar na dela, mas isso só ia adiar o inevitável.

— Não, obrigado. — Ele se virou e ficou óbvio que se sentia culpado.

Os lábios de Ridley tremeram.

— Talvez seja temporário e meus poderes acabem voltando. — Ela estava tentando se convencer mais do que a qualquer pessoa.

Alguém tinha que contar a ela. Quanto mais cedo ela encarasse a realidade, mais cedo seria capaz de seguir em frente. Se conseguisse.

— Acho que eles realmente sumiram, Ridley.

Ela virou a cabeça para me encarar, a voz trêmula.

— Você não sabe de nada. Só porque saiu com uma Conjuradora não quer dizer que saiba das coisas.

— Sei que Conjuradores das Trevas têm olhos amarelos.

Ouvi a respiração dela ficar presa na garganta. Ela pegou a barra da camisa suja e a puxou para cima. Sua pele ainda era macia e dourada, mas a tatuagem que circulava seu umbigo tinha sumido. Ela passou a mão pela barriga, depois desabou.

— É verdade. Ela realmente tirou meus poderes. — Ridley abriu os dedos, deixando o pirulito cair na terra. Não emitiu som algum, mas as lágrimas correram por seu rosto em duas linhas prateadas.

Link andou até ela e estendeu a mão para puxá-la.

— Isso não é verdade. Você ainda é bem má. Quero dizer, gostosa. Para uma Mortal.

Ridley ficou de pé, histérica.

— Você acha isso engraçado? Que perder meus poderes é como perder um dos seus jogos de basquete imbecis? Eles são quem eu sou, idiota! Sem eles, não sou nada. — Linhas pretas escorriam pelas bochechas dela. Ela tremia.

Link pegou o pirulito dela do chão. Abriu a garrafa de água e o lavou.

— Dê tempo ao tempo, Rid. Vai desenvolver suas próprias técnicas de sedução. Você vai ver. — Ele devolveu o pirulito a ela. Ridley ficou olhando para ele, confusa.

Sem olhar, ela jogou o pirulito o mais longe que conseguiu.

⊰ 20 DE JUNHO ⊱

Ponto em comum

Eu quase não tinha dormido. O braço de Link estava inchado e roxo. Nenhum de nós tinha condições físicas de andar pela floresta lamacenta, mas não havia escolha.

— Vocês estão bem? Temos que ir.

Link encostou no braço e fez uma careta.

— Já estive melhor. Tipo, sei lá, todos os outros dias da minha vida.

O corte no rosto de Liv já estava começando a secar.

— Já estive pior, mas essa é uma longa história, que envolve o Estádio de Wembley, uma viagem ruim no metrô e churrasco grego em excesso.

Peguei minha mochila, toda enlameada.

— Onde está Lucille?

Link olhou ao redor.

— Quem sabe? Aquela gata vive desaparecendo. Agora sei por que suas tias a deixavam na coleira.

Assobiei em direção às árvores, mas não havia sinal dela.

— Lucille! Ela estava aqui quando acordamos.

— Não se preocupe, cara. Gatos têm sexto sentido, sabia?

— Ela provavelmente estava cansada de nos seguir, pois nunca chegamos a lugar algum — disse Ridley. — Aquela gata é muito mais inteligente do que nós.

Parei de prestar atenção à conversa deles. Estava ocupado demais ouvindo a que se passava na minha cabeça. Eu não conseguia parar de pensar em Lena e no que ela havia feito por mim. Por que eu tinha demorado tanto para ver o que estava bem na minha frente?

Eu sabia que Lena estava se punindo o tempo todo. O isolamento autoimposto, as fotos mórbidas de lápides coladas nas paredes, os símbolos das Trevas no caderno e no corpo todo, o fato de usar as roupas do tio morto, e até de andar com Ridley e John — nunca se tratou de mim. Era por causa de Macon.

Mas nunca me dei conta de que eu era cúmplice. Lena tinha alguém que a lembrava constantemente do crime pelo qual estava se culpando, o tempo inteiro. Alguém que a lembrava constantemente do que tinha perdido.

Eu.

Ela tinha que olhar para mim todo dia e segurar minha mão e me beijar. Não surpreende que fosse tão quente e tão fria, me beijando num momento e fugindo no seguinte. Pensei sobre a letra da música, escrita um monte de vezes nas paredes do quarto dela.

Correndo até ficar parada.

Ela não conseguia fugir e eu não a deixava. No meu último sonho, disse que sabia sobre a troca. Eu queria saber se ela também teve o sonho, se sabia que eu conhecia o fardo secreto dela. Que ela não precisava mais carregá-lo sozinha.

Sinto muito, L.

Procurei pela voz dela nos cantos da minha mente, pela menor possibilidade de que ela estivesse ouvindo. Não ouvi som algum, mas vi uma coisa, imagens fugazes na minha visão periférica. Fotos passando correndo por mim como carros na pista expressa da rodovia interestadual...

Eu estava correndo, pulando, me movendo tão rapidamente que não conseguia me concentrar. Não até que minha visão se ajustasse, como tinha acontecido antes, e eu conseguisse identificar as formas de árvores, folhas e galhos passando ao meu lado. A princípio, eu só conseguia ouvir as folhas sendo esmagadas embaixo de mim, o som do ar enquanto eu me deslocava. Depois ouvi vozes.

— Precisamos voltar. — Era Lena. Segui o som até o meio das árvores.

— Não podemos. Você sabe disso.

A luz do sol passava com facilidade pelas folhas. Eu só conseguia ver botas: as surradas de Lena e as pesadas e pretas de John. Estavam parados a poucos metros.

Então vi os rostos deles. A expressão de Lena era de teimosia. Eu conhecia aquele olhar.

— Sarafine os encontrou. Eles podem estar mortos!

John chegou mais perto e fez uma careta, da mesma forma que fez quando os vi no quarto. Era um reflexo involuntário, uma reação a algum tipo de dor. Ele olhou nos olhos dourados dela.

— Está falando de Ethan?

Ela evitou o olhar.

— Estou falando de todos eles. Você não está nem um pouco preocupado com Ridley? Ela desapareceu. Não acha que essas duas coisas podem estar relacionadas?

— Que duas coisas?

Os ombros de Lena ficaram tensos.

— O desaparecimento de minha prima e a aparição repentina de Sarafine?

Ele esticou o braço e pegou a mão dela, entrelaçando os dedos como eu costumava fazer.

— Ela sempre esteve em algum lugar, Lena. Sua mãe provavelmente é a Conjuradora das Trevas mais poderosa do mundo. Por que ia querer machucar Ridley, que é como ela?

— Não sei. — Lena balançava a cabeça, sua determinação fraquejando. — É só que...

— O quê?

— Apesar de não estarmos juntos, não quero vê-lo se machucar. Ele tentou me proteger.

— De quê?

De mim mesma.

Ouvi as palavras, embora ela não as tenha dito.

— De muitas coisas. Era diferente naquela época.

— Você estava fingindo ser uma pessoa que não era, tentando fazer todo mundo feliz. Já pensou que ele não estava protegendo você, e sim segurando? — Comecei a sentir meu coração bater mais rápido, meus músculos se tensionando.

Eu o estava segurando.

— Sabe, tive uma namorada Mortal uma vez.

Lena pareceu chocada.

— Teve?

John assentiu.

— Tive. Ela era adorável e eu a amava.

— O que aconteceu? — Lena prestava atenção a cada palavra.

— Era difícil demais. Ela não entendia como era minha vida. Que eu nem sempre posso fazer o que quero... — Ele parecia falar a verdade.

— Por que você não podia fazer o que queria?

— Minha infância foi o que se pode chamar de rígida. No estilo camisa de força. Até as regras tinham regras.

Lena parecia confusa.

— Está falando sobre sair com Mortais?

John fez outra careta, encolhendo-se dessa vez.

— Não, não era assim. O modo como fui criado foi porque eu era diferente. O homem que me criou foi o único pai que conheci, e ele não queria que eu machucasse ninguém.

— Eu também não quero machucar ninguém.

— Você é diferente. Quero dizer, nós somos.

John pegou a mão de Lena e a puxou para seu lado.

— Não se preocupe. Vamos encontrar sua prima. Ela deve ter fugido com aquele baterista do Sofrimento. — Ele estava certo sobre o baterista, mas não esse que ele mencionou. Sofrimento? Lena estava andando com a espécie de John, frequentando lugares chamados Exílio e Sofrimento. Ela achava que era isso que merecia.

Lena não disse mais nada, mas não largou a mão dele. Tentei me forçar a segui-los, mas não consegui. Não tinha o controle. Isso estava óbvio daquele bizarro ponto de vista, tão perto do chão. Eu sempre olhava para eles de baixo. Não fazia sentido. Mas não importava, porque agora eu estava correndo de novo, por um túnel escuro. Ou era uma caverna? Eu sentia o cheiro do mar enquanto as paredes negras passavam ao meu lado.

* * *

Esfreguei os olhos, surpreso por estar andando atrás de Liv em vez de deitado no chão. Era loucura pensar que eu podia estar observando Lena em um lugar e seguindo Liv pelos túneis ao mesmo tempo. Como era possível?

As visões estranhas, com a perspectiva incomum e as imagens acelera-das — o que estava acontecendo? Por que eu conseguia ver Lena e John? Eu precisava entender.

Olhei para minhas mãos. Eu não estava segurando nada além do Arco Voltaico. Tentei me lembrar da primeira vez que vi Lena dessa forma. Foi no meu banheiro, e eu não tinha o Arco Voltaico naquela época. A única coisa que eu estava segurando era a pia. Tinha de haver um ponto em co-mum, mas eu não conseguia identificá-lo.

À frente, o túnel se abriu em um hall de pedra, onde entradas de quatro túneis convergiam.

Link suspirou.

— Qual deles?

Não respondi. Porque quando olhei para o Arco Voltaico, vi outra coisa logo além.

Lucille.

Sentada na porta do túnel bem à nossa frente, esperando. Enfiei a mão no bolso de trás e peguei a medalha de prata que tia Prue tinha me dado, com o nome de Lucille gravado. Eu ainda podia ouvir a voz da tia Prue.

Vejo que você ainda tem a gata. Eu estava esperando a hora certa para soltá-la do varal. Ela sabe um ou dois truques. Você vai ver.

Em uma fração de segundo, tudo se encaixou e eu soube.

Era Lucille.

As imagens passando rapidamente por mim cada vez que eu estava indo em direção a Lena e John. O chão tão perto, muito mais do que se eu estivesse de pé. O ponto de vista incomum, como se eu estivesse dei-tado de barriga no chão olhando para eles. Tudo fazia sentido. O modo como Lucille sempre desaparecia e aparecia aleatoriamente. Só que não era aleatório.

361

Tentei me lembrar das vezes em que Lucille tinha desaparecido, analisando-as uma a uma. Na primeira vez em que vi Lena com John e Ridley, eu estava olhando o espelho do meu banheiro. Não me lembrava de Lucille desaparecendo, mas lembrava dela sentada na minha varanda na manhã seguinte. O que não fazia sentido algum, porque nunca a soltávamos à noite.

Na segunda vez, Lucille tinha saído correndo do parque Forsyth quando chegamos a Savannah, e não reapareceu até depois de sairmos do Bonaventure — depois que vi Lena e John quando estava na casa de tia Caroline. E dessa vez, Link reparou que Lucille tinha sumido quando voltamos aos túneis, mas agora aqui estava ela, sentada à nossa frente, logo depois de eu ter acabado de ver Lena.

Não era eu que estava vendo Lena.

Era Lucille. Ela estava rastreando Lena, do mesmo modo que estávamos seguindo os mapas ou as luzes ou a atração da lua. Eu estava observando Lena pelos olhos da gata, talvez do mesmo modo como Macon tinha observado o mundo pelos de Boo. Como era possível? Lucille não era uma gata Conjuradora, assim como eu não era Conjurador.

Ou era?

— O que você é, Lucille?

A gata olhou nos meus olhos e inclinou a cabeça para o lado.

— Ethan? — Liv estava me observando. — Você está bem?

— Estou. — Lancei um olhar expressivo para Lucille. Ela me ignorou e cheirou a ponta do rabo graciosamente.

— Você sabe que ela é um animal. — Liv ainda me olhava com curiosidade.

— Sim, sei.

— Só confirmando.

Ótimo. Não só eu estava falando com uma gata como também estava falando *sobre* falar com a gata.

— Devíamos ir andando.

Liv respirou fundo.

— Sim, quanto a isso. Acho que não podemos.

— Por que não?

Liv fez sinal para que eu me aproximasse de onde os mapas de tia Prue estavam abertos, sobre a terra.

— Está vendo esta marcação aqui? É o portal mais próximo. Demorei um pouco, mas entendi muitas coisas sobre esse mapa. Sua tia não estava brincando. Ela deve ter passado anos desenhando nele.

— Os portais estão marcados?

— É o que parece nos mapas. Está vendo esses pês vermelhos, com pequenos círculos ao redor? — Estavam em todo lugar. — E essas linhas vermelhas finas? Acredito que são os mais perto da superfície. Há um padrão. Parece que quanto mais escura é a cor, mais profundo é.

Apontei para uma rede de linhas pretas.

— Está dizendo que estes são os mais profundos?

Liv assentiu.

— Possivelmente também os mais das Trevas. O conceito de territórios de Trevas e Luz dentro do Mundo Subterrâneo é recente, na verdade. Não é amplamente conhecido.

— Então qual é o problema?

— Este. — Ela apontou para duas palavras escritas na extremidade sul da página maior. *LOCA SILENTIA*.

Eu me lembrava da segunda palavra. Parecia com a que Lena disse quando colocou o Conjuro em mim para que eu não pudesse contar à sua família que ela ia embora de Gatlin.

— Está dizendo que o mapa está quieto demais?

Liv balançou a cabeça.

— Aqui é onde o mapa *fica em silêncio*, infelizmente. Porque estamos no fim. Chegamos à extremidade sul, o que significa que estamos fora do mapa. *Terra incógnita.* — Ela deu de ombros. — Você sabe o que dizem. *Hic dracones sunt.*

— É, ouço bastante isso. — Eu não tinha ideia do que ela estava falando.

— "Aqui há dragões." É o que os marinheiros costumavam escrever nos mapas de quinhentos anos atrás, quando o mapa terminava, mas o oceano não.

— Eu preferia enfrentar dragões a Sarafine. — Olhei para o local onde Liv batia com o dedo. A teia de túneis por onde tínhamos vindo era tão complexa quanto um sistema de estradas. — E agora?

— Estou sem ideias. Não fiz nada além de olhar para esse mapa desde que sua tia o deu para nós e ainda não sei como chegar à Grande Barreira. Nem sei se acredito que é um lugar real. — Olhamos para o mapa juntos. — Lamento. Sei que decepcionei você. Todo mundo, na verdade.

Passei o dedo sobre o contorno da costa até chegar a Savannah, onde o Arco Voltaico tinha parado de funcionar. A marca vermelha do portal de Savannah ficava logo abaixo do primeiro L de *LOCA SILENTIA*. Enquanto eu olhava para as letras e para os traços vermelhos ao redor delas, o padrão que faltava lentamente apareceu. Ele me lembrava o Triângulo das Bermudas, uma espécie de vácuo onde tudo desaparecia magicamente.

— *Loca silentia* não significa "onde o mapa fica em silêncio".

— Não?

— Acho que significa alguma coisa tipo silêncio de rádio, pelo menos para um Conjurador. Pense nisso. Quando o Arco Voltaico parou de funcionar pela primeira vez?

Liv pensou.

— Em Savannah. Logo depois que nós... — Ela olhou para mim e corou. — Logo depois que encontramos tudo no sótão.

— Exatamente. Depois que entramos no território marcado *Loca silentia*, o Arco Voltaico parou de nos guiar. Acho que estamos em uma espécie de zona interditada ao voo, como o Triângulo das Bermudas, desde que fomos para o sul de lá.

Liv olhou lentamente do mapa para mim, processando a informação. Quando falou, não conseguia esconder a empolgação na voz.

— A fresta. Estamos na fresta. É isso que é a Grande Barreira.

— A fresta de quê?

— O lugar onde dois universos se encontram. — Liv olhou para o mostrador em seu pulso. — O Arco Voltaico podia estar em uma espécie de sobrecarga mágica esse tempo todo.

Pensei em tia Prue aparecendo, quando e onde apareceu.

— Aposto que tia Prue sabia que precisávamos dos mapas. Tínhamos acabado de entrar em *Loca silentia* quando ela os entregou a nós.

— Mas o mapa termina e a Grande Barreira não está nele. Então como alguém pode conseguir encontrá-la? — Liv suspirou.

— Minha mãe conseguiu. Ela sabia como encontrá-la sem a estrela. — Desejei que ela estivesse ali naquele momento, mesmo em uma versão fantasmagórica feita de fumaça e terra de cemitério e ossos de galinha.

— Você leu isso nos papéis dela?

— Não. Foi uma coisa que John disse a Lena. — Eu não queria pensar naquilo, mesmo a informação sendo útil. — Onde estamos mesmo, de acordo com o mapa?

Ela apontou.

— Bem aqui.

Tínhamos chegado à longa linha curva que se seguia ao pequeno recesso da extremidade sul. Conexões Conjuradoras se cruzavam e se afastavam até se reencontrarem na beira da água como terminações nervosas.

— O que são essas formas? Ilhas? — Liv mordeu a ponta da caneta.

— Essas são as ilhas costeiras.

Liv se inclinou por cima de mim.

— Por que parecem tão familiares?

— Também estou pensando nisso. Achei que fosse de tanto olhar pro mapa.

Era verdade. Eu conhecia aquelas formas, se curvando para um lado e para outro como um grupo de nuvens tortas. Onde eu as tinha visto antes?

Peguei um punhado de papéis — papéis da minha mãe — do meu bolso de trás. Lá estava, no meio das páginas. O pergaminho coberto por um estranho desenho Conjurador que parecia com nuvens esquisitas.

Ela sabia como encontrar sem a estrela.

— Espere...

Coloquei o pergaminho em cima do mapa. Era como um papel de seda, fino como pele de cebola na tábua de Amma.

— Será...

Posicionei a folha transparente, o contorno de cada forma no pergaminho se alinhando perfeitamente com cada forma no mapa abaixo. Menos uma, que se materializou em uma espécie de silhueta fantasmagórica, só aparecendo quando o contorno parcial do mapa se encontrava com o contorno parcial do pergaminho. Sem o pergaminho e o mapa, as linhas pareciam rabiscos sem sentido.

Mas quando você as unia da maneira certa, tudo se encaixava, e dava para ver a ilha.

Como duas metades de uma chave Conjuradora, ou dois universos costurados um ao outro para um propósito em comum.

A Grande Barreira estava escondida no meio de um arquipélago da costa Mortal. É claro que estava.

Olhei para a tinta na folha de papel e abaixo dela.

Lá estava. O lugar mais poderoso do mundo Conjurador, aparecendo pela caneta e pelo papel como se por mágica.

Escondido a plena vista.

⊰ 20 DE JUNHO ⊱

Filho de ninguém

A porta em si não era tão incomum.

Nem o portal que levava a ela, nem a passagem curvilínea que tínhamos seguido para chegar até ali. Curva após curva em corredores feitos de pedras desmoronando e terra e madeira velha. Era assim que os túneis deviam ser: úmidos e escuros e apertados. Era quase como no dia em que Link e eu seguimos um cachorro de rua até um dos túneis de esgoto em Summerville.

Acho que o estranho era como tudo parecia normal, agora que tínhamos entendido o segredo do mapa. Segui-lo era a parte fácil.

Até agora.

— É isso. Tem que ser. — Liv tirou os olhos do mapa. Olhei para além dela, onde uma escadaria de madeira levava a raios de luz que formavam o contorno de uma porta na escuridão.

— Tem certeza?

Ela assentiu e enfiou o mapa no bolso.

— Então vamos ver o que tem lá fora. — Subi os degraus até a porta.

— Não tão rápido, Palitinho. O que você acha que tem do outro lado da porta? — Ridley estava enrolando. Parecia tão nervosa quanto eu.

Liv observou a porta.

— De acordo com as lendas, magia antiga, nem da Luz nem das Trevas.

Ridley balançou a cabeça.

— Você não tem ideia do que está dizendo, Guardiã. Magia antiga é coisa selvagem. Infinita. Caos em sua mais pura forma. Não exatamente a combinação para um final feliz em sua pequena expedição.

Cheguei mais perto da porta. Liv e Link estavam bem atrás de mim.

— Venha, Rid. Quer ajudar Lena ou não? — A voz de Link ecoou nas paredes.

— Eu só estava dizendo... — Pude ouvir o medo na voz de Ridley. Tentei não pensar sobre a última vez em que ela pareceu estar com tanto medo, como quando encarou Sarafine na floresta.

Empurrei a porta e ela rangeu, a madeira gasta se entortando e deformando. Outra tentativa e ela abriria. Estaríamos lá, fosse o que fosse a Grande Barreira.

Eu não estava com medo. Não sei por quê. Mas não estava pensando em entrar em um universo mágico quando forcei a porta até se abrir. Eu estava pensando em minha casa. O painel de madeira não era tão diferente da porta externa que tínhamos encontrado no campo da feira, debaixo do túnel do amor. Talvez fosse um sinal — alguma coisa do começo reaparecendo no fim. Fiquei em dúvida se era um sinal bom ou ruim.

Não importava o que havia do outro lado da porta. Lena estava esperando. Ela precisava de mim, quer soubesse disso ou não.

Não havia volta.

Eu me apoiei no painel e ele se abriu. A fresta de luz se expandiu em um campo branco cegante.

Saí para a luz intensa, deixando a escuridão para trás. Eu mal conseguia ver os degraus atrás de mim. Inspirei o ar, pesado por causa do sal e azedo pela maresia.

Loca silentia. Agora eu entendia. Assim que saímos da escuridão dos túneis e vimos o reflexo amplo e plano da água, só havia luz e silêncio.

Lentamente, meus olhos começaram a se ajustar. Estávamos no que parecia uma praia rochosa da costa da Carolina, coberta por uma camada de conchas brancas e cinzas, emoldurada por uma linha irregular de pequenas palmeiras. Uma passarela de madeira acompanhava o perímetro da costa, de frente para as ilhas. Estávamos parados ali agora, nós quatro, ouvindo o que devia ter sido as ondas ou o vento ou mesmo uma gaivota no céu. Mas o silêncio era tão denso que nos fez parar onde estávamos.

A cena era perfeitamente comum e incrivelmente surreal, tão vívida quanto qualquer sonho. As cores eram intensas demais, a luz, clara demais. E nas sombras além da costa, a escuridão era escura demais. Mas tudo era belo. Mesmo a escuridão. Foi a *sensação* que o momento passou que nos silenciou. Magia se desenrolava à nossa frente, nos envolvendo como uma corda, nos unindo uns aos outros.

Quando comecei a andar em direção à passarela, as encostas curvilíneas das ilhas surgiram ao longe. Além delas só havia uma neblina densa e espessa. Tufos de grama do pântano se projetavam da água e formavam bancos longos e rasos em vários pontos da lama costeira. Ao longo da praia, píeres de madeira castigados pelo tempo se estendiam sobre a água azul e tranquila até desaparecer nas profundezas escuras. Os píeres se repetiam ao longo da costa como dedos de madeira desgastados. Pontes para lugar nenhum.

Olhei para o céu. Nem uma estrela a vista. Liv olhou para o selenômetro, cujo ponteiro rodopiava, e deu um tapinha nele.

— Nenhum desses números significa mais nada. Estamos por conta própria agora. — Ela tirou o relógio e o colocou no bolso.

— Acho que sim.

— E agora?

Link se inclinou para pegar uma concha com o braço bom e a jogou para longe. A água a engoliu sem emitir nenhum som. Ridley estava de pé ao lado dele, com mechas de cabelo cor-de-rosa voando ao vento. Na extremidade do píer à nossa frente, a bandeira da Carolina do Sul (com a silhueta de uma palmeira e uma lua crescente sobre um campo azul-escuro) parecia com uma bandeira Conjuradora enquanto balançava presa a um fino mastro. Quando olhei melhor, percebi que a bandeira tinha mudado. Essa tinha uma estrela de sete pontas no céu, ao lado da familiar lua crescente e da silhueta de palmeira. A Estrela do Sul, bem ali na bandeira, como se tivesse caído do céu.

Se essa era a fresta onde o mundo Mortal e o mágico se tocavam, não havia sinal disso ali. Não sei o que estava esperando. Tudo o que eu tinha agora era uma estrela a mais na bandeira estadual e uma sensação de magia tão densa quanto o sal no ar.

Eu me juntei aos outros na extremidade da passarela. O vento tinha aumentado e a bandeira balançava ao redor do mastro. Não fazia som algum.

Liv consultou o mapa dobrado.

— Se estivermos no lugar certo, só pode ser entre aquela ilha depois da boia e o lugar onde estamos.

— Acho que estamos no lugar certo. — Eu tinha certeza.

— Como você sabe?

— Lembra-se daquela Estrela do Sul sobre a qual você estava me contando? — Apontei para a bandeira. — Pense só. Se você seguisse a estrela pelo caminho todo até aqui, a estrela na bandeira é exatamente o que estaria procurando. Algum tipo de sinal de que está no lugar certo.

— É claro. A estrela de sete pontas. — Ela examinou a bandeira, tocando no tecido como se estivesse se permitindo acreditar pela primeira vez.

Não havia tempo para isso. Eu sabia que tínhamos que ir em frente.

— Então, o que estamos procurando? Terra? Ou alguma coisa feita pelo homem?

— Você quer dizer que não é aqui? — Link pareceu desapontado e enfiou a tesoura de jardinagem de volta no cinto.

— Acho que ainda precisamos cruzar a água. Faz sentido, na verdade. Como cruzar o rio Estige para chegar a Hades. — Liv esticou o mapa sobre a palma da mão. — De acordo com o mapa, estamos procurando alguma espécie de conexão que nos levará por cima da água até a Grande Barreira em si. Como um banco de areia ou uma ponte. — Ela segurou o pergaminho por cima do mapa e todos nós olhamos.

Link tirou-os das mãos dela.

— É, estou vendo. Até que é legal. — Ele moveu o pergaminho para cima e para baixo no mapa. — Agora você vê, agora não vê. — Ele soltou o mapa e ele flutuou em uma confusão de páginas até pousar na areia.

Liv se inclinou para pegar.

— Cuidado com isso! Você é completamente doente?

— Você quer dizer gênio? — Às vezes não havia sentido em Link e Liv se falarem. Liv colocou o mapa de tia Prue no bolso e recomeçamos a andar.

Ridley pegou Lucille Ball. Ela não tinha falado muito desde que saímos dos túneis. Talvez agora que tinha sido privada dos poderes, preferisse a companhia de Lucille. Ou talvez estivesse com medo. Ela provavelmente sabia melhor que nós quais eram os perigos nos aguardando.

Pude sentir o Arco Voltaico quente no meu bolso. Meu coração começou a disparar e minha cabeça começou a rodar.

O que ele estava fazendo comigo? Desde que cruzamos para a terra de ninguém que o mapa chamava de *Loca silentia*, a luz tinha parado de iluminar nosso caminho e tinha começado a iluminar o passado. O passado de Macon. Ele havia se tornado um condutor para as visões, uma linha direta que eu não podia controlar. As visões estavam vindo intermitentemente, interrompendo o presente com pedaços fragmentados do passado de Macon.

Uma velha folha de palmeira estalou debaixo de um dos sapatos de Ridley. Então outra coisa, e me senti desfalecendo...

Macon pôde sentir imediatamente quando seus ombros estalaram — a intensa dor dos ossos rachando. Sua pele se esticou, como se não conseguisse mais conter o que se escondia dentro dele. O ar deixou seus pulmões, como se ele estivesse sendo esmagado. Sua visão começou a ficar embaçada e ele teve a sensação de que estava caindo, embora pudesse sentir as pedras cortando sua pele enquanto seu corpo se contorcia no chão.

A Transformação.

A partir daquele momento, ele não poderia mais viver entre Mortais na luz do dia. O sol queimaria sua pele. Não poderia ignorar o desejo de se alimentar com o sangue de Mortais. Era um deles agora — outro Incubus de Sangue na extensa linhagem de assassinos da árvore genealógica dos Ravenwood. Um predador andando no meio de suas presas, esperando para se alimentar.

Eu estava de volta, tão repentinamente quanto fui.

Cambaleei em direção a Liv, minha cabeça girando.

— Temos que ir. As coisas estão ficando fora de controle.

— Que coisas?

— O Arco Voltaico. As coisas na minha cabeça — falei, incapaz de explicar melhor do que isso.

Ela assentiu.

— Achei que as coisas pudessem ficar ruins pra você. Eu não tinha certeza se um Obstinado reagiria mais intensamente a um lugar muito poderoso, considerando o quanto você é sensível ao efeito de certos Conjuradores. Quero dizer, se você realmente for... — Se eu realmente fosse um Obstinado. Ela não precisava dizer.

— Então você está dizendo que finalmente acredita que a Grande Barreira é real?

— Não. A não ser... — Ela apontou para o ponto além do píer mais distante no horizonte, onde outro, o mais velho e corroído, seguia, tão longe que não dava para ver onde terminava, exceto que desaparecia na neblina. — Aquela pode ser a ponte que procuramos.

— Não é bem uma ponte. — Link parecia descrente.

— Só tem um jeito de descobrirmos. — Andei à frente deles.

Conforme caminhávamos por tábuas podres e conchas, eu me vi indo e vindo. Eu estava lá e não estava. Num lugar e noutro. Em um momento, podia ouvir as vozes de Ridley e Link enquanto eles implicavam um com o outro. No seguinte, a neblina embaçava os contornos e eu era puxado novamente para as visões do passado de Macon. Eu sabia que havia alguma coisa que eu devia apreender com as visões, mas elas vinham tão rapidamente agora que era impossível descobrir.

Pensei em Amma. Ela teria dito: "Tudo significa alguma coisa." Tentei imaginar o que diria depois.

P-R-E-N-Ú-N-C-I-O. Nove, vertical. Significando preste atenção no *e agora*, Ethan Wate, porque isso vai apontar o caminho para o *e depois*.

Ela estava certa, como sempre. Tudo o que eu fazia significava alguma coisa, não é? Todas as mudanças em Lena levariam à verdade, se eu tivesse conseguido ver. Mesmo agora, eu tentava encaixar meus fragmentos de visões para encontrar a história que elas tentavam contar.

Mas eu não tinha tempo, porque quando chegamos à ponte, senti outra onda, a passarela começou a balançar e as vozes de Link e Ridley sumiram...

O quarto estava escuro, mas Macon não precisava de luz para enxergar. As prateleiras estavam cheias de livros, como ele imaginava que estariam. Exemplares de todos os aspectos da história dos Estados Unidos, em particular as guerras que moldaram o país: a Guerra Revolucionária e a Guerra Civil. Macon passou os dedos pelas lombadas de couro. Aqueles livros não tinham mais utilidade para ele.

A guerra agora era de um tipo diferente. Uma guerra entre Conjuradores, declarada dentro de sua própria família.

Ele podia ouvir passos acima, o som da chave crescente se encaixando na fechadura. A porta rangeu, uma fresta de luz escapando quando a entrada no teto se abriu. Ele queria estender a mão, oferecer ajuda para que ela descesse, mas não ousava.

Havia anos desde que ele a tinha visto ou tocado.

Só tinham se encontrado em cartas e entre as capas dos livros que ela deixava para ele nos túneis. Mas ele não a tinha visto e nem ouvido sua voz durante todo esse tempo. Marian tinha se certificado disso. Ela passou pela porta aberta no teto, a luz entrando no aposento. A respiração de Macon ficou presa na garganta. Estava ainda mais bonita do que ele se lembrava. O cabelo castanho brilhante preso debaixo de um par de óculos de leitura. Ela sorriu.

— Jane. — Ele não dizia o nome dela em voz alta havia tanto tempo. Era como uma música.

— Ninguém me chama assim desde... — Ela olhou para baixo. — Uso o nome Lila agora.

— Claro, eu sabia disso.

Lila estava visivelmente nervosa, a voz trêmula.

— *Lamento ter precisado vir, mas esse era o único jeito.* — *Ela evitou os olhos dele. Era doloroso demais olhá-lo.* — *O que tenho para contar a você... não é algo que eu pudesse deixar no escritório, e eu não podia me arriscar a mandar uma mensagem pelos túneis.*

Macon tinha um pequeno escritório nos túneis, um alívio ao exílio autoimposto que era sua vida solitária em Gatlin. Às vezes Lila colocava mensagens entre as páginas dos livros que deixava para ele. Elas sempre falavam sobre a pesquisa dela na Lunae Libri — *possíveis respostas a perguntas que os dois tinham.*

— *É bom ver você.* — *Macon deu um passo à frente e Lila ficou tensa. Ele pareceu magoado.* — *É seguro. Consigo controlar meus instintos agora.*

— *Não é isso. Eu... Eu não devia estar aqui. Falei para Mitchell que estava trabalhando até mais tarde no arquivo. Não gosto de mentir para ele.* — *É claro. Ela se sentia culpada. Ainda era tão honesta quanto Macon lembrava.*

— *Estamos no arquivo.*

— *Semântica, Macon.*

Macon inspirou profundamente ao ouvir seu nome sair dos lábios dela.

— *O que é tão importante para fazer você se arriscar e vir até mim, Lila?*

— *Descobri uma coisa que seu pai escondeu de você.*

Os olhos pretos de Macon se escureceram mais com a menção de seu pai.

— *Não vejo meu pai há anos. Não desde...* — *Ele não queria dizer o que estava pensando. Não via o pai desde que Silas tinha manipulado Macon até que ele se separasse de Lila. Silas e suas visões distorcidas, seu preconceito contra Mortais e Conjuradores. Macon, no entanto, não mencionou nada disso. Não queria tornar mais difícil para ela.* — *Desde a Transformação.*

— *Tem uma coisa que você precisa saber.* — *Lila baixou o tom de voz, como se o que tinha a dizer só pudesse ser dito em sussurros.* — *Abraham está vivo.*

Macon e Lila não tiveram tempo de reagir. Houve um zunido e uma pessoa se materializou na escuridão.

— Bravo. Ela é mesmo muito mais inteligente do que eu tinha imaginado. Lila, não é? — Abraham batia palmas. — Um erro tático da minha parte, mas um erro que sua irmã pode corrigir facilmente. Você não concorda, Macon?

Macon apertou os olhos.

— Sarafine não é minha irmã.

Abraham ajeitou a gravata. Com sua barba branca e terno de domingo, ele parecia mais com o coronel Sanders* do que com o que ele realmente era: um assassino.

— Não precisa ser desagradável. Sarafine é filha do seu pai, afinal. É uma pena que vocês não se deem bem. — Abraham andou casualmente em direção a Macon. — Sabe, eu sempre tive esperanças de que pudéssemos nos conhecer. Tenho certeza de que depois que conversarmos, você vai entender seu lugar na Ordem das Coisas.

— Sei meu lugar. Fiz minha escolha e me Invoquei para a Luz há muito tempo.

Abraham riu em voz alta.

— Como se uma coisa assim fosse possível. Você é uma criatura das Trevas por natureza, um Incubus. Essa aliança ridícula com Conjuradores da Luz, defendendo Mortais, é loucura. Seu lugar é conosco, com sua família. — Abraham olhou para Lila. — E para quê? Por uma mulher Mortal com quem nunca pôde ficar? Uma que é casada com outro homem?

Lila sabia que não era verdade. Macon não tinha feito sua escolha só por causa dela, mas também sabia que era parte das razões. Ela encarou Abraham, reunindo toda coragem que possuía.

— Vamos encontrar um jeito de acabar com isso. Conjuradores e Mortais deviam poder mais do que apenas coexistir.

---

* Fundador do KFC (Kentucky Fried Chicken), cujo rosto aparece no logo da lanchonete. (*N. da T.*)

A expressão de Abraham mudou. Seu rosto escureceu e ele não parecia mais um cavalheiro sulista idoso. Sua expressão era sinistra e má quando ele sorriu para Macon.

— Seu pai e Hunting... Nós tínhamos esperança de que você fosse se juntar a nós. Avisei a Hunting que os irmãos costumam ser uma decepção. Assim como os filhos.

Macon virou a cabeça de repente, seu rosto mudando e espelhando o de Abraham.

— Não sou filho de ninguém.

— De qualquer forma, não posso aceitar que você ou essa mulher interfiram em nossos planos. É uma pena, na verdade. Você virou as costas para sua família porque amava essa Mortal asquerosa, e mesmo assim ela vai morrer, porque você a arrastou para isso. — Abraham sumiu e se materializou na frente de Lila. — Pois bem. — Ele abriu a boca, mostrando os caninos brilhantes.

Lila cobriu a cabeça com os braços e gritou, esperando pela mordida que nunca aconteceu. Macon se materializou entre eles. Lila sentiu o peso do corpo dele quando se chocou contra ela, jogando-a para trás.

— Lila, corra!

Por um segundo ela ficou paralisada, enquanto os dois lutavam. O som era violento, como se a terra estivesse se partindo. Lila viu Macon jogar Abraham no chão enquanto seus sons guturais cortavam o ar. Depois, ela saiu correndo.

O céu rodopiou ao meu redor lentamente, como se alguém tivesse apertado o botão de rebobinar. Liv devia estar falando comigo, porque eu podia ver sua boca formando palavras, mas não conseguia entendê-las. Fechei meus olhos de novo.

Abraham tinha matado minha mãe. A morte pode ter sido provocada por Sarafine, mas foi Abraham quem ordenou. Eu tinha certeza.

— Ethan? Está me ouvindo? — A voz de Liv estava frenética.

— Estou bem. — Eu me levantei lentamente. Os três me olhavam e Lucille estava sentada no meu peito.

Eu estava estatelado na passarela de madeira podre.

— Me dá isso. — Liv estava tentando tirar o Arco Voltaico das minhas mãos. — Ele está agindo como uma espécie de canal metafísico. Você não pode controlá-lo.

Não soltei a esfera. Era um canal que eu não podia perder.

— Pelo menos me conte o que aconteceu. Quem foi agora? Abraham ou Sarafine? — Liv colocou a mão no meu ombro para me firmar.

— Está tudo bem. Não quero falar sobre isso.

Link olhou para mim.

— Você está bem, cara?

Pisquei algumas vezes. Era como se eu estivesse debaixo d'água, observando-o através de ondulações.

— Estou bem.

Ridley estava parada a alguns metros, limpando as mãos na saia.

— As famosas últimas palavras.

Liv pegou sua mochila e ficou olhando para o final do píer quase sem fim. Fui para o lado dela.

— É aqui. — Olhei para Liv. — Posso sentir.

Tremi. Foi quando reparei que ela também estava tremendo.

⚜ 20 DE JUNHO ⚜
Mudança no mar

Parecia que estávamos andando havia séculos, como se a ponte à nossa frente ficasse maior à medida que chegávamos mais perto do fim. Quanto mais caminhávamos, menos enxergávamos. O ar ficou mais iluminado e pesado e úmido, até que, de repente, meus pés chegaram à beira das tábuas velhas — e o que aparentava ser uma parede impenetrável de neblina.

— Essa é a Grande Barreira? — Eu me agachei, encostando no ponto onde a madeira terminava. Minha mão não sentiu nada. Nenhuma escadaria Conjuradora invisível. Nada.

— Espere, e se isso for como um campo de força perigoso ou algum tipo de fumaça venenosa? — Link pegou a tesoura de jardinagem e a empurrou devagar contra a neblina, depois a puxou de volta, perfeitamente intacta. — Ou talvez não. Ainda assim, assustador. Como sabemos que conseguiremos voltar depois que passarmos? — Como sempre, Link só estava dizendo o que o restante de nós pensava.

Fiquei de pé no fim da ponte, encarando o nada.

— Eu vou passar.

Liv pareceu insultada.

— Você mal consegue andar. Por que você?

Porque essa coisa toda é minha culpa. Porque Lena era minha namorada. Porque eu posso ser um Obstinado, seja lá o que isso for.

Olhei para o outro lado e me vi olhando para Lucille, as patas agarradas à camiseta de Ridley. Lucille Ball não era fã de água.

— Ai! — Ridley a colocou no chão. — Gata burra.

Lucille deu alguns passos hesitantes pela ponte, se virando para me olhar. Inclinou a cabeça.

Com um balançar de rabo, saiu andando e sumiu.

— Porque sim. — A verdade era que eu não conseguia explicar. Liv balançou a cabeça e, sem esperar por mais ninguém, segui Lucille em direção às nuvens.

Eu estava na Grande Barreira, entre universos, e por um segundo não me senti Conjurador nem Mortal. Eu só sentia a magia.

Eu podia sentir e ouvir e cheirar o ar denso com o som e o sal e a água. A costa no final da ponte estava me atraindo, e fui sobrecarregado pela insuportável sensação de desejo. Eu queria estar lá com Lena. Mais do que isso. Eu só queria *estar lá*. Eu não parecia ter uma razão e nem uma lógica para isso, além da intensidade do desejo em si.

Eu queria estar lá mais do que qualquer coisa.

Não queria escolher um mundo. Queria ser parte de ambos. Não queria ver só um lado do céu. Queria ver todos.

Hesitei. Então dei um único passo, saí da neblina e entrei no desconhecido.

⚜ 20 DE JUNHO ⚜

Fora da Luz

O ar frio me atingiu, deixando meus braços arrepiados.

Quando abri os olhos, a luminosidade e a neblina tinham desaparecido. Tudo o que eu podia ver era um borrão de luz da lua passando por um buraco em uma caverna irregular ao longe. A lua cheia estava clara e iluminada.

Eu me perguntei se estava olhando para a Décima Sétima Lua.

Fechei os olhos e tentei sentir a adrenalina intensa que tinha sentido no momento anterior, quando estava entre os mundos.

Estava ali, atrás de tudo. O sentimento. A eletricidade do ar, como se este lado do mundo fosse cheio de uma vida que eu não podia ver, mas sentira ao meu redor.

— Vamos. — Ridley estava atrás de mim, puxando Link, cujos olhos estavam bem fechados. Ridley soltou a mão dele. — Pode abrir seus olhos agora, machão.

Liv apareceu atrás deles, sem fôlego.

— Isso foi fantástico. — Ela parou ao meu lado, sem nem um fio louro solto das tranças. Observou as ondas batendo nas pedras à nossa frente com olhos brilhantes. — Você acha que nós...

Respondi antes que ela tivesse a chance de terminar.

— Entramos na Grande Barreira.

O que significava que Lena estava em algum lugar ali, assim como Sarafine.

E sabe lá o que mais.

Lucille estava sentada em uma pedra, casualmente lambendo a pata. Vi um objeto ao lado dela, caído entre duas pedras.

Era o cordão de Lena.

— Ela está aqui.

Eu me inclinei para pegá-lo, minha mão tremendo incontrolavelmente. Eu nunca a tinha visto sem ele, nem uma vez. O botão prateado estava brilhando na areia, o clipe de papel em forma de estrela presa no aro onde ela havia amarrado a linha vermelha. Aquelas não eram apenas as lembranças dela. Eram nossas lembranças, tudo o que compartilhamos desde que nos conhecemos. As provas de todos os momentos felizes que ela teve na vida. Jogadas como as conchas quebradas e algas que apareciam na praia.

Se era algum tipo de sinal, não era bom.

— Encontrou alguma coisa, Palitinho?

Abri minha mão relutantemente e a ergui para que eles vissem. Ridley soltou uma exclamação. Liv não reconheceu o colar.

— O que é?

Link olhou para o chão.

— É o cordão de Lena.

— Talvez ela o tenha perdido — disse Liv inocentemente.

— Não! — A voz de Ridley ficou mais alta. — Lena nunca o tirou. Nem uma vez na vida. Ela não pode tê-lo perdido. Teria reparado no momento em que caiu.

Liv deu de ombros.

— Talvez tenha reparado. Talvez não se importasse.

Ridley voou para cima de Liv, mas Link a segurou pela cintura.

— Não diga isso! Você não sabe de nada! Conte a ela, Palitinho!

Mas até eu não sabia mais.

* * *

Conforme fomos andando pela beira da água, nos aproximamos de uma linha rochosa de cavernas costeiras irregulares. A água da maré formava piscinas na areia e paredes de pedra mantinham tudo nas sombras. O caminho entre as rochas parecia nos levar em direção a uma delas em particular. O oceano movimentava-se ao nosso redor e eu sentia como se ele pudesse nos levar a qualquer segundo.

Havia poder de verdade ali. A pedra ressoava sob meus pés, e mesmo a luz da lua parecia viva com esse poder.

Pulei de uma pedra a outra até estar alto o bastante para ver além das cavernas. Os outros subiram atrás de mim, tentando me acompanhar.

— Lá. — Apontei para uma caverna grande, logo depois das que nos cercavam. A lua brilhava diretamente acima dela, iluminando uma enorme abertura irregular no teto.

E outra coisa.

Sob a luz da lua, consegui distinguir pessoas se mexendo nas sombras. A gangue do Sangue de Hunting. Não havia como confundir.

Ninguém disse nada. Isso não era mais um mistério a ser resolvido. Estava se tornando realidade rapidamente. Era uma caverna provavelmente cheia de Conjuradores das Trevas, Incubus de Sangue e uma Cataclista.

Nós só tínhamos uns aos outros e o Arco Voltaico.

A percepção atingiu Link em cheio.

— Vamos encarar. Nós quatro estamos mortos. — Ele olhou para Lucille, que lambia as patas. — Com uma gata morta.

Ele tinha razão. Pelo que podíamos ver, só havia uma maneira de entrar e sair. A entrada da caverna estava bem protegida e o que nos esperava lá dentro provavelmente era uma ameaça bem maior.

— Ele está certo, Ethan. Meu tio provavelmente está lá com seus rapazes. Sem meus poderes, não vamos conseguir sobreviver à gangue do Sangue outra vez. Somos Mortais imprestáveis. A única coisa que tínhamos a nosso favor era aquela pedra brilhante idiota. — Ridley chutou a areia molhada, tão desesperançosa como sempre.

— Não imprestáveis, Rid. — Link suspirou. — Só Mortais. Você vai se acostumar.

— Atire em mim se isso acontecer.

Liv olhou para o mar.

— Talvez aqui seja o mais longe que podemos ir. Mesmo se conseguíssemos passar pela gangue do Sangue, encarar Sarafine seria... — Liv não terminou, mas todos sabíamos o que ela estava pensando.

Um desejo de morte. Insanidade. Suicídio.

Olhei em direção ao vento, à escuridão e à noite.

Onde você está, L?

Eu podia ver a luz da lua entrando na caverna. Lena estava em algum lugar por ali, esperando por mim. Ela não respondeu, mas isso não me impediu de tentar chegar a ela.

Estou indo.

— Talvez Liv esteja certa e devêssemos pensar em voltar. Pedir ajuda. — Reparei que a respiração de Link estava pesada. Ele tentava esconder, mas ainda sentia dor.

Eu precisava admitir o que estava fazendo para os meus amigos, as pessoas que gostavam de mim.

— Não podemos voltar. Quero dizer, eu não posso.

A Décima Sétima Lua não ia esperar e Lena estava ficando sem tempo. O Arco Voltaico me levou até ali por algum motivo. Pensei no que Marian disse no túmulo de minha mãe quando o entregou para mim.

Na Luz há Trevas e nas Trevas há Luz.

Era uma coisa que minha mãe costumava dizer. Tirei o Arco Voltaico do bolso. Ele estava ficando verde brilhante, incrivelmente intenso. Alguma coisa estava acontecendo. Enquanto eu o virava nas mãos, lembrei de tudo. Estava tudo ali, olhando para mim da superfície da pedra.

Desenhos de Ravenwood e da árvore genealógica de Macon, espalhados na mesa da minha mãe, no arquivo.

Olhei para o Arco Voltaico, vendo as coisas pela primeira vez. Imagens surgiram na superfície da minha mente e da pedra.

Marian me entregando o bem mais precioso de minha mãe, de pé entre os túmulos de duas pessoas que finalmente encontraram um jeito de ficarem juntas.

Talvez Ridley estivesse certa. Tudo o que tínhamos a nosso favor era esta pedra brilhante idiota.

Depois um anel, girando em um dedo.

Mortais sozinhos não tinham como competir com o poder das Trevas.

Uma imagem da minha mãe, nas sombras.

Será que a resposta estava no meu bolso o tempo todo?

E um par de olhos pretos que refletiam os meus.

Não estávamos sozinhos. Nunca estivemos. As visões tinham me mostrado isso desde o começo. As imagens sumiam tão rapidamente quanto apareciam, substituídas por palavras no momento em que eu pensava nelas.

No Arco há poder e no poder há Noite.

— O Arco Voltaico... Não é o que pensávamos. — Minha voz ecoou nas pedras ao nosso redor.

Liv estava surpresa.

— Do que você está falando?

— Não é uma bússola. Nunca foi.

Eu o ergui para que eles pudessem ver. Enquanto observávamos, o Arco Voltaico brilhou, cada vez com mais intensidade, até que foi eclipsado por um círculo perfeito de luz. Como uma pequena estrela. Eu não conseguia mais ver a pedra sob a luz.

— O que ele está fazendo? — sussurrou Liv.

O Arco Voltaico, que peguei de Marian com tanta inocência no túmulo da minha mãe, não era um objeto de poder, não para mim.

Era para Macon.

Ergui o Arco Voltaico mais alto. Na luz iridescente do interior da caverna, a água escura ao redor dos meus pés brilhou. Mesmo os menores pontos de quartzo presos nas paredes de pedra absorveram a luz. Na escuridão, a esfera pareceu se incendiar. Eu podia ver o brilho da superfície redonda e perolizada revelando as cores rodopiantes de um interior escondido. O violeta se fundiu em um verde sóbrio, depois explodiu em amarelo vibrante que escureceu até virar laranja e, então, vermelho. Naquele segundo, eu entendi.

Eu não era Guardião, nem Conjurador, nem Vidente.

Eu não era como Marian e minha mãe. Não cabia a mim guardar a história e as lendas nem proteger os livros e os segredos que constituíam tanto do mundo Conjurador. Eu não era como Liv, registrando o que não está no mapa, medindo o imensurável. Eu não era Amma. Não cabia a mim ver o que ninguém mais podia ver nem me comunicar com os Grandes. Mais do que tudo, eu não era como Lena. Eu não podia eclipsar a lua, fazer o céu desabar ou a terra tremer. Eu jamais poderia convencer alguém a pular de uma ponte, como Ridley. E eu não era como Macon.

No fundo, eu procurava como me encaixar na história, na minha história com Lena. Com esperança de que pudesse.

Mas minha história tinha encontrado seu caminho até mim passando por todos eles. Agora, no fim do que parecia uma vida inteira na escuridão e confusão dos túneis, eu sabia o que fazer. Conhecia o meu papel.

Marian estava certa. Eu era o Obstinado. Era meu trabalho encontrar o que estava perdido.

Quem estava perdido.

Rolei o Arco Voltaico até a ponta dos dedos e o soltei. A pedra ficou pairando no ar.

— Mas que... — Link cambaleou para mais perto.

Peguei a folha amarela dobrada que estava no meu bolso. A que eu tinha arrancado do diário da minha mãe e carregado esse tempo todo sem motivo algum. Pelo menos era o que eu pensava.

O Arco Voltaico emitia uma luz prateada pela caverna enquanto pairava no ar. Fui para mais perto dele e ergui a folha para dizer o Conjuro que estava escrito na página do diário da minha mãe, embora estivesse em latim. Pronunciei as palavras com cuidado.

In Luce Caecae Caligines sunt,
Et in Caliginibus, Lux.
In Arcu imperium est
Et in imperio, Nox.

— É claro — murmurou Liv, chegando mais perto da luz. — O Conjuro. *Ob Lucem Libertas*. Liberdade na Luz. — Liv olhou para mim. — Termine.

Virei o papel. Não havia nada do outro lado.

— Só tem isso.

Liv arregalou os olhos.

— Você não pode deixar pela metade. É incrivelmente perigoso. O poder do Arco Voltaico, sem contar que é um Arco Voltaico de Ravenwood, poderia nos matar. Poderia matar...

— Você tem que fazer.

— Não posso, Ethan. Você sabe que não posso.

— Liv. Lena vai morrer. Você, eu, Link, Ridley, vamos todos morrer. Viemos o mais longe que Mortais podem vir. Não podemos fazer o restante sozinhos. — Coloquei minha mão no ombro dela.

— Ethan. — Ela sussurrou meu nome, só meu nome, mas ouvi as palavras que ela não podia dizer quase com tanta clareza quanto ouvia a voz de Lena quando usávamos o Kelt.

Liv e eu tínhamos uma ligação própria, só nossa. Não era magia. Era uma coisa muito humana, muito real. Liv podia não gostar do que tinha se desvelado entre nós, mas compreendia. Ela me entendia, e uma parte de mim acreditava que sempre entenderia. Desejei que as coisas pudessem ter sido diferentes, que Liv pudesse ter tudo o que queria ao final disso tudo. As coisas que não tinham nada a ver com estrelas perdidas e céus Conjuradores. Mas Liv não estava onde minha estrada me levava. Ela era parte do caminho em si.

Ela olhou para o ponto atrás de mim, para o Arco Voltaico, ainda brilhando em frente a nós. A silhueta dela estava contornada de uma luz tão intensa que parecia que ela estava parada na frente do sol. Estendeu a mão para o Arco Voltaico, e me lembrei do meu sonho, aquele em que Lena esticava o braço para mim na escuridão.

Duas garotas que eram tão diferentes quanto o Sol e a Lua. Sem uma, eu nunca poderia ter encontrado o caminho de volta para a outra.

Na Luz há Trevas e nas Trevas há Luz.

Liv tocou no Arco Voltaico com um dedo só e começou a falar.

In Illo qui Vinctus est,
Libertas Patefacietur.
Spirate denuo, Caligines.
E Luce exi.

Ela estava chorando, observando a bola de luz enquanto as lágrimas desciam pelas laterais de seu rosto. Ela se forçou a dizer cada palavra, como se estivessem sendo entalhadas nela, mas não parou.

— Naquele que está Enfeitiçado
A liberdade será Encontrada.
Viva de novo, Escuridão,
Saia da Luz.

A voz de Liv falhou. Ela fechou os olhos e falou lentamente as palavras finais para a noite entre nós.

— Saia. Saia...

As palavras sumiram. Ela estendeu a mão na minha direção e eu a peguei. Link mancou até nós e Ridley agarrou o braço dele do outro lado. O corpo inteiro de Liv estava tremendo. Com cada palavra, ela se afastava cada vez mais de seu dever sagrado e de seu sonho. Ela tinha escolhido um lado. Tinha se Conjurado na história que devia apenas Guardar. Quando isso terminasse, se sobrevivêssemos, Liv não seria mais uma Guardiã em treinamento. Ela sacrificava seu dom, a única coisa que dava sentido à sua vida.

Eu não conseguia imaginar como seria isso.

Nos tornamos quatro vozes. Não havia retorno.

— *E Luce exi!* Saia da Luz!

O estrondo foi tão cataclísmico que a pedra debaixo dos meus pés voou até a parede atrás de mim. Nós quatro fomos lançados ao chão. Eu podia sentir o gosto de areia molhada e água salgada na boca, mas sabia. Minha mãe tinha tentado me contar, mas eu não tinha conseguido ouvir.

Na caverna, emoldurado por pedra e musgo e mar e areia, havia um ser feito de nada mais do que uma mistura de sombra e luz. A princípio, eu só conseguia ver as pedras atrás, como se fosse uma aparição. A água passou por ele, que não encostava no chão.

Então a luz se esticou e se transformou em um contorno, o contorno em uma forma; a forma em um homem. Suas mãos se tornaram mãos, seu corpo se tornou um corpo e seu rosto se tornou um rosto.

O rosto de Macon.

Ouvi as palavras de minha mãe. *Ele está com você agora.*

Macon abriu os olhos e me olhou. *Só você pode redimi-lo.*

Ele estava usando as roupas queimadas da noite em que morreu. Mas uma coisa era diferente.

Seus olhos estavam verdes.

Verdes de Conjuradores.

— É bom ver você, Sr. Wate.

⇥ 20 DE JUNHO ⇤

Carne e sangue

— Macon!

Quase lancei meus braços ao redor dele. Macon, por outro lado, olhou para mim calmamente, tirando um pouco da fuligem do paletó. Os olhos dele eram perturbadores. Eu estava acostumado aos olhos pretos vidrados de Macon Ravenwood, o Incubus; olhos que observavam você com nada além de seu próprio reflexo. Agora ele estava de pé à minha frente, com os olhos verdes de qualquer Conjurador da Luz. Ridley ficou olhando, mas não emitiu som algum. Não era comum ver Ridley sem palavras.

— Muito agradecido, Sr. Wate. Muito agradecido. — Macon mexeu o pescoço para um lado e para o outro e esticou e dobrou os braços, como se estivesse acordando de uma longa soneca.

Eu me inclinei e peguei o Arco Voltaico, que estava no chão arenoso.

— Eu estava certo. Você estava no Arco Voltaico o tempo todo. — Pensei em quantas vezes eu o tinha segurado na mão e contado com ele para me guiar. Em como o calor da pedra tinha me parecido familiar.

Link também estava tendo dificuldade em entender que Macon estava vivo. Sem pensar, estendeu a mão para tocá-lo. A mão de Macon se ergueu subitamente e segurou o braço de Link, que fez uma careta.

— Desculpe, Sr. Lincoln. Acho que meus reflexos estão um tanto... reflexivos. Não tenho saído muito ultimamente.

Link esfregou o braço.

— O senhor não precisava ter feito isso, Sr. Ravenwood. Eu só queria... Sabe, pensei que o senhor era...

— O quê? Um Espectro? Um Tormento, talvez?

Link tremeu.

— Isso mesmo, senhor.

Macon esticou o braço.

— Vá em frente então. Fique à vontade.

Link estendeu a mão, hesitante, como se fosse colocá-la sobre uma vela em um desafio de aniversário. Seu dedo chegou a um milímetro do paletó rasgado de Macon e parou.

Macon suspirou, revirando os olhos, e colocou a mão de Link sobre seu peito.

— Está vendo? Carne e osso. Uma coisa que temos em comum agora, Sr. Lincoln.

— Tio Macon? — Ridley caminhou lentamente até ele, finalmente pronta para encará-lo. — É mesmo o senhor?

Ele encarou os olhos azuis dela.

— Você perdeu seus poderes.

Ela assentiu, os olhos brilhando pelas lágrimas.

— O senhor também.

— Alguns deles, sim, mas suspeito que ganhei outros. — Ele estendeu a mão em direção à de Ridley, mas ela se afastou. — É impossível saber. Ainda estou no meio do processo. — Ele sorriu. — É meio como ser adolescente. Duas vezes.

— Mas seus olhos estão verdes.

Macon balançou a cabeça, flexionando as mãos.

— Verdade. Minha vida como Incubus acabou, mas a Transição não está completa. Embora meus olhos sejam os de um Conjurador da Luz, ainda posso sentir as Trevas dentro de mim. Elas ainda não foram exorcizadas.

390

— Eu não estou em Transição. Não sou nada, sou Mortal. — Ela disse a palavra como se fosse uma maldição, e a tristeza na sua voz era real. — Não tenho mais lugar na Ordem das Coisas.

— Você está viva.

— Não me sinto como eu mesma. Não tenho poder.

Macon pesou isso em sua mente, como se tentasse determinar o estado presente dela tanto quanto o próprio.

— Você pode estar no meio de uma Transição também, a não ser que esse seja um dos truques mais impressionantes de minha irmã.

Os olhos de Ridley se iluminaram.

— Isso significa que meus poderes podem voltar?

Macon observou os olhos azuis.

— Acho que Sarafine é cruel demais para isso. Só quis dizer que talvez você ainda não seja completamente Mortal. As Trevas não saem de nós tão facilmente quanto gostaríamos. — Macon a puxou desajeitadamente contra o peito, e ela enfiou o rosto no paletó dele como uma menina de 12 anos. — Não é fácil ser da Luz depois que se foi das Trevas. É quase muito para se pedir a alguém.

Tentei aquietar a torrente de perguntas que invadiam minha mente e decidi me ater à primeira.

— Como?

Macon se afastou de Ridley, os olhos verdes parecendo me queimar com uma nova luz.

— Você poderia ser mais específico, Sr. Wate? Como não estou descansando em 27 mil fragmentos de cinzas em uma urna no cofre da família Ravenwood? Como não estou apodrecendo debaixo de um limoeiro no prestigiado solo úmido do Jardim da Paz Perpétua? Como foi que me vi preso em uma pequena bola cristalina em seu bolso sujo?

— Dois — falei sem pensar.

— Não entendi.

— Tem dois limoeiros sobre seu túmulo.

— Quanta generosidade. Um teria sido suficiente. — Macon sorriu com cansaço, o que era espantoso, considerando que ele tinha passado quatro meses em uma prisão sobrenatural do tamanho de um ovo. — Ou será que

391

você está se perguntando como foi que eu morri e você viveu? Porque eu preciso dizer, no que diz respeito a *horas*, essa é uma história sobre a qual seus vizinhos da Cotton Bend falariam pela vida inteira.

— Só que não foi isso, senhor. Quero dizer, o senhor não morreu.

— Você está correto, Sr. Wate. Estou e sempre estive muito vivo. Em uma maneira de falar.

Liv deu um passo à frente, hesitante. Embora ela provavelmente jamais se tornasse Guardiã agora, ainda havia uma dentro dela procurando respostas.

— Sr. Ravenwood, posso fazer uma pergunta?

Macon inclinou a cabeça ligeiramente.

— E quem seria você, minha querida? Imagino que foi sua voz que ouvi me chamando de dentro do Arco Voltaico.

Liv corou.

— Foi, senhor. Meu nome é Olivia Durand e eu estava em treinamento com a professora Ashcroft. Antes... — A voz dela sumiu.

— Antes de você Conjurar o *Ob Lucem Libertas*?

Liv assentiu, envergonhada. Macon pareceu triste, depois sorriu para ela.

— Então você abriu mão de algo grandioso para me salvar, Srta. Olivia Durand. Tenho um débito com você e, como sempre pago minhas dívidas, ficaria honrado em responder uma pergunta. No mínimo. — Mesmo depois de ficar preso por tantos meses, Macon ainda era um cavalheiro.

— Obviamente, sei como o senhor saiu do Arco Voltaico. Mas como entrou? É impossível um Incubus aprisionar a si mesmo, principalmente considerando que, para todos os efeitos, o senhor estava morto. — Liv estava certa. Ele não podia ter feito isso sozinho. Alguém precisava tê-lo ajudado e, no minuto em que a esfera o libertou, eu soube quem tinha sido.

Era a única pessoa que nós dois amávamos tanto quanto a Lena, mesmo na morte.

Minha mãe, que tinha amado livros e coisas antigas, não conformismo e história e complexidade. Que tinha amado tanto Macon a ponto de se afastar quando ele pediu, embora não suportasse viver sem ele. Embora parte dela jamais tivesse se afastado.

— Foi ela, não foi?

Macon assentiu,

— Sua mãe era a única que sabia do Arco Voltaico. Eu o dei a ela. Qualquer Incubus a teria matado para destruí-lo. Era nosso segredo, um dos últimos.

— O senhor a viu? — Olhei para o mar, piscando com força.

A expressão de Macon mudou. Eu pude ver a dor em seu rosto.

— Vi.

— Ela pareceu... — O quê? Feliz? Morta? Ela mesma?

— Bonita como sempre, sua mãe. Bonita como no dia em que nos deixou.

— Eu também a vi. — Pensei no cemitério Bonaventure e senti o nó familiar na garganta.

— Mas como isso é possível? — Liv não estava tentando desafiá-lo, mas não entendia. Nenhum de nós entendia.

O rosto de Macon estava cheio de dor. Não era fácil para ele falar de minha mãe, assim como não era para mim.

— Acho que vocês vão descobrir que o impossível é possível com mais frequência do que imaginamos, principalmente no mundo Conjurador. Mas caso queiram fazer uma última viagem comigo, posso mostrar. — Ele abriu a mão para mim, oferecendo a outra para Liv. Ridley deu um passo à frente e fechou sua mão ao redor da minha, e Link mancou com hesitação para mais perto, completando o círculo.

Macon olhou para mim e, antes que eu pudesse entender sua expressão, o ar se encheu de fumaça...

Macon tentou aguentar, mas estava desmaiando. Ele podia ver o céu de ébano sobre sua cabeça, tingido de chamas alaranjadas. Não conseguia ver Hunting enquanto ele se alimentava, mas conseguia sentir os dentes do irmão em seu ombro. Quando Hunting ficou satisfeito, deixou o corpo de Macon cair no chão.

Quando Macon abriu os olhos de novo, a avó de Lena, Emmaline, estava ajoelhada sobre ele. Macon podia sentir o calor do poder de cura dela percorrer seu corpo. Ethan também estava lá. Macon tentou falar, mas não sabia se podiam ouvi-lo. Encontrem Lena, era o que queria dizer. Ethan devia tê-lo ouvido, porque saiu em direção à fumaça e ao fogo.

O garoto era tão parecido com Amarie, tão teimoso e destemido. Era muito parecido com a mãe, leal e honesto, e prestes a encarar o sofrimento que era amar uma Conjuradora. Macon ainda pensava em Jane quando sua mente se apagou.

Quando Macon abriu os olhos de novo, o fogo tinha sumido. A fumaça, o ruído das chamas e da munição, tudo tinha sumido. Ele se sentiu resvalando para a escuridão. Não era como Viajar. Aquele vácuo tinha peso. Ele o estava puxando. Mas, quando estendeu a mão, viu que ela estava turva, só parcialmente materializada.

Ele estava morto.

Lena devia ter feito a escolha. Ela havia escolhido ir para a Luz. Mesmo na escuridão, sabendo qual era o destino de um Incubus no Outro Mundo, uma sensação de calma o dominou. Estava acabado.

— Ainda não. Não para você.

Macon se virou, reconhecendo a voz dela imediatamente. Lila Jane. Estava luminosa no abismo, cintilante e bela.

— Janie. Tem tanta coisa que preciso te contar.

Jane balançou a cabeça, o cabelo castanho caindo sobre os ombros.

— Não há tempo.

— Não há nada além de tempo.

Jane estendeu a mão e seus dedos cintilaram.

— Pegue minha mão.

Assim que Macon tocou nela, a escuridão começou a sangrar em cores e luz. Ele podia ver imagens, formas familiares dançando ao seu redor, mas não conseguia identificá-las. Então se deu conta de onde estavam. No arquivo, o lugar especial de Jane.

— *Jane, o que está acontecendo?* — *Ele a viu esticar a mão, mas tudo estava embaçado e indistinto. Então ele ouviu as palavras, as que tinha ensinado a ela.*

— *Nestas paredes sem tempo e espaço, eu enfeitiço seu corpo e o apago desta Terra.*

Havia uma coisa na mão dela. O Arco Voltaico.

— *Jane, não faça isso! Quero ficar aqui com você.*

Ela flutuava na frente dele, já começando a sumir.

— *Eu prometi que, se chegasse a hora, eu o usaria. Estou cumprindo minha promessa. Você não pode morrer. Eles precisam de você.* — *Ela havia sumido agora, era uma voz, nada mais.* — *Meu filho precisa de você.*

Macon tentou dizer para ela tudo o que não conseguiu em vida, mas era tarde demais. Já podia sentir a força do Arco Voltaico, impossível de romper. Enquanto caía no abismo, ouviu-a selar seu destino.

— Comprehende, Liga, Cruci Fige.
Capturar, Aprisionar e Crucificar.

Macon soltou minha mão e a visão nos libertou. Eu a mantive na mente, incapaz de me desligar. Minha mãe o tinha salvado, usando a arma que Macon tinha lhe dado para que usasse contra ele. Ela havia desistido da chance de eles finalmente ficarem juntos por minha causa. Será que sabia que ele era nossa única chance?

Quando abri os olhos, Liv estava chorando e Ridley tentava fingir que não.

— Ah, por favor. Chega de drama. — Uma lágrima escorreu pela bochecha dela.

Liv limpou os olhos, fungando.

— Eu não fazia ideia de que um Espectro era capaz de algo assim.

— Você ficaria surpresa com o que somos capazes de fazer quando a situação exige. — Macon colocou a mão sobre meu ombro. — Não é verdade, Sr. Wate?

Eu sabia que ele estava tentando me agradecer. Mas, quando olhei ao redor, para nosso círculo rompido, senti que não merecia agradecimento. Ridley tinha perdido seus poderes, Link fazia caretas de dor e Liv acabara de destruir seu futuro.

— Não fiz nada.

A mão de Macon apertou meu ombro, me forçando a encará-lo.

— Você se fez ver o que a maioria teria ignorado. Você me trouxe aqui; me trouxe de volta. Aceitou seu destino como Obstinado e encontrou o caminho. Nada disso pode ter sido fácil. — Ele olhou ao redor pela caverna para Ridley, Link e Liv. Seus olhos se demoraram um pouco mais em Liv, depois se fixaram nos meus. — Para ninguém.

Incluindo Lena.

Eu quase não suportava contar a ele, mas não tinha certeza se ele sabia.

— Lena acha que o matou.

Macon não disse nada por um segundo, mas quando falou, sua voz estava estável e controlada.

— Por que ela pensaria isso?

— Sarafine me esfaqueou naquela noite, mas o senhor morreu. Amma me contou. Mas Lena não consegue se perdoar, e isso... a modificou. — Eu não estava fazendo sentido, mas havia tanta coisa que Macon precisava saber. — Acho que ela pode ter feito uma escolha no fundo do coração sem se dar conta.

— Ela não fez isso. — Macon me soltou.

— Foi *O Livro das Luas*, Sr. Ravenwood. — Liv não conseguiu se controlar. — Lena estava desesperada para salvar Ethan e usou o Livro. Ele fez uma troca, a vida de Ethan pela sua. Lena não tinha como saber que isso ia acontecer. O Livro não pode ser controlado, e é por isso que não deve ser guardado por mãos Conjuradoras. — Liv parecia ainda mais com uma bibliotecária Conjuradora do que o habitual.

Macon inclinou a cabeça ligeiramente.

— Entendo. Olivia?

— Sim, senhor?

— Com todo respeito, não temos tempo para uma Guardiã. Este dia exigirá certas ações que é melhor não serem registradas. No mínimo, contadas. Você entende?

Liv assentiu. Sua expressão dizia que ela entendia mais do que ele imaginava.

— Ela não é mais Guardiã. — Liv tinha salvado a vida dele e destruído sua própria no processo. Ela merecia o respeito de Macon, no mínimo.

— Provavelmente não, depois disso. — Ela suspirou.

Ouvi as ondas batendo, desejando que pudessem carregar meus pensamentos para o mar.

— Tudo mudou.

Os olhos de Macon se dirigiram rapidamente para Liv, depois voltaram a mim.

— Nada mudou. Nada de importante. Pode mudar, mas ainda não aconteceu.

Link limpou a garganta.

— Mas o que podemos fazer? Quero dizer, olhe para nós. — Link fez uma pausa. — Eles têm um exército de Incubus e quem sabe mais o que lá embaixo.

Macon nos avaliou.

— O que temos? Uma Sirena sem poderes, uma Guardiã renegada, um Obstinado perdido e... você, Sr. Lincoln. Um grupo versátil mas útil, sem dúvida. — Lucille miou. — E sim, você, Srta. Ball.

Eu me dei conta do desastre que éramos, maltratados, sujos e exaustos.

— Ainda assim, de alguma forma, vocês chegaram até aqui. E me libertaram do Arco Voltaico, o que não é pouca coisa.

— Está dizendo que acha que podemos encará-los? — Link tinha a mesma expressão de quando Earl Petty puxou briga com o time de futebol americano inteiro da Summerville High.

— Estou dizendo que não temos tempo para ficar aqui conversando, por mais que eu aprecie a ótima companhia de vocês. Tenho mais do que algumas coisas para resolver, sendo minha sobrinha a primeira e mais importante. — Macon se virou para mim. — Obstinado, mostre-nos o caminho.

Macon deu um passo em direção à entrada da caverna e suas pernas falharam. Uma nuvem de poeira subiu quando ele caiu. Olhei para ele, sentado no chão com o paletó queimado. Ele não tinha se recuperado do que tinha acontecido no Arco Voltaico, fosse o que fosse. Eu não tinha convocado os Fuzileiros. Precisávamos de um plano B.

⊰ 20 DE JUNHO ⊱

Exército de um

Macon foi insistente. Ele não tinha condição de ir a lugar algum, mas sabia que não tínhamos muito tempo e estava determinado a ir conosco. Eu não discuti, porque mesmo um Macon Ravenwood enfraquecido era mais útil do que quatro Mortais sem poderes. Eu esperava.

Eu sabia aonde tínhamos que ir. A luz da lua ainda entrava pelo teto da caverna ao longe. Enquanto Liv e eu ajudamos Macon a percorrer a margem da praia que levava à caverna iluminada, um passo lento de cada vez, ele terminou de me fazer as suas perguntas e eu comecei a fazer as minhas.

— Por que Sarafine convocaria a Décima Sétima Lua agora?

— Quanto mais cedo Lena for Invocada, mais cedo os Conjuradores das Trevas terão garantido seu futuro. Lena está ficando mais forte a cada dia. Eles sabem que, quanto mais tempo esperarem, mais provável que ela decida sozinha. Se souberem das circunstâncias acerca da minha *morte*, imagino que vão querer tirar vantagem do estado vulnerável de Lena.

Eu me lembrei de quando Hunting me contou que Lena tinha matado Macon.

— Eles sabem.

— É de suma importância que vocês me contem tudo.

Ridley passou a andar ao lado de Macon.

— Desde o aniversário de Lena, Sarafine vem invocando o poder do Fogo Negro para se tornar poderosa o suficiente para erguer a Décima Sétima Lua.

— Você está falando daquela fogueira maluca que ela provocou na floresta? — Pelo modo como Link falou, eu tinha certeza de que ele imaginava uma lata de lixo pegando fogo às margens do lago à noite.

Ridley balançou a cabeça.

— Aquilo não era Fogo Negro. Era uma manifestação, como Sarafine. Ela criou aquilo.

Liv assentiu.

— Ridley está certa. O Fogo Negro é a fonte de todo poder mágico. Se os Conjuradores direcionarem a energia coletiva para sua fonte, ele se torna exponencialmente mais poderoso. Uma espécie de bomba atômica sobrenatural.

— Você está dizendo que vai explodir? — Link não parecia mais tão seguro quanto a ir atrás de Sarafine.

Ridley revirou os olhos.

— Não vai explodir, gênio. Mas o Fogo Negro pode causar sérios danos.

Olhei para a lua cheia e o feixe de luz que criava um caminho direto dela para o interior da caverna. A lua não estava alimentando o fogo. O poder do Fogo Negro estava sendo canalizado para a lua. Foi assim que Sarafine convocou a lua fora de época.

Macon observava Ridley com cuidado.

— Por que Lena concordaria em vir para cá?

— Eu a convenci, eu e um cara chamado John.

— Quem é John e como ele se encaixa nisso tudo?

Ridley estava roendo as unhas roxas.

— Ele é um Incubus. Quero dizer, é um híbrido, pelo menos. Parte Incubus e parte Conjurador, e é muito poderoso. Ele estava obcecado pela Grande Barreira e por como tudo seria perfeito se viéssemos para cá.

— Esse garoto sabia que Sarafine estaria aqui?

— Não. Ele realmente acredita. Acha que a Grande Barreira vai resolver todos os seus problemas, como se fosse uma espécie de utopia Conjuradora. — Ela revirou os olhos.

Eu podia ver a raiva nos olhos de Macon. O verde refletia suas emoções de um modo que o preto nunca tinha conseguido.

— Como foi que você e um garoto que nem é um Incubus de sangue puro conseguiram convencer Lena de uma coisa tão absurda?

Ridley olhou para o outro lado.

— Não foi difícil. Lena estava sofrendo. Acho que pensava que não havia outro lugar para onde pudesse ir. — Era difícil olhar para a Ridley de olhos azuis sem tentar imaginar como se sentia em relação à Conjuradora das Trevas que era apenas alguns dias antes.

— Mesmo que Lena sentisse que era responsável pela minha morte, por que acharia que o lugar dela é com vocês, uma Conjuradora das Trevas e um Demônio? — Macon não falou com ódio, mas deu para perceber que as palavras magoaram Ridley.

— Lena se odeia e acha que está indo para as Trevas. — Ridley olhou para mim. — Ela queria ir para um lugar onde não machucaria ninguém. John prometeu que ficaria ao lado dela quando ninguém mais fez isso.

— Eu ficaria ao lado dela. — Minha voz ecoou nas paredes de pedra ao nosso redor.

Ridley olhou diretamente para mim.

— Mesmo se ela fosse para as Trevas?

Tudo fazia sentido. Lena estava tomada pela culpa e atormentada, e John estava lá com todas as respostas, de um modo que eu não poderia.

Pensei em quanto tempo ele e Lena teriam ficado sozinhos, em quantas noites, em quantos túneis escuros. John não era Mortal. A intensidade do toque dela não o mataria. John e Lena podiam fazer qualquer coisa que quisessem — todas as que Lena e eu jamais poderíamos. Uma imagem surgiu na minha mente, os dois aconchegados um ao outro, na escuridão. Do modo como Liv e eu ficamos em Savannah.

— Tem outra coisa. — Eu tinha que contar a ele. — Sarafine não fez isso sozinha. Abraham vem ajudando-a.

Algo passou pelo rosto de Macon, mas não consegui identificar o quê.

— Abraham. Isso não me surpreende.

— As visões mudaram também. Quando eu estava nelas, parecia que Abraham podia me ver.

Macon perdeu o equilíbrio, quase me derrubando.

— Tem certeza?

Assenti.

— Ele disse meu nome.

Macon olhou para mim do mesmo jeito que tinha olhado na noite do baile de inverno, o primeiro baile de Lena. Como se tivesse pena de mim, pelas coisas que eu tinha que fazer, pelas responsabilidades que foram atribuídas a mim. Ele nunca entendeu que eu não me importava.

Macon continuou falando e tentei me concentrar.

— Eu não tinha ideia de que as coisas haviam progredido tão rapidamente. Você precisa ser muito cauteloso, Ethan. Se Abraham estabeleceu uma conexão com você, então ele pode vê-lo tão claramente quanto você o vê.

— Você quer dizer fora das visões? — A ideia de Abraham observando todos os meus movimentos não era um pensamento agradável.

— No momento, não tenho uma resposta. Mas até que eu tenha, tome cuidado.

— Pode deixar. Depois que lutarmos contra um exército de Incubus para resgatar Lena. — Quanto mais falávamos no assunto, mais impossível parecia.

Macon se virou para encarar Ridley.

— Esse garoto John está envolvido com Abraham?

— Não sei. Foi Abraham quem convenceu Sarafine de que ela podia erguer a Décima Sétima Lua. — Ridley parecia infeliz, exausta e imunda.

— Ridley, preciso que me conte tudo o que sabe.

— Eu não estava no topo da cadeia alimentar, tio Macon. Nunca me encontrei com ele. Tudo o que sei veio de Sarafine. — Era difícil acreditar que aquela Ridley era a mesma garota que quase convencera meu pai a pular de uma sacada. Ela parecia tão triste e dilacerada.

— Senhor? — A voz de Liv estava hesitante. — Tem uma coisa me incomodando desde que conhecemos John Breed. Temos milhares de árvores genealógicas de Conjuradores e de Incubus na *Lunae Libri*, centenas de anos de história. Como é que essa pessoa vem do nada e não há registro algum sobre ele? Sobre John Breed?

— Eu estava me perguntando a mesma coisa. — Macon recomeçou a andar, inclinado para um dos lados. — Mas ele não é um Incubus.

— Não no sentido exato.

— Ele é tão forte quanto um. — Chutei as pedras sob os meus pés.

— Não importa. Eu poderia encará-lo. — Link deu de ombros.

Ridley acompanhou nosso passo.

— Ele não se alimenta, tio M. Eu teria visto.

— Interessante.

Liv assentiu.

— Muito.

— Olivia, se você não se importa... — Ele esticou o braço para ela. — Já houve casos de híbridos no seu lado do Atlântico?

Liv posicionou o ombro sob o braço de Macon, tomando meu lugar.

— Híbridos? Espero que não...

Liv seguiu pelas pedras com Macon e eu fiquei para trás. Tirei o cordão de Lena do meu bolso. Deixei os pingentes rolarem na palma da minha mão, mas eles estavam embolados e não faziam sentido sem ela. O cordão era mais pesado do que eu imaginava, ou talvez fosse o peso da minha consciência.

⁓ჟ

Paramos sobre um penhasco acima da entrada da caverna, avaliando a cena. A caverna era enorme, formada completamente de pedra vulcânica preta. A lua estava tão baixa que parecia poder cair do céu. Um grupo de Incubus montava guarda na porta da caverna enquanto as ondas batiam nas pedras pretas à frente deles, enviando finos lençóis de água até as botas.

A luz da lua não era a única coisa atraída para a caverna. Havia uma multidão de Tormentos, sombras pretas que se contorciam, flutuavam para fora da água e desciam do céu. Estavam circulando pela entrada da caverna e pela abertura do teto, formando uma espécie de turbina hidráulica sobrenatural. Observei um Tormento se erguer da água, uma sombra rodopiante perfeitamente refletida no mar abaixo.

Macon apontou para as silhuetas fantasmagóricas.

— Sarafine os está usando para alimentar o Fogo Negro.

Um exército. Que chance nós tínhamos? Era pior do que eu imaginava, e a possibilidade de salvar Lena parecia menos viável. Pelo menos tínhamos Macon.

— O que vamos fazer?

— Vou tentar ajudar vocês a entrar, mas de lá terão que encontrar Lena. Você é o Obstinado, afinal. — Nos ajudar a entrar? Ele estava brincando?

— O senhor está falando de uma forma que parece que não vai conosco. Macon deslizou pela pedra até ficar sentado com as pernas penduradas.

— Essa conclusão é correta.

Não tentei esconder minha raiva.

— Está brincando? O senhor mesmo disse. Acha que vamos salvar Lena sem o senhor? Uma Sirena que perdeu os poderes, um Mortal que nunca teve um, uma bibliotecária e eu? Contra uma gangue de Incubus de Sangue e Tormentos suficientes para derrubar a Força Aérea? Está falando sério? Diga que tem algum tipo de plano.

Macon olhou para a lua.

— Vou ajudar vocês, mas será daqui. Confie em mim, Sr. Wate. É desse modo que precisa ser.

Fiquei ali parado, olhando para ele. Ele estava falando sério. Ia nos mandar para dentro sozinhos.

— Se isso deveria parecer reconfortante, não foi.

— Só tem uma batalha nos aguardando lá embaixo, e ela não pertence a mim ou a seus amigos. É sua, filho. Você é um Obstinado, um Mortal com um grande propósito. Tem lutado desde que o conheço: contra as senhoras egoístas do FRA, contra o Comitê Disciplinar, a Décima Sexta Lua, até mesmo contra seus amigos. Não tenho dúvida de que encontrará um caminho.

Eu vinha lutando o ano todo, mas isso não fez eu me sentir melhor. A Sra. Lincoln podia aparentar que sugaria a vida de dentro de você, mas ela não podia realmente fazer isso. O que nos esperava lá embaixo era uma história diferente.

Macon tirou uma coisa do bolso e a colocou na minha mão.

— Aqui. Isto é tudo o que tenho, e como minha viagem recente foi um tanto inesperada, não tive tempo de fazer as malas. — Olhei para o pequeno quadrado de ouro. Era um livro em miniatura, fechado por um botão. Eu o apertei e ele se abriu. Dentro, havia uma foto da minha mãe, a garota das visões. A Lila Jane dele.

Ele olhou para o outro lado.

— Por acaso estava no meu bolso, depois de tanto tempo. Imagine só. — Mas o pingente estava gasto e arranhado, e eu sabia sem dúvida que estava no bolso dele hoje porque ficava lá todo dia, desde sabe-se lá quantos anos atrás. — Acredito que você vai descobrir que é um objeto de poder para você, Ethan. Sempre foi para mim. Não vamos esquecer que Lila Jane era uma mulher forte. Ela salvou minha vida, mesmo do túmulo.

Reconheci o olhar da minha mãe na foto. Um que eu pensei que ela só mostrasse a mim. Era o olhar que ela me deu na primeira vez em que li placas de trânsito em voz alta pela janela do carro, antes de ela se dar conta de que eu sabia ler. Era o olhar que ela me deu quando comi uma torta de creme feita pela Amma sozinho e dormi na cama dela com uma dor de estômago tão forte quanto a própria Amma. Era o olhar que ela guardou para meu primeiro dia de aula, meu primeiro jogo de basquete, minha primeira paixãozinha.

E aqui estava ele de novo, saindo de um pequeno livro. Ela não ia me abandonar. E Macon também não. Talvez ele tivesse alguma espécie de plano. Ele tinha enganado a morte. Coloquei o livro no meu bolso, ao lado do cordão de Lena.

— Espere um segundo. — Link andou até mim. — Estou feliz por você ter esse livrinho dourado e tudo mais, mas você disse que a gangue do Sangue toda ia estar lá, junto com o Garoto Vampiro, e a mãe de Lena, e o imperador, ou seja lá quem esse Abraham aí seja. E, na última vez que verifiquei, Han Solo não estava por perto. Então você não acha que precisamos de mais que um livrinho?

Ridley estava assentindo atrás dele.

— Link está certo. Você pode conseguir salvar Lena, mas só se conseguir chegar a ela.

Link tentou se inclinar ao lado de Macon.

— Sr. Ravenwood, o senhor não pode vir com a gente e acabar com alguns caras para nós?

405

Macon ergueu uma sobrancelha. Essa era a primeira conversa real que ele tinha com Link.

— Infelizmente, filho, meu confinamento me enfraqueceu...

— Ele está em Transição, Link. Não pode ir lá embaixo. Está incrivelmente vulnerável. — Liv ainda estava apoiando Macon a maior parte do tempo.

— Olivia está certa. Os Incubus possuem força e velocidade incríveis. Não sou páreo para nenhum deles em meu atual estado.

— Felizmente, eu sou. — A voz surgiu do nada e uma pessoa se materializou na escuridão ainda mais rápido. Usava um casaco preto longo com uma blusa de gola alta e botas pretas gastas. Seu cabelo castanho balançava ao vento.

Reconheci a Succubus do enterro imediatamente. Era Leah Ravenwood, a irmã de Macon. Macon estava tão chocado quanto nós por vê-la.

— Leah?

Ela passou o braço pelas costas dele, apoiando-o, olhando bem dentro dos olhos dele.

— Verdes, é? Vou demorar para me acostumar a isso. — Ela apoiou a cabeça no ombro dele, como Lena costumava fazer.

— Como nos encontrou?

Ela riu.

— Vocês são o assunto dos túneis. Dizem por aí que meu irmão vai enfrentar Abraham. E ouvi que ele não está feliz com você.

A irmã de Macon, a que Arelia levou para Nova Orleans quando abandonou o pai de Macon. As Irmãs tinham falado dela.

— Trevas e Luz são o que são.

Link atraiu minha atenção por trás deles e eu soube qual era a pergunta. Ele estava esperando que eu desse a instrução. Lutar ou fugir. Não estava claro o que Leah Ravenwood queria de nós e nem por que estava ali. Mas, se ela fosse como Hunting e se alimentasse de sangue em vez de sonhos, tínhamos de nos afastar rapidamente. Olhei para Liv. Ela balançou a cabeça, quase imperceptivelmente. Também não tinha certeza.

Macon deu um de seus raros sorrisos.

— O que você está fazendo aqui, minha querida?

— Estou aqui para melhorar as chances. Você sabe que amo uma boa briga familiar. — Leah sorriu. Ela sacudiu o punho e um longo cajado, feito de madeira polida, apareceu em sua mão. — E carrego um porrete grande.

Macon estava perplexo. Eu não conseguia decidir se ele parecia aliviado ou preocupado. Fosse como fosse, estava surpreso.

— Por que agora? Você não costuma se preocupar com assuntos Conjuradores.

Leah enfiou a mão no bolso e pegou um elástico, prendendo o cabelo em um rabo de cavalo.

— Isso não é apenas uma batalha Conjuradora, não mais. Se a Ordem for destruída, podemos ser destruídos junto.

Macon lançou-lhe um olhar expressivo. Identifiquei como um que dizia *não na frente das crianças*.

— A Ordem das Coisas permanece desde o começo dos tempos. Vai ser preciso mais do que uma Cataclista para promover sua destruição.

Ela sorriu e balançou o cajado.

— E já está na hora de alguém ensinar bons modos a Hunting. Minhas motivações são puras, como o coração de uma Succubus. — Macon riu com a ideia. Para mim, não pareceu tão engraçado.

Trevas ou Luz. Leah Ravenwood podia ser um ou outro, mas não importava para mim.

— Precisamos encontrar Lena.

Leah pegou seu cajado.

— Eu estava esperando que você dissesse isso.

Link limpou a garganta.

— Hum, não quero ser rude, senhora. Mas Ethan diz que Hunting está lá embaixo com sua gangue do Sangue. Não me entenda mal, você parece bem corajosa e tudo, mas ainda assim é só uma garota com uma vara.

— Isso — em uma fração de segundo, Leah esticou o cajado a centímetros do nariz de Link — é um Cajado Succubino, não uma vara. E não sou uma garota. Sou uma Succubus. Quando se trata da nossa espécie, as fêmeas têm a vantagem. Somos mais rápidas, mais fortes e mais inteligentes que os machos. Pense em mim como a louva-a-deus do mundo sobrenatural.

— Não são esses os insetos que arrancam a cabeça dos machos? — Link parecia cético.

— São. Depois os comem.

Fossem quais fossem as reservas que Macon podia ter quanto a Leah, ele pareceu aliviado por ela ir conosco. Mas tinha um conselho de último minuto.

— Larkin cresceu desde a última vez em que o viu, Leah. Ele é um Ilusionista poderoso. Tome cuidado. E, de acordo com Olivia, nosso irmão mantém seus cães de caça estúpidos consigo, uma gangue do Sangue.

— Não se preocupe, irmão. Tenho meu próprio animal de estimação. — Ela olhou para a montanha acima de nós. Uma espécie de leão da montanha com o tamanho de um pastor alemão estava deitado nas pedras, o rabo caído de lado. — Bade! — O felino saltou, ficando de pé, e abriu a boca mostrando fileiras de dentes afiados, então foi para o lado dela. — Tenho certeza de que Bade mal pode esperar para brincar com os cachorrinhos de Hunting. Você sabe o que dizem sobre gatos e cachorros.

Ridley sussurrou para Liv:

— Bade é o deus vodu do vento e das tempestades. Não é o tipo com quem você vai querer se meter. — Ele me lembrou de Lena, o que fez eu me sentir um pouco melhor em relação ao animal de 70 quilos que me olhava.

— Seguir e emboscar é a especialidade dele. — Leah acariciou o gato atrás das orelhas.

Ao ver o gato selvagem, Lucille correu e deu uma patada nele de forma brincalhona. Bade cutucou Lucille com o focinho. Leah se inclinou e a pegou.

— Lucille, como está minha doce garota?

— Como você conhece a gata da minha tia-avó?

— Eu estava lá quando ela nasceu. Era a gata da minha mãe. Minha mãe deu Lucille para sua tia Prue para que ela pudesse encontrar o caminho pelos túneis. — Lucille rolou entre as patas de Bade.

Eu não estava muito certo quanto a Leah, mas Lucille nunca tinha me decepcionado. Ela era boa em avaliar pessoas, mesmo sendo uma gata.

Uma gata Conjuradora. Eu devia saber.

Leah colocou o cajado debaixo do cinto e eu soube que a hora de conversar tinha acabado.

— Prontos?

Macon estendeu a mão e eu a peguei. Por um segundo, pude sentir o poder no toque dele, como se estivéssemos tendo algum tipo de conversa Conjuradora que eu não conseguia entender. Então ele soltou e me virei em direção à caverna, imaginando se voltaria a vê-lo.

Fui na frente e, versáteis ou não, meus amigos estavam logo atrás de mim. Meus amigos, uma Succubus e um leão da montanha batizado em homenagem a um deus vodu inconstante. Eu só esperava que fosse o bastante.

⚔ 20 DE JUNHO ⚔

Fogo Negro

Quando chegamos à base do penhasco, nos escondemos atrás de uma formação rochosa a alguns metros da caverna. Dois Incubus estavam protegendo a entrada, falando em voz baixa. Reconheci um, cheio de cicatrizes, do enterro de Macon.

— Ótimo. — Dois Incubus de Sangue, e nem estávamos lá dentro. Eu sabia que o restante da gangue não podia estar longe.

— Deixe-os comigo, mas vocês talvez não queiram olhar. — Leah fez sinal para Bade, que pulou para o seu lado.

O cajado brilhou no ar como um relâmpago. Os dois Incubus nem viram o que os atingiu. Leah levou o primeiro Incubus ao chão em segundos. Bade saltou, pegando o outro pela garganta e prendendo-o. Leah ficou de pé, limpou a boca na manga e cuspiu, marcando a areia com uma mancha sangrenta.

— Sangue velho, 70 a 100 anos. Posso sentir.

Link ficou de boca aberta.

— Ela está esperando que façamos isso?

Leah se inclinou sobre o pescoço do segundo Incubus por quase um minuto antes de sinalizar para nós.

— Vão.

Eu não me mexi.

— O que nós... O que eu faço?

— Lute.

A entrada da caverna estava tão iluminada que o sol podia estar brilhando lá dentro.

— Não posso fazer isso.

Link olhou para o interior da caverna com nervosismo.

— O que você está dizendo, cara?

Olhei para meus amigos.

— Acho que vocês deviam voltar. Isso é perigoso demais. Eu não devia ter arrastado vocês pra cá.

— Ninguém me arrastou pra nada. Eu vim para... — Link olhou para Ridley, então se virou, constrangido. — Para fugir de tudo.

Ridley mexeu no cabelo sujo de forma dramática.

— Bem, eu certamente não vim por sua causa, Palitinho. Não fique se achando. Por mais que eu goste de andar com o bando de idiotas de vocês, estou aqui pra ajudar minha prima. — Ela olhou para Liv. — Qual é sua desculpa?

A voz de Liv estava baixa.

— Você acredita em destino?

Todos olhamos para Liv como se ela estivesse louca, mas ela não ligou.

— Bem, eu acredito. Observo o céu Conjurador desde que me lembro e quando ele mudou, eu vi. A Estrela do Sul, a Décima Sétima Lua, meu selenômetro que era motivo de piada para todo mundo na minha cidade... esse é meu destino. Eu tinha que estar aqui. Mesmo... custando o que custar.

— Eu entendo — disse Link. — Mesmo se destruir tudo, mesmo você sabendo que vai ser pego, às vezes precisa fazer certas coisas de qualquer maneira.

— É algo assim.

Link tentou estalar os dedos.

— Então, qual é o plano?

Olhei para meu melhor amigo, o que tinha dividido o Twinkie comigo no ônibus, no segundo ano. Eu ia mesmo deixar que ele me seguisse para dentro de uma caverna e morrer?

— Não tem plano. Você não pode vir comigo. Sou o Obstinado. Essa responsabilidade é minha, não sua.

Ridley revirou os olhos.

— Obviamente o lance todo de Obstinado não foi explicado pra você direito. Você não tem superpoder algum. Não pode pular por cima de prédios altos e nem lutar contra Conjuradores das Trevas com sua gata mágica. — Lucille espiou de trás da minha perna. — Basicamente, você é um guia turístico glorificado que não está mais bem equipado para encarar um bando de Conjuradores das Trevas do que a Mary Poppins aqui.

— Aquaman — tossiu Link, piscando para mim.

Liv tinha ficado quieta até aquele momento.

— Ela não está errada. Ethan, você não pode fazer isso sozinho.

Eu sabia o que eles estavam fazendo; ou melhor, o que *não* estavam fazendo. Indo embora. Balancei minha cabeça.

— Vocês são uns idiotas.

Link sorriu.

— Eu teria dito "corajosos à beça".

Permanecemos encostados às paredes da caverna, acompanhando a luz da lua que entrava pelo buraco no teto. Quando contornamos uma esquina, os raios ficaram bizarramente intensos, e eu pude ver a pira abaixo de nós. Ela se erguia do centro da caverna, chamas douradas envolvendo-a e lambendo a pirâmide de árvores quebradas. Havia uma plataforma de pedra, que quase parecia uma espécie de altar maia, equilibrada no topo da pira como se suspensa por fios invisíveis. O círculo serpenteante usado por Conjuradores das Trevas estava pintado na parede de pedra atrás dela.

Sarafine estava deitada em cima do altar, assim como estivera quando apareceu na floresta. Nada mais era igual. A luz da lua passava pelo teto e batia no corpo dela, radiando para fora em todas as direções como se refratada por um prisma. Era como se ela estivesse absorvendo a luz da lua que convocou antes da hora — a Décima Sétima Lua de Lena. Até o vestido dourado de Sarafine parecia ter sido feito com milhares de pequenas escamas douradas.

Liv inspirou.

— Nunca vi nada assim.

Sarafine parecia estar em alguma espécie de transe. Seu corpo se ergueu alguns centímetros acima da pedra, as dobras do vestido cascateando como água, para além das beiradas do altar. Ela estava acumulando uma quantidade enorme de poder.

Larkin estava na base da pira. Observei enquanto ele chegava mais perto da escada de pedra. Mais perto de...

Lena.

Ela estava caída, as mãos estendidas em direção às chamas, os olhos fechados. Sua cabeça estava no colo de John Breed e ela parecia inconsciente. Ele parecia diferente, vazio. Como se também estivesse em transe.

Lena tremia. Mesmo dali, eu podia sentir o frio cortante que irradiava do fogo. Ela devia estar congelando. Um círculo de Conjuradores das Trevas cercava a pira. Eu não os reconheci, mas podia saber que eram das Trevas pelos olhos amarelos desvairados.

Lena! Você consegue me ouvir?

Os olhos de Sarafine se abriram. Os Conjuradores começaram a cantarolar.

— Liv, o que está acontecendo? — sussurrei.

— Eles estão chamando uma Lua Invocadora.

Eu não precisava entender o que estavam dizendo para saber o que acontecia. Sarafine estava chamando a Décima Sétima Lua para que Lena pudesse fazer sua escolha enquanto estava sob a influência de algum tipo de Conjuro das Trevas. Ou do peso da culpa, um Conjuro das Trevas por si só.

— O que estão fazendo?

— Sarafine está usando todo seu poder para canalizar a energia do Fogo Negro e a dela própria para a lua. — Liv estava fixada na cena como se tentasse decorar cada detalhe, do mal ou não. Era a Guardiã que havia nela, compelida a registrar a história conforme acontecia.

Tormentos rodopiaram pela caverna, ameaçando derrubar as paredes — espiralando, ganhando força e massa.

Precisamos ir lá embaixo.

Liv assentiu e Link pegou a mão de Ridley.

Descemos pela lateral da caverna, permanecendo nas sombras até chegarmos ao chão arenoso e molhado. Percebi que o cântico tinha parado. Os Conjuradores estavam imobilizados em silêncio, observando Sarafine e a pira, como se todos estivessem sob o mesmo feitiço entorpecedor da mente.

— E agora? — Link estava pálido.

Uma pessoa entrou no centro do círculo. Eu não precisava supor quem era, ele usava o mesmo terno dominical e a mesma gravata das visões. O terno branco de verão o fazia parecer ainda mais deslocado no meio dos Conjuradores das Trevas e da espiral de Tormentos.

Era Abraham, o único Incubus poderoso o suficiente para convocar tantos Tormentos. Larkin e Hunting estavam atrás dele, e todos os Incubus da caverna apoiaram um joelho no chão. Abraham ergueu as mãos em direção ao turbilhão.

— Está na hora.

Lena! Acorde!

As chamas ao redor da pira ficaram mais altas. Em frente à pira, John Breed gentilmente ergueu Lena para despertá-la.

L! Corra!

Lena olhou ao redor, desorientada. Ela não reagiu à minha voz. Eu não tinha certeza se ela conseguia ouvir alguma coisa. Seus movimentos estavam incertos, como se não soubesse onde estava.

Abraham estendeu a mão na direção de John e então a ergueu lentamente. John se sacudiu, depois pegou Lena nos braços e subiu como se estivesse sendo puxado por uma corda.

Lena!

A cabeça de Lena pendeu para o lado, seus olhos se fechando novamente. John a carregou escada acima. A postura arrogante tinha sumido. Ele parecia um zumbi.

Ridley chegou mais perto.

— Lena está totalmente desorientada. Nem sabe o que está acontecendo. É efeito do fogo.

— Por que eles iriam querer que ela estivesse inconsciente? Lena não precisa estar consciente para se Invocar? — Eu achava que isso fosse óbvio.

Ridley ficou olhando para o fogo. A voz dela estava atipicamente séria e ela evitava meus olhos.

— A Invocação requer vontade. Ela vai precisar fazer a escolha. — Ridley estava estranha. — A não ser...

— A não ser o quê? — Eu não tinha tempo para tentar interpretar Ridley.

— A não ser que já tenha feito. — Ao nos deixar para trás. Ao tirar o cordão. Ao fugir com John Breed.

— Ela não fez — falei automaticamente. Eu conhecia Lena. Havia um motivo para tudo. — Ela não fez.

Ridley olhou para mim.

— Espero que esteja certo.

John chegou ao topo do altar, com Larkin logo atrás. Larkin prendeu Sarafine e Lena sob a luz da Décima Sétima Lua.

Senti meu coração batendo forte.

— Preciso buscar Lena. Vocês podem me ajudar?

Link pegou duas pedras, grandes o suficiente para fazer um estrago se ele conseguisse se aproximar o suficiente para usá-las. Liv folheou o caderno. Até Ridley desembrulhou um pirulito e deu de ombros.

— Nunca se sabe.

Ouvi outra voz atrás de mim.

— Você não vai conseguir chegar lá em cima a não ser que esteja pretendendo cuidar de todos aqueles Tormentos sozinho. E não me lembro de ter te ensinado como fazer isso. — Sorri antes de me virar.

Era Amma, e dessa vez ela havia trazido alguns vivos com ela. Arelia e Twyla estavam ali, e juntas, elas pareciam as Três Moiras. Senti-me aliviado e percebi que parte de mim pensou que eu jamais veria Amma novamente. Dei um abraço apertado nela, que retribuiu e depois ajeitou o chapéu. Então vi as botas antiquadas de vovó quando ela saiu de trás de Arelia.

Eram as Quatro Moiras.

— Senhora. — Acenei para vovó com a cabeça. Ela retribuiu, como se estivesse prestes a me oferecer chá na varanda de Ravenwood. Então entrei em pânico, porque não estávamos em Ravenwood. E Amma e Arelia e Twyla não eram as Três Moiras. Eram três senhoras sulistas idosas e frágeis que provavelmente somavam uns 250 anos e usavam meias de alta compressão. E vovó não era muito mais jovem. Aquelas Quatro Moiras em particular não deveriam estar em um campo de batalha.

Pensando bem, nem esse Wate aqui.

Eu me soltei do abraço de Amma.

— O que estão fazendo aqui? Como nos encontraram?

— O que estou fazendo aqui? — Amma inspirou fundo. — Minha família chegou às ilhas costeiras vinda de Barbados antes que você fosse um pensamento na mente do Senhor. Conheço estas ilhas como a minha cozinha.

— Esta é uma ilha Conjuradora, Amma. Não é uma das ilhas costeiras.

— É claro que é. Onde mais poderia se esconder uma ilha que não se pode ver?

Arelia colocou a mão no ombro de Amma.

— Ela está certa. A Grande Barreira está escondida no meio das ilhas costeiras. Amarie pode não ser Conjuradora, mas compartilha o dom da Visão com minha irmã e comigo.

Amma balançou a cabeça com tanta força que achei que ia sair voando.

— Você não pensou mesmo que eu ia deixar você andar sozinho com areia movediça até os joelhos, pensou? — Joguei os braços ao redor dela e a abracei de novo.

— Como soube onde nos encontrar, senhora? Tivemos dificuldade para encontrar este lugar. — Link estava sempre um passo à frente ou um passo atrás. As quatro olharam para ele como se fosse um tolo.

— Depois de vocês abrirem aquela bola de problemas como fizeram? Com um feitiço mais velho do que a mãe da minha mãe? Dava no mesmo vocês terem ligado para o número de emergência de Gatlin. — Amma deu um passo na direção de Link, que deu um passo atrás para sair do alcance dela. Mas ela não me soltou. Foi assim que eu soube o que ela estava realmente dizendo: amo você e não podia estar mais orgulhosa. E você ficará um mês de castigo quando voltarmos para casa.

Ridley se inclinou para mais perto de Link.

— Pense bem. Uma Necromancer, uma Adivinhadora e uma Vidente. Não tínhamos chance.

Amma, Arelia, vovó e Twyla se viraram para Ridley assim que ela falou. Ela corou, baixando os olhos respeitosamente.

— Não consigo acreditar que a senhora está aqui, tia Twyla. — Ela engoliu em seco. — Vovó.

Vovó segurou Ridley pelo queixo e olhou dentro de seus olhos azuis claros.

— Então é verdade. — Ela abriu um sorriso. — Bem-vinda de volta, criança. — Ela beijou Ridley na bochecha.

Amma parecia arrogante.

— Eu disse. Estava nas cartas.

Arelia assentiu.

— E nas estrelas.

Twyla riu de maneira debochada e baixou a voz para um sussurro baixo.

— As cartas só mostram a superfície das coisas. O que temos aqui é um corte profundo, para além do osso, até o outro lado. — Uma sombra percorreu seu rosto.

Olhei para Twyla.

— O quê? — Mas ela sorriu e a sombra sumiu.

— Você precisa de um pouco de ajuda de *La Bas*. — Twyla sacudiu a mão para a frente e para trás acima da cabeça. De volta ao problema do momento.

— Do Outro Mundo — traduziu Arelia.

Amma se ajoelhou e desembrulhou um pano cheio de pequenos ossos e amuletos. Parecia uma médica preparando os instrumentos cirúrgicos.

— Chamar o tipo de ajuda que precisamos é minha especialidade.

Arelia pegou um chocalho e Twyla se sentou e acomodou-se. Quem sabia o que ela teria que chamar? Amma espalhou os ossos e lutou com um de seus jarros de vidro.

— Terra de cemitério da Carolina do Sul. A melhor que há. Trazida de casa. — Peguei o jarro da mão dela e o abri, pensando sobre a noite em que a segui até o pântano. — Podemos cuidar daqueles Tormentos. Não vai deter Sarafine e nem o irmão imprestável do Melchizedek, mas vai diminuir um pouco do poder dela.

Vovó olhou para o ciclone escuro de Tormentos que alimentavam o fogo.

— Meu Deus, você não estava exagerando, Amarie. Há muitos deles. — Vi os olhos dela irem do corpo imóvel de Sarafine até Lena, ao longe, e as linhas na testa dela se aprofundaram. Ridley largou sua mão, mas não saiu do seu lado.

Link soltou um suspiro de alívio.

— Cara, vou voltar para a igreja no domingo que vem, com certeza. — Eu não falei nada, mas o que estava pensando não era muito diferente disso.

Amma tirou os olhos da terra que espalhava debaixo de seus pés.

— Vamos mandá-los de volta para onde devem ficar.

Vovó ajeitou o casaco.

— E então vou lidar com a minha filha.

Amma, Arelia e Twyla se sentaram de pernas cruzadas sobre as pedras úmidas e deram as mãos.

— Uma coisa de cada vez. Vamos nos livrar daqueles Tormentos.

Vovó deu um passo para atrás e abriu espaço para elas.

— Isso seria ótimo, Amarie.

As três mulheres fecharam os olhos. A voz de Amma estava forte e clara apesar do rodopio do turbilhão e da magia das Trevas.

— Tio Abner, tia Delilah, tia Ivy, vovó Sulla, precisamos mais uma vez de sua intermediação. Chamo-os agora para este lugar. Encontrem o caminho para este mundo e expulsem os que não pertencem a ele.

Os olhos de Twyla se reviraram para dentro da cabeça e ela começou a cantarolar.

> — *Les lois*, meus espíritos, meus guias,
> Destruam a ponte
> Que carrega estas sombras do seu mundo para o próximo.

Twyla ergueu o braço acima da cabeça.

— *Encore!*

— De novo — falou Arelia, traduzindo a palavra.

— *Les lois*, meus espíritos, meus guias,
Destruam a ponte
Que carrega estas sombras do seu mundo para o próximo.

Twyla continuou a cantarolar, misturando o francês-creole com o inglês de Amma e Arelia. As vozes delas se sobrepunham como em um coral. Pela abertura no teto da caverna, o céu escureceu em torno do feixe de luz da lua, como se elas tivessem chamado uma nuvem que traria uma tempestade só delas. Mas não estavam chamando uma nuvem. Estavam criando um tipo diferente de turbilhão, a escuridão espiralando acima delas como um tornado perfeitamente formado tocando o centro do círculo. Por um segundo, pensei que a enorme espiral só ia fazer com que morrêssemos mais rápido, atraindo todos os Tormentos e Incubus.

Eu não devia ter duvidado das três. As imagens fantasmagóricas dos Grandes começaram a aparecer: tio Abner, tia Delilah, tia Ivy e Sulla, a Profeta. Estavam se materializando de areia e terra, seus corpos sendo compostos pouco a pouco.

Nossas Três Moiras continuaram.

— Destruam a ponte
Que carrega estas sombras do seu mundo para o próximo.

Em segundos havia mais espíritos do Outro Mundo, Espectros. Estavam nascendo da terra rodopiante, como borboletas de um casulo. Os Grandes e os espíritos atraíram os Tormentos, fazendo com que as criaturas de sombras corressem para cima deles com o grito terrível do qual eu me lembrava dos túneis.

Os Grandes começaram a crescer. Sulla estava tão grande que seus colares pareciam cordas. Tio Abner só precisava de um raio e de uma toga para se passar por Zeus acima de nós. Os Tormentos voaram das chamas do Fogo Negro, riscos pretos cortando o céu. Com a mesma rapidez, as manchas que gritavam desapareceram. Os Grandes os inalaram, como Twyla pareceu ter inalado os Espectros naquela noite, no cemitério.

419

Sulla, a Profeta, deslizou para a frente, os dedos cheios de anéis apontando para o último dos Tormentos, girando e gritando ao vento.

— Destrua a ponte!

Os Tormentos sumiram, deixando nada além de uma nuvem preta que pairava acima e os Grandes, com Sulla na frente. Ela estava cintilando à luz da lua quando falou as últimas palavras.

— Sangue é sempre Sangue. Mesmo o tempo não pode Enfeitiçá-lo.

Os Grandes desapareceram e a nuvem preta se dissipou. Só a fumaça ondulada do Fogo Negro permaneceu. A pira ainda queimava e Sarafine e Lena ainda estavam presas à plataforma.

O turbilhão de Tormentos tinha sumido e uma outra coisa tinha mudado. Não estávamos mais observando em silêncio, esperando por uma oportunidade para dar nosso passo. Os olhos de todos os Incubus e Conjuradores das Trevas na caverna estavam em nós, com caninos à mostra e olhos amarelos queimando.

Tínhamos nos juntado à festa, quer gostássemos ou não.

⚜ 20 DE JUNHO ⚜

Dezessete Luas

Os Incubus de Sangue reagiram primeiro, se desmaterializando um a um e reaparecendo em formação. Reconheci Cicatriz, o Incubus do enterro de Macon. Ele estava na frente, os olhos pretos atentos. Hunting, como era de se esperar, não estava à vista, importante demais para uma simples matança. Mas Larkin estava de pé na frente deles, com uma cobra preta enrolada no braço. O segundo na linha de comando.

Eles nos cercaram em segundos e não havia para onde ir. A gangue estava na nossa frente e a parede da caverna, atrás. Amma se posicionou entre os Incubus e eu, como se planejasse lutar com as próprias mãos. Ela não teve chance.

— Amma! — gritei, mas era tarde demais.

Larkin estava parado a centímetros do corpo pequeno dela, segurando uma faca que não parecia nem um pouco uma ilusão.

— Você é uma velha muito chata, sabia? Sempre se mete onde não é chamada e convoca seus parentes mortos. Já está na hora de se juntar a eles.

Amma não se mexeu.

— Larkin Ravenwood, você vai se lamentar mil vezes quando tentar encontrar o caminho entre este mundo e o próximo.

421

— Promete? — Eu podia ver os músculos no ombro de Larkin se mexendo quando ele puxou o braço, se preparando para dar o bote em Amma.

Antes que ele pudesse atingi-la, Twyla abriu a mão e partículas brancas voaram pelo ar. Larkin gritou, soltando a faca e esfregando os olhos com as costas das mãos.

— Ethan, cuidado! — Pude ouvir a voz de Link, mas tudo estava em câmera lenta. Vi a gangue vindo em minha direção e ouvi uma outra coisa. Um zumbido que cresceu devagar, como a crista de uma onda. Uma luz verde surgiu à nossa frente. Era a mesma luz pura que o Arco Voltaico emitiu quando girou no ar, logo antes de libertarmos Macon.

Tinha que ser Macon.

O zumbido ficou mais alto e a luz se lançou para a frente, fazendo com que os Incubus de Sangue recuassem. Olhei ao redor para ver se todo mundo estava bem.

Link estava inclinado, com as mãos sobre os joelhos como se fosse vomitar.

— Essa foi por pouco. — Ridley deu um tapinha um pouco forte demais nas costas dele e se virou para Twyla.

— O que você jogou em Larkin? Alguma espécie de matéria carregada?

Twyla sorriu, esfregando as contas de um dos trinta ou quarenta colares que usava.

— Não preciso de matéria carregada, *cher*.

— Então o que era?

— *Sèl manje.* — Ela falou as palavras com o pesado sotaque creole, mas Ridley não entendeu.

Arelia sorriu.

— Sal.

Amma bateu no meu braço.

— Eu disse que o sal podia manter longe os espíritos do mal. Meninos do mal também.

— Precisamos ir andando. Não temos muito tempo. — Vovó correu até a escada, carregando a bengala na mão. — Ethan, venha comigo. — Segui vovó até o altar, a fumaça do fogo criando uma neblina grossa ao meu redor. Era intoxicante e sufocante ao mesmo tempo.

Chegamos no alto da escada. Vovó ergueu a bengala na direção de Sarafine e ela imediatamente começou a brilhar com luz dourada. Senti uma onda de alívio. Vovó era uma Empática. Não tinha poderes próprios, só a habilidade de usar os poderes dos outros. E o poder que estava pegando agora pertencia à mulher mais perigosa do aposento: sua filha Sarafine.

A que estava canalizando a energia do Fogo Negro para chamar a Décima Sétima Lua.

— Ethan, pegue Lena! — gritou vovó. Ela estava em alguma espécie de controle psíquico com Sarafine.

Era tudo o que eu precisava ouvir. Peguei as cordas e afrouxei os nós que a prendiam à mãe. Lena estava quase inconsciente, o corpo caído sobre a pedra gelada. Encostei nela. Sua pele estava fria como gelo, e senti o toque sufocante do Fogo Negro à medida que meu corpo começava a ficar dormente.

— Lena, acorde. Sou eu.

Eu a sacudi e a cabeça dela tombou de um lado para outro, o rosto vermelho pelo toque da pedra gelada. Ergui o corpo de Lena e a envolvi com meus braços, doando o pouco de calor que eu tinha.

Seus olhos se abriram. Ela estava tentando falar. Segurei o rosto dela nas minhas mãos.

— Ethan... — Suas pálpebras estavam pesadas e os olhos voltaram a se fechar. — Saia daqui.

— Não. — Eu a beijei enquanto a segurava em meus braços. O que aconteceria não importava; aquele momento valia à pena. Abraçá-la de novo.

Não vou a lugar algum sem você.

Ouvi Link gritar. Um Incubus tinha escapado da poderosa parede de luz que segurava o restante deles. John Breed estava atrás de Link, com o braço ao redor do pescoço dele e os caninos à mostra. John ainda tinha a mesma expressão vidrada, como se estivesse no piloto automático. Eu me perguntei se era efeito da fumaça tóxica. Ridley se virou e jogou seu corpo contra as costas de John, derrubando-o. Ela deve tê-lo pegado de surpresa, porque Ridley não era forte o bastante para derrubá-lo sozinha. Os três caíram no chão, procurando manter vantagem.

Não consegui ver mais do que isso, mas foi o bastante para eu perceber que estávamos com problemas graves. Eu não sabia por quanto tempo o campo sobrenatural ia aguentar, principalmente se era Macon quem o estava gerando.

Lena precisava terminar aquilo.

Olhei para ela. Seus olhos estavam abertos, mas seu olhar passava direto por mim, como se ela não pudesse me ver.

Lena. Você não pode desistir agora. Não com...

Não fale.

É sua Lua Invocadora.

Não é. É a Lua Invocadora dela.

Não importa. É sua Décima Sétima Lua, L.

Ela olhou para mim com olhos vazios.

Sarafine a ergueu. Eu não pedi nada disso.

Você precisa escolher, ou todos de quem gostamos podem morrer aqui hoje.

Ela olhou para longe de mim.

E se eu não estiver pronta?

Você não pode fugir disso, Lena. Não mais.

Você não entende. Não é uma escolha. É uma maldição. Se eu for para a Luz, Ridley e metade da minha família vão morrer. Se eu for para as Trevas, vovó, tia Del, minhas primas, todas vão morrer. Que tipo de escolha é essa?

Eu a segurei com mais força, desejando haver um jeito de poder dar minha força a ela ou de absorver sua dor.

— É uma escolha que só você pode fazer. — Puxei Lena até que ficasse de pé. — Olhe só o que está acontecendo. As pessoas que você ama estão lutando por suas vidas agora. Você pode acabar com isso. Só você.

— Não sei se posso.

— Por que não? — Eu estava gritando.

— Porque não sei o que sou.

Olhei nos olhos dela e eles mudaram outra vez. Um estava perfeitamente verde e o outro perfeitamente dourado.

— Olhe para mim, Ethan. Eu sou das Trevas ou da Luz?

Olhei para Lena e soube o que ela era. A garota que eu amava. A garota que eu sempre amaria.

Instintivamente, peguei o livro dourado no meu bolso. Estava quente, como se alguma parte da minha mãe estivesse viva dentro dele. Pressionei o livro contra a mão de Lena, sentindo o calor se espalhar pelo seu corpo. Desejei que ela sentisse — o tipo de amor que havia dentro do livro, o tipo de amor que nunca morria.

— Sei o que você é, Lena. Conheço seu coração. Você pode confiar em mim. Pode confiar em si mesma.

Lena segurou o pequeno livro na mão. Não foi o bastante.

— E se você estiver errado, Ethan? Como posso saber?

— Eu sei, porque conheço *você*.

Soltei a mão dela. Eu não podia suportar pensar em qualquer coisa acontecendo a ela, mas não podia impedir que acontecesse.

— Lena, você precisa fazer isso. Não tem outro jeito. Eu queria que tivesse, mas não tem.

Olhamos para a caverna. Ridley olhou para cima e por um segundo achei que tivesse nos visto.

Lena olhou para mim.

— Não posso deixar Ridley morrer. Juro que ela está tentando mudar. Já perdi muito.

Já perdi tio Macon.

— Foi minha culpa. — Ela se agarrou a mim, chorando.

Eu queria dizer a ela que Macon estava vivo, mas me lembrei do que ele tinha dito. Ele ainda estava em Transição. Havia uma possibilidade de ainda ter as Trevas dentro de si. Se Lena soubesse que ele estava vivo e que havia uma chance de perdê-lo novamente, jamais escolheria ir para a Luz. Ela não era capaz de matá-lo uma segunda vez.

A lua estava diretamente sobre a cabeça de Lena. Logo a Invocação começaria. Só havia uma decisão a ser tomada e eu temia que ela não fosse tomá-la.

Ridley apareceu no topo da escadaria, sem fôlego. Ela abraçou Lena, tirando-a de mim. Esfregou o rosto contra a bochecha molhada de Lena. Elas eram irmãs, independentemente do que acontecesse. Sempre tinham sido.

— Lena, me escute. Você precisa escolher.

Lena olhou para o outro lado, sofrendo. Ridley segurou a lateral do rosto de Lena, forçando a prima a olhar para ela. Lena reparou imediatamente.

— O que aconteceu com seus olhos?

— Não importa. Você precisa me escutar. Já fiz alguma coisa nobre na vida? Já deixei você sentar no banco da frente do carro alguma vez? Já guardei o último pedaço de bolo pra você, em 16 anos? Já deixei você experimentar meus sapatos?

— Sempre odiei seus sapatos. — Uma lágrima desceu pela bochecha de Lena.

— Você amava meus sapatos. — Ridley sorriu e limpou o rosto de Lena com a mão arranhada e sangrenta.

— Não ligo pro que você diz. Não vou fazer isso. — Elas olhavam fixamente uma nos olhos da outra.

— Não tenho sequer um osso altruísta no corpo e estou dizendo para você fazer.

— Não.

— Confie em mim. É melhor assim. Se eu ainda tiver algum resquício das Trevas em mim, você estará me fazendo um favor. Não quero mais ser das Trevas, mas não nasci para ser Mortal. Sou uma Sirena.

Pude ver a compreensão nos olhos de Lena.

— Mas se você é Mortal, não...

Ridley balançou a cabeça.

— Não há como saber. Se houver Trevas no sangue, você sabe... — Ela parou de falar.

Eu me lembrei do que Macon tinha dito. *As Trevas não saem de nós tão facilmente quanto gostaríamos.*

Ridley abraçou Lena com força.

— Vamos, o que vou fazer com mais setenta ou oitenta anos? Você pode me ver em Gat-lixo, fazendo pegação com Link no banco de trás do Lata-Velha? Tentando entender como um forno funciona? — Ela olhou para o outro lado, a voz falha. — Não tem nem comida chinesa decente naquela bosta de cidade.

Lena segurou com força a mão de Ridley e ela a apertou, depois gentilmente afastou a mão, um dedo de cada vez, e colocou a de Lena na minha.

— Cuide dela por mim, Palitinho. — Ridley desapareceu na escada antes que eu pudesse dizer qualquer coisa.

Estou com medo, Ethan.

Estou bem aqui, L. Não vou a lugar algum. Você consegue passar por isso.

Ethan...

Você consegue, L. Invoque-se. Ninguém precisa te mostrar o caminho. Você sabe o seu caminho.

Então outra voz se juntou à minha, vindo de uma grande distância e também de dentro de mim.

Minha mãe.

Juntos dissemos a Lena, no único momento roubado que tínhamos, não o que fazer, mas que ela era capaz de fazê-lo.

Invoque-se, falei.

Invoque-se, falou minha mãe.

Sou eu mesma, disse Lena. *Eu sou.*

Uma luz cegante partiu da lua, como um estrondo sônico, soltando as pedras das paredes. Eu não conseguia ver mais nada além da luz da lua. Senti o medo e a dor de Lena caindo sobre mim como uma onda. Cada perda, cada erro estava fundido na alma dela, criando um tipo diferente de tatuagem. Uma tatuagem feita de ódio e abandono, sofrimento e lágrimas.

A luz da lua inundou a caverna, pura e ofuscante. Por um minuto, não consegui ver nem ouvir nada. Então olhei para Lena, e lágrimas desciam pelo seu rosto e brilhavam em seus olhos, que agora tinham suas verdadeiras cores.

Um verde, outro dourado.

Ela inclinou a cabeça para trás e encarou a lua. Seu corpo se contorceu, os pés flutuaram acima da pedra. Abaixo dela, a luta parou. Ninguém falava nem se mexia. Cada Conjurador e Demônio no local parecia saber o que estava acontecendo, que seus destinos estavam em jogo. Acima dela, o brilho da lua começou a vibrar, a luminosidade atraindo, até que a caverna inteira era uma única bola de luz.

A lua continuou a inchar. Como um momento de um sonho, ela se partiu em duas metades, dividindo o céu diretamente acima do local onde Lena estava. A luz da lua atrás dela pareceu formar uma borboleta gigante e luminosa, com duas asas brilhantes e intensas. Uma verde, outra dourada.

Um som de algo se partindo ecoou pela caverna e Lena gritou.

A luz desapareceu. O Fogo Negro desapareceu. Não havia altar, nem pira, e estávamos de volta ao chão.

O ar estava perfeitamente estático. Pensei que tivesse acabado, mas eu estava errado.

Um relâmpago cortou o ar, se dividindo em dois braços distintos, acertando em seus alvos simultaneamente.

Larkin.

Seu rosto se contorceu de terror quando seu corpo foi atingido e começou a ficar preto. Ele parecia estar queimando de dentro para fora. Rachaduras pretas surgiram em sua pele até ele virar pó, voando pelo chão da caverna.

O segundo raio foi na direção oposta e atingiu Twyla.

Os olhos dela se reviraram para trás. Seu corpo caiu no chão, como se seu espírito o tivesse deixado e descartado. Mas ela não virou pó. O corpo sem vida ficou deitado no chão enquanto Twyla se erguia acima dele, brilhando e sumindo até ficar transparente.

Então a neblina começou a baixar, as partículas se rearrumando até Twyla aparentar como era em vida. Fosse o que fosse que ela tivesse deixado para trás nesta vida, estava terminado. Se tivesse coisas a fazer aqui de novo, seria porque quis. Twyla não estava presa a este mundo. Estava livre. E parecia em paz, como se soubesse de alguma coisa que não sabíamos.

Quando subia pela abertura no teto da caverna, em direção à lua, ela parou. Por um segundo, não tive certeza do que estava acontecendo enquanto ela estava ali, flutuando.

Adeus, cher.

Não sei se ela realmente falou ou se eu imaginei, mas ela estendeu uma mão luminosa e sorriu. Ergui a mão em direção ao céu e observei Twyla sumir à luz da lua.

Uma única estrela apareceu no céu Conjurador — um céu que eu pude ver, mas só por um segundo. A Estrela do Sul. Ela tinha encontrado seu lugar, de volta no céu.

Lena tinha feito sua escolha.

Ela tinha se Invocado.

Mesmo que eu não tivesse certeza do que isso significava, ela ainda estava comigo. Eu não a tinha perdido.

Invoque-se.

Minha mãe teria orgulho de nós.

⊰ 21 DE JUNHO ⊱
Trevas e Luz

Lena ficou de pé, ereta, uma silhueta escura contra a lua. Não chorou e não estava gritando. Seus pés estavam apoiados no chão, cada um de um lado da enorme fenda que agora cortava a caverna, partindo-a quase completamente em duas.

— O que acabou de acontecer? — Liv olhava para Amma e Arelia em busca de respostas.

Segui o olhar de Lena pela vasta extensão de pedras e entendi seu silêncio. Ela estava em choque, olhando para um rosto familiar.

— Parece que Abraham vem interferindo na Ordem das Coisas.

Macon estava na entrada da caverna, cercado da luz de uma lua que estava começando a se reunificar. Leah e Bade estavam ao lado dele. Eu não tinha certeza de há quanto tempo ele estava ali, mas pude notar pela sua expressão que ele tinha visto tudo. Macon andou lentamente, ainda se ajustando à sensação dos pés tocando o chão. Bade o acompanhou e Leah também, uma das mãos no braço dele.

Lena acalmou-se ao ouvir o som da voz dele, uma voz do túmulo. Ouvi o pensamento, que não chegava nem a um murmúrio. Ela estava com medo até de pensar.

Tio Macon?

O rosto dela ficou pálido. Eu me lembrei de como me senti quando vi minha mãe no cemitério.

— Um truquezinho impressionante que você e Sarafine conseguiram fazer, vovô. Tenho que admitir isso. Chamar uma Lua Invocadora fora da época? Vocês se superaram, de verdade. — A voz de Macon ecoou na caverna. O ar estava tão parado, tão silencioso, que não dava para ouvir nada além do suave ritmo das ondas. — Naturalmente, quando eu soube que você estava vindo, tive que aparecer por aqui. — Macon esperou, como se estivesse aguardando uma resposta. Mas quando não recebeu uma, disse: — Abraham! Vejo seu toque nisso.

A caverna começou a tremer. Pedras caíram da abertura no teto, se espatifando no chão. Parecia que tudo ia desmoronar. O céu ficou mais escuro. O Macon de olhos verdes — o Conjurador da Luz, se é que ele era isso mesmo — parecia ainda mais poderoso do que o Incubus que ele fora.

Uma risada retumbante ecoou nas paredes de pedra. No chão coberto de água, onde a lua não mais brilhava, Abraham saiu das sombras. Com sua barba branca e terno branco combinando, ele parecia um velho inofensivo ao invés do mais sombrio de todos os Incubus de Sangue. Hunting permaneceu ao lado dele.

Abraham estava de pé acima de Sarafine, cujo corpo estava no chão. Ela havia ficado completamente branca, coberta por uma fina camada gelada, um casulo de gelo.

— Chamou, garoto? — O velho riu de novo, um som agudo e rápido. — Ah, a arrogância da juventude. Em cem anos você vai aprender seu lugar, meu neto. — Tentei calcular mentalmente as gerações entre eles: quatro, talvez até cinco.

— Tenho profunda ciência do meu lugar, vovô. Infelizmente, e isso é excepcionalmente estranho, acredito que serei eu a colocá-lo de volta no seu.

Abraham passou a mão lentamente pela barba.

— Pequeno Macon Ravenwood. Você sempre foi um garoto perdido. Foi você quem fez isso, não eu. Sangue é Sangue, assim como Trevas são Trevas. Você devia ter se lembrado a quem deve ser leal. — Ele fez uma pausa, olhando para Leah. — Você também devia ter se lembrado disso, minha querida. Mas é fato que você foi criada por uma Conjuradora. — Ele tremeu.

Eu via raiva no rosto de Leah, mas também via medo. Ela estava disposta a tentar a sorte contra a gangue do Sangue, mas não queria desafiar Abraham.

Abraham olhou para Hunting.

— Falando em garotos perdidos, onde está John?

— Foi embora há tempos. Covarde.

Abraham se virou para encarar Hunting.

— John não é capaz de covardia. Não está na *natureza* dele. E a vida dele é mais importante para mim do que a sua. Então sugiro que o encontre. — Hunting baixou os olhos e assentiu. Eu não conseguia parar de imaginar por que John Breed era tão importante para Abraham, que não parecia se importar com mais ninguém.

Macon observou Abraham com atenção.

— É tocante ver como você está preocupado com o garoto. Espero que você o encontre. Sei como é doloroso perder um filho.

A caverna recomeçou a tremer e pedras caíram ao redor de nossos pés.

— O que fez com John? — Em sua fúria, Abraham pareceu menos com o velhinho indefeso e mais com o Demônio que realmente era.

— O que eu fiz com ele? Acho que a pergunta é o que você fez *a* ele. — Os olhos pretos de Abraham se apertaram, mas Macon só sorriu. — Um Incubus que pode andar na luz do sol e manter a força sem se alimentar... Seria preciso uma união muito específica para produzir essas qualidades em um filho. Você não concorda? Falando cientificamente, você precisaria de qualidades Mortais, mas esse garoto John possui os dons de um Conjurador. Ele não pode ter três pais, o que significa que a mãe dele era...

Leah ofegou.

— Uma Evo.

Todos os Conjuradores presentes reagiram à palavra. A surpresa se espalhou como uma onda, um novo tipo de frieza no ar. Só Amma parecia impassível. Ela cruzou os braços e fixou o olhar em Abraham Ravenwood, como se ele fosse apenas outra galinha que ela planejava matar, depenar e cozinhar na panela velha.

Tentei lembrar o que Lena tinha me contado sobre Evos. Eram metamorfos, com a habilidade de espelhar a forma humana. Eles não entravam simplesmente em um corpo Mortal, como Sarafine. Evos podiam se tornar Mortais por curtos períodos de tempo.

Macon sorriu.

— Precisamente. Um Conjurador que consegue assumir forma humana por tempo o bastante para conceber uma criança, com todo o DNA de um Mortal e de um Conjurador de um lado e o de um Incubus do outro. Você andou ocupado, não é, vovô? Não me dei conta de que estava bancando o casamenteiro no seu tempo livre.

Os olhos de Abraham ficaram mais escuros.

— Foi você que sujou a Ordem das Coisas. Primeiro, com sua paixãozinha por uma Mortal, depois ao se virar contra a própria espécie para proteger esta garota. — Abraham balançou a cabeça, como se Macon não fosse nada além de um menino impetuoso. — E aonde isso nos levou? Agora a criança Duchannes partiu a lua. Você sabe o que isso significa? A ameaça que ela é a todos nós?

— O destino da minha sobrinha não é do seu interesse. Você parece estar bastante ocupado com seu filho-experimento. Mas não tenho como não ficar curioso quanto ao que está fazendo com ele. — Os olhos verdes de Macon brilharam enquanto ele falava.

— Tome cuidado com quem você fala dessa maneira. — Hunting deu um passo à frente, mas Abraham ergueu a mão e Hunting parou. — Já matei você uma vez, posso matar duas.

Macon balançou a cabeça.

— Canções de ninar, Hunting? Se você está planejando uma carreira como seguidor de vovô, precisa melhorar o discurso. — Macon suspirou. — Agora enfie o rabo entre as pernas e siga seu dono até em casa como um bom cachorro.

A expressão de Hunting ficou mais cruel. Macon se virou para Abraham.

— E vovô, por mais que eu fosse adorar comparar anotações de laboratório, acho que está na hora de você ir embora.

O velho riu. Um vento frio começou a circular ao redor dele, assobiando entre as pedras.

— Você acha que pode me dar ordens como a um garoto de recados? Você não vai dizer meu nome, Macon Ravenwood. Vai chorar meu nome. Vai sangrar meu nome. — O vento aumentou ao redor dele, soprando sua gravata contra o corpo. — E quando você morrer, meu nome ainda será temido, e o seu, esquecido.

Macon olhou nos olhos dele, sem a menor sombra de medo.

— Como meu irmão matematicamente talentoso explicou, já morri uma vez. Você vai ter que aparecer com alguma novidade, coroa. Está ficando cansativo. Permita-me levá-lo até a porta.

Macon sacudiu os dedos e ouvi um estrondo quando a noite se abriu atrás de Abraham. O velho hesitou e depois sorriu.

— A idade deve estar me afetando. Quase me esqueci de pegar minhas coisas antes de ir. — Ele esticou a mão e algo surgiu por trás de uma das fendas na pedra. O objeto desapareceu e reapareceu em sua mão. Prendi a respiração por um segundo quando vi o que era.

O Livro das Luas.

O Livro que acreditamos ter queimado até virar cinza nos campos de Greenbrier. O Livro que era uma maldição por si só.

O rosto de Macon se escureceu e ele estendeu a mão.

— Isso não pertence a você, vovô.

O Livro tremeu na mão de Abraham, mas a escuridão ao redor dele ficou mais intensa e o velho deu de ombros e sorriu. Um segundo estrondo ecoou na caverna quando ele desapareceu, levando o Livro, Hunting e Sarafine consigo. Quando o eco morreu, as pequenas ondas apagaram a marca do corpo de Sarafine na areia.

Ao som do estrondo, Lena começou a correr. Quando Abraham sumiu, ela já estava na metade do caminho até Macon. Ele ficou encostado na parede áspera até Lena se jogar em seu peito, então oscilou como se fosse cair.

— Você está morto. — Lena falou com o rosto enterrado na camisa suja e rasgada.

— Não, querida, estou muito vivo. — Ele puxou o rosto dela para que olhasse para ele. — Olhe para mim. Ainda estou aqui.

— Seus olhos. Estão verdes. — Ela tocou o rosto dele, chocada.

434

— E os seus não. — Ele tocou na bochecha dela com tristeza. — Mas estão lindos. Tanto o verde quanto o dourado.

Lena balançou a cabeça sem acreditar.

— Eu matei você. Usei o Livro e ele matou você.

Macon acariciou o cabelo dela.

— Lila Jane me salvou antes de eu cruzar. Ela me aprisionou no Arco Voltaico e Ethan me libertou. Não foi sua culpa, Lena. Você não sabia o que ia acontecer. — Lena começou a soluçar. Ele acariciou os cachos pretos, sussurrando: — Shh. Está tudo bem agora. Acabou.

Ele estava mentindo. Eu podia ver nos olhos dele. As piscinas pretas que guardavam seus segredos não existiam mais. Não entendi tudo o que Abraham disse, mas sabia que havia verdade nas palavras. O que tinha acontecido quando Lena se Invocou não era a solução dos nossos problemas, mas um problema completamente novo.

Lena se afastou de Macon.

— Tio Macon, eu não sabia que isso ia acontecer. Em um minuto eu estava pensando sobre Trevas e Luz, sobre o que eu realmente queria. Mas só conseguia pensar que não pertenço a lugar algum. Depois de tudo por que passei, não sou da Luz nem das Trevas. Sou os dois.

— Está tudo bem, Lena. — Ele esticou o braço na direção dela, mas ela ficou de pé sozinha.

— Não está. — Ela balançou a cabeça. — Vejam o que fiz. Tia Twyla e Ridley se foram, e Larkin...

Macon olhou para Lena como se a visse pela primeira vez.

— Você fez o que precisava fazer. Se Invocou. Você não escolheu um lugar na Ordem. Você a mudou.

A voz dela estava hesitante.

— O que isso significa?

— Significa que você é você mesma, poderosa e única, como a Grande Barreira, um lugar onde não há Trevas nem Luz, só magia. Mas, ao contrário da Grande Barreira, você é tanto Luz quanto Trevas. Como eu. E depois do que vi hoje, como Ridley.

— Mas o que aconteceu à lua? — Lena olhou para vovó, mas foi Amma quem falou, da base das pedras.

— Você a partiu, criança. Melchizedek está certo, a Ordem das Coisas está rompida. Não há como saber o que vai acontecer agora. — Pelo modo como ela falou *rompida*, ficou claro que era uma coisa que não queríamos que a Ordem estivesse.

— Não entendo. Vocês todos estão aqui, mas Hunting e Abraham também estavam. Como é possível? A maldição... — hesitou Lena.

— Você possui tanto Luz quanto Trevas, uma alternativa que a maldição não previa. Nenhum de nós previa. — Havia sofrimento na voz de vovó. Ela estava escondendo alguma coisa, e senti que as coisas eram mais complicadas do que ela transparecia. — Só estou feliz por você estar bem.

O som de água espirrando ecoou pela caverna. Eu me virei a tempo de ver o cabelo louro e cor-de-rosa de Ridley dobrando a esquina. Link estava logo atrás dela.

— Acho que sou mesmo Mortal. — Ridley falou com sua dose usual de sarcasmo, mas parecia aliviada. — Você sempre precisa ser diferente, não é? Parabéns por estragar tudo de novo, prima.

Ouvi a respiração de Lena parar e, por um segundo, ela não se moveu.

Era demais. Macon estava vivo quando Lena acreditava tê-lo matado. Ela havia se Invocado e ficado nas Trevas e na Luz. Pelo que eu podia notar, tinha partido a lua. Eu sabia que Lena desabaria em poucos momentos. Quando acontecesse, eu estaria ali para carregá-la para casa.

Lena agarrou Ridley e Macon, praticamente estrangulando-os em seu próprio círculo Conjurador, parecendo não ser nem da Luz nem das Trevas. Só muito cansada, porém não mais completamente solitária.

⊰ 22 DE JUNHO ⊱

O caminho de volta para casa

Eu não conseguia mais dormir. Tinha apagado na noite anterior, no já familiar piso de tábuas de pinho que havia no quarto de Lena. Nós dois tínhamos desmaiado, ainda de roupa. Vinte e quatro horas depois, era estranho estar no meu quarto, em uma cama novamente, depois de dormir entre raízes de árvore em chãos lamacentos de floresta. Eu tinha visto coisas demais. Levantei-me e fechei a janela, apesar do calor. Havia muito a temer lá fora, coisas demais contra as quais lutar.

Era uma surpresa que qualquer pessoa em Gatlin conseguisse dormir.

Lucille não tinha esse problema. Estava remexendo uma pilha de roupas sujas no canto, afofando sua cama para a noite. Aquela gata conseguia dormir em qualquer lugar.

Eu não. Virei de lado. Estava tendo dificuldade em me acostumar com o conforto.

Eu também.

Sorri. Tábuas rangeram e minha porta se abriu. Lena estava de pé na porta do meu quarto, usando minha camiseta surrada do Surfista Prateado. Eu podia ver a barra do short do pijama por baixo. Seu cabelo estava molhado e solto de novo, do jeito que eu mais gostava.

— Isso é um sonho, certo?

Lena fechou a porta atrás de si com um leve brilho nos olhos verde e dourado.

— Está falando do seu tipo de sonho ou do meu?

Ela puxou o lençol e se deitou ao meu lado. Seu cheiro era de limão, alecrim e sabonete. Tinha sido um longo caminho para nós dois. Ela apoiou a cabeça debaixo do meu queixo e se recostou em mim. Pude sentir suas perguntas e seus medos, debaixo do lençol, conosco.

O que foi, L?

Ela se afundou ainda mais no meu peito.

Você acha que algum dia vai conseguir me perdoar? Sei que as coisas não serão as mesmas...

Apertei os braços ao redor dela, me lembrando de todas as vezes que pensei que a tivesse perdido para sempre. Aqueles momentos pareciam me envolver e ameaçar me esmagar sob seu peso. Não havia como eu viver sem ela. Perdoar não era um problema.

As coisas vão ser diferentes. Melhores.

Mas não sou da Luz, Ethan. Sou uma coisa diferente. Sou... complicada.

Estiquei a mão por baixo do lençol e levei a mão dela aos meus lábios. Beijei a palma de onde os desenhos espiralados pretos não haviam desaparecido. Quase pareciam caneta permanente, mas eu sabia que jamais sumiriam.

— Sei o que você é e a amo. Nada pode mudar isso.

— Eu queria poder voltar no tempo. Queria...

Apertei minha testa contra a dela.

— Não. Você é você. Escolheu ser você mesma.

— É assustador. Durante toda a minha vida, cresci com Trevas e Luz. É estranho não me encaixar em nenhum dos dois. — Ela se deitou de costas. — E se eu não for nada?

— E se essa for a pergunta errada?

Ela sorriu.

— É? Qual é a certa?

— Você é você. Quem é essa pessoa? O que ela quer ser? E como posso fazer com que ela me beije?

Ela se apoiou nos braços e se inclinou sobre meu rosto, deixando que o cabelo me fizesse cócegas. Seus lábios tocaram os meus e lá estava de novo:

a eletricidade, a corrente que passava entre nós. Eu tinha sentido falta disso, mesmo queimando meus lábios.

Mas estava faltando uma outra coisa.

Eu me inclinei, abri a gaveta da mesa de cabeceira e coloquei a mão lá dentro.

— Acho que isso pertence a você. — Deixei o cordão cair na mão dela, as lembranças se espalhando entre seus dedos: o botão prateado que ela havia prendido com um clipe, a linha vermelha, a pequena caneta permanente que dei a ela na torre de água.

Ela ficou olhando para a mão, atônita.

— Acrescentei algumas coisas. — Desembaracei os pingentes para que Lena pudesse ver o pardal prateado do enterro de Macon. Significava algo muito diferente agora. — Amma disse que os pardais conseguem Viajar para muito longe e sempre encontram o caminho de casa. Como você.

— Só porque você foi me buscar.

— Tive ajuda. Por essa razão te dei isso.

Ergui a medalha da coleira de Lucille, a que estava no meu bolso de trás enquanto procurávamos por Lena e me permitiu observar pelos olhos de Lucille. Lucille olhou para mim calmamente, bocejando no canto do quarto.

— É um condutor que permite que Mortais se conectem a um animal Conjurador. Macon me explicou hoje de manhã.

— Esteve com você esse tempo todo?

— Esteve. Tia Prue me deu. Funciona enquanto você carrega a medalha.

— Espere. Como sua tia acabou com uma gata Conjuradora?

— Arelia deu Lucille a minha tia para que ela conseguisse encontrar o caminho dentro dos túneis.

Lena começou a desembolar o cordão, soltando os nós que tinham se formado desde que ela o tinha perdido.

— Não acredito que você o encontrou. Quando o deixei para trás, jamais pensei que o veria de novo.

Ela não havia perdido. Havia tirado. Resisti ao desejo de perguntar por quê.

— É claro que encontrei. Tem tudo que já dei pra você.

Lena fechou a mão ao redor do cordão e olhou para o outro lado.

— Nem tudo.

Eu sabia em que ela estava pensando: no anel da minha mãe. Ela também tinha tirado o anel, mas eu não o tinha encontrado.

Não até aquela manhã, quando o vi em cima da minha mesa, como se sempre tivesse estado ali. Enfiei a mão na gaveta de novo e abri a mão de Lena, colocando o anel nela. Quando Lena sentiu o metal frio, olhou para mim.

Você o encontrou?

Não. Minha mãe deve ter encontrado. Estava na minha mesa quando acordei.

Ela não me odeia?

Era uma pergunta que só uma garota Conjuradora faria. O fantasma da minha mãe morta a tinha perdoado? Eu sabia a resposta. Encontrei o anel dentro de um livro que Lena havia me emprestado, o *Livro das perguntas,* de Pablo Neruda, a corrente servindo de marcador debaixo dos versos "É verdade que o âmbar contém/as lágrimas das sirenas?"

Minha mãe era mais fã de Emily Dickinson, mas Lena amava Neruda. Foi como o ramo de alecrim que encontrei no livro de receitas favorito de minha mãe no Natal — uma coisa da minha mãe e uma coisa de Lena, juntas, como se tudo fosse para ser assim desde sempre.

Respondi colocando a correntinha ao redor do pescoço de Lena, onde era seu lugar. Ela tocou nele e olhou nos meus olhos castanhos com os seus, um verde e um dourado. Eu sabia que ela ainda era a garota que eu amava, independentemente da cor dos olhos. Não havia cor que pudesse representar Lena Duchannes. Ela era um suéter vermelho e um céu azul, um vento cinza e um pardal prateado, um cacho de cabelo preto escapando de detrás da orelha.

Agora que estávamos juntos, tudo parecia se encaixar.

Lena se inclinou na minha direção, encostando os lábios nos meus com delicadeza a princípio. Então me beijou com uma intensidade que fez um calor subir pela minha espinha. Senti-a encontrando o caminho de volta até mim, até nossas curvas e nossos cantos, os lugares onde nossos corpos se encaixavam tão naturalmente.

— Tudo bem, isso com certeza é um sonho. — Eu sorri e passei os dedos pelo cabelo preto bagunçado.

Eu não teria tanta certeza disso.

Ela passou as mãos no meu peito enquanto eu sentia seu aroma. Minha boca foi até seu ombro e a puxei mais para perto até sentir os ossos do quadril dela pressionados contra minha pele. Fazia tanto tempo e eu tinha sentido tanta falta dela — do gosto, do cheiro. Segurei seu rosto em minhas mãos, beijando-a com mais intensidade, e meu coração disparou. Tive que parar e recuperar o fôlego.

Ela olhou nos meus olhos e se recostou no meu travesseiro, tomando cuidado para não tocar em mim.

Está melhor? Você... Eu estou machucando você?

Não. Está melhor.

Olhei para a parede e contei em silêncio, acalmando meu coração.

Você está mentindo.

Passei o braço em torno dela, mas ela não olhou para mim.

Jamais vamos conseguir ficar juntos de verdade, Ethan.

Estamos juntos agora.

Passei os dedos levemente pelos braços dela, observando a pele se arrepiar sob meu toque.

Você tem 16 anos e eu farei 17 em duas semanas. Temos tempo.

Na verdade, em anos Conjuradores, já tenho 17. Conte as luas. Sou mais velha que você agora.

Ela sorriu um pouco e apertei-a entre os braços.

Dezessete. Tudo bem. Talvez até completarmos 18 teremos encontrado um jeito, L.

L.

Eu me sentei na cama e fiquei olhando para ela.

Você sabe, não sabe?

O quê?

Seu nome de verdade. Agora que você foi Invocada, você sabe, não é?

Ela inclinou a cabeça de lado com um meio sorriso. Peguei-a nos braços, meu rosto acima do dela.

O que foi? Você não acha que eu devia saber?

Você ainda não entendeu, Ethan? Meu nome é Lena. É o nome que eu tinha quando nos conhecemos. É o único nome que terei.

Ela sabia, mas não ia me contar. Entendi por quê. Lena estava se Invocando de novo. Decidindo quem seria. Estava nos unindo com as coisas que tínhamos compartilhado. Eu me sentia aliviado, porque ela sempre seria Lena para mim.

A garota que conheci nos meus sonhos.

Puxei o lençol por cima de nossas cabeças. Embora nenhum dos meus sonhos se parecesse minimamente com isto, em questão de minutos estávamos os dois profundamente adormecidos.

⊰ 22 DE JUNHO ⊱

Sangue novo

Desta vez eu não estava sonhando. Foi o sibilar de Lucille que me acordou. Rolei para o lado, com Lena encolhida na cama comigo. Ainda era difícil acreditar que ela estava aqui e que estava segura. Era o que eu mais queria no mundo e agora eu tinha conseguido. Com que frequência isso acontece? A lua minguante vista pela janela do meu quarto estava tão brilhante que eu podia ver os cílios de Lena tocando em seu rosto no sono.

Lucille pulou da beirada da minha cama e alguma coisa se mexeu nas sombras.

Uma silhueta.

Alguém estava parado na frente da minha janela. Só podia ser uma pessoa, que não era exatamente uma pessoa de verdade. Eu me sentei na cama. Macon estava no meu quarto e Lena estava sob o lençol na minha cama. Fraco ou não, ele ia me matar.

— Ethan? — Reconheci a voz no segundo em que a ouvi, embora ele estivesse tentando ser silencioso. Não era Macon. Era Link.

— Que diabos você está fazendo no meu quarto no meio da noite? — sussurrei, tentando não acordar Lena.

— Estou encrencado, cara. Você precisa me ajudar. — Então ele reparou em Lena encolhida ao meu lado. — Ah, nossa. Eu não sabia que vocês estavam... você sabe.

— Dormindo?

— Pelo menos alguém consegue.

Ele andava de um lado para o outro, cheio de energia nervosa até mesmo para os padrões de Link. Seu braço estava engessado e ele o balançava de um lado para outro. Mesmo com a luz fraca que entrava pela janela, eu via que seu rosto estava suado e pálido. Ele parecia doente, pior que doente.

— Qual é o problema, cara? Como entrou aqui?

Link se sentou na cadeira velha em frente a minha mesa, então se levantou de novo. Sua camiseta tinha o desenho de um cachorro-quente com ME MORDA escrito embaixo. Ele tinha essa camiseta desde que estávamos no oitavo ano.

— Você não acreditaria se eu contasse.

A janela estava aberta atrás dele e as cortinas voavam como se uma brisa entrasse no quarto. Meu estômago começou se embrulhar em um nó familiar.

— Experimente.

— Lembra de quando o Garoto Vampiro me agarrou naquela noite infernal? — Ele estava falando da noite da Décima Sétima Lua, que sempre seria a noite infernal para ele. Também era o nome de um filme de terror que o havia apavorado quando ele tinha 10 anos.

— Lembro.

Link começou a andar de um lado para o outro novamente.

— Você sabe que ele podia ter me matado, certo?

Eu não tinha certeza se queria ouvir o que estava por vir.

— Mas ele não o matou, e provavelmente está morto, como Larkin. — John desaparecera naquela noite, mas ninguém sabia o que tinha acontecido a ele de verdade.

— É, bem, se ele morreu, deixou um presente de despedida. Dois, na verdade. — Link se inclinou sobre minha cama. Dei um salto para trás instintivamente, esbarrando em Lena.

444

— O que está acontecendo? — Ela ainda estava meio adormecida, a voz rouca e grave.

— Relaxa, cara. — Link esticou o braço e acendeu a luz ao lado da minha cama. — O que isso te parece?

Meus olhos se ajustaram à luz fraca e vi dois pequenos ferimentos redondos no pescoço suado de Link, marcas claramente feitas por caninos.

— Ele te mordeu? — Dei um salto para longe, puxando Lena para fora da cama e colocando-a contra a parede atrás de mim.

— Então estou certo? Puta merda. — Link se sentou na minha cama e apoiou a cabeça nas mãos. Parecia infeliz. — Vou virar um daqueles sugadores de sangue? — Ele olhava para Lena, esperando que ela confirmasse o que ele já sabia.

— Tecnicamente, sim. Você provavelmente já está virando, mas não significa que vai ser um Incubus de Sangue. Você pode lutar contra isso, como tio Macon, e se alimentar de sonhos e lembranças em vez de sangue. — Ela me empurrou e saiu de trás de mim. — Relaxe, Ethan. Ele não vai nos atacar como um vampiro de seus filmes Mortais bobos, onde todas as bruxas usam chapéu preto.

— Pelo menos fico bonito de chapéu — suspirou Link. — E de preto.

Ela se sentou ao lado dele, na beirada da minha cama.

— Ele ainda é Link.

— Tem certeza disso? — Quanto mais eu o observava, pior ele parecia.

— É, preciso saber essas coisas. — Link balançava a cabeça, derrotado. Estava bem óbvio que ele tinha esperança de que Lena fosse dizer a ele que havia outra explicação. — Puta merda, minha mãe vai me expulsar de casa quando descobrir. Vou ter que morar no Lata-Velha.

— Vai ficar tudo bem, cara. — Era mentira, mas o que mais eu podia dizer? Lena estava certa. Link ainda era o meu melhor amigo. Ele tinha me seguido pelos túneis e era esse o motivo de ele estar ali sentado com dois buracos no pescoço.

Link passou a mão pelo cabelo, nervoso.

— Cara, minha mãe é batista. Você acha mesmo que ela vai deixar eu ficar em casa quando descobrir que sou um Demônio? Ela não gosta nem de metodistas.

— Talvez ela não repare. — Eu sabia que era uma coisa idiota a dizer, mas eu estava tentando.

— Claro. Talvez ela não repare se eu nunca sair durante o dia porque minha pele iria fritar. — Link esfregou os braços pálidos como se já pudesse sentir a pele descascando.

— Não necessariamente. — Lena estava pensando em alguma coisa. — John não era um Incubus comum. Era um híbrido. Tio M ainda está tentando entender o que Abraham estava fazendo com ele.

Eu me lembrei do que Macon tinha dito sobre híbridos enquanto discutia com Abraham na Grande Barreira, coisa que parecia ter acontecido uma vida inteira atrás. Mas eu não queria pensar em John Breed. Não conseguia esquecer a visão dele com as mãos em Lena.

Pelo menos Lena não percebeu.

— A mãe dele era uma Evo. Elas conseguem Mudar, se transmutar em qualquer espécie, até mesmo Mortais. Era por isso que John conseguia andar por aí durante o dia, enquanto outros Incubus precisam evitar a luz do sol.

— É? Então eu sou o que, 25% sugador de sangue?

Lena assentiu.

— Provavelmente. Quero dizer, não tenho como ter certeza de nada.

Link balançou a cabeça.

— Foi por isso que não tive certeza no começo. Eu passava o dia fora e nada acontecia. Achei que significava que não era nada.

— Por que você não falou na hora? — Era uma pergunta idiota. Quem ia querer dizer aos amigos que estava se transformando em uma espécie de Demônio?

— Não me dei conta de que ele tinha me mordido. Só achei que tinha apanhado na luta, mas então comecei a me sentir esquisito e vi as marcas.

— Você vai precisar tomar cuidado, cara. Não sabemos muito sobre John Breed. Se ele é uma espécie de híbrido, quem sabe o que você é capaz de fazer?

Lena limpou a garganta.

— Na verdade, eu o conheci muito bem. — Link e eu nos viramos e olhamos para ela ao mesmo tempo. Ela mexeu no cordão nervosamente. — Quero dizer, não tão bem. Mas passamos muito tempo juntos nos túneis.

— E? — Eu podia sentir meu sangue esquentando.

— Ele era muito forte e tinha algum tipo esquisito de magnetismo que deixava as meninas loucas onde quer que fôssemos.

— Garotas como você? — Eu não consegui me controlar.

— Cale a boca. — Ela me cutucou com o ombro.

— Isso já está começando a ficar melhor. — Link abriu um sorriso, apesar de tudo.

Lena estava enumerando os atributos de John, lista que eu esperava não ser muito longa.

— Ele conseguia ver e ouvir e cheirar coisas que eu não conseguia.

Link inspirou fundo, depois tossiu.

— Cara, você precisa muito tomar banho.

— Você tem superpoderes agora e isso é o melhor que consegue fazer? — Dei um empurrão nele. Ele me empurrou de volta e voei da cama para o chão.

— Como assim? — Eu estava acostumado a jogar Link no chão.

Link olhou para as mãos, assentindo com satisfação.

— Isso mesmo, punhos em fúria. Como eu sempre falei.

Lena pegou Lucille, que tinha se encolhido em um canto.

— E você deve conseguir Viajar. Você sabe, se materializar onde quiser. Não vai precisar usar a janela, embora tio Macon diga que é mais civilizado.

— Posso atravessar paredes como um super-herói? — Link parecia bem mais animado.

— Você provavelmente vai se divertir bastante, só que... — Lena respirou fundo e tentou agir de forma casual. — Não vai mais comer. E supondo que planeje ser mais como tio Macon do que como Hunting, terá que se alimentar dos sonhos e das lembranças dos outros para se manter vivo. Tio Macon chamava de espionar. Mas você terá muito tempo, porque não precisará mais dormir.

— Não posso comer? Mas o que vou dizer a minha mãe?

Lena deu de ombros.

— Diga que se tornou vegetariano.

— Vegetariano? Está louca? Isso é pior do que ser 25% Demônio! — Link parou de andar. — Ouviram isso?

447

— O quê?

Ele andou até a janela aberta e se inclinou para fora.

— É sério? — Houve alguns sons de batida na lateral da casa e Link puxou Ridley para dentro pela minha janela. Olhei para o lado de maneira bem-comportada, porque a maior parte da calcinha de Ridley apareceu quando ela subiu pelo peitoril da janela. Não foi uma entrada muito graciosa.

Ao que tudo indicava, Ridley tinha voltado a ter a aparência de Sirena, quer fosse uma que não. Ela ajeitou a saia e sacudiu o cabelo louro e cor-de-rosa.

— Deixe-me entender isso direito. A festa é aqui, mas eu deveria ficar na minha cela com o cachorro?

Lena suspirou.

— Está falando do meu quarto?

— Deixa pra lá. Não preciso de vocês três juntos falando de mim. Já tenho problemas suficientes. Tio Macon e minha mãe decidiram que preciso voltar para a escola já que, pelo visto, não ofereço mais perigo a ninguém. — Parecia que ela ia irromper em lágrimas.

— Mas você não oferece mesmo. — Link puxou minha cadeira para ela.

— Sou bem perigosa. — Ela o ignorou, sentando na minha cama. — Vocês vão ver. — Link sorriu. Era o que ele esperava, isso estava claro. — Eles não podem me fazer ir para aquela porcaria de fundo de quintal que vocês chamam de escola.

— Ninguém estava falando de você, Ridley. — Lena se sentou na cama ao lado da prima.

Link voltou a andar de um lado para o outro.

— Estávamos falando de mim.

— O que tem você? — Ele olhou para o outro lado, mas Ridley já devia ter visto alguma coisa, porque cruzou o quarto em um segundo. Ela segurou a lateral do rosto de Link. — Olhe para mim.

— Pra quê?

Quando ele se virou, sua pele pálida e suada capturou o pouco de luz que a lua lançava no quarto. Mas foi o suficiente para que as marcas de mordida ficassem visíveis.

Ridley ainda segurava o rosto dele, mas sua mão tremia. Link colocou a mão sobre seu pulso.

— Rid...

— Ele fez isso com você? — Ela apertou os olhos. Embora estivessem azuis agora em vez de dourados e ela não pudesse convencer ninguém a pular de um penhasco, Ridley parecia capaz de jogar alguém de um. Era fácil imaginá-la defendendo Lena na escola quando eram crianças.

Link pegou a mão dela e puxou Ridley em sua direção, passando o braço ao redor de seus ombros.

— Não é nada de mais. Talvez eu faça o dever de vez em quando agora que não preciso mais dormir. — Link abriu um sorriso, mas Ridley não.

— Isso não é brincadeira. John provavelmente é o Incubus mais poderoso do mundo Conjurador, se não contarmos o próprio Abraham. Se Abraham estava à procura dele, deve haver um motivo. — Eu podia vê-la mordendo o lábio, olhando para as árvores lá fora.

— Você se preocupa demais, gata.

Ridley empurrou o braço de Link.

— Não me chame de gata.

Eu me reclinei sobre a cabeceira da cama, observando os dois. Agora que Ridley era Mortal e Link era um Incubus, ela ainda seria a garota que ele podia ter e provavelmente a única que iria querer. Este ano ia ser interessante.

Um Incubus na Jackson High.

Link, o cara mais forte da escola, enlouquecendo Savannah Snow cada vez que entrasse na sala sem ao menos uma lambida de um dos pirulitos de Ridley. E Ridley, a ex-Sirena, que eu tinha certeza que logo encontraria o caminho de volta aos problemas, com ou sem pirulitos. Dois meses até setembro e, pela primeira vez na vida, eu mal podia esperar pelo primeiro dia de aula.

Link não foi o único que não conseguiu dormir naquela noite.

⊰ 28 DE JUNHO ⊱

Nascer do sol

— Vocês não podem cavar mais rápido?

Link e eu olhamos com raiva para Ridley de alguns metros dentro do túmulo de Macon. Aquele no qual ele não tinha passado nem um minuto dentro. Eu já estava pingando de suor e o sol nem tinha subido ainda. Link, com sua recém-descoberta força, não tinha suado uma gota.

— Não podemos. E sim, sei que você está completamente agradecida por estarmos fazendo isso no seu lugar, gata. — Link sacudiu a pá em direção a Ridley.

— Por que o caminho longo tem que ser tão longo? — Ridley olhou para Lena, enojada. — Por que Mortais são tão suarentos e tediosos?

— Você é Mortal agora. Diga você. — Joguei um pouco de terra com a pá na direção de Ridley.

— Você não tem um Conjuro pra esse tipo de coisa? — Ridley se sentou ao lado de Lena, que estava de pernas cruzadas ao lado do túmulo, folheando um velho livro sobre Incubus.

— Como conseguiram tirar esse livro da *Lunae Libri,* aliás? — Link tinha esperanças de que Lena descobrisse algo sobre híbridos. — Não é feriado bancário. — Tínhamos arrumado problemas demais na *Lunae Libri* durante o último ano.

Ridley lançou um olhar a Link que provavelmente o teria deixado de joelhos quando ela ainda era Sirena.

— Ele tem muita influência sobre a bibliotecária, gênio.

Assim que ela falou, o livro que Lena estava segurando pegou fogo.

— Ah, não! — Ela puxou as mãos antes que se queimassem. Ridley pisou no livro. Lena suspirou. — Sinto muito. Essas coisas simplesmente acontecem.

— Ela estava falando de Marian — falei na defensiva.

Evitei os olhos dela e me ocupei com a pá. Lena e eu tínhamos voltado a ser, bem, nós. Não havia um segundo no qual eu não pensasse na proximidade entre a mão dela e a minha, entre o rosto dela e o meu. Não havia um momento no qual estivéssemos acordados que eu conseguisse suportar não ter a voz dela na minha cabeça, depois de ter ficado sem ela por tanto tempo. Era a última pessoa com quem eu falava à noite e a primeira que eu procurava de manhã. Depois de tudo o que passamos, eu teria trocado de lugar com Boo se pudesse. Era a esse ponto que eu não queria nunca perdê-la de vista.

Amma tinha até começado a guardar o lugar de Lena na mesa. Em Ravenwood, tia Del deixava um travesseiro e um edredom dobrado ao lado do sofá do primeiro andar para mim. Ninguém dizia nada sobre hora de dormir ou regras ou um ver o outro demais. Ninguém esperava que confiássemos o outro ao mundo se não estivéssemos juntos.

O verão tinha ido além. Não se podia desfazer as coisas que aconteceram. Liv tinha acontecido. John e Abraham tinham acontecido. Twyla e Larkin, Sarafine e Hunting — não eram pessoas que eu pudesse esquecer. A escola seria a mesma se você ignorasse o fato de que meu melhor amigo era um Incubus e que a segunda garota mais gostosa da escola era uma Sirena rebaixada. O general Lee e o diretor Harper, Savannah Snow e Emily Asher, esses nunca mudariam.

Lena e eu jamais seríamos os mesmos.

Link e Ridley estavam tão sobrenaturalmente alterados que nem estavam no mesmo universo.

Liv estava escondida na biblioteca, feliz por estar em segurança entre prateleiras de livros por um tempo. Eu só a tinha visto uma vez desde a noite da Décima Sétima Lua. Ela não estava mais em treinamento para ser Guardiã, mas parecia lidar bem com isso.

"Nós dois sabemos que eu jamais seria feliz observando de longe" tinha dito ela. Eu sabia que era verdade. Liv era uma astrônoma, como Galileu; uma exploradora, como Vasco da Gama; uma erudita, como Marian. Talvez até uma cientista maluca, como minha mãe.

Acho que todos precisávamos recomeçar.

Além do mais, eu tinha a sensação de que Liv gostava do novo professor tanto quanto da antiga professora. A educação de Liv tinha sido delegada a um certo ex-Incubus que passava o dia escondido — em Ravenwood ou em seu escritório favorito, um velho local nos túneis Conjuradores — com Liv e a bibliotecária-chefe como suas únicas companhias Mortais.

Não era como eu esperava que o verão se desenrolasse. Por outro lado, quando se tratava de Gatlin, eu nunca sabia o que ia acontecer. Em certo momento, eu tinha parado de tentar.

Pare de pensar e comece a cavar.

Soltei a pá e me alcei para cima pela lateral do túmulo. Lena se deitou de bruços, os tênis All Star gastos balançando atrás de si. Coloquei as mãos atrás do pescoço dela e puxei sua boca em direção à minha até que nosso beijo fez o cemitério girar.

— Crianças, crianças. Parem com isso. Estamos prontos. — Link se apoiou na pá e se afastou um pouco para admirar seu trabalho. O túmulo de Macon estava aberto, mas não havia caixão lá embaixo.

— Então? — Eu queria acabar com aquilo. Ridley pegou um pequeno embrulho de seda preta do bolso e o segurou à sua frente.

Link recuou como se ela tivesse colocado uma tocha em seu rosto.

— Cuidado, Rid! Não coloque essa coisa perto de mim. Criptonita de Incubus, lembra?

— Desculpe, Super-Homem, esqueci. — Ridley desceu até o fundo do buraco, segurando o embrulho cuidadosamente com uma das mãos, e o colocou no fundo do túmulo vazio de Macon Ravenwood. Minha mãe podia ter salvado Macon com o Arco Voltaico, mas nós o víamos pelo que ele era: perigoso. Uma prisão sobrenatural na qual eu não queria ver o meu melhor amigo preso. Sete palmos abaixo da terra era o lugar do Arco

Voltaico, e o túmulo de Macon era o lugar mais seguro em que todos nós conseguimos pensar.

— Já vai tarde — disse Link ao puxar Ridley para fora do túmulo. — Não é isso que devemos dizer quando o bem derrota o mal no fim do filme?

Olhei para ele.

— Você já leu *algum* livro, cara?

— Cubra. — Ridley esfregou as mãos para limpar a terra. — Pelo menos é o que eu digo.

Link jogou pás e mais pás cheias de terra no buraco enquanto Ridley observava, sem tirar os olhos do túmulo.

— Termine — falei.

Lena assentiu, enfiando as mãos nos bolsos.

— Vamos sair daqui.

O sol começou a subir sobre as magnólias em frente ao túmulo de minha mãe. Ele não me incomodava mais, porque eu sabia que ela não estava lá. Estava em algum lugar, em todo lugar, ainda cuidando de mim. No aposento escondido de Macon. No arquivo de Marian. Em nosso escritório na propriedade Wate.

— Vamos, L. — Puxei Lena pelo braço. — Estou cansado do escuro. Vamos ver o sol nascer.

Saímos correndo pela grama da colina como crianças, passando pelos túmulos e pelas magnólias, pelas palmeiras e carvalhos cobertos de musgo espanhol, pelas fileiras irregulares de sinalizadores de túmulos e anjos chorando e pelo velho banco de pedra. Eu podia senti-la tremendo no ar do início da manhã, mas nenhum de nós dois queria parar. Então não paramos e, quando chegamos ao pé da colina, estávamos quase caindo, quase voando. Quase felizes.

Não vimos o estranho brilho dourado passar pelas pequenas rachaduras e fissuras da terra jogada sobre o túmulo de Macon.

E eu não chequei o iPod no meu bolso, no qual podia ter reparado em uma nova música na minha lista de músicas.

"Dezoito Luas."

Mas não chequei porque não me importava. Ninguém estava ouvindo. Ninguém estava olhando. Ninguém existia no mundo além de nós dois...

Nós dois e o velho de terno branco e gravata que ficou parado no topo da colina até que o sol começasse a nascer e as sombras se recolhessem às suas criptas.

Não o vimos. Só vimos a noite desaparecendo e o céu azul surgindo. Não o céu azul do meu quarto, mas o de verdade. Embora ele pudesse parecer diferente a cada um de nós. Mas agora eu não tinha mais tanta certeza de que o céu parecesse igual para quaisquer duas pessoas, independentemente do universo em que vivessem.

Quero dizer, como se pode ter certeza?

O velho foi embora.

Não ouvimos o som familiar de espaço e tempo se rearrumando quando ele partiu no último momento possível da noite: a escuridão antes do alvorecer.

> *Dezoito Luas, dezoito esferas,*
> *Do mundo além dos anos,*
> *Um Não Escolhido, morte ou nascimento,*
> *Um dia Partido espera a Terra...*

Voltaico, e o túmulo de Macon era o lugar mais seguro em que todos nós conseguimos pensar.

— Já vai tarde — disse Link ao puxar Ridley para fora do túmulo. — Não é isso que devemos dizer quando o bem derrota o mal no fim do filme?

Olhei para ele.

— Você já leu *algum* livro, cara?

— Cubra. — Ridley esfregou as mãos para limpar a terra. — Pelo menos é o que eu digo.

Link jogou pás e mais pás cheias de terra no buraco enquanto Ridley observava, sem tirar os olhos do túmulo.

— Termine — falei.

Lena assentiu, enfiando as mãos nos bolsos.

— Vamos sair daqui.

O sol começou a subir sobre as magnólias em frente ao túmulo de minha mãe. Ele não me incomodava mais, porque eu sabia que ela não estava lá. Estava em algum lugar, em todo lugar, ainda cuidando de mim. No aposento escondido de Macon. No arquivo de Marian. Em nosso escritório na propriedade Wate.

— Vamos, L. — Puxei Lena pelo braço. — Estou cansado do escuro. Vamos ver o sol nascer.

Saímos correndo pela grama da colina como crianças, passando pelos túmulos e pelas magnólias, pelas palmeiras e carvalhos cobertos de musgo espanhol, pelas fileiras irregulares de sinalizadores de túmulos e anjos chorando e pelo velho banco de pedra. Eu podia senti-la tremendo no ar do início da manhã, mas nenhum de nós dois queria parar. Então não paramos e, quando chegamos ao pé da colina, estávamos quase caindo, quase voando. Quase felizes.

Não vimos o estranho brilho dourado passar pelas pequenas rachaduras e fissuras da terra jogada sobre o túmulo de Macon.

E eu não chequei o iPod no meu bolso, no qual podia ter reparado em uma nova música na minha lista de músicas.

"Dezoito Luas."

Mas não chequei porque não me importava. Ninguém estava ouvindo. Ninguém estava olhando. Ninguém existia no mundo além de nós dois...

Nós dois e o velho de terno branco e gravata que ficou parado no topo da colina até que o sol começasse a nascer e as sombras se recolhessem às suas criptas.

Não o vimos. Só vimos a noite desaparecendo e o céu azul surgindo. Não o céu azul do meu quarto, mas o de verdade. Embora ele pudesse parecer diferente a cada um de nós. Mas agora eu não tinha mais tanta certeza de que o céu parecesse igual para quaisquer duas pessoas, independentemente do universo em que vivessem.

Quero dizer, como se pode ter certeza?

O velho foi embora.

Não ouvimos o som familiar de espaço e tempo se rearrumando quando ele partiu no último momento possível da noite: a escuridão antes do alvorecer.

> *Dezoito Luas, dezoito esferas,*
> *Do mundo além dos anos,*
> *Um Não Escolhido, morte ou nascimento,*
> *Um dia Partido espera a Terra...*

⊰ DEPOIS ⊱
Lágrimas de Sirena

Ridley estava de pé em seu quarto em Ravenwood, o quarto que costumava ser de Macon. Mas nada estava igual a não ser pelas quatro paredes, o teto e o chão, e possivelmente, a porta acolchoada.

Ela a fechou, com um estrondo pesado, e passou a tranca. Virou-se para olhar o quarto, as costas contra a porta. Macon tinha decidido ficar com outro quarto, embora passasse a maior parte do tempo no escritório nos túneis. Então aquele quarto pertencia a Ridley agora e ela teve o cuidado de manter trancado o alçapão que levava aos túneis debaixo de um grosso e felpudo tapete cor-de-rosa. As paredes estavam cobertas de pichações feitas com spray, pretas e cor-de-rosa néon, com algumas em verde fluorescente, amarelo e laranja. Não eram exatamente palavras — eram mais formas, riscos, emoções. Raiva, guardada em uma lata de tinta spray barata comprada no Wal-Mart de Summerville. Lena tinha se oferecido para fazer para ela, mas Ridley insistiu em fazer sozinha, no estilo dos Mortais. A fumaça fedorenta tinha feito sua cabeça doer e a tinta que espirrou tinha estragado tudo. Era exatamente o que ela queria e como estava se sentindo.

Tinha estragado tudo.

Sem palavras. Ridley odiava palavras. A maior parte delas era mentira. A prisão de duas semanas no quarto de Lena tinha sido o bastante para fazê-la odiar poesia para o resto da vida.

Meucoraçãoquebateesangraprecisadevocê...

Que seja.

Ridley tremeu. Não havia como justificar a falta de gosto nos genes de sua família. Ela se afastou da porta e andou até o armário. Com um leve toque, abriu as portas de madeira branca, revelando uma vida inteira de uma cuidadosa coleção de roupas, a marca de uma Sirena.

Coisa que, Ridley disse para si mesma, ela não era.

Arrastou um banquinho cor-de-rosa até as prateleiras e subiu, os sapatos plataforma cor-de-rosa balançado debaixo da meia 3/4 listrada de cor-de-rosa. Tinha sido um dia de roupa extravagante estilo Harajuku, nada comum em Gatlin. Os olhares que recebeu no Dar-ee Keen foram preciosos. Pelo menos tinha feito a tarde passar.

Uma tarde. De quantas?

Tateou pela borda da prateleira até encontrar uma caixa de sapatos de Paris. Ela sorriu e a pegou. Peeptoes de veludo roxo com saltos de dez centímetros, se ela se lembrava direito. É claro que se lembrava. Tinha se divertido bastante usando aqueles sapatos.

Derrubou o conteúdo da caixa sobre a colcha branca e preta. Lá estava, meio escondido na seda, ainda coberto de terra.

Ridley se sentou no chão ao lado da cama, apoiando os braços na beirada. Não era burra. Só queria olhar, como tinha feito todas as noites durante as últimas duas semanas. Queria sentir o poder de uma coisa mágica, um poder que jamais voltaria a ter.

Ridley não era uma menina má. Não de verdade. Além do mais, mesmo se fosse, qual era a diferença? Não tinha poder algum para fazer nada. Tinha sido descartada como um rímel velho.

Seu celular tocou e ela o pegou da mesa de cabeceira. Uma foto de Link apareceu na tela. Ela desligou e jogou o telefone no enorme tapete cor-de-rosa.

Agora não, gostosão.

Tinha outro Incubus em mente.

John Breed.

Ridley voltou a se sentar de novo, inclinando a cabeça para o lado enquanto observava a esfera começar a brilhar em um tom leve de cor-de-rosa.

— O que vou fazer com você? — Ela sorriu porque, pela primeira vez, a decisão era dela, e porque ainda precisava tomá-la.

três

A luz ficou mais e mais intensa até que o quarto ficasse banhado em tons de luz cor-de-rosa, o que fez quase tudo desaparecer como finas linhas traçadas a lápis que tinham sido parcialmente apagadas.

dois

Ridley fechou os olhos — uma garotinha soprando uma vela de aniversário para fazer um desejo...

um

Ela abriu os olhos.

Estava decidido.

Agradecimentos

Escrever um livro é difícil. E escrever um segundo é duas vezes mais difícil. Estas são as pessoas que nos ajudaram a passar pelas muitas fases de nossa Décima Sétima Lua:

Nossas amadas agentes, Sarah Burnes e Courtney Gatewood, com a ajuda de Rebecca Gardner, da Gernert Company, *que continuaram a conduzir o condado de Gatlin para lugares novos e distantes que nenhum pedaço de frango frito com noz-pecã já viu.* Sally Wilcox Da Caa, *por trazer o condado de Gatlin para uma cidade onde ninguém jamais tocaria em nenhum pedaço de comida frita.*

Nossa brilhante equipe na Little Brown Books para jovens leitores: nossas editoras, Jennifer Bailey Hunt e Julie Scheina, nosso diretor de arte, David Caplan, nossa guru de marketing, Lisa Ickowicz, nossa rainha de serviços bibliotecários, Victoria Stapleton, nossa guru de publicidade, Melanie Chang, e nossa relações públicas, Jessica Kaufman, *que são tão bons no que fazem quanto Amma em palavras cruzadas.*

Nossos incríveis editores internacionais, principalmente Amanda Punter, Cecile Terouanne, Susanne Stark, Myriam Galaz, assim como os que ainda vamos conhecer, *que nos receberam em suas casas e seus países.* Nosso fã espanhol número um, o escritor Javier Ruescas, *que não só escreveu a sinopse do nosso livro na Espanha mas também ajudou a divulgar.*

Nossa leitora favorita, Daphne Durham, *que nos entende e, mais importante ainda, entende Ethan e Lena. Não há cozido com creme grande o bastante para fazê-la entender como nos sentimos. Mesmo com flocos de milho ou pequenas cebolas fritas ou purê de batata em cima.*

Nossa classissista adolescente de plantão, Emma Peterson, *que traduziu* Conjuros *em latim enquanto se preparava para o exame AP Vergil.* Nossa assustadora editora adolescente, May Peterson, *que sem dúvida vai aterrorizar muitos outros escritores no futuro.*

Nosso chefe de fotografia, Alex Hoerner, *cuja foto de nós duas não se parece nada conosco, e por isso a adoramos.* Vania Stoyanova, *por seu belo trailer, incríveis fotos e por seu trabalho coadministrando nosso site de fãs nos EUA.* Yvette Vasquez, *por ler nossos rascunhos cem vezes, por anunciar nosso tour no blog e agir como coadministradora do nosso site de fãs.* Os criadores dos nossos sites de fãs internacionais na França, na Espanha e no Brasil. Ashley Stohl, *que fez o design de folhas de rosto e convites, montou websites e tirou fotos que deram vida ao sul para leitores ao redor do mundo.* Anna Moore, *por montar nosso site* Beautiful Creatures 2.0. O autor Gabriel Paul, *que cria todos os brilhantes jogos on-line dos nossos tours e promoções.*

Nossas garotas conjuradoras 12, 13, 14, 15, 16, 17, 18 E 25. *Vocês são o coração da série e sempre serão.*

Nossos mentores de escritos para jovens adultos, escritores de Word Press, escritores de resumos, fazedores de trailers, projetistas de sites de fãs, colegas escritores iniciantes, blogueiros, amigos do Ning/Goodreads e, é claro, nossos queridinhos do twitter. *Como o carteiro de Gatlin, Carlton Eaton, recebemos todas as novidades de vocês primeiro. E sejam boas ou ruins, é sempre melhor recebê-las de um dos nossos. Ninguém jamais saberá o quanto vocês tornam até a Caverna das Revisões divertida.*

Nossas famílias

Alex, Nick e Stella Garcia e Lewis, Emma, May e Kate Peterson e nossas respectivas mães, pais, irmãs, irmãos, sobrinhas, sobrinhos, cunhadas, primos festeiros e amigos. De tia Mary à prima Jane, *vocês sempre estiveram ao nosso lado.* Os Stohl, os Racca, os Marin, os Garcia, os Peterson: *a essa altura vocês têm todo o direito de nos odiar, mas estranhamente, não odeiam.*

Deby Lindee e Susan e John Racca, *por nos hospedar em muitas viagens de campo ao sul.* Bill Young e David Golia, *por serem nossos cavaleiros de armadura brilhante.* O pai de India e Natalia, *por nos ajudar quando devíamos estar ajudando a ele.* Saundra Mitchell, *por tudo, como sempre.*

Nossos leitores, professores e bibliotecários, os conjuradores e não conjuradores, *que descobriram* Dezesseis Luas *e o amaram o bastante para fazer outra viagem pelos túneis conosco. Sem vocês, elas são apenas palavras.*

Nossa mentora, Melissa Marr, e nossa terapeuta, Holly Black. *Elas sabem por quê.* Dra. Sara Lindheim, *nossa Guardiã, que sabe nossos Conjuros melhor do que nós.*

E, por fim, Margaret Miles, bibliotecária e diretora de atividades juvenis na biblioteca do condado de New Hanover, em Wilmington, Carolina do Norte. *Porque Marian Ashcroft não é a única bibliotecária Conjuradora, afinal.*

Este livro foi composto na tipografia
Minion Pro, em corpo 11/15,6, e impresso em
papel off-white no Sistema Digital Instant Duplex
da Divisão Gráfica da Distribuidora Record.